U0916280

绿牡丹

【清】二如亭主人 著

中国出版集团公司
華文出版社

图书在版编目（CIP）数据

绿牡丹 /（清）二如亭主人著. -- 北京：华文出版社，2018.2（2020.5重印）
（中国古典小说丛书）
ISBN 978-7-5075-4848-8

Ⅰ. ①绿… Ⅱ. ①二… Ⅲ. ①章回小说—中国—清代 Ⅳ. ①I242.4

中国版本图书馆CIP数据核字（2018）第006778号

绿牡丹

著　　者：（清）二如亭主人
责任编辑：吴　晶　刘超平
特约编辑：吴　霜
装帧设计：格林文化
出版发行：华文出版社
社　　址：北京市西城区广外大街305号8区2号楼
邮政编码：100055
网　　址：http：//www.hwcbs.com.cn
投稿信箱：hwcbs@126.com
电　　话：总编室 010-58336239　责任编辑 010-58336222
发行部 010-58336270　010-56249152
经　　销：新华书店
印　　刷：河北盛世彩捷印刷有限公司
开　　本：710mm × 1000mm　1/16
印　　张：19.75
字　　数：251千字
版　　次：2018年4月第1版
印　　次：2020年5月第2次印刷
标准书号：ISBN 978-7-5075-4848-8
定　　价：46.00 元

“中国古典小说丛书”出版说明

所谓“古典小说”云者，其义有二焉：一曰，但凡古代之小说，皆可谓之“古典小说”；一曰，但凡技法未受泰西影响之小说，亦可谓之“古典小说”。然此特就今人之观念言之耳。

揆诸坟典，“小说”一词，出自《庄子·外物篇》，其言曰：“饰小说以干县令，其于大达亦远矣。”由此观之，庄子所谓“小说”，不过琐屑之言，以其无关道术，故以小说名之耳。

炎汉成、哀之世，刘向、刘歆父子典校秘书，检讨百家学说，取桓谭《新论》“小说家合丛残小语，近取譬论，以作短书，治身治家，有可观之辞”之意，把《伊尹说》《鬻子说》诸书，归为“小说家”之书，而《汉书·艺文志》(以下简称《汉志》)继之。夷考其说，“小说家者流，盖出于稗官，街谈巷语，道听途说者之所造也”(语出《汉志》)，此亦非后世之小说也。

唐修《隋书》，其《经籍志》立论本诸《汉志》，以小说为“街谈巷语之说”(《隋书·经籍志》语)。当此之时，小说之名虽同，而其类目稍广，举凡《燕丹子》《世说》《迩说》之属，皆可入诸小说名下。

后晋修《唐书》，其《经籍志》立论与《隋志》无异，以《博物志》隶小说，此为“神异志怪之书”入小说之始。

天水一朝，欧阳文忠公撰《新唐书·艺文志》(以下简称《新唐志》)，以《列异传》《甄异传》《续齐谐记》《感应传》《旌异记》等“史部·杂传类”之书移于“小说类”。至是，小说之部类日棼。

及元脱脱修《宋史》，《艺文志·小说类》承《新唐志》之旧而增广之。

明胡应麟以小说繁夥，派别滋多，于是综核大凡，分小说为六类：一曰“志怪”，一曰“传奇”，一曰“杂录”，一曰“丛谈”，一曰“辩订”，一曰“箴规”。至此，小说一类已蔚为大观，脱《汉志》“街谈巷语”之成规。

清修“四库”，《总目提要》(以下简称《提要》)别小说为三派，“其一叙述杂事……其一记录异闻……其一缀辑琐语”，而又损益之。考诸《提要》，则损益可知：一曰，进“丛谈”“辩订”“箴规”为“杂家”；一曰，隶《山海经》《穆天子传》诸书于小说。小说范围，至是乃稍整洁矣。其分目虽殊，而论述则袭诸旧志。

曩者宋元明清之史志，难觅“平话”“演义”之书，此特士夫习气，鄙其为末流所使然也。史家成见，一至于斯。今人刻书，自当脱古人窠臼。

说部诸书，以文体分，有“白话”“文言”之别；以体裁分，有“话本”“传奇”“演义”之别；以内容分，有“佳话”“世情”“侠义”“家将”“神魔”之别。细玩其文，既有劝世之良言，亦有“诲淫诲盗”之糟粕，而抉择去取，转成读说部书之第一要务。以此之故，我社特于说部诸书择其精者，辑之而为“中国古典小说丛书”，凡百余种。

然说部之书浩如烟海，其精者又何限于区区百十之数？此次出版，难免遗珠之憾。然能俾读者因之而省择取之劳，进而得窥说部精要，示人以津梁，则尚不违出版“中国古典小说丛书”之初心。

说部之书，多出自书坊，脱误错乱，在所难免，故于“取其精华，去其糟粕”外，尚需广施校雠，始得成其为可读之书。以此之故，我社多方搜罗以定底本，精排其版以美其观，躬自校雠以正讹误，然后付诸枣梨，装订成书，以飨读者。

限于编者学力有限，书中疏漏之处，在所难免，尚祈广大方家、读者诸君不吝批评斧正。凡能指出书中一二谬误者，皆为吾师，吾人不胜感激之至。

华文出版社编辑部
2017 年 10 月 26 日

目　录

第一回

骆游击定兴县赴任

道德三皇五帝，功名夏后商周。英雄五霸闹春秋，顷刻兴亡过手。青史几行名姓，北邙无数荒丘。前人田地后人收，说甚龙争虎斗！

这首《西江月》传言，世上不拘英雄豪杰、庸俗之人，皆乐生于有道之朝，恶生于无道之国，何也？国家有道，所用者忠良之辈，所远者奸佞之徒。英雄得展其志，庸愚安乐于野。若逢无道之君，亲谗佞而疏贤良，近小人而远君子。怀才之士，不得展示其才，隐姓埋名，自然气短。即庸辈之流，行止听命于人，朝更夕改，亦不得乐业，正所谓“宁做太平犬，不为乱离人”。今闻一个故事，亦是谗佞得意，权得国柄；豪杰丧志，流落江湖，与这首《西江月》相合。说这故事出在哪朝哪代？看官莫要着急，等我慢慢写将出来。

却说大唐高宗殿下大太子庐陵王不过十几岁，不能理朝政。皇后武氏代掌朝纲，取名则天，生得极其俊秀，有沉鱼落雁之容，闭月羞花之貌。甚是聪明，多有才干，凡事到面前，不待思索，即能判断。他是上界雌龙降生，该有四十余年天下，纷纷扰乱大唐纲纪。只有一件，不大长俊，淫心过重，倍于常人，一朝若无男子相陪，则夜不成寐。自高宗驾崩，朝朝登殿理事，日与群臣相聚，遂私通于张天佐、张天佑、薛敖曹等一班奸党。先不过日间暂为消遣，后来情浓意洽，竟连夜留在宫中。常言道：要得人不知，除非己莫为。那朝内文武官员，哪个不知，哪个不晓？但此事关系甚大，无人敢言。武后存之于心，难免自愧。只是太子一十二岁，颇晓人事，倘被知道，日后长成，母子之间难以相见。遂同张天佐等将太子贬赴房州为庐陵王，不召不许入朝。又加封张天佐为左相，天佑为右相之职。朝中臣僚，唯有薛刚父子耿直，张天佐等常怀恐惧。适因薛刚惹出祸来，遂暗地用力，将薛家满门处斩。只逃走了薛刚同弟薛强、子薛魁、侄薛勇，兄弟叔侄四人奔至山林。后来庐陵王召入房州，及回国之日，封薛刚大元帅，薛勇正先锋。此是后话，按下不表。

且说广陵扬州，有一人姓骆，名龙，字是腾云，英雄盖世，武艺精强。由武进士出身，初任定兴县游击之职，携妻带子同往定兴县上任。老爷夫妇年将四旬，只生一位公子，那公子年方一十三岁，方面大耳，极其魁梧，又且秉性聪明，膂力过人，老爷夫妇爱如珍宝，取名宾侯，字宏勋。还有一个老家人之子，姓余名谦，父母双亡，亦随老爷在任上，与公子同庚，也是一十三岁。老爷念他父母素昔勤劳，只生了一个娃子，倒甚爱惜他。那余谦生来亦是方面大耳，虎背熊腰，极有勇力，性情好动不好静，闻得谈文论诗，他便愁眉蹙额；听说抡枪弄棒，他就侧耳倾听。虽是一十三岁，小小年纪，每与大人赌胜，往往倒输与他，所以人呼他一个外号，叫做“多胳膊余谦”。老爷叫他同公子同学攻书，闲时叫二人习些枪棒。公子与余谦食则同桌，寝则同床，虽分系主仆，情同骨肉。老爷到任之后，少不得操演兵马，防守城池。武职之中，除演兵之外，别无他事，倒也清闲。这老爷声名著于外，多有人投在他门下习学枪棒。今有一人，系本县富户，姓任名正千，字威远。其人黑面暴眼，相貌凶恶。十四岁上，父母双亡，上无兄弟，下无姐妹，幸得有个老家人主持家业，请师教小主人念书。这官人生来专好骑马射箭，抡剑弄刀，文章亦是不大留心，各处访师投友，习学武艺。及至二十余岁间，稍长胡须，其色红赤，竟是个黑面红须，其相之恶，赛过尉迟恭几分，故此呼之“赛尉迟”。因他相貌怪异，人家女子都不许配他。他立志只在武艺上讲究，这件事倒也不在意下，所以，二十余岁尚是只身独自。日间与人讲拳论棒，甚是有兴，夜来孤身自眠，未免有些寂寞。正是：

饱暖思淫欲，饥寒生盗心。

于是，往往同几个朋友，向那烟花巷内走动，非止一日。那日会见一个妓女贺氏，遂与他有缘。任正千乃定兴县一个富户，其心甚喜，加倍温存。任大爷实难割舍，遂不惜三百金之费，在老鸨手内赎出，接在家内为妻。那贺氏生性伶俐，到家无事不料理。他有个嫡亲哥子，贺氏在院内之时，他亦住在院中端茶送酒。及贺氏从良任门，在任正千面前每每说起：他极有机变，干事灵巧。任正千看夫妻之情，即道：“我家事务不少，既是令兄有才，请来我家管分闲事，一则令兄有以糊口，二则兄妹得以长聚，岂不两便！”贺氏闻言，恩谢大爷之情。于是兄妹俱在任府安身。你说那贺氏之兄是何等人物？其人名世赖，字国益，生得五短身材，极有机变，正是：

无笑不开口，非谗不尽言。

见人不笑不说话，只好财钱，善于取财。若逢有钱之事，人不能取，他偏能生法取来；就受些须羞辱，只要有钱，他总不以为耻。他一入任大爷之门，小心谨慎，诸事和气，任府上下无有一人不喜他，任大爷也甚喜欢。过了年余，任大爷性格脾气，他却晓得了。逢任大爷不在家时，他瞒了妹子走出，与三朋四友赌起钱来。从来说，赌账神仙输，哪个赢的？把自己在任大爷家一年积下的十二金尽皆输尽。后来在妹子跟前只说买鞋子、袜子、做衣服无有钱钞，告借些须。贺氏看兄妹之情，不好相阻，逢借之时，或一两，或八钱与他。那贺世赖小运不通，赌十场输八场，就是妹子此后一两、八钱也不济事，况又不好今日借了明日又借。外边欠账要还，家内又不便先借，出于无奈，遂将任大爷客厅、书房中摆设的小景物件，每每藏在袖内拿出，变价还人。任正千乃是财主，些须之物，哪里检点。不料贺世赖那一日输得大了，足要大钱三千文方可还账，小件东西不能济事，且是常拿惯了，胆便比从前大些。在客厅、书房往来寻觅，忽然，条桌底下有一大铜火盆，约重三十余斤，被他看见，心中暗想："此物还值得四五两银子，趁此无人，何不拿去，权为卖了？"于是撩衣袖，将火盆提起往外便走。合当有事，将至二门，任大爷拜客回来撞见，问道："舅爷！拿火盆做什么？"贺世赖一见，脸有愧色，连忙回道："我见此盆坏了一只脚，故此拿去命匠人修整，预为冬日应用。"任正千见贺世赖言语支吾，形色仓皇，所谓做贼心虚，即走过来将火盆上下一看，见四只脚皆全，并未坏一只，心中大起猜疑。即刻到客堂、书房查点别物，小件东西不见了许多。任大爷心急如火，哪里容纳得住，将贺世赖叫过来痛责一番，骂道："无品行，不长俊，我以亲情相待，各事相托，你反偷盗我家许多物件。若不看你妹子分上，该送官究治！你今作速离我之门，永不许再到我家。"说罢，怒狠狠往后去了。见了贺氏，将此事说了一遍。贺氏闻言，虽惜哥哥出去无有投奔，但他自作孽，也不敢怨任大爷无情。说道："他自不长俊，敢怨谁来！"口中虽是如此答话，心中倒有个兄妹难舍之情。

由此，贺世赖出了任大爷之门。从来老羞便成怒，心中说道："我与你有郎舅之分，就是所做不是，你也该原谅些须，与人留个体面；怎地今有许多家人在此，就如此羞辱于我！"暗恨道："任正千，任正千呵！只要你轰轰烈烈一世，贺世赖永无发迹便了，倘有一日侥幸，遇人提拔一二，那时稍使计谋，不叫你倾家败业，誓不为人！”此乃是贺世赖心中之志，按下不言。

再表任大爷闻骆老爷之名，就拜在门下执贽。骆老爷见他相貌怪异，声音洪亮，知他后来必有大用；又兼任大爷诚心习学，从不懈怠，骆老爷甚是欢喜，以为得意门生。这老爷所教门生甚多，只取中两个门生。向日到任之时，有山东恩县胡家庄一人，姓胡名琏，字曰商，惯使一支钢鞭，人都呼他“金鞭胡琏”，曾来广陵扬州，拜在门下习学武艺。一连三载，拳棒精通，拜辞回去。老爷甚是爱他，时常念及。今日又逢任大爷，师生相投，更加欢悦。只是任大爷朝朝在骆老爷府内习学，往往终日不回，食则与骆宏勋同桌，余谦在旁伺候，安寝与公子同榻。二人情投意合，虽系世兄世弟，而情不异同胞。

老爷一任九年，年交五十，忽染大病，卧床不起。公子同余谦衣不解带，进事汤药。任大爷见先生卧病在床，亦不回宅，同骆公子调治汤药，曲尽弟子之心。谁知老爷一病不起，服药无效，祈神不灵。正是：

阎王注定三更死，谁敢留人到五更。

老爷病了半月有余，那夜三更时分，风火一动，呜呼哀哉！夫人、公子哀痛不已，不必深言，少不得置办衣衾棺椁，将老爷收殓起来，停柩于中堂，任大爷也伤感一番，遂备祭礼拜祭老爷，就在府中帮助公子料理事务。三日之后，合城文武官员都来吊奠。逢七，请僧道诵经打醮，自不必言。正是：

光阴似箭催人老，日月如梭追少年。

倏尔之间，已是终七。闻得京中补授游击，新老爷已经辞朝，即日到任。夫人与公子计议："新官到任，我们少不得要让衙门。据我之意，不若择日起柩回南，省得又迁公馆，多了一番经营。"公子道："母亲之意甚是。但新官到任时催迫我们回南，其奈路途遥远，非可朝发而夕至；就是起柩，未免仓促慌忙。依孩儿想来，还是暂借民宅居住，将诸事完备齐全，再择日期起柩，方无拮据失错之事。请母亲上裁。"母子计议之时，任大爷亦在旁，乃接口道："世弟之言极是，师母大人不必着急，门生舍下空房甚多，即请师母、世弟，将师尊灵柩迁至舍下外宅停放，慢慢回南，未为迟也。不知师母、世弟意下如何？"夫人、公子称谢，说道："多承厚意，甚得其便。但恐造府，未免动烦贤契，于心不安，如何是好？"任大爷道："说哪里话来，蒙师受业，未报万一；师尊乘鹤仙游，门生之心抱歉之至。今师母驾迁舍下，师尊柩前早晚得奉香火；师母之前，微尽孝意，此门生之素志也，不必狐疑。"夫人、公子谢过。任大爷遂告辞还家，令人将自己住的房后收拾洁净，另外开一大门，好抬老爷的灵柩。任大爷同贺氏大娘住中院。不讲任大爷家内收拾。

且说骆公子家中细软物件，并桌椅条几，亦有人往任大爷家搬运。不止一日，东西尽已运完，择日将老爷灵柩并合家人口俱迁移过来。老爷灵柩进宅之后，仍将新开之门垒塞。骆公子出入与任老爷竟是一个大门。贺氏大娘参拜骆太太，宏勋拜见世嫂，任大爷又办祭礼祭奠老师，再备筵席款待太太、公子。以后日食，任大爷不要骆太太另炊，一日三餐，俱同贺氏大娘陪着。且喜骆太太并无多人，只有太太、公子并余谦主仆三人。公子与任大爷投机相好，食则同食，行则同行，至晚安寝亦是同榻，朝夕不离，真如同胞兄弟一般，从无彼此之分。贺氏大娘与骆太太也相宜，三餐茶饭全不懈怠。太太、公子每欲告辞回南，任大爷谆谆款留，骆公子亦不忍忽然便去，所以在任大爷家一住二年。

那年春季三月，桃花开放之期，定兴县西门城外十里之遥，有一所地名曰“桃花坞”，其地多种桃花。每年二三月间，桃花茂盛，士人君子，老少妇女，提瓶抬合，携酒往看，多来此游玩。任大爷吩咐家人置备酒肴，遂请公子游玩；又吩咐贺氏大娘，亦请太太同行。于是两轿两马带着余谦，向桃花坞而来。骆宏勋马到其间，抬头一看，真乃好个所在，话不虚传。怎见得好景致，不知后事如何，且听下回分解。

第二回

王公子桃花坞游春

众人观望了一番，还在大路旁边拣了一个洁净亭子，将担子挑进。且喜内中桌椅现成，骆太太与贺氏大娘一席，任大爷与骆大爷一席，家人在旁斟酒。看官，你说这亭子内桌椅是哪里来的？只因桃花坞乃定兴县之胜地，凡到春来，不断游人。也有邻近的，搬运桌椅容易；若远处来的，只能提壶携合，不能携带桌椅了。就有这好利之人，买些木料做些桌椅，逢桃花将放之时，士人游动之际，预先典些闹地，把桌椅摆设其间，凭那远方游人把钱。所以任大爷一到亭子内，桌椅如此现成。因骆太太、贺氏大娘在内，任大爷就把一两银子给他，包了这个亭子，别的坐头许他再租赁与别人。这也不谈。

再言任大爷与公子谈笑对酌，饮过数巡，看举数箸，正在畅饮之际，忽听得大路之上锣声响亮，任大爷和骆公子站起身来，往那路上看望：只见一簇人围住十数个汉子，俱是山东妆扮，还有那妇女一老一少，老的约有六十内外，年纪小的不过十六七岁的光景，俱是老蓝布褂子。唯有那少年女子，穿了条绿绸裤子，鱼白色绫袜套，大红缎子鞋，却全不穿裙子。内中一个老儿，手提大锣一面，击得数声响亮。骆宏勋看了一会，全然不晓得这是班什么人，问道："世兄，此班是什么名堂？”任大爷道：“世弟，此乃山东所做，名叫‘把戏’。南边亦曾见过否？”骆宏勋答应道：“弟倒未曾见过。”任大爷吩咐余谦：“将那班人唤来，问他所会何样把戏？”余谦闻命，下了亭子来，高声大叫：“那鸣锣的老人家，这里来，我家大爷叫你哩！”那老夫妻闻言，急忙走过前来，满脸堆笑，说道：“大叔叫俺，想必要玩把戏了？”余谦道：“正是。我且问你：把戏共有多少套数？每套要银多少？”那老儿答道：“大叔，我们马上九般，马下九般，外有软索、卖赛，共有二十套，每套纹银二两；若要做完，共银四十两整。若单只卖赛软索，一套要算两套，两套就算四套，要银八两。不知大叔要玩哪几套？”余谦道：“你且在此少停，待我禀上大爷，再来对你说。”余谦说罢，上了亭子，对任大爷说道：“小的方才问他，他有马上九般，马下九般，走马卖赛，并踩软索，共二十套，每套要银二两整，全套做完共银四十两。若单只卖赛软索，一套要算两套；两套就算四套，要银八两。”任大爷开言向骆公子道：“马上马下十八般武艺，都是你我晓得的，可以不必，只叫他卖赛踩软索，就给他八两银子罢了。”骆宏勋说道：“此东小弟来出，请世兄观看。”任正千笑道：“一客不烦二主，怎好叫世弟破钞？正是愚兄备东。”吩咐余谦领命下去：单只软索卖赛。余谦领命，来到老儿面前说道：“我爷吩咐：马上马下十八般武艺俱都会的，单叫卖赛并踩软索。”花老道：“先已禀过大叔的，这两套要算四套哩！”余谦说：“那个自然。你只放心玩，银子分文不少。”老儿答应：“领命。”回首向着自家一众人，说道：“这位单要玩软索、卖赛，给我们八两银子。”家人答应：“知道了。”只见一人牵过一匹马来，乃是一匹川马，遍身雪白，唯脊上一片黑毛，此马名为“乌云盖雪”，俱是新鞍新辔，判官头上有个钢圈儿，乃是制就卖赛之物。那老儿将铜锣放下，拿起个丈把长杆，朝那两边摇着，口中说道：“列位老爷、大爷、哥哥、弟弟！请让一让，我们撇马哩！晚生先来告声：倘有不小心者，恐被马冲倒，莫怪我事前不言明。”

来往走了几次，看的人竟自走开，正中让出一条马路。那老儿将长杆丢下，又拿起铜锣当当敲着。又叫道："俺的儿，该上马了。"只见那个幼年女子站起身来，将上边老蓝布褂子脱去，里边现出杏黄短绫袄，青缎子背心，腰间一条大红绉纱汗巾，衬着绿绸裤子，五色绫子袜套，花红鞋子，那一只金莲刚刚三寸。头上挽了一个髻儿，也不戴花，耳边戴一双金坠子。不长不短，六尺多的身材，做一个辫腰儿朝上迎着，加上这配就的一身服色，就是一个花花蝴蝶，无人不爱。有诗为证：

蝉鬓云堆眉黛山，天生艳质降人间。
生成倾国倾城貌，长就沉鱼落雁颜。
疑似芙蓉初映水，宛如菡萏舞临泉。
雅淡不须脂粉施，轻盈堪比霓裳仙。
飘飘恍如三鸟降，袅袅仿佛五云旋。

那女子闻父命，不慌不忙来至马前，用手按住鞍子，不抓鬃脚，不踏镫，将手一拍，双足纵跳上鞍桥，左手扯住缰辔，二膝一催，那马一撒，右手将鞭子在马上连击几下，那马飞也似去了。正跑之间，那女子将身一纵，跪在鞍桥之上，玩了个童子拜观音的故事，满场之人无不喝彩。话不可多叙。一连三马，又做了一个镫里藏身，一个太公钓鱼，桩桩出众，件件超群。三赛已过，女子下得马来，在包袱上坐了歇息。早有人将软索架起，那女子歇息片时，站起身来，将腰中汗巾系了一紧，又上得软索，前走后退，小小金莲在那绳上走行，如同平地一般。任大爷同骆大爷看得爽快，骆宏勋不觉大声喝彩道："这软索也值八两银子！"任大爷应道："真乃不差！"那女子正在软索上玩那些套数，忽闻有人喝彩，声若巨雷，抬头一望，就是叫他玩把戏的亭子内的二位英雄：一个黑面红须，一个方面大耳。那方面大耳，年纪不过二十上下，生得白面广额，虎背熊腰，丈二身材，堂堂威风，见之令人爱慕。一边男夸女技艺出众，一边女爱男品貌惊人。这且按下不提。

且说对过亭子上，也有二人坐着饮酒。你说那两个人是谁？一个是吏部尚书的公子、礼部侍郎侄儿，姓王名伦，字金玉，生得面貌俊雅，体态斯文。就是一件：色欲之心过于常人。凡遇见有颜色的妇女，连性命也不顾，定然弄到手才罢。他乃定兴县有名的首家，广有银钱，父亲王怀仁，现任吏部尚书，叔父王怀义，现任礼部侍郎，轰轰烈烈，声势惊人。家内长养教习三五十人，合城之人，倘有些得罪与他，先着家人带领教习至他家，不论男女痛打一番；不拘细软物件，捶个尽烂，然后拿个名帖送定兴县，要打三十，县尹不敢打二十九，足足就要打三十，还要押到他府上验疼。因此，满城之人哪个不惧怕他，哪个不奉承他。旁边坐的那位不是别人，乃是贺氏大娘之兄贺世赖。自被任大爷赶出之后，腰内分文全无，流落不堪。过了半年，身上衣不遮体，食不充口。幸亏平素常去城隍庙进香，道士见他落难至此，知他肚内颇颇明白，遂留他在庙内抄写手帖，只有饭吃，却无工食钱。又过了半年，该他的运气来了。王伦来至城隍庙内进香，见有签筒在香桌上，顺便求得一签，贺世赖在旁，连忙与他抄写签诗。王伦细看签诗，一毫不解，就叫贺世赖代解。贺世赖知他是吏部公子，尽其平生谄媚之学，奉承一番。王伦心中甚悦，遂请他至家中，做个帮闲，一住二年，宾主甚是相宜。是日，也同王伦来此桃花坞游玩。王伦看见那女子跑马卖赛并踩软索，令人心爱，乃向贺世赖说道：“这女子年纪不过十五六岁，身材面貌倒也相趁，但不知可是那一道儿否？”贺世赖笑道：“大爷真可谓宦家公子，连这班人的出身都不晓得的。凡卖赛的，以及那踩软索的，卖翠花的，游历各府州县，不过以此为名，全以夜间那话儿赚钱，哪有不是此道者。也不知他住在城里城外？”王伦道：“明日会他一会才好。”贺世赖道：“门下昨晚听说到了一班玩把戏的，内有一个俊俏少年女子，住在西门城外马家饭店里，大约就是他这班人。今兄若要高兴，待门下明日到他店内唤来，如鹰食燕雀一般，何难之有！”那王伦大喜。又叫道：“老贺，这桃花坞内，来来往往妇女也不少，总的皆无有什么十分入眼之人，我只看中了两个。”贺世赖道：“大爷看中了哪两个？”王伦道：“方才说的软索上女子一个。”贺世赖说：“那一个是谁？”王伦用手一指，“你看对过亭子内坐的那一位少年堂客：瓜子面皮，瘦弱身躯，还有几分人材。你还未曾看见么？”贺世赖举目一看，不觉满面通红，笑道：“大爷莫来取笑，那不是别人，乃是舍妹。”王伦喜道：“我与你相交多日，未曾说到令妹，今日才说你有个令妹。但不知所嫁何人？”贺世赖用手一指，说道：“那桌上坐的黑面红须，此乃是妹丈也。”王伦一看，双眉紧皱，骂道：“老贺！你这个人丧尽天良，怎将个如花似玉的妹子，嫁了个丑鬼怪形之人，岂不屈了令妹了！我与你相好不浅，怎不把我做个侧室，胜嫁他十倍。”贺世赖道：“大爷错怪门下，门下与他相交在前，与大爷相交在后。”王伦带笑叫道：“老贺，你极有才干，怎能使令妹与我一会，我重重谢你！”贺世赖忙止道：“大爷说话声音略低着些，不要被他听见了。你道舍妹丈是谁？他乃是定兴县有名之人，叫做‘赛尉迟’任正千。他性如烈火，英雄盖世，倘若闻得，为祸不小！”从来说：色胆如天大，淫心海样深。王伦道：“我今日一见令妹，神魂飘荡，就是五方神道，十殿阎罗，我也不怕。我今日且与令妹亲个千里嘴。”贺世赖拦阻不住，王伦将手托自己嘴，对着贺氏嬉戏玩要不提。

且言那边亭子内，贺氏大娘眼极清明，早已望见他哥子同那一个少年郎君在对过亭子内饮酒。郎君年纪不过二十来岁，甚是俊雅。他原是出身不正，见了王伦，就有三分爱慕之意，口中虽与骆太太讲话，可二目不住地直往那对过亭子内观看。见了王伦照着他亲嘴，心中愈觉爱慕。合当凑巧，王伦、贺氏正在传情之间，正千、宏勋正在畅饮之际，骆公子在桌上用手一拍，大叫一声：“气杀我也！”险些把一桌子器皿尽皆打碎。任大爷连忙站起身来，急急问道：“因何事来？”只因一拍：

倾家情由从此起，杀身仇恨自此生。

毕竟不知骆公子说些什么话来，且听下回分解。

第三回

骆宏勋命余谦硬夺把戏

却说骆宏勋大叫为何？因这日亭子内席面上任大爷的主席，骆宏勋是客席，背里面外，对着王伦的亭子，饮酒之间，抬头看见王伦手之舞之，足之蹈之，向贺氏嬉戏，心头大怒，按捺不住，遂失声大叫。及任大爷追问，又不好直言，说道：“此话不好在此谈得，等回家再言。”吩咐余谦下去，对那踩软索之人说：“不必玩了，明日叫他早间往四牌楼任大爷府上取银子，分文不少。”余谦领命，下得亭台，向老儿说道：“今已见武艺之精，何必谆谆劳神，不用玩罢！我们今日未带许多银子，叫你老人家明日早间，往四牌楼任大爷府上去拿银子。”那老儿答道：“大叔方才说了四牌楼任大爷，莫非就是‘赛尉迟’正千任大爷么？”余谦答道：“正是。”那老儿说道：“久仰大名，尚未拜谒，明日早去，甚为两便。”遂将那女子唤了来，将那架子收了，同至包裹前歇息。那女子向母亲耳边低声说道：“孩儿方才在软索上见了一人，就是叫我卖赛的亭子内之人，生得方面大耳，虎背熊腰，丈二身躯，凛凛杀气。据女儿看来，倒是一位英雄。”老妇闻女儿之言，观女儿之色，知他中意了。向那老儿耳边，将女儿之言述说一遍。那老儿满心欢喜，自忖道：“闻得任大爷乃是个黑面红须，此位白面却是何人？”即至亭子旁边，问那本地人，方知是游击将军骆老爷的公子，名宏勋，字宾侯，年方二十一岁，与任大爷是世弟兄，就在任大爷家借住，本籍广陵扬州人也。访得明白，即走回来，对妈妈说知：“我明日去拜谒任大爷，就烦他作伐，岂不是好。”

看官，你道这老儿是什么人物？他是山东恩县苦水铺人氏，乃山东陆地有名的响马。山东六府并河南八府，以及直隶八府道上，凡有行道之人，车马行李之上，插个“花”字旗号，即露宿霜眠，也无人敢动他一草一木。这老儿姓花，名萼，字振芳；这位奶奶亦是山东道上有名的母大虫，父亲姓巴，共生他姐弟十个，这位奶奶乃头生，底下还有九个兄弟，乃巴龙、巴虎、巴彪、巴豹、巴仁、巴义、巴礼、巴智、巴信，也俱有万夫不当之勇。这奶奶因幼年曾在道上放响，遇见花振芳保镖，二人杀了一日一夜，未分胜负。你爱我、我爱你，因此配为夫妇。一年所产甚多，俱不存世。老夫妇年纪将六十，只有这个女儿，小名碧莲，年方一十六岁，自幼从师读书，文字惊人；又从父、母、舅习学一身武艺，枪刀剑戟无所不通，老夫妇爱如珍宝，不肯轻易许人。又且这碧莲立志不嫁庸俗，必要个英雄豪杰才遂其愿，所以今日这老夫妇同着巴龙、巴虎、巴豹、巴彪兄弟四人，带着女儿，以把戏为名，周游各府州县，实为择婿。出来有几年的光景，并无一个中女儿之意。今来定兴县，问得桃花坞乃士人君子、英雄豪杰聚集之所，特同众人来访察一番，不期女儿看中了骆宏勋，所以老夫妻欢喜不尽。这且不提。

再表贺世赖同王伦在亭内饮酒者把戏，那王伦在那里亲千里嘴，忽听得对过亭子内大叫一声，犹如半空中丢了一个霹雳，即时，踹软索的也不玩了。贺世赖在旁说道：“门下对大爷说：不要取笑，大爷不听，弄得他知觉，如今连软索也都不玩了，好不败兴也。门下方才听见喊叫之声，不是任正千，乃是骆游击之子骆宏勋也。门下谅任正千必要问他情由，有舍妹在旁，姓骆的必不好骤然说出。幸亏任正千不知，若正千看破，此刻我们这桌子早已被他掀倒了，打一个不亦乐乎！”王伦被这一句话说得老羞变成怒，说道：“他玩得起，难道我就玩不起？他不玩，我偏要玩，看他把我怎样！”吩咐家人王能、王德、王禄、王福：“多去几个，将那玩把戏的人都与我唤来，凭他要多少套数，与我尽数全玩；凭他多少银子，分文不少。”王能等闻命，即至花老面前，道：“老儿，这里来，吏部尚书王公子叫你。叫你们凭有多少套数尽数全玩。不拘多少银子，叫你们府内去拿，分文不少。教你要比先前更加几分工夫，方显我们大爷体面。稍有懈怠，半文俱无。”那花振芳闻这许多吩咐，做这许多的声势，就有三分不大喜欢。今日若不去随他玩，又要和他淘气，耽误了明早去拜正千，只得忍气吞声，答道：“晓得。”遂同巴氏弟兄跟随王府家人前来。

再言骆宏勋因心内有此一气，闷闷不悦，酒也不吃了。抬头一看，那玩把戏的老儿去而复返，却是为何？余谦抬头一望，见前面四人尽是王府家人。余谦平素认得，遂说道：“前边四人，小的认得是王伦家人。想是对过亭子上王伦也玩把戏哩。”骆宏勋闻得对过也要玩把戏，不由怒从心上起，恶向胆边生，说道：“他们共是二十套，我们只玩过两套，还有十八套未玩。余谦下去对那老儿说：‘还早，这边未曾玩完。’倘王家不肯，与我打这个狗才，再同王伦讲话。”余谦闻命，笑嘻嘻地去了。看官，你说余谦因何笑嘻嘻的？因他乃有名的“多胳膊余谦”，听说打拳，心花俱开，闻得主人吩咐他打这狗才，不由得喜形见于面，急忙迎上前来拦住，说道：“那老人家，我家老爷还要玩哩！”花老道：“方才这四位大叔相唤，等俺玩过那边的，再往这边来玩吧。”王能等四人上前接应，道：“余大叔，久违了！”余谦怒狠狠地回道：“不敢！”王能又道：“余大叔，那边玩过了，已经不玩了，我家爷才命我等唤他。候弟等到亭子内禀过大爷，少玩两套，即送过来，何如？”余谦说道：“多话，他共有二十套，我们只玩了两套，余着十八般尚未玩。待我们玩过这十八般，再让你们玩不迟。”叫道：“老儿，随我来！”王能等四人素知余谦的厉害，哪个再敢多言。花老儿同巴龙弟兄，只得随余谦来了，又仍至先前踩软索的所在。花振芳同巴龙二人跳下场子，各持长枪，上下四左五右六，插花盖顶，枯树盘根，怎见好枪法？有《临江仙》为证：

神枪手真可堪夸，枪摆车轮大花。落在英雄手逞威，军中遇能将，阵中伤敌家。前冲足远护两丈，后坐能冲丈八。七十二路花枪妙，若人间武明，甫胜天上李哪吒。

恐此道不尽枪法之妙，又有一诗为证：

奇枪出众世间稀，护前遮后无空遗。
只怕敌人惊破胆，那堪神鬼亦凄凄。

二人扎了一回长枪，满场喝彩。

且言王家家人四个，听余谦将那老儿生生夺去，不好回禀主人，恐主人责罚无用。回至亭外，心生一计，将脚步停住，使个眼色与贺世赖，贺世赖看见，望王伦说声：“得罪，门下告便。”便至王能等前，问：“列位回来了，叫的那老儿何在？”王能皱眉道：“我弟兄四人领了大爷之命，已将那花老唤至半路，不料对过亭子内，骆游击家人余谦怒气冲冲，生生夺去。贺相公是知余谦那个匹夫平日的凶恶，我弟兄四人怎能与他对手？欲将此话禀上大爷，恐大爷动怒，责备我们四个人倒怕他一个。故此请贺相公出来，你老人家极有机变，指教一二。”贺世赖沉吟一会，道：“你们且在下边，莫进亭子内来。那老儿在那里玩枪，大爷也不知是他玩不是他玩？不问便罢，如问时，我慢慢地代你各位分说便了。若以实情告诉，倘若大爷任性，叫你与他斗气，你们是知任正千同余谦之名的，还打的酆鲍史唐，好景不得好玩，好酒不得好吃，可是不是？”王能四人齐应道：“全仗贺相公维持。”贺世赖走上亭子，说声“有罪”就坐下了。王伦道：“你看那老儿，年近六旬，比得好枪法，全身俱是气力。”贺世赖答道：“真乃好枪法！”

再讲花振芳同巴龙，把七十二路花枪扎完。巴虎又跳上场，手提铁鞭一支，前纵后坐，左拦右遮，只听得风声响亮，真乃好鞭法。怎见得？有五言诗一首为证：

炉中曾百炼，破节十八根。
英雄持在手，临阵挡征人。
倘若着一下，折骨又断筋。
四围风不透，上盖雨不淋。
一路分二路，四路八达分。
变化七十二，鞭有数千根。
好似一铁山，哪里还见人？
惊碎敌人胆，爱杀识者心。
若问使鞭者，山东有名人。
生长豪门第，久居苦水村。
姓巴讳虎字，排行二爷身。

巴虎使了一回鞭，人人道好，个个称奇。

且说任正千同骆宏勋看得亲切，心中大悦，说道：“我只当是江湖上花枪花棒，细观起来，竟是真本事，只在你我肩左，不在肩右。”吩咐余谦：速速下去，将老儿同那几位英雄俱请上亭子来，说：“观此两件武艺，已经领教；余者自然也是好的，不敢有劳了，请上亭一谈。说我二人在此立候。”余谦下去，遂将花老儿同巴氏弟兄俱请上亭子。任大爷同骆大爷相迎，见礼已毕，分宾主而坐。花振芳开言道：“哪位是任大爷？哪位是骆大爷？”任正千道：“在下任正千。”又指骆宏勋道，“这位是骆大爷，名宏勋。”花老道：“昨晚方到贵处，尚未拜谒，容罪容罪！”任正千道：“岂敢。方才观见枪、鞭二件，玩得惊人，已知英雄豪杰，非是江湖之花枪可比也。若不嫌菲酌，特请一叙。敢问英雄贵府何处？高姓大名？”花老儿答道：“在下姓花名萼，字振芳，乃山东恩县人氏。这四位乃内弟巴龙、巴虎、巴豹、巴彪。”任正千道：“莫不是苦水铺花老先生么？”花振芳道：“岂敢，在下就是。”任正千道：“久仰！久仰！”又问道：“适才跑马女子却是何人？”花振芳道：“那年少的是小女，年老的乃贱内也。”任正千道：“幸而问及，不然多有得罪。既是奶奶、姑娘，何不请来与骆太太、贱内坐一坐！”花振芳同巴氏弟兄站起身来道：“不知是骆老太太、任大娘在此，未曾拜见，有罪！有罪！”重新又见过礼。花振芳走下亭子，将花奶奶及碧莲姑娘叫上亭子，众人见礼已毕。花奶奶与碧莲同骆太太、任大娘一席，花振芳与巴氏弟兄、任正千、骆宏勋一席，谈笑自如，开怀畅饮。不知后事如何，且听下回分解。

第四回

花振芳求任爷巧作冰人

且说王伦同贺世赖又看巴虎玩了一回鞭，王伦方才欢喜，道："此两套比那卖赛并软索更觉壮观，凭他多少银子，明日分文不少了他的。老贺你说是也不是？"贺世赖带笑而应。正看在热闹之间，忽然把戏场子散了，见那老儿同那一众男女，俱上对过亭子内去坐下。王伦叫道："王能哪里？王能哪里？"连叫几声，无人答应。贺世赖知他是要问此情由，谅来隐瞒不住，乃问道："大爷叫王能何干？"王伦说道："那玩把戏的，只会这两套不成？我叫他尽数全玩，怎么就散了场子？你看那些玩把戏的男女，又都上对过亭子内去了，坐着相谈，令我心中大不明白。我叫王能来问：还是未吩咐他尽数全玩？还是只会这两套武艺？如果只会这两套就罢了，倘然还有，这般不肯全玩，又屈奉他人，我如今是不但不把银子与他，还要送官究治！"贺世赖只是忍不住笑道："大爷不把银子与他，他原不敢来要大爷的银子。"王伦道："难道他竟不敢向我要银子么？"贺世赖道："非是不敢要也。大爷，你道方才刺枪、舞鞭是谁家玩的？"王伦道："是我叫王能他们四个人叫他们来玩的。"贺世赖道："此刻好叫大爷得知。"遂将王能叫他们之事一一说明白。"是门下之意，叫他瞒过大爷，讲：

他玩，我们也看得见，我们且乐得省几两银子，何必与他们争夺，惹得生闲气！”从头至尾说出情由，诉了一遍，把个王伦气得目瞪口呆，半日说不出话来，骂道：“大胆匹夫！气杀我也！况你不是别个，乃游击之子，就敢如此大胆欺我，即今现任提督军门，在我面前也不敢放肆。”吩咐抬合的、挑担子的，并马夫、轿夫以及跟随的家人：“一起过去，将那对过亭子内，不论男女与我痛打一顿，方出我胸中之气。”贺世赖连忙拦住，道：“大爷，你请息息雷霆大怒，听门下讲来，你大爷得知那任正千、骆宏勋二人厉害，莫说今日跟随来的这几个人，就是连家中那些教习尽数叫来，也未必是他家人余谦的对手。”王伦道：“这般说来，难道今日我就白白受他欺压罢了？”贺世赖道：“大爷，你今听见说道：江山尚有相逢日，为人岂无对头时。日月甚长着哩！气力不能胜他，则以智谋可也。岂有白受他一番欺压的道理！”王伦道：“此乃后事，为今之计当何如也？”贺世赖道：“为今之计，据门下想来，只有两个字甚好。”王伦道：“请问两个什么字？”贺世赖道：“无有别法，只‘走’字上加一个‘偷’字。”王伦冷笑道：“彼丈夫也，我丈夫也，我何畏彼哉？老贺！何欺我太甚？今彼欺我，我不与他较量，已见我宽宏大度。明白回去，难道也把我吃了？加个‘偷’字，何怯之极！”贺世赖道：“大爷有所不知，今日之偷走，非是惧彼也，实愧于外亭观望之人耳！大爷唤来之人，反被余谦生生夺去，大爷竟置之不问，忙忙躲避走了。知者，是大爷宽宏大量；不知者，以为现任吏部尚书公子反怕那死后游击将军的儿子。门下叫大爷偷走者，正是顾全了大爷体面，保了老爷的声势，门下何敢藐视大爷？”贺世赖一席话，说得王大爷心中痛快。遂吩咐家人：“我此刻欲与贺相公先行一步，你们牵马抬轿，慢慢随后来吧！”王伦同了贺世赖自亭子后边一条小路悄悄而去，家人收拾合担、轿马，陆续而走，自不必说了。

再言那对过亭子内，花振芳一众人谈了一回枪刀剑戟，论了一回鞭锤抓锏，无一不精其妙。任大爷与骆大爷心悦诚服，同饮至将晚，那花振芳一众之人告辞回下处，骆大爷等亦坐轿马入城而去。骆宏勋因心里有事，到底不肯大饮酒。任正千被花振芳谈论枪棒入妙，遂开怀畅饮了几杯，不觉大醉，及至家中，天已晚矣，把桃花坞骆宏勋大叫之事已尽忘了，骆大爷也就隐而不言。二人别过，各自归房安歇不提。

次日早旦清晨，各自起身，梳洗已毕，同在客厅。任正千向骆宏勋说道："昨日所会的那花老儿，真个般般入妙，件件皆精，诚名不愧实也。"骆宏勋道："正是呢，不但花老难比，连巴氏弟兄亦当世之英雄。"正谈论间，门上人进来禀道："启上大爷：门外来了五个男子、两个女子，还有十数个扛包袱的，口称是山东人氏，姓花，特来拜谒。"任、骆二位相公闻言，连忙整衣出迎。任正千又吩咐家人："快请大娘出来，迎接女客。"于是，贺氏大娘出来将花奶奶并碧莲姑娘迎进后堂不提。

且说任正千将花老儿并巴氏弟兄请至客堂，行礼已毕，分宾主而坐。花老儿道："昨日桃花坞相见，今特造府，一则进谒，二则拜谢。"任正千道："方才与世弟谈及贤妻舅之英雄，正欲往贵寓奉拜，不意大驾已光寒舍，何以克当！"花老叫那扛包袱的，又将包裹送上厅来，大小共有数包。花老向任大爷、骆大爷二人说道："此物乃敝处之土产，几包小枣，几包回饼，几包茧罗，权为贽见之礼，望乞笑纳。"任正千、骆宏勋欠身道："光降寒门，已蓬荜生辉，安敢受此大礼？"花老道："此皆自家土产，何为礼云。若不收留，是见外了，在下即便告别。"任正千道："既如此说，只得谨领了。"遂叫人搬运后边，又向花老等谢过，遂吩咐家人们摆酒。不一时，客厅之上摆设两席：东席上，花振芳、巴龙、巴豹，任正千奉陪，西席上，巴虎、巴彪，骆宏勋奉陪。花奶奶、碧莲姑娘，后边自有骆太太、贺大娘款待。

且表席上酒过数巡，看上几品，花老儿邀任正千至天井中，说道："在下有一言奉告，不好同骆公子言之，故邀任大爷出来奉告。不识任大爷可肯代在下玉成否？"任正千道："请道其详。"花振芳道："在下老夫妻年近六旬，只有小女一人，自幼颇读诗书，稍通枪棒。小女立志不嫁庸俗，愿侍巾栉于英雄；年交一十六岁，尚未许人。今日老夫妇带他周游各州府县，以把戏为名，实择婿也。所游地方甚多，总未相成一人。昨日在桃花坞，幸蒙不弃，得瞻大驾同令世弟骆公子。在下看骆大爷青年气相非常人可比。在下稍有家私，情愿陪嫁小女金银二十万，意欲烦任大爷代我小女作媒，不知任大爷俯就否？"任大爷道："常言：君子有成人之美。晚生素昔最好玉成其事。但我久知世弟早已聘过，闻得是贵州总兵家小姐姓桂名凤萧。"花振芳闻得聘过，负却今时一会，莫慰女儿之望。因思：古之人一夫二妇者甚多，今之人三妻四妾亦复不少。女儿既愿托丝罗于骆公子，岂缘侧室而见恨乎？因说道："古之人一夫二妇者甚多，今之人三妻四妾亦复不少。既骆大爷已经聘过，小女愿为侧室，望乞帮衬一二。"任正千道："这个或者领教。且请入席，待我同骆世弟言之。"二人遂又入坐。不多时，任大爷将骆大爷邀出外面，将花老之言说了一遍。骆宏勋道："岂有此理！我已聘过，哪有再聘之理？若侧室之说，亦未有正室未曾完姻，而先立侧室之理。况孝服在身，亦不敢言及婚姻之事，烦世兄善为我辞焉！"二人遂又入坐饮酒。任正千又将花者请出，将骆宏勋之言又诉了一遍。花振芳见亲事不妥，遂无心饮酒。又入坐饮了两杯，即同巴氏兄弟站起身来告辞。任正千、骆宏勋谆谆款留，花老哪里肯坐。花奶奶知前面散席，也同碧莲辞过骆太太、贺氏大娘走出来。男女均于大门会齐。奶奶便问："事体如何？"花老道："事不谐矣！"任、骆送出大门，一拱而别。

花老同众人仍由原路出西门，回寓处而来。到得店门，只听天井中嚷嚷道："我们是日出时就来，直等到日中还不见回来。回去了又要受主人责骂了。总是这店主人这狗才坏我们的事。我们来时，就该说不得回来，有别事一时不能便回，我们就不等到这早晚了。我们先把店主人打一顿，方消我们之气。”门中有个人解劝道：“你们众位不必着急，常言道：‘不怕晚了，只怕事不成。’天还早哩。就是上灯时也将他等了才去。”正嚷之间，店主人抬头一看，见花老走进门来，道念一声：“阿弥陀佛！救命王菩萨回来了。”只因这一声，直叫：

三九公子狠心丧心，二八佳人耀武扬威。

毕竟不知店内因何吵闹，且听下回分解。

第五回

亲母女王宅显勇

却说花振芳自任府回来，将走进店门，店主人抬头一看，念声：“阿弥陀佛！救命王菩萨。”向着花振芳说道：“你老人家说去去就来，怎么就半日方回？”花振芳道：“承四牌楼任大爷留住饮酒，所以此刻才回。”店主人又说道：“里边有吏部大堂公子王大爷家来了几位大叔并贺相公，自日出时就来相等，直到此刻，都等得不耐烦了。”说着，花振芳走进天井来，看五个人在那里怒气冲冲地讲话。却认得四个人，只有一位不相识。所认得者即是昨日相唤之人。王能等四人向花振芳道：“我们奉家大爷之命，前来相请众位进府玩耍。已等了这半日，在这里着急，来得甚好。”花振芳道：“原来如此。”花振芳指定那穿直摆、带绣巾的说道：“这位是谁？”王能道：“这位是我家贺相公。”贺世赖听得，遂向花老儿拱了拱手，道：“老先生请了，在下乃吏部尚书公子王大爷的帮闲。恐他四位相请，再有什么阻碍，故命在下同来。已等了这半日，大驾才回寓。敝东王大爷不知候得怎样焦躁了！”花振芳那里真以把戏为事，因为烦任大爷作伐不谐，就有几分不大自在，哪里还有心肠应酬他们，推说道：“适才闻得敝处天雨淋漓，将几亩田淹了。敝处颇有几亩田地，甚为恐惧，定于今日起身回家。敢烦贺相公同四位大叔回去，在大爷台前巧言一二，就说我不日还来，那时再造府现丑吧。”贺世赖道：“老先生说哪里话来！淋雨淹麦，此不过耳闻；就是真个淹没，老先生即使回至贵处，谅亦不能挽回了，何起身如此之速也？昨日桃花坞中奉请，已被骆游击之子叫家人夺去。彼时若非小的在座，相公昨日有番争闹之气。今日若再不去，就是你老先生明重彼而轻此也。倘王大爷见怪，老先生亦无辞相解。今日奉劝，权住半日，到王府一谈，明日起身回贵府，亦不为迟。”花振芳听贺世赖之言有理，想了一想道：“五湖四海皆朋友，人到何处不相逢。想他是个吏部的公子，相与他也不玷辱于我。”遂同奶奶、碧莲、巴氏弟兄一众男女人等，随了王府之人前来。

看官，你说贺世赖亲来相唤花老，是何缘故？因昨日在桃花坞同王伦逃走回家，天气尚早，二人在书房摆酒重饮。王伦向贺世赖说道：“你若使令妹与我一会，我不惜千金谢你。”贺世赖原是个爱财如命之徒，听得千金相激，就顾不得“礼义廉耻”四个字，遂说道：“重赏之下，必有勇夫。但恐事成之后，悔改前言，那时，使门下无可如何。”王伦道：“我从不说谎。”贺世赖道：“既如此，待门下慢慢与舍妹言之，我包管遂你大爷之愿。那桃花坞踩软索的女子，等明早先唤来与大爷解渴如何？”王伦欢喜道：“如此甚好！”故此，今日一早着王能四人到西门外马家饭店内呼唤。贺世赖恐有别的阻碍，放心不下，故亦随其中。今日他若不随来，就叫王能等四人来唤，花老无心玩耍，这事不免又要以吏部之势生压他们；其不知花振芳又是敬软不怕硬之人，皇帝老儿他还不怕，倒怕你个吏部尚书来了！真个唤不来的。幸亏贺世赖一阵软话，把个花振芳说得心服，方肯与众人同来。一直来到王府门首，贺世赖道：“王能，将他们邀进门房坐坐，待我先进去通报与大爷。”于是贺世赖先到书房。见了王伦道：“大爷恭喜！”王伦道：“这时候才来？”贺世赖将花老去拜任大爷、骆大爷，留他饮酒，并花老闻得路人说，天雨淹田，本是今日即回山东的。门下委曲说了半日，方才一同随来的话，说了一遍。王伦道："难为，难为！如今人在何处哩？"贺世赖道："门下方才着王能等留他们在门中坐坐。门下先来通知大爷，还是怎样玩法？"王伦道："我不过要与那个女子谈笑，有别的什么玩法？"贺世赖道："如此说，叫哪个拿些酒饭，在门房里给那一班男子去吃酒。摆一桌在客厅，叫人出去，将那两个女子叫进来，只说是里面大娘唤他玩耍，难道谁人敢进客厅？他既在大爷这里，还有什么说的。"王伦道："吩咐家人：拿些酒肴往门房去。再吩咐一人出去，说内室大娘唤你二位女将里边去哩，暗暗引进客厅来。"家人闻命，不敢迟慢，将花奶奶同那碧莲引进客厅来。花奶奶母女来至天井之中，家人退了出去。

花奶奶、碧莲抬头往厅内一看，见厅东首摆列一桌席面，有两个男人在上指手画脚：一个是方才那个姓贺的，那一个头戴公子巾，身穿桃红缎子直摆，足下穿了双粉底乌靴，手拿一把大白纸扇，扇儿下系一个白脂玉的扇坠，也不扇扇，转过来将扇坠绕上来、调过去将扇坠摆开，一团心高气满的光景，大约此位就是公子。母女见厅上并无妇女，遂将脚步停住。王伦道："老贺，你看他两人正行之间，怎么站下？"贺世赖道："此辈多善做势拿腔。本是这样人，偏要做出不相人的样子；本不害羞，偏要扭捏出多少羞惭的光景，令人爱慕。今他正行忽止，正是做身份，叫我们下去迎他的意思，我们何不就去迎迎，与大爷携手而上，岂不是一乐事也！"王伦欢喜道："使得，使得！"二人下得厅来，到得花奶奶、碧莲跟前。王伦向碧莲道："昨在桃花坞观见踩软索，无一不入其妙。今特遣价相请，至舍一会，足慰小生渴慕之怀。"花碧莲闻得王伦以"小生"自称，不觉粉面通红。花奶奶听得他言语虚晃，就知他心怀不善，早有三分不快。说道："方才闻大娘相唤，遂同小女来至里面，宅上宽阔，不知大娘在何所房屋？望乞指教。"贺世赖道："老人家不认得这位大爷就是吏部天官的公子。昨日因桃花坞望见令爱技艺，整渴慕一夜。今日相请者，即此位王大爷，说大娘者，不过名色耳！”王伦又接应道：“相请玩把戏，此不过名色耳，实为请令爱前来一会，以慰渴想。相敬谢仪自然从重，多于把戏。”王伦看见花碧莲面带赤色，比先更觉可爱，只当他是做出的羞态。又道：“若肯不弃，厅上现备菲酌，请坐一饮。”遂来携碧莲之手。花碧莲大骂一声：“好大胆的匹夫！敢来调戏姑娘也。”遂卷袖持拳，要打王伦，花奶奶要捺贺世赖，幸喜门外边跑进几个家人，一拦，王伦、贺世赖看事不好，往屏风后走进去，将屏门紧闭，躲入内书房去了。花奶奶、碧莲见众家人相拦，走脱了王伦、贺世赖二人，心中大怒，将众人乱打一番。真乃是：

遇脚之人磕于地，逢拳之将面朝天。

这几个家人哪里是他们母女二人的对手，三拳两脚，打得他们东跑西走。母女二人上得厅来，找寻王伦、贺世赖，见屏风紧闭，知他躲起来了。遂将厅东首摆设之席面一脚翻倒，将四只桌脚取下，把客厅之上的古玩、器物、桌椅、条案，打得它一个穷斯滥矣！看官到此，未免要说作书之人前后不照应。王伦家内常养着三五十个教习，今日如何只有这寥寥几个家人？但因贺世赖大意，只说这班人原是这一道儿，有什么不好？又值桃花坞盛景之时，这些教习都说，公子今日做秘事，我等在家，人多眼众，遂三个一群，五个一伙，连家人也只留了十数个，余者都同教习赴桃花坞看花去了。若他们在家，花奶奶、碧莲虽不会吃亏，也不能打得这般爽快。母女二人自内里打将出来，花振芳在门前房内闻得一声响，连忙走出来一看，见奶奶同姑娘各持桌脚两条。花振芳忙问所以，花奶奶将如此这般情由诉说了一遍，把个花振芳气得目瞪口呆。巴氏弟兄同王能等四人，俱皆走出相问，花振芳将上项事一一说知。巴氏弟兄早已将王能等四个人掼了一个跟斗。王能等哀告道：“此皆贺世赖与主人所为，不干我等之事。

我们俱在此奉陪劝饮，实是不知就里，望英雄暂息雷霆之怒，饶恕则个。”花奶奶在花老耳边说道：“今早在任府议亲，未见允诺。骆公子说孝服在身，不敢擅自言及婚姻之事，候他服满，再可议及。”花老点头，向巴氏兄弟说道：“诸位贤弟，且莫动手，这四个人本不该饶他，但你我来时，他们就在此相陪，寸步未离，此皆他主人同姓贺的所为，实不干他们之事。”巴氏兄弟遂向四人道：“今日本要连你主人巢穴皆毁了，但我们有事在心，暂且饶你们一死！”四人叩谢不已。花奶奶向花老说：“早些一同回寓。倘或被任、骆二位知之，日后之事难以商议。”花老听见说得甚是有理，遂带一众人照原路回来了。

再言王能等见花老人等去后，进来里边看了一看，客厅之上，真不是个客厅了，就如人家堆污秽之物的所在。走至屏风之后，见门紧闭，用手连敲几下，里面无人答应。王能会意，知大爷们还当是那花氏母女们来打，故不敢答应。遂叫道：“那玩把戏的众人尽皆去了，我等乃王能等四人，特请大爷出厅。”里边听得是家人的声音，贺世赖同王伦才放心开门，走将出来。至客厅上，抬头一看，厅上摆设之物尽皆打坏。又听得一人在那月台跟前呻唤，王伦命王能看来，乃家人王龙也。问其所以，是被花碧莲一脚蹬在脚下，将他脚骨蹬折了两根，不能动弹，故瘫在地下呻唤。王伦叫人将他抬了，送到他的卧房，少不得延医调治。遂向贺世赖道：“幸而你我走得快，不然总要吃他的亏。不料这两个妇女这般厉害，今日之气，如何得出？”贺世赖道：“没有别说，今日天色已晚，明日清晨，合府人众，不拘教习、家人，俱皆齐集到西门外马家店内，将这伙男女打他一个筋断骨折，然后拿个帖子送县里，重重处治，枷号起来，方见大爷的手段。”那王伦遂依了贺世赖的话，一一吩咐家人并教习等。众人得令，各人安排各人的器械，无非是槐杖铁尺等类。各人安歇，明早往西门外厮打。这且按下不表。

再表任正千、骆宏勋送花老去后，回至厅上。任正千道：“今蒙花老先生前来相拜，又承送数包礼物，于心甚不过意。”骆宏勋道：“没有别说，明早少不得要去回拜他，我们大大备下两份礼仪送他罢了。”任正千应诺，各备程仪一封。一宿晚景已过，不必细述。

且说次日清晨，二人起身梳洗已毕，吃了些早汤点心，备了三匹骏马，带着余谦望西门大路而来。将至西门，只见西门大街上有百十余人，雄赳赳各持器械，也望西门而来。任正千问道：“是些什么人？”余谦下得马来，将缰绳交付任正千代拉，向前来一看，有王能在内。余谦拱手，王能连忙上前笑应，道：“余大叔哪里来？”余谦道：“拜问一声：府上与哪家斗气？合府兵马全至。”王能道：“余大叔有所不知，就是前日桃花坞卖赛的那一伙人。昨日我家大爷唤到家内玩耍，就那两个堂客不识抬举，反诬我家大爷调戏他，将我们客厅上摆设的物件尽皆打碎，又把我们王龙的脚骨都蹬折了，现在请人调治。家爷气极，叫我们兄弟等同众位教习，往他寓所厮打。余谦哥，一向忝在相好，倘蒙不弃，同弟等走走，与弟助助威。”余谦道：“家爷俱在城门下，因见众位不知何故，特遣弟前来问问，还要回家爷话去。”将手一拱，抽身而去，将王能之言一一禀上。骆宏勋道：“花老乃异乡之人，王伦有意欺他。你若不调戏人家女子，那花老也不肯生事打你家人，坏你的家伙。我们不知便罢，既然遇见，若不解围，倘花老后来知道，说我们知而不解，道是我们不成朋友。”不知二人如何解法，可解得开否？且听下回分解。

第六回

世弟兄西门解围

且说任正千道："正是。余谦再去说：我二人说，你家不调戏人家女子，人家也未必敢坏损家伙，打坏你的人口。况他是外路人，不过是江湖上玩把戏的，你家王大爷乃堂堂吏部公子，抬抬手就让他过去了。看我二人之面，叫他们回去吧！"余谦又到王能前，将任、骆二位大爷之言告诉一遍。王能笑道："余大叔错了，我乃上命差遣，概不由己。即任、骆二位公子解围，需先与家爷说过，家爷着人来一呼即回。余大叔，你说是与不是？"余谦听他说得有理，只得回来对任大爷说道："小的方才将大爷之言告诉他，他说奉主差遣，不得自专。即二位大爷解围，务必预先与王伦说过，待王伦差人来到叫唤他们，方可转回；不然不能遵命。"任正千听说大怒，说："我就不能与王伦讲话！"又向骆宏勋说道："世弟，请下马来，此地离王伦家不远，我与你同去走走。"骆宏勋连忙跳下马，将二匹马的缰绳俱交与余谦牵住，又吩咐余谦道："你牵马拦门立着，不要放这群狗才一个过去，我们好与王伦说话。倘若有人硬要过去出城的，你与我打这畜生。"吩咐已毕，任正千、骆宏勋大踏步往王伦家去了。余谦即将三匹马牵在当中站立，大叫道："我家爷同任大爷已到王府解围，命我挡住，倘有硬过去的，叫我先打。我也是上命差遣，概不由己。”即摩拳擦掌，怒目而立。

且说王伦家人连教习倒有百十个人，哪一个不晓得余谦厉害，俱面面相觑，无一个敢过去。王能看此光景，知不能出城的了，即着两个会走路的连忙回府，将此情由禀知大爷。这王伦两个家人闻得此言，不敢慢行，一则路熟，二则连走带跑，所以任、骆未到，二人早已跑进府去。王伦、贺世赖正在书房里商议写帖送县，只见两个家人跑得喘吁吁地进来，王伦问道：“回来得快呀？不许伤他的性命嗳！”二人禀道：“小的们还未出城哩。”王伦道：“因何不出城？”二人将遇见任正千、骆宏勋，“叫我们回转。小的们说：奉主人之命，不能由己。他就大怒，叫余谦把城门拦住，不许一人出城。任正千同骆宏勋二人来面见大爷讲话，小的们从小路抄近赶来，先禀大爷得知。”王伦大怒道：“这两个匹夫，真正岂有此理！前在桃花坞硬夺把戏，今日又仗势解围，何欺我太甚！我只不允，看你有何法？”贺世赖在旁说道：“据门下看来，人情不如早做的好。”王伦道：“我不允情，他能砍我头去不成！”贺世赖道：“大爷允情，我们的人自然回来；即大爷不允情，我们的人也要回来的。他令余谦拦住城门，哪个再敢过去？”又向王伦耳边低低说道：“大爷不必着恼，喜事临门，还不晓得？”王伦道：“今日遇见两个凶神，反说我喜事临门，是何言也！”贺世赖又在王伦耳边低低说道：“舍妹之事有机会也。”王伦亦低低问道：“怎么有机会也？”贺世赖道：“任正千亦是有名的财主，不可以财帛动之；他英雄盖世，又不可以势力压之。大爷与他又无来往，虽在咫尺而实天渊也。据门下愚见，待任正千、骆宏勋到府，恭恭敬敬迎他们进来，摆酒相待。今日他既饮了大爷酒席，明日少不得摆酒相酬于你。于是你来我往，彼此走动，门下好从中做事。不然，想与舍妹见面，较登天还难也！”王伦闻言，改怒作喜，称赞道：“人说老贺极有机智，今果然也。”正议论间，门上人禀道：“任、骆二位爷在门口，请大爷说话。”王伦即整衣出门相迎，打躬说道：“二位光临，寒门有幸，请进内厅奉茶。”任、骆二人还礼，任正千道：“适在西门，相遇尊府人等，问其情由，知与山东花老斗气。在下念他是个异乡之人，且不过是江湖上玩把戏的，足下乃堂堂公子，岂可与他争较？今大胆前来奉恳，恕他无知。允与不允，速速示下，在下就此告别。”王伦大笑道：“就有天来大事，二位仁兄驾到，也无有不允之理。况此些须小事，岂有违命者乎？但亦未有在大门之外谈话之理。二兄骤然要回，知者说二兄有事，无从留饮；不知者道弟不肯款留，殊慢桑梓，弟岂肯负此不贤之名？还是请进，稍留一刻，敬一杯茶为是。”任、骆见王伦之言一一说得有理，便道：“只是无事到府，不好轻造，又蒙见爱，稍坐何妨！”任、骆先行，王伦就吩咐门上人道：“还着一人到西门大街，将众人叫回。就说：蒙任、骆二位大爷讲情，我不与他那老儿较量了。只是便宜这个老物件！”说罢，邀了任、骆二人走到二门，贺世赖连忙迎出。任正千道：“你也在这里了么？”贺世赖道：“正是！”到厅上重新见礼，分宾主而坐，家人献茶。茶罢，王伦向任正千道：“兄与弟乃系桑梓，慕名已久，每欲仰攀，未得其使，今蒙光临，幸会！幸会！”任正千道：“弟每有心，不独兄如是也。”王伦又向骆宏勋问道：“这位兄台高姓大名？”任正千道：“此乃游击将军骆老爷的公子，字宏勋，在下之世弟也。”王伦道：“如此说来，乃是骆兄了。失敬！失敬！”贺世赖与骆宏勋素日是认得的，不过叙些久阔的言语，彼此问答一回，任、骆起身相别。王伦大笑道：“岂有此理！二兄光临寒舍，匆匆即别，谅弟作不起一杯水酒之主么？”任、骆二人应道：“非也！我实有他事，待等稍闲，再来造府领教。”王伦道：“二兄既有要事，先就不该来了。”即吩咐家人摆酒。任正千、骆宏勋看王伦举止言词入情入理，不失为好人。又见他留意诚切，任正千向宏勋说道：“你看王伦如此谆谆，少不得要领三杯了。就是明日出城，也不为晚。”于是任大爷首坐，骆大爷二坐，贺世赖三坐，王伦主坐。递杯传盏，饮不多时，王伦又道："我有一言奉告二兄，不知允否？"任、骆二人答道："有话领教何妨。"王伦道："昔日刘、关、张一旦相会，即有聚义，结成生死之交。我辈虽不敢比古人之风，但今日之会亦不期之会，真乃幸会也。弟素与二兄神交，今欲效古人结拜生、之义，不知二兄意下何如？"任、骆二人道："我们今日一会，已为永好，何必结拜。"王伦道："虽如此说，但人各有心，谁能保其始终不变耳？明之于神，方无异心。"即吩咐家人速备香烛、纸马。任、骆二位推之不过，只得应允。又取全柬一个，烦贺世赖写录盟书。略曰：

朝廷有法律，乡党有议约。法律特颁天下，议约严束一方。窃昔者管鲍之谊，美传列国；桃园之义，芳满汉庭，后世之人谁不仰慕而欲效之！今吾辈四人，虽不敢以今比古，而情投意合，不啻古人之志焉。但人各有心，谁保其始终不二，以为人欺而神可昧也！敬备香花宝锭，以献赤心于神圣台前：自盟以后，人虽四体，心合而一；姓虽异姓，而胜于其父母之同胞。患难相扶，富贵同享，倘生异心，天必鉴之。神其来格，尚飨。

任正千、王伦、贺世赖、骆宏勋均列生辰，大唐年月日时具。

不多一时，将议约写完，家人早已将香烛元宝备办妥当。四人齐齐跪下，贺世赖把盟书朗诵一遍，焚了香烛元宝。礼拜已毕，站起身来，兄弟们重新见礼。王伦命家人重整席面，四人又复入坐。此时坐位：任正千仍是首坐，论次序二坐该是王伦的了，因为酒席是他的，王伦不肯坐，让与贺世赖，到了骆宏勋是三坐，王伦是主席。

酒过三巡，肴动几味，任正千道："今日厚扰王贤弟。明日，愚兄那边整备菲酌，候诸位一坐。"骆宏勋道："后日小弟备东。"贺世赖道："再后一日，我备东。"王伦笑道："贺贤弟又要撑虚架子了。莫怪愚兄直言，你要备东，手中哪里有钱钞哩？若一人一日，这是那萍水之交，你应我酬，算得什么知己？"向任正千说道："大哥，小弟有一言，不知说的是与不是？骆贤弟在此不过是客居，他若备东也是不便。据小弟说来，骆贤弟在大哥处暂居，贺世赖在小弟处长住，总不要他二人作东。今日在小弟处谈谈，明日就往大哥府上聚会，后日还在小弟处。不是小弟夸口，就是吃三年五载，大哥同小弟也还备办得起。”任正千闻说大喜道：“这才算得知心之语！就依贤弟之言。实为有理，妥当之极！”又道：“王贤弟，莫怪愚兄直言，素日闻人传说，贤弟为人奸险刻薄，据今日看其行事，闻其言语，通达人情物理。常言道：‘耳闻尽是假，面见方为真。’此言真不诬也！”王伦道：“大哥，还有两句俗语说得好：‘含冤且不辩，终久见人心。’”四人哈哈大笑，开怀畅饮，毫不猜忌。

且说那余谦拉马拦门而立，见王府众人不多一时尽都回去，知道是任、骆二位爷讲了人情，王伦遣人唤回。又等了半刻，仍不见二位大爷回来，心中焦躁，扯着马也奔王家而来。来到王伦门首，王府之人素昔皆认得，一见余谦扯马而来，说道：“余大叔来了！”连忙代他牵马送在棚内喂养，将余谦邀进门房，摆酒款待，言及任、骆二位爷并家大爷同贺世赖相会结拜一事，正在厅中会饮。余谦闻言，心中想道：“二位大爷好无分晓，闻得王伦人面兽心，贺世赖见利忘义，怎么与他结拜起来？”却不好对王府人说出，只应道“也好”二字。

且讲客厅上饮了多时，任、骆告辞，王伦也不深留，吩咐上饭。用毕之后，天已将晚，告辞。任正千道：“明日愚兄处备办菲酌，屈驾同贺贤弟走走，亦要早些。还是遣人奉请，还是不待请而自往？”王伦道：“大哥说哪里话！叫人来请又是客套了。小弟明早同贺贤弟造府便了，有何多说！”任正千说说谈谈，天已向暮。任、骆起身告辞，王伦也不深留，送至大门以外，余谦早已扯马伺候，一拱而别，上马竟自去了。任、骆至家，二人谈论：王伦举动、言谈，不失为好人，怎么人说他奸险之极，正是人言可畏！只是我们去拜花老，不料被他缠住，但不知花老仍在此地否？倘今日起身走了，我们明日再去拜他，空走一场。乘天尚早，吩咐余谦备马，快出城至马家店里，访察花老信息，速来回话。余谦闻命即上马而去。不多一时，回来禀道："小的方才到西门马家店问及花老，店主人回说，'今日早饭后，已经起身回山东去了。'"任、骆闻知甚是懊悔。这且不言。

再言王伦送任、骆二人之后，回至书房。王伦道："今日之事，多亏老贺维持，与令妹会面之后，再一起厚谢罢了。"贺世赖道："事不宜迟，久则生变，趁明日往他家吃酒，就便行事。门下想任正千好饮，且粗而无细，倒不在意此。骆宏勋虽亦好饮，但为人精细，确是碍眼，怎地将他瞒过才好？"王伦道："你极有智谋，何不代我设法。"贺世赖沉吟一会，眉头一皱，计上心来，说道："有，有，有！"只因这一思，能使：

张家妻为李家妇，富家子作贫家郎。

毕竟不知贺世赖设出什么计来，且听下回分解。

第七回

奸兄为嫡妹牵马

话说王伦求计于贺世赖，贺世赖沉吟一会，说道："有了，明日到彼饮酒，莫要过饮，必须行一令。门下素知任正千不通文墨，却不知骆宏勋肚内如何。门下与大爷先约下两个字令：或一字分两字，或二字合一字，内有古人，上下合韵。倘骆宏勋肚内通文，大爷再改。门下与大爷约定：抬头、低头、睁眼、合眼为暗号，虽骆宏勋精细，难逃暗算。输者，连饮三大杯，不过三回五转打发他醉了。挨到更余时候，大爷便无酒也要假醉，伏案而卧，门下就有计生了。"王伦大喜。二人将字令传妥，熟练谨记，又将猜拳演熟，各人回房安歇。到明日早晨，连忙起来梳洗，吃些点心，又将昨晚之令重习一遍，分毫不错。

王伦换了一身新衣帽，同了贺世赖起身。王伦坐了一乘大轿，贺世赖坐了一乘小轿，赴任正千家而来。转弯抹角，不多一时，来到任正千门首，门上人连忙通报。原来任正千同骆宏勋因昨日过饮，今日起来得晚些，梳洗将毕，早汤点心放在桌上，尚未食用。闻报王伦来了。任正千道："真情人也！"同骆宏勋连忙整衣出迎。迎出二门，王伦同贺世赖早已进来了。任、骆相迎至厅，礼毕分坐。任正千道：

“因昨日在府过饮，今日起身迟些。方才梳洗，闻得贤弟驾至，连忙迎出门，大驾已来，有失远迎之罪！”王伦道：“既称弟兄，哪里还拘这些礼数！大哥，以后这些套话都不必说了。”任正千大喜道：“贤弟真爽快人也！遵命，遵命！”骆宏勋亦向王伦道：“多谢昨日之宴。”任正千吩咐献茶、摆点心。王伦道：“只拿茶来吧，稍停再领早席。”任正千见王伦事事爽快，以为相契之友，心中大悦，说道：“既如此，拿茶来！”于是，家人献茶。茶罢，谈谈闲话，王伦道：“烦通禀一声，骆老伯母台前、大嫂妆次：小弟进谒！”骆宏勋道：“家母年迈，尚未起床，蒙兄长言及，领情了。”王伦又道：“大嫂呢？”任正千道：“贱内不幸昨染微疾，亦尚未起来。你我既是弟兄，岂肯躲避，候他疾好，贤弟再来，愚兄命他拜见贤弟便了。”王伦道：“既骆伯母未起，贤嫂有恙，弟也不惊动了，烦任大哥同骆贤弟代我禀知吧！”任、骆应道：“多谢，多谢！”贺世赖说道：“王二哥，骆贤弟，恕我不陪，我到里边与舍妹谈谈就来。”王伦道：“当得，请便！”贺世赖拱了一拱手，往内去了。

走到贺氏住房，兄妹见过礼坐下。贺氏道：“一别二年，未闻哥哥真信，使妹子日夜担心。昨晚间你妹夫说你在王家作门客，妹子心才稍放。但不知哥哥近日可好么？想是发财了的。”贺世赖道：“自离家之后，流落不堪，幸蒙吏部尚书的公子王大爷收留，今已二载，亦不过是有饭吃，哪里寻个钱钞？每欲来看望妹子，又恐正千性格不好，不敢前来。我前日在桃花坞，看见妹子在那对过亭子上坐着，只是不敢过去。”贺世赖说过，贺氏道：“我前日也望见哥哥在对过亭子上吃酒，不知你同来的那位是谁？”贺世赖道：“那就是公子王伦大爷了，如今现在前厅。”贺氏道：“那就是吏部尚书的公子么？做妹妹的看他生得好个相貌，不是个鄙吝之人。你可生个别法，哄他几个钱，寻个亲事，就成个人家了。不然，一时出了王伦的门，又是无归无着，成个什么样子？”贺世赖听妹子说前日在桃花坞已经看见过王伦，说他好个相貌，就知妹子有几分爱慕之心，连忙答应道："妹子之言甚是，王大爷倒是个洒银的公子，怎奈没个机会诓他的银子。目下倒有一股财气，只是不好对妹子讲。"贺氏道："你我乃一母所生嫡亲兄妹，有什么话不好讲！"贺世赖即说："王伦在桃花坞看见你，即神魂飘荡，谆谆恳我达意于妹子，能与他一会，情愿谢我一千金。愚兄因无门可入，昨日撮合他们拜弟兄，好彼此走动。愚兄特地前来通知妹子，万望贤妹看爹娘之面，念愚兄无室无家，俯允一二。愚兄就得这注大财，终久不忘妹子大恩也！"贺氏闻得此言，不觉粉面微红，用袖掩嘴带笑而言道："哥哥，休要胡说，这事可不是玩的！你是知道那黑夫的厉害，倘若闻知，有性命之忧。"贺世赖见贺氏的光景，有八分愿意，说道："愚兄久已安排妥当。"就将同王伦所约的酒令，并到更深做醉，扶桌而卧的话，又说了一遍。贺氏也不应允，也不推辞，口里只说："这件事比不得别的事，使不得。"贺世赖见房内无人，双膝跪下道："外边事全在我，内里只要妹子临晚时，将丫环早些设法使开了，愚兄自有摆布。"贺氏说："你说哪一日行事？"贺世赖道："事不宜迟，久则生变，就是今日。"贺氏道："你起来，被人看见倒不稳便。你进来了半日，也该出去了；若迟，被人犯疑，那事却难成了。"贺世赖听妹子如此言语，知是允了，即爬起来，笑嘻嘻地往前去了。

及到厅上，说道："少陪，少陪！"仍旧坐下，使个眼色与王伦。王伦会意，心中大喜。任正千道："闲坐空谈，无味之极，还是拿酒来慢慢饮着谈话。"众人说声"使得"。家人摆上酒席，众人入坐。今日是王伦的首坐，任正千的主席，二坐本该贺世赖，因其与任正千有郎舅之亲，亲不僭友之故，骆宏勋坐了二席，贺世赖是三坐。早酒都不久饮，饮到吃饭之时，大家用过早饭，起身散坐，你与我下棋，我与他观画。闲散一会，日已将暮，客厅上早已摆设酒席。家人禀道："诸位爷，请入席。"于是重又入席，仍照早间序坐饮酒。酒过三巡，王伦道："弟有个贱脾气，逢饮酒时，或请拳，或行令，分外多吃几杯；若吃哑酒，吃几杯就醉了。"任正千道："这好，这好，就请一个令行行何如？"王伦道："既如此，请大哥出一令，就此行令。"任正千道："虽有一日之长，但今日在舍下，我如何作得令官发令？"王伦道："大哥不做，今日骆贤弟乃是贵客，请骆贤弟作令官。"骆宏勋道："朝廷莫如爵，乡党莫如齿，既任大哥不作令台，依次请王二哥的了。"贺世赖道："骆贤弟之言甚是有理，王二哥不必过谦了！"王伦道："如此说来，有僭了。"吩咐拿三个大杯来，先斟无私，先自己斟了，然后又说道："多斟少饮，其令不公。先自斟起来，回头一饮而干才妙！我今将一个字分为两个字，要顺口说四句俗语，却又要上下合韵。若说不出者，饮此三大杯。"众人齐道："请令台先行！"王伦说道："一个出字两重山，一色二样锡共铅。不知哪个山里出锡？哪个山里出铅？"贺世赖道："一个朋字两个月，一色二样霜共雪。不知哪个月里下霜？哪个月里下雪？"骆宏勋道："一个吕字两个口，一色二样茶共酒。不知哪个口里吃茶？哪个口里吃酒？"及到任正千面前，任正千说道："愚兄不知文墨，情愿算输。"即将先斟之酒，一气一杯。饮过之后，三人齐道："此令已过，请令台出令！"王伦道："我令必要两字合一字，内要说出三个古人名来，顺口四句俗语，末句要合在这个字上。若不押韵，仍饮三大杯。"说罢，又将大杯斟满了酒，摆在桌上。

不知王伦又出何令，且听下回分解。

第八回

义仆代主友捉奸

话说王伦又出令，说道："田心合为思，法聪问张生：君瑞何处往？书房害相思。"贺世赖道："禾日合为香，夫人问红娘：莺莺何处去？花园降夜香。"骆宏勋道："女干合为奸，杨雄问时迁：石秀何处去？后房去捉奸。"又到任正千面前，任正千道："愚兄还算输。"又饮三大杯。骆宏勋道："饮酒行令，原是大家同饮。既是任大哥不知文墨，再行字令就觉不雅了。"王伦同贺世赖见两令不能赢骆宏勋，心中亦要改令，将计就计，说道："骆贤弟之言有理！既是任大哥不擅文墨，我们也不行别令，拣极容易的玩吧，猜拳如何？"骆宏勋道："这好。"于是挨次出拳，轮流猜去。看官，贺世赖、王伦二人是有暗计的，做十回，就要赢任、骆八回。三回五转，天约起更，就把任正千、骆宏勋吃得烂醉如泥，还勉强应酬。贺世赖使个眼色，王伦会意，亦假醉起来，伏桌而卧。贺世赖也伏桌而卧。任正千、骆宏勋早已支撑不住，因有客在坐，不得不勉强劝饮，及见王、贺二人俱睡，也就由不得自己，将头一低，尽皆睡着了。贺世赖耳边听得鼾声如雷，又听不见他二人说话，知是睡了。将头一抬，看见任正千头搁在桌边睡着，骆宏勋背靠椅而卧。即站起身来，走出厅房，见门外站立着四个管家，伺候奉酒递茶。贺世赖道："你们这些痴子，还在这里站着做什么，放着那厢房里不去？赶早吃杯酒去。"管家道："那厢房里款待王大爷跟来的人，吃酒的人多着呢。只恐大爷呼唤，不敢远离。"贺世赖道："痴子，你看主客俱醉，皆已睡着，大约三更天方得醒来。如此光景，有哪个唤你们？只管放心去吃酒，有我在此。他们睡醒了，我即来唤你们。"三四个家人闻得贺世赖如此说，满心欢喜，说道："多谢贺老爷！"一阵风地去了。贺世赖将管家支去，便悄悄径直走进后边，直到贺氏住房，竟无一人，心中欢喜。走进门来，见妹子一人，对灯而坐。贺世赖问道："丫环们哪里去了？"贺氏道："你先叫我将他们打发开去，我今叫他们各自睡去了。"贺世赖道："这好。"一溜烟走出来，看任、骆正在睡着，将王伦捏了一把。王伦抬头一看，贺世赖将手一招，王伦跟着就走，往里边行来。到了贺氏住房门首，贺世赖道："大爷请进去，门下在二门等候，以速为妙，后会有期。"说罢，贺世赖出二门，厅后站立，以观风声。

且讲王伦走进贺氏之房，贺氏站起身来，面带笑容道："请坐！"王伦在灯下观见贺氏容貌，比桃花坞会见之时更俏十分，欲火哪里按捺得住。双手将贺氏抱起来，进得红纱帐中，宽衣解带，这且不言。

且说余谦自知王伦、贺世赖来任大爷家吃酒，自有任府家人伺候；他乃是骆府家人，客居于此，无他甚事，遂自往街市上游玩。那余谦虽系骆府家人，颇有英名，无人不交接他，一见如故。此日，自往街上游玩，遂三三两两留他饮酒。扰过这一班才散，又有那一班，一直饮了一日，到更深天气方才回来。东倒西歪，行到门首，任府门上人说道："余大叔回来了！"余谦道声："有偏，得罪了！"看见门首两乘轿子还在，问道："酒席还未散么？"门上人回道："还未散哩。"余谦走上客厅一看，任大爷、骆大爷俱在睡，看王伦、贺世赖又不在席上。余谦道："是了，想必是王伦要大解，不知道茅厕，贺世赖领他去了。我莫管他闲事，且往后边睡觉去。"下得厅房，高一脚低一脚，一直奔后边来。行到二门，贺世赖远远望见余谦，连忙躲在一边，让他过去。事当凑巧，骆宏勋住的是任正千的后层房子，后边去，必走任正千的住房而过。今日走到贺氏住房，正当二人云雨之时，不能自禁，呼吸之声闻于室外。余谦虽醉，心中明白，闻得此声乃淫欲之声。抬头一看，房内并无灯光，自说道：“我方才从厅上而来，看见大爷、任大爷尽在睡乡，何人在内调戏？且住，任大爷尚未进房，并不该熄了灯火，其中必有缘故。”自言自语，左思右想，想了一会，忽然想起贺世赖、王伦二人俱不在席上，说：“是了！王伦原是人面兽心，贺世赖乃见财如命，一定是王伦许他些财帛，贺世赖代妹牵马，将二位爷灌醉，又将家人支开，他就引王伦进房，与他的妹子玩耍。不料我余谦进来，待我打开房门，进去捉奸。看这个匹夫逃往哪里去！”又想道：“做事不可鲁莽，进去有人是好，倘若无人，为祸非小！尽他怎么，非我骆家之事，管他作甚！”才往后走几步，又停步想道：“任大爷与我大爷如同胞骨肉之交，且平昔待我实是有礼，一旦有事，置之不管，乃无情之人也。”抬头一望，房内并无灯火。复思量一会：“待我回至客厅，将大爷、任大爷唤醒，叫他们自进房来，有人无人，不干我事。”举步又往前走了几步，又停住想道：“不妥，不妥，等我回到客厅，我素知任大爷睡觉如泥，及至叫醒他们，这奸夫淫妇好事已完，开门逃走。俗语说得好：‘撒手不为奸。’任大爷进来，见房内无人，道我余谦无故诬他妻子为非，我家大爷再责我酒后妄为，叫我有口难分。”仍返回到贺氏房门口站住。

且说王伦是个色中饿鬼，贺氏是个淫妇班头，初会时草草了事，及至交合之际，真是：

半推半就，胜如金鱼戏绿水；你偎我倚，好似黄菊对芙蓉。

意怜情浓，不能自禁，忘其奸偷之为，不觉淫声出于户外。那贺世赖在二门，观见余谦东倒西歪而来，将身躲在一边，让他过去，还当他吃醉了，往后边睡去。不意他到了贺氏房门前站着，不解他是何意思。说道："爹爹妈妈！但愿你这个时候且莫开门出来，撞着这太岁才好。"

且说余谦站在贺氏房门口想道："我且在此等着他，看你奸夫往哪里逃走？待任大爷酒醒，自然进来，好不妥当！"抬头看见廊檐底下有张椅子，用手拿了放在贺氏房门外正中，自己坐下，遂大叫一声："我看你奸夫往哪里走！"这一声大叫，吓得房内床帐乱响，二门后"哎呀"一声。正是：

淫荡子女惊碎胆，观风男子暗落魂。

毕竟不知房内因何乱响？二门后因何"哎呀"？且听下回分解。

第九回

贺氏女戏叔书斋

却说余谦拿了椅子，拦住贺氏的房门坐下，口中大叫道：“我看你奸夫往哪里走！”那个王伦正与贺氏二人欢乐之时，不防外边大叫，闻得声音是余谦，二人不由不惊颤起来，故而连床帐都摇动了，所以响亮。那二门外“哎呀”者，是贺世赖也，先见余谦走来转去，只说他酒醉癫狂之状，不料他听见房内有人。忽听余谦大叫道：“奸夫哪里走！”料道被他知道了，腿脚一软，往后边倒跌在门槛上，险些把腿跌断了，所以“哎呀”一声。顾不得疼痛，爬将起来，自想道：“今日祸事不小！料王伦同妹子并自己的性命必不能活。想王伦被余谦拦住房门，必不能出来。我今在此无有拘禁，还不逃走，等待何时？倘若余谦那厮再声叫起来，合家都知，那时欲走而不能。”正欲举步要走，忽听鼾声如雷，又将脚步停住了，细细听来，竟是余谦熟睡之声。心中还怕他是假睡，悄悄地走近前来，相离数步之远，从地上顺手拾起一块小砖头，轻轻望余谦打去，竟打在余谦左腿，余谦毫不动弹。贺世赖知他是真睡，遂大着胆走向窗边，用手轻轻一弹。王伦、贺氏正在惊颤之间，听得熟睡之声，不见余谦言语。贺氏极有机谋，正打算王伦出房之计，忽闻窗外轻弹之声，知是哥哥指点出路。

贺氏一想：是个法了。那窗子乃是两扇活的，用搭钩搭着。即站起身来，将镜架儿端在一边，把搭钩下了，轻轻将窗子开了，王伦连忙跨窗跳出。王伦出窗之后，贺氏照前关好，仍把镜架端上，点起银灯，脱衣蒙被而卧。心中发恨道："余谦，余谦，你这个天杀的！坐在房门口不去，等我那个丑夫回来，看你有何话说！"正是：

画虎不成反为犬，害人反落害自身。

不言贺氏在房自恨。且说王伦出得窗外，早有贺世赖接着，道："速走！速走！"一直奔到大门，连忙将自己人役唤齐，吩咐任府门上人道："天已夜暮，不胜酒力，你家爷亦醉了，现在席上熟睡。等他醒来，就说我们去了，明日再来赔罪吧！"说毕，上轿去了。正是：

打开玉笼飞彩凤，挣断金锁走蛟龙。

且说余谦心内有事，哪里能安然长睡。睡了一个时辰，将眼一睁，自骂道："好傻才，在此做何事，反倒大意睡觉了！"抬头一看，自窗格缝里射出灯光，自己悔道："不好了！方才睡着之时，那奸夫已经逃走了。我只在此呆坐什么？倘若任大爷进来，道我黄夜在他房门口何为？那时反为不美。"即将椅子端在一边，迈步走上前厅，见任、骆二人仍在睡觉。又走至大门，轿子已不在了。问门上人，门上人回道："方才王、贺二位爷乘轿去了。"余谦听得，又回至厅上，将任、骆二人唤醒。任正千道："王贤弟去了么？"余谦含怒回道："他东西都受用足了，为什么不去！"任正千道："去了罢。天已夜深了，骆贤弟也回房安歇吧！"骆宏勋道："生平未饮过分，今日之醉，客都散了，还不晓得！以后当戒。"说罢，余谦手执烛台引路，二人随后而行。行到任正千房门口，将手一拱，骆宏勋同了余谦往后边去了。

任正千进得房来，回身将门关闭，见贺氏蒙被而睡，说道："你睡了么？"贺氏做出方才睡醒的神情，口中含糊应道："睡了这半日了。"任正千脱完衣巾，也自睡了。贺氏见他毫无动作，知他不晓，方才放心，不提。

且说余谦手执烛台，进得卧房，朝桌上一放，其声刮耳。心中有气，未免重些。骆宏勋看了余谦一眼，也就罢了。余谦又斟了一杯茶，端到骆宏勋面前，将杯朝桌上一搁，道："大爷吃茶！"险些儿将茶杯搁碎。骆宏勋又望了余谦一眼，又罢了。余谦怒冲冲地说道："大爷，以后酒也少吃一杯才好！"骆宏勋闻得此言，正像父叔教子侄一般的声口，不觉大怒，喝道："好狗才！看看自己醉的什么样子？反来劝我。"余谦道："大爷吃酒误事，小人吃酒不误事。"骆宏勋怒道："你说我误了何事？"余谦道："大爷问小的，小的就直说。大爷同任大爷方才吃醉睡去，贺世赖这个王八乌龟与妹子牵马。王伦同贺氏他两个人捣得好不热闹。"骆宏勋闻得此言，大喝道："好畜生，你在哪里吃了骚酒？在我面前胡说，还不睡去！"余谦被骆宏勋大骂了一阵，只落得忍气吞声，口内唧唧哝哝地："我就是胡说！以后哪怕他弄得翻江倒海，干我甚事！因他与大爷相厚，我不得不禀。我就不管。我且睡我的去。"正是：

各人自扫门前雪，休管他家屋上霜。

于是在那边床上睡去了。骆宏勋虽口中禁止余谦，而心中自忖道："余谦乃忠诚之人，从不说谎。细想起来，真有此事。王伦不辞回去，其情可疑。王、贺终非好人，有与无不必管他，只禁止余谦不许声张，恐伤任大哥的脸面，慢慢劝他绝交王、贺二人便了。"亦解带宽衣而睡，不提。

且说王伦、贺世赖二人到家，在书房坐下了，心内还在那里乱跳。说道："唬杀我也！"贺世赖道："造化！造化！若非这个匹夫大醉，今日定有性命之忧！"王伦道："今虽走脱，明日难免一场大闹，事已败露，只是我与令妹不能再会了！"贺世赖道："大势固然如此，据门下想来，还有一线之路。谅余谦那厮醒来，必先回骆宏勋，后达任正千。骆宏勋乃精细之人，必不肯声张，恐碍任正千体面。大爷明早差一干办之人，赴任府门首观其动静，若任正千知觉，必有一番光景；倘安然无事，就便请任、骆二人来会饮。骆宏勋知道此事，必推故不来，任正千必自来也。大爷陪他闲谈，门下速至舍妹处设计。"

一宿已过。第二日早晨，王伦差王能前去，吩咐如此如此。王能奉命奔任府而来。及至任府门首，任府才开大门，见来往出入之人无异于常，知无甚事。王伦的家人走到门前，道声："请了！"任家门上说道："王兄，好早呀！"王能道："家大爷吩咐，来请任、骆二位爷，即刻就请过去用早点心，俱已预备了。"任府门上回道："家爷并骆大爷尚未起来，谅家大爷同骆大爷与王大爷至密新交，无有不去之理。王兄且请先回，待家爷起来，小的禀知便了。"于是王能辞别回家，将此话禀复王伦。王伦闻说无事，满心欢喜。

且说任正千日出时方才起身，门上人将王能来请大爷并骆宏勋那边吃点心之话禀上。任正千知道，即遣人到后面邀骆宏勋同往。骆宏勋叫余谦出来回复，说："大爷因昨日伤酒，身子不快，请任大爷自去吧！"任正千又亲自到骆宏勋的卧室问候，骆宏勋尚在床上未起，以伤酒推之。任正千道："既如此，愚兄自去了。"又吩咐家人："叫厨下调些解酒汤来，与骆大爷解酒。"说过，竟自乘轿奔王府去了。

来到王府门首，王伦迎接，问道："骆贤弟因何不来？"任正千道："因昨日过饮，有些伤酒，此刻尚未起床，叫我转告贤弟，今日实不能奉召。"王伦道："弟昨日也是大醉，不觉扶桌而卧；及至醒时，见大哥同骆贤弟亦在睡觉，弟即未敢惊动，就同贺世赖不辞而回。恐大哥醒来见责，将此情对尊府说过，待大哥醒来禀知。不知他们禀过否？”任正千道：“失送之罪，望贤弟包涵！”二人说说行行，已到厅上，分宾主坐下，吃茶闲谈。

贺世赖见任正千独自来，他早躲在门房之内，待王伦迎他进去，即迈开大步，直奔任正千家内。来到门首，任府门上人知他是主母之兄，不敢拦阻，他一直奔贺氏房来。进得房门，贺氏才起来梳洗。贺氏一见哥哥进来，连忙将乌云挽起，出来埋怨道：“我说不是要的，你偏要人做，昨日几乎丧命！今日王府会饮，你又来做甚？”贺世赖道：“今日王府会饮，任正千自去，骆宏勋推伤酒未起，此必余谦道知，骆宏勋乃精细之人，不好骤然对任正千说知，故以伤酒推辞。愚兄虽然谅他一时不说，后来自然慢慢地告诉，终久为祸。况且他主仆在此，真是眼中之钉，许多碍事处。愚兄今来无有别事，特与你商酌，稍停骆宏勋起身，观看无人的时节，溜进他房，以戏言挑之；彼避嫌疑，必不久而辞去也。若得他主仆离此，你与王大爷来往则百无禁忌了。”贺氏一一应诺。又叫道：“哥哥，回去对王大爷就说妹子之言，叫他胆放大些，莫要吓出病来，令我挂怀。”贺世赖亦答应，告辞回到王府，悄悄将王伦请到一边，遂将授妹子之计，又将贺氏相劝之言，一一说之，把个王伦喜得心痒难抓。贺世赖来到厅上，向任正千谢过了昨日之宴。王伦吩咐家人摆上点心，吃毕，就摆早席。这且不提。

且说骆宏勋自任正千去后，即起身梳洗，细思昨晚之事，心中不快，吃了些点心，连早饭都不吃。余谦吃过早饭，也自出门去了。骆宏勋独坐书斋，取了一本《列国》观看，看的是齐襄公兄妹通奸故事。正在那里大怒，只听得脚步之声，抬头一看，乃是贺氏大嫂欲来调戏骆宏勋。

不知从与不从？且听下回分解。

第十回

骆太太缚子跪门

却说贺氏到骆宏勋书房，宏勋一见，忙站起身来问道："贤嫂来此何干？"贺氏满面堆笑道："叔叔，不同你哥哥赴王府会饮，怎么在此看书？"骆宏勋道："嫂嫂，不想昨日过饮，有些伤酒，身子不快。大哥自赴王府，愚小叔未去。"贺氏道："原来叔叔伤酒，奴尚不知，实有失候之罪！奴若早知，当命厨下煎个解酒汤来，与叔叔解个酒也好。"骆宏勋道："多谢嫂嫂美意，解酒汤已经用过了。"贺氏走到桌边，将骆宏勋所看之书拿在手中一看，见是文姜因求亲未谐，因而成病，即与其兄通奸之事，看了一遍，说道："叔叔，常言道：'男大当婚，女大当嫁。'此言真不诬也，观此一回，虽是兄妹灭伦，实因不早为婚嫁之故，其父亦难逃其责也。"骆宏勋见贺氏恋恋不回，口评是非，只得点头应"是"，说道："嫂嫂请回，恐有客至。"贺氏以袖掩口带笑道："叔叔今虽在舍二载，奴家总未深谈，今值无人之际，欲领教益，怎么催我速回？是见外也。叔叔年交二十一岁，因何不早完婚事？"骆宏勋道："愚小叔随父赴任时，其年十二，不当完娶，及成立之后，定兴到扬州相隔三千里之遥，又因路远而不能完娶，故今只身独自也。"贺氏又道："日间谈文论武，会友交朋，庶几乎可；到得夜间，衾枕寒冷，孤影独眠，到底有些寂寞。敢问叔叔：夜间光景何如？”骆宏勋见贺氏如此问他，心怀不善，怒目正色道：“古礼叔嫂不通问，今人皆不能也。即言语问答皆正事耳！此亦嫂嫂宜问者乎？我骆宏勋生性耿直，非邪言能摇。请嫂嫂速回，以廉耻为重！”那贺氏原无心相戏，不过奉兄之命，使离间之计耳。被骆宏勋正言责他一番，不觉满面通红，带闷而走。自言道：“我倒好意问他，他反说我胡言，真无情无义，不识轻重之徒！”竟自回房去了。骆宏勋坐在书房，心中比先前更加十分不快，自忖道：“待世兄回来，若将此事告知，有失世兄体面；若不告之，贺氏既有邪心，倘再缠扰，如何是好？”思想一会道：“有了，再迟一二日，看是如何光景，那时择日盘柩回南为上。”且不言骆宏勋在书房纳闷。

且言任正千又在王府会饮，又吃到二更时候，任正千又大醉，亦不能再多饮，即告别上轿而回。及至家内，先到书房去会骆宏勋，说道：“贤弟，心中这会何如？”骆宏勋道：“多谢大哥！小弟比先稍好。”任正千又说：“王伦吃酒甚是殷勤，极其恭敬。”叙谈一会，骆宏勋道：“天色已晚，请大哥回房安歇，弟还稍坐一刻。”任正千酒已十分，同骆宏勋说道：“愚兄醉了，得罪贤弟，先去睡了。”家人掌烛进内，入了自家的卧房，见贺氏和衣而睡，面有忧容，任正千问道：“娘子，今日因何不乐？”贺氏故意做出娇态，长叹一声，说道：“你今日又醉了，不便告诉，待你酒醒再言。”任正千焦躁道：“我虽酒醉，心中明白，有话就讲，哪里等得明日！”贺氏道：“咳！我知你性躁，若对你说，哪里容纳得住？恐你酒后力怯，难与那人对手。”任正千闻了这些言语，心中更觉焦躁，即大叫道：“有话便说，哪里有这些穷话！”贺氏道：“今日你往王家去后，奴因骆叔叔伤酒，我亲至书房问候。谁知他是人面兽心，见无人在，彼竟以戏言调我。我说道：‘我与你有叔嫂之称，岂可胡言！’那畜生他，说他存心已久，不然早已回扬，岂肯在此鳏居二载，今日害酒亦推辞耳！就要上前拉扯，被我大声吆喝，他恐家人听见，故未敢动，妾身方免其辱。”任正千听了这些言语，正是：

镔铁脸上生杀气，豹虎目中冒火星。

大骂道：“好匹夫！我感你师尊授业之恩，款留于此，以报万一。不料你这个匹夫，外君子而内小人，如此欺人，我必不与这匹夫共立！”即将帐竿上挂的宝剑伸手拔出，迈步直奔书房而来。到了书房，大喝道：“匹夫！如何欺我！”将宝剑望骆宏勋砍来。骆宏勋看势头不好，侧身躲过，说道：“世兄所为何来？”任正千道：“匹夫！自做之事，假做不知，还敢问人乎？”举手又是一剑，骆宏勋又闪过。想道：“此必贺氏诬我也。世兄醉后不辨真伪，故气愤来斗我，如何说得分明？暂且躲避，待世兄酒醒再讲便了。”任正千又是一剑，骆宏勋又侧身躲过，趁空跑出门外。书房东首有一小夹巷，骆宏勋将身躲避其中。又想：“此地甚窄，世兄有酒之人，倘寻至此间，持剑砍来，叫我无处躲闪。隔壁是间茶房，幸喜不甚高大。”双足一纵，纵上茶房隐避。看官，任正千乃酒后之人，手迟脚慢，头重体软，漏空颇多。不然一连三剑，骆宏勋空手赤拳，哪里躲得这般容易！骆宏勋避在夹巷，并纵上茶房之上，任正千竟没有看见，只说他躲在客厅，仗剑赶上客厅去了。

且说余谦这日在外游玩，也有许多朋友留饮。他心中知骆大爷未往王家会饮，就未敢过饮，所以亦未十分大醉。回家之时，也有更余天气，只当骆大爷在后边卧房内，就一直奔后边来。及到卧房，见大爷不在其中，自思道：“哪里去了？”正要出来找寻，忽听得前边一声嚷，连忙出房，遇见任府家人，问道：“前边因何吵闹？”那家人道：“我家爷不知何事，仗剑追寻你家爷。不知你家爷躲在何处？”余谦闻得此言，毛骨悚然，把酒都吓醒了。说道：“此必王、贺二贼挑唆，任大爷酒后不分皂白，故特回家与家爷争闹。倘然寻见大爷，一剑砍伤，如何是好？我若不前去帮助我主，等待何时！”即便回到卧房，将自用的两把板斧带在身边，放开大步直奔书房而来。及至书房不见一人，正待放步而走，只听骆大爷叫声：“余谦。”余谦抬头一看，见骆大爷避在茶房上，安然无事，余谦方才放心。问：“大爷，今日之事因何而起？”骆宏勋跳下房来，将自己日间被贺氏如何调戏，自己如何斥责一一告之。此必贺氏变羞成怒，任世兄醉后归家，诬我戏他。醉人不辨真假，愤怒仗剑而来。余谦道：“自妻偷人反不自禁，尚以好人为匪。他既无情，我就无义，待小的赶上前边与他见个输赢！”骆宏勋连忙扯住道：“不可，不可！他是醉后之人，不知虚实真伪，只听他人之言。今日一旦与之较量，将数年情义俱付东流。”余谦气乃稍平。

且说任正千持剑至客厅，不见骆宏勋之面，心内想道：“这畜生见我动怒，一定躲至后面师母房中，不免奔后边找他便了。”一直跑到骆太太卧房。骆太太伴灯而坐，手拿一本《观音经》诵念。抬头见任正千怒气冲冠，仗剑而进，问道：“贤契更深至此，有何话说？”任正千见问，双膝跪下，不觉放声大哭道：“门生此来，实该万死，只是气满胸中，不得不然！”骆太太惊问道：“有何事情？贤契速速讲来！”任正千含泪将贺氏所告之言诉了一遍，“实不瞒师母说，门生今来只要与那匹夫拼命！”太太只当宏勋真有此事，心中甚是惊惧，道：“贤契，你且请回，这畜生自知理亏，不知躲在何处。老身在此，断无不来之理！等他来时，我亲自将那畜生捆将起来，送到贤契面前，杀、剐、存、留，听凭贤契裁之！”任正千闻骆太太一番言语，无可奈何，说道：“蒙师母吩咐，门生怎敢不从，既蒙师尊授业之恩，何敢刻忘！只是世弟今日之为，欺我太甚，待他回来，望师母严训一番罢了。既是如此，门生告辞便了。”乃回身归房安歇去了。

却说骆宏勋闻知任正千回房安歇，方同余谦走向太太房中。太太一见宏勋，大骂："畜生！干此伤阴损德之事！"宏勋将贺氏至书房调戏之言说了一遍，余谦又将昨夜王伦通奸之事禀告一番，太太方知其子被冤。说道："承你世兄情留，又贺氏日奉三餐，我母子丝毫未报，今若以实情说出，贺氏则无葬身之地。据我之意，拿绳子来将你绑起来，跪在他房前请罪，我亦同去，谅你世兄必不见责了。"宏勋道："母亲之言，孩儿怎敢不依？但世兄秉性如火，一见孩儿，或刀或剑砍来，孩儿被捆不能躲闪，岂不屈死？"余谦道："大爷放心，小的也随去，倘任大爷认真动手，小的岂肯让他？"太太道："余谦之言不差。"即拿绳子将宏勋捆起，余谦暗藏板斧，同太太走到任正千房门首。那时天已三更，太太用手叩门，叫道："贤契开门！"任正千此时已经睡醒了，连酒也醒了八九分，晚间持剑要砍骆宏勋之事，皆不知道。听见师母之声，连忙起来，不知此刻来到有何缘故，反吃一惊。开了房门，看见骆太太带领宏勋缚背跪在房门口。骆太太指着宏勋说道："这个畜生，昨日得罪了贤契，真真罪不容诛！此时老身特地将他捆了前来，悉听贤契处治，老身决不见怪！"骆太太这一番言语说了，只见任正千那时：

虎目中连流珠泪，雄心内难禁伤情。

毕竟任正千怎般处治骆宏勋？且看下回分解。

第十一回

骆宏勋扶榇回维扬

却说骆宏勋竟直跪于任正千房门口，骆太太请任正千处治。任正千才将昨晚之事触起一二分来，亦记得不大十分明白。一见宏勋跪在尘埃，低首请罪，虎目中不觉流下泪来，连忙扶起，说道："我与你数年相交，情同骨肉，从无相犯。昨晚虽愚兄粗鲁于酒后，亦世弟之所作轻薄，彼此咸当知戒！以后不许提今日之事，均勿挂怀。"骆宏勋含冤忍屈道："多谢世兄海量，弟知罪矣！"骆太太亦过来相谢，任正千还礼不迭，吩咐丫环暖酒，款待师母。骆太太道："天已三鼓，正当安睡，非饮酒之时。且老身年迈之人，亦无精神再饮。"任正千不敢相强，亲送太太回房安歇，又到宏勋房中坐谈片时，方才告别回房安睡。贺氏接着道："此事轻轻放过，只是太便宜了这个禽兽！"任正千道："杀人不过头点地，他既是缚跪门前，已知理屈；蒙师授业之恩，分毫未报，一旦与世弟较量，他人则道我无情。不过使他知道，叫他自悔罢了。"又道："明日茶饭仍照常供给，不许略缺。"说了一会，各自安睡。第二日清晨，任正千梳洗已毕，着人去请骆宏勋来吃点心，好预备王、贺来此会饮。

且说骆宏勋自从夜间跪门回房之后，虽然安歇了，回思负屈含冤，一腔闷气，哪里睡得着！翻来覆去，心中自忖道："今日之事，虽然见宽，乃世兄感父授业之恩，不肯谆谆较量，而心中未免有些疑惑。我岂可还在此居住？天明禀知母亲，搬柩回南。但只是明日又该世兄摆宴，王、贺来此会饮，必邀我同席，我岂肯与禽兽为友，又不好当面推托，如何是好？"又思："我昨日已有伤酒之说，明日只是不起，推病更重。暗叫余谦将人夫、轿马办妥，急速回南可也。"左思右想，不觉日已东升。猛听任府家人前来说道："家爷在书房相请骆大爷同吃点心，并议迎接王大爷、贺舅爷会饮之事。"骆宏勋道："烦你禀复你家爷：说我害酒之病比前更重几分，尚未起来，实不能遵命。叫你家爷自陪吧。"家人闻命，回至书房，将骆大爷之言回复任正千。任正千还当骆宏勋因昨日做了非礼之事，愧于见人，假病不起，也就不来强。于是差人赴王府邀请，又吩咐家中预备酒席。不多一时，王、贺二人已至，任正千迎进客厅，分宾主坐下，献茶。王伦问道："骆贤弟还不出来？"任正千道："今早已着人邀请，他说害酒之病更甚于昨日，尚未起来，不能会饮。他既推托，愚兄就不便再邀了。"王伦闻正千之言，有三分疏慢之意，知贺氏已行计了。贺世赖怕人见疑，今日也不往后边会妹子去，只在前边陪王伦。不言王、贺三人谈饮。

且说骆宏勋起得身来，梳洗已毕，走进太太房中，母子商议回南之计。太太道："须先通知你世兄，然后再雇人夫方妥，不然你先雇了人夫，临行时你世兄必要款留，那时再退人夫，岂不折费一番钱钞？"宏勋道："母亲，不是这样说法，若先通知世兄，他必不肯让我回去。据孩儿之见，暗着余谦将人夫、轿马办妥，诸事收拾齐备，候世兄赴王家会饮之日，不辞而行，省得世兄预知，又有许多缠绕。倘世兄他日责备不辞而行，亦无大过。且我们不辞而去，世兄必疑我怪他，或细想前日之事，并想孩儿素日之为人，道孩儿负屈，亦未见得。若念念于此，其事不能分皂白，孩儿之冤终不能明。我身清白，岂甘受此乱伦之名乎！”太太闻儿子之言，道声：“使得。”遂命余谦即时将人夫、轿马办得停妥，择于三月廿八日搬柩回南。母子商议之时乃廿五日，计算还有三日光景。骆宏勋逢王伦家饮酒之日，推病不去；逢任家设席之时，推病重不起。任正千因他轻薄，也就不十分敬重。贺氏恨不得一时打发他母子、主仆出门。虽是任正千吩咐茶饭不许怠慢，早一顿迟一顿，不准其时，骆太太母子含忍。住了三日，已到廿八日了，早饭时节，任正千已往王家去了。余谦将人夫、马匹唤齐，骆太太同宏勋前来告别贺氏。贺氏道：“师母并叔叔即欲回南，何此迅速也？待拙夫回来亲送一送，何速乃尔？”骆太太道：“本该候贤契回府面谢，方不亏礼；但恐贤契知老身起行，又不肯放走。先夫也该回家安葬，犬子亦要赴浙完姻，二事当做，势不容缓，故不通知贤契。贤契回府，拜烦转致，容后面谢吧。”贺氏恨不得把他们一时推出门，岂肯谆留，遂将计就计，道：“既师母归心已决，奴家不敢相留。”吩咐摆酒饯行，与太太把盏三杯。用了早膳，仍将向日进柩之门打开，把骆老爷灵柩移出来，十六个夫子抬起，太太四人轿一乘，小丫环一乘小轿，外有一二十个扛皮箱包裹。骆宏勋同余谦骑马前后照应，直奔大道而去。

骆宏勋起身之后，任府家人连忙将后边大门仍然砌起，一边着人到王府通知任正千。任正千正在畅饮，家人禀道：“骆大爷同骆太太方才雇人马起身回南，特来禀知。”任正千道：“未起身时就该来报，人去之后来说何用？要你这些无用的狗才何用！”王伦、贺世赖闻骆宏勋主仆起身，满心欢喜，见任正千责骂家人，乃劝道：“闻得骆宏勋在府上一住二载有余，大哥待他不薄。今欲回家，早该通知大哥，叩谢一番，才是个知恩之人。今不辞而去，内中必有非礼之为，赧于见人。此等人天下甚多，大哥以为失此好友么？”任正千道：“骆宏勋这个畜生不足为重，但愚兄受业于其父，此恩未报，故款留师母以报万一。今师母去了，愚兄未得亲送，是以歉耳！”王伦道：“留住二载，日奉三餐，报师之恩不为薄矣！今之不送，乃彼未通知之故；彼有不辞之罪大，而大哥失送之罪小。以后我等再见骆宏勋，俱莫睬他。如今也不要提他了。”王伦这些话，说得轻重分明。任正千以为骆宏勋真非好人，遂置之度外，倒与王伦一来一往，其情甚密。逢在任家吃酒，一定把任正千灌醉，贺世赖将任家妇女支开，王伦入内与贺氏玩耍。约略任正千将醒时候，贺世赖又引王伦出来。任府家人也颇知觉，因贺氏平日待人甚宽，近日又知自己非礼，每以银钱酒食赏他们，正是：

清酒红人面，财帛动人心。

况这些家人一则感他平日之恩，二则受今日之贿，哪个肯多管闲事！可怜任正千落得只身独自，并无一个心腹。

过了几日，王伦见人心归顺，遂取了一千两银子谢贺世赖。贺世赖道：“门下无业无家，这多银子与门下，叫门下收存何处？大爷只写张欠帖与门下就是了。倘有便人进京，乞大爷家报中通知老太爷一声，将此银与门下大小办一个前程，也是蒙大爷抬举一番。祖、父生我一场，他老人家也增些光，感你大爷之恩。”王伦道：“如此，我代你收着。”写了一千两欠帖与贺世赖。王伦笑道：“我与令妹只能相会一时，不能长夜取乐。我想明日连男带女一并请来，将花园中空房一间，把令妹藏在其中。到晚，只说贱内苦留不放，明日再回。那时任正千自去，我与令妹岂不是长夜相聚乎！”贺世赖道：“使得，使得！”次日，差人请任正千连贺氏大娘一并请来，就说：“后边设席，家大娘仰慕大娘，请去一会。”家人来到任府，将言禀上。任正千道：“既是同盟兄弟，有何猜忌？”吩咐贺氏收拾，王府赴宴。“明日，我这边也前后备席，连王大娘一同请来饮酒。”任正千上马先自去了。贺氏连忙梳洗，穿着衣裳，诸事停妥。临上轿时，叫过心腹丫头两个，一名秋菊、一名夏莲，吩咐道："我去王府赴宴，你二人在家如此如此，我自然抬举。"他二人领命，贺氏方才上轿去了。

且说骆宏勋回南，因有老爷灵柩，不能快行，一日只行得二三十里路程。临晚住宿，必得个大客店方可住得下。在路行了十日有余，行到山东地方。那日太阳将落，来到定南府恩县交界一个大镇头，叫做苦水铺。余谦道："大爷，论天气还行得几里，但恐前边没有大店，此地店口稍宽，不如在此住了，明日再行。"骆宏勋道："天已渐热，人也疲了，就此歇了吧。"于是众人看见一个大店，将皮箱包裹俱搬入店内，将老爷的灵柩悬放店门以外，是不能进店的。走至上房坐下，店小二忙取净面水，骆太太并宏勋净了面，吩咐余谦，叫店小二拿酒饭与人夫食用。将上灯时分，店小二将一支烛台点一支大烛，送进上房，摆在桌上，请太太、公子用酒。骆太太母子入席，正待举杯，只见外边走进一个老儿来，高声说道："哎呀！骆大爷，久违了！"骆宏勋听得，举目一观，正是：

久旱逢甘雨，他乡遇故知。

不知来的何人，且听下回分解。

第十二回

花振芳救友下定兴

却说骆宏勋下在苦水铺上坊子内，才待饮酒，只见外边走进个老儿来，道："骆大爷，久违了！"骆宏勋举目一观，不是别人，是昔日桃花坞玩把戏的花振芳。连忙站起身来道："老师从何而来？"花振芳向骆太太行过礼，又与骆宏勋行过礼。礼毕，说道："骆大爷有所不知，此店即老拙所开，舍下住宅在酸枣林，离此八十里，今因无事，来店照应照应。及至店门，见有棺柩悬放，问及店中人，皆云：是过路官员搬柩回南的。老拙自定兴县任府相会，知大爷不过暂住任大爷处，不久自然回南，见有过路搬柩的，再无不问。今见柩悬店门，疑是大爷，果然竟是。幸甚，幸甚！"花振芳吩咐店小二将此等肴撰搬过，令锅上重整新鲜菜蔬与他。店小二应诺下去。花老吩咐已毕，又问道："任大爷近日如何？可纳福否？"骆宏勋长叹一声道："说来话长，待晚生慢慢言之。"花老闻听此言，甚是狐疑，因骆太太在房，恐途中困乏，不好高谈，道声："暂为告别，请太太方便，俟用饭之后，再来领教。"骆宏勋道。"稍坐何妨！"花振芳道："余大叔尚未相会，老拙也去照应照应，就来相陪。"一拱而别，来到厢房。余谦在那里安放行李，见道："呀，老爹么？久违了！"花振芳道："我今若不来店，大驾竟过去了。”余谦道：“自老爹在府分别之后，次日，家爷同任大爷赴寓拜谒，不知大驾已行。内中有多少事故，皆因老爹而起，一言难尽，少刻奉禀。”花老愈为动疑，见余谦收拾物件，又不好深问，遂道：“停时再来领教罢了。”辞了余谦，来至锅上照应菜蔬，不一时，菜饭俱齐。骆太太母子用过酒饭，余谦亦用过了。店小二将碗盏家伙收拾完毕，又送上一壶好茶之后，骆宏勋打开太太行李，请太太安歇。

花老儿知太太已睡，走至上房说道：“因太太在此，老拙不便奉陪，有罪了。”骆宏勋道：“岂敢！”花振芳道：“前边备了几味粗肴，请大爷一谈。”骆宏勋也要将任正千情由细说，道：“领教。”遂同花老来到门面旁一间大房，房内琴棋书画，桌椅条台，床帐衾枕无所不备，真不像个开店之家。问其此房来历，乃花振芳时常来店之住房也。他若不在此，将门封锁；他若来时才开，所以与店中别房大不同也。内中设了一桌十二色酒肴，请骆宏勋坐了首位，花老主位，将酒斟上，举杯劝饮。三杯之后，花振芳道：“适才问及任大爷之话，大爷长叹为何？”骆宏勋就将因回拜路遇王家百十余人，各持器械，“问其所以，知与足下斗气；晚生同任世兄命众人撤回，伊云：奉主之命，不敢自擅；晚生同世兄赴王府解围，不料王伦甚是恭敬，谆谆款留，遂与之拜结；及次日，王、贺来世兄处会饮，将我二人灌得大醉；贺世赖代妹牵马，王伦与贺氏通奸，被余谦听见。”骆宏勋将前后之事，细细说了一遍。花振芳闻了这些言语，皆因王家解围而起，心中自说道：“怪不得余谦说皆因我而起。”说道：“王伦那厮，依老拙愚见，彼时就要毁他巢穴；贱内苦苦相劝说‘出门之人，多事不如省事’，我所以未与他较量。次日趁早起身，急急忙忙一路动身返舍。回来后，老汉在家，哪里知道后边就弄出了这许多事来。真个令人事事难料。大爷，且说王伦这个奸贼，真是人面兽心，实属叫人发指，可恨之极！大爷请用一杯，老汉还有话说。”说罢，杯盘相劝。彼此相合，二人对饮，正是有诗为记，诗云：

良友邸旅叙往因，须知片语值千金。
忠肝义胆成知己，永志冰心报友情。
挥洒千金存匹马，且杯一盏碎张琴。
今朝得叙旧年事，方知义友一番心。

花老又道：“大爷隐恶扬善，原是君子为之。但大爷起身之时，也该微微通知，好叫任大爷有些防避。彼毫不知之，奸夫淫妇毫无禁忌，任大爷有性命之忧。”骆宏勋道：“晚生若回去言之，灵柩何人搬送？倘不回去，世兄稍有损伤，于心何忍！”言到此处，骆大爷双眉紧皱，无心饮酒，只是长吁短叹。花老劝道：“天下事有大有小，有亲有疏，朋友乃人伦之末，父母乃人伦之首，岂有舍大而就小，疏亲而为友者乎！大爷搬柩回南，任大爷之事俱放在老拙身上。况此事皆因我而起，我也不忍坐视成败。既大爷起身日期至今已有数日，及老拙往定兴又有几日工夫，不知任大爷性命如何。如等老拙到了定兴，任大爷性命无伤，老拙包管把奸夫淫妇与他一看，分明大爷之冤，并救任大爷之命。”骆宏勋谢过，重新又饮。又问道：“不知老爹几时赴定兴？”花老道：“救人如救火，岂可迟延！不过一二日，就要起行。”骆宏勋又吃了两杯，天已二鼓，告辞回房去了。花老吩咐店中杀猪宰羊，整备祭礼，一夜未睡。

及到天明，骆太太母子起来，梳洗方毕，余谦来禀道：“花老爹亦有祭礼，摆在老爷柜前，请大爷陪奠。”骆宏勋连忙来至柜前，只见摆列数张方桌，上设刚鬣、柔毛，香楮、庶馐之仪。花老上香奠爵，骆宏勋一旁陪奠。祭奠已毕，骆宏勋重复致谢意，欲赶早起身。花老哪里肯放，又备早席款待。骆宏勋叫余谦称银四两，赏与那搬桌运椅之人。吃罢早饭，人夫轿马预备停当，骆宏勋又叫余谦封过房租银两。花老道："岂有此理！今日老爷仙柩回南，老拙不便相留；今封银子与我，是轻老拙做不起个地主了。老拙别无尽情之处，小店差一人跟随大爷，送至黄河渡口。黄河这边一切使用并房饭银两，俱是老拙备办，过河以后，大爷再备。"骆宏勋道："今日无故叨扰，已为不当；路费之说，断不敢领。"花老道："我差人相随，亦非徒备路费。黄河这边皆山东地方，黄河相近，路多响马，黑店甚多。我差人送去，方保无事。我已预备停妥，大爷不必过推。"骆宏勋见花老诚心实意，遂谢了又谢，方上马而去。

不言骆宏勋起身上路。且表花振芳回店将事情料理停当，晌午时候，上马而回，日未落时，已至自家寨中。进门来见了妈妈，将遇见骆宏勋在店之事说了一遍。花奶奶道："你这个老杀才，女儿因他害起病来。不见则已，今既在我店中，还放了他去，是何缘故？"花老道："你妇人家不通道理。如骆宏勋一人自来，或同他家太太母子同来，我岂肯叫他匆匆即行？他今搬柩回家，难道叫我将他家棺材留下不成！"花奶奶道："他如今回家，几时还来？女儿婚姻，何日方就？"花老笑道："今日正有一个机会告你知道。"妈妈忙问其详。花老将任正千之事说了一遍，又将自己欲往定兴救任正千之言，又说了一通。又道："我今将任正千救来，怕他不代我女儿作伐么？"花奶奶听了此言，也自欢喜。花老忙差四人，分四路去请巴龙、巴虎、巴彪、巴豹四人。看官，你说因何差四人去请他弟兄四人？那巴氏弟兄九个，住了九个大寨，连花振芳共十个，周围有百里之遥。今连夜去请，要到次日饭时方能齐至，一人如何通得信来？所以差四人前去。巴氏弟兄九个，唯此四人做事精细。花老差人之后，用了些晚饭，妈妈将这些说话又对碧莲说了一番。碧莲知任正千同骆宏勋乃莫逆之交，任正千感父救他之恩，必竭力代我做媒无疑，心怀一开，病也好了三分。第二日早晨，巴氏弟兄前后不一，直至饭时四人方齐。花老备酒饭款待，将下定兴救任正千之话说过。又道："定兴往返有千里之遥，岂可空去空回？意欲带十个干办之人，顺便看有相宜生意，带他个把才好。”巴氏弟兄齐声道：“好！”花老将寨中素日办事精细、武艺惯熟之人，选个十名，各人收拾行李，暗带应用之物，期于明日起行。话不重叙。到了次日，一众人等吃了早饭，花振芳带领了巴龙、巴虎、巴彪、巴豹，又有十个精细伴当，一众骑了十五匹上好的惯走的骡子，直奔定兴大路而来。只因这一去，正是：

定兴黎民心胆落，满城文武魄魂飞。

毕竟不知花振芳一众人等到得定兴，怎生救任正千？且听下回分解。

第十三回

劫不义财帛巴氏放火

却说花振芳、巴氏弟兄一众自离了酸枣林，在路行程也非止一日。那日来到定兴，已是四月间。进了西门，已到马家店外。花振芳本欲还寓在此，然自离定兴至今不过个把月光景，仍住他店内，他们必定认得，如何是好？若迁于别处住店，又恐不干净，不若寻个庙宇，便于行事。于是，直奔南门而来。幸喜离南门不远有一炎帝庙，甚是宽大，闲房甚多。花振芳进内与住持说了，不过住两三日就动身，大大给你个香仪；庙中道人亦赏他五钱银子。住持同道人甚是欢喜，将后院三间大庙房与他们住，旁边又有三间厂棚，原是养牲口之所，槽头现成。花老一众将行李取下，搬入住房，十五匹骡子拴在槽旁，又将钱与道人，代买草料。道人问道："老爷们是吃素还是吃荤？吃素，就在我们灶上制办；吃荤时，那住房北首有一间房，房内锅灶现成，请爷们自便。"花老见诸事便宜，甚为欢喜。答道："我们有人办饭，只是劳你买买罢了。"道人应道："当得，当得！"拿钱买草料去了。入庙之时，天方日中，众人在路已吃过早饭，肚不饥饿。花振芳道："你们在此歇息歇息，我先进城到任府走走，探探任正千消息。"巴氏兄弟道："你进城去，我们在此办午饭候你。"

花老也不更衣，就是原来的样子迈步进城，一直来到任正千门首，看了一看，不如前月来的那般热闹。站了半会，并无一人出入，心中疑惑，迈步进门，见一人在门凳上坐着打睡。花老用手一推，道声："大叔，醒醒。"那人将眼一睁，问道："哪里来的？"花老道："在下山东来的。"那人仔细一看，认得是三月间来拜大爷的花老儿，便说道："花老师又来了么？"花振芳道："前在此厚扰，今特来谢谢大爷。敢问大爷可在家吗？"那人道："不在家，今早赴王府会饮去了。"花老道："哪个王府？"那人道："是家爷新拜的朋友，乃吏部尚书公子王伦王大爷家。"花振芳道："大娘在家么？"那人道："大娘有五日不在家了。"花老道："娘家去了？"那人道："不是的，在王府赴宴。"花老道："既是赴宴，哪有五日不回之理？"那人道："花老师，你不晓得，朋友有厚薄不同。家爷与王大爷相交甚契，先前只是男客往来，有半月光景，连女眷也来往了。"花老道："他家那王大娘也到府上来否？"那人道："闻得说王大娘有腿痛之疾，难以行走，家爷备席请他，他不能来，所以请我家大娘过去陪伴玩耍，不肯放回。大约是男子相厚，女眷也就不薄了。"花老道："府上大叔好多哩，今日怎不见人出入？"那人道："有是有十来个，跟大爷去了两个，其余见大爷一见而已。大爷一去一日，更深方回，家中无事，都去闲玩去了。"花老道："既大爷不在家，在下告别。"那人道："老师寓在何处？家爷回来，我好禀知。"花振芳道："方才到此，尚未觅寓。大爷回来，大叔不禀罢了。"那人道："倘大爷闻知，我岂无过？"花老道："不妨，即使我会见大爷亦不提，大爷怎得知道？"

看官，你道花老因何不肯对他说出寓所？恐弄出事来，连累炎帝庙的和尚，故不对他说。辞了那人，照旧路向寓所而来。一路上想那门上人的话，一定是骆大爷主仆二人起身之后，百无禁忌，王伦假托老婆有病，将贺氏接在家中，夤夜畅乐。任正千乃好酒之人，不知真伪，而为之愚焉。"我今不来则已，既来了，必将奸夫淫妇与他一看，任大爷方信为实，骆大爷之冤始白矣。适言更深方回，我亦等更深时分，不使人知，悄悄入他家内，约任正千同到王家捉奸。”算计已定，来至寓所，巴氏兄弟早将晚饭备妥。共是三桌，巴氏弟兄同花老一桌，寨内十人分两桌。他寨内规矩：有客在坐则分上下，花老儿主坐，其余分立两旁；若无外人，则不分尊卑了，皆同坐同饮。今寓中皆自家人，所以办三桌，一室合饮。

闲话少叙。众人用过晚饭，各自起身。花振芳在内闲坐，谈论任正千之事。那十人喂料的喂料，垫草的垫草，各办其事。不一时天已起更，又摆夜酒，也是三桌。饮酒之间，花老道：“我们今番盘费无多，事宜急做。今晚我即进城相会任正千，看如何光景。我们好速速回去，不然盘费用完，又要向人借贷。”巴氏弟兄道：“姊夫放心前去，盘费之说，包在我弟兄们身上，不必心焦。”时至二更，谅任正千亦已回家。花老连忙打开包裹，换了一身夜行衣服：青褂、青裤、青靴、青褡，包青裹脚。两口顺刀，插入裹脚里边，将莲花筒、鸡鸣断魂香、火闷子、解药等物，俱揣在怀内；有扒墙索甚长，不能怀揣，缠在腰中。看官，你说那扒墙索其形如何？长有数丈，绳上两头系有两个半尺多长的铁钉，逢上高时，即二手持钉，一个个照墙缝插入，一把一把登上去；凡下来时节，用一钉插在上边，绳子松开，坠绳而下。此物一名“扒墙索”，一名“登山虎”，江湖上朋友个个俱是有的。

花老收拾完全，别了众人，直至城门。城门已闭，花老将扒墙索取下，依法而行。进得城来，街上梆响锣鸣，栅门已闭，不敢上街，自房上行走。及到任正千家，亦不呼门打户，从屋上走进来，直至里面，并不见一些动静。又走进内院天井中，忽听鼾睡之声，潜近身边，此时四月二十上下，微月渐明，仔细一看，竟是任正千！在房门外放了一张凉床，带醉而卧，别处并无一人。花老用手推之，推了两番，任正千朦胧之中问声“哪个”，仍又睡了。花老点头道：“怪不得其妻偷人，茫然不知，今将他扛送江河之中，他亦未必知道。”又用手着力一推，任正千方醒，喝道：“有贼！”将身一纵，已离床七步之遥。花老低低说道：“任大爷，不要惊慌，我乃山东花振芳也。若是盗贼，此刻不但将你银钱偷去，连你性命都完了。”任正千听说是花振芳，虽月光之下看不明白面貌，却听得出声音，连忙问道：“大驾几时来此？黪夜到舍，有何见教？”花老道：“大爷不要声张，在下昨午至贵处，连夜到府来救你性命。”任正千惊问道：“晚生未作犯法之事，有甚性命相碍，老师何出此言？”花老道：“骆大爷到哪里去了？”任正千道：“那个轻薄的人，说他作甚！”花老道：“好人反作歹人，无怪受人暗欺。”遂将王伦、贺氏奸淫，贺氏过书房相戏，反诬他轻薄无亲，自缚跪门，不辞而去，说了一遍。任正千叹道：“此必骆宏勋捏造之言，以饰自己轻薄之意，老师何故信之？”花老道：“因怕你不信此言，故我黪夜而来，与你亲眼一看，皂白始分，而骆大爷之冤亦白矣！我也知令正夫人在王家五日未回，此刻正淫乐之时。想你武艺精通，自能登高履险，趁此时我与你同到王家捉奸。若令正不与王伦同眠，不但骆大爷有诬良之罪，即老拙亦难逃其愆矣！”任正千被花老这一番话，说得才有几分相信。答道：“我即同老师前去走走。”花老将任正千上下一看，道：“你这副穿着，如何上得高屋，速速更换。”任正千自王家回来，连衣而卧，靴也未脱，衣也未卸。花老叫他更换，方才进房，脱了大衣，穿一件短袄；褪下靴子，换一双薄底鞋儿，把帐柱上挂的宝剑带在腰间。走出房来，同花老正要上屋，只见正南方火光遮天。花老道：“此必哪块失火！”将脚一纵，上得屋来，那火正在南门以外，却不远。花老道：“不好了，此人正在我的寓所。大爷稍停，我暂回南门一望即回。”任正千道：“天已三鼓，待老师去而复返，岂不迟了？即老师行李有些损失，价值若干，在下一定奉上。”花老道：“大爷有所不知，老拙今来一众十五人，骑了十五匹骡子，皆是走骡，每个价值一二百金，在南门外炎帝庙寓住，故老拙心焦，不得不去一看。”任正千道：“既是老师要去，速些回来才好。”花老道：“就来。”将脚一纵，上屋如飞而去。

任正千坐在凉床上，细思花老之言，恨道：“如今到王伦家捉住奸夫淫妇，不杀十刀不趁我心！”在天井中，自言自语，自气自恨，不言。

且说花振芳来到南门，见城门已开，想道：“自必有人报火。”遂跳下出城，举目一看，正是火出于炎帝庙中，真正厉害。正是：

风趁火势，火仗风威。

却说花振芳急忙走到跟前，见救火之人有一二百，东张西望，不见自家带来的人。想道：“难道十四个人，一个也未逃出不成？”正在焦躁之际。不知后事如何，且听下回分解。

第十四回

伤无限天理王姓陷人

却说花振芳看见炎帝庙里火起，并不见自家带来一人，正在焦躁，猛听得口号响亮，心中稍安。细听一听，在东北树林之内，相隔有两箭之远。迈开大步直奔树林而来，进得林中，见巴氏弟兄并寨内十人，连十五头骡子俱在；其中又见十五头骡子驮了十五个大箱子。花振芳忙问道："此物从何而来？"巴氏弟兄道："老姊丈进城之后，我们又吃了几杯酒，商议道：'一路行来，并无生意，白白回去，岂不空走一遭！'细想王伦父是吏部尚书，叔是礼部侍郎，在东京贾官卖爵，也不知赚了多少不义之财！我等到他家去，一直走到后边五间楼上，细软之物尽皆搜之。等你多时了。"花振芳又问道："庙内因何火起？"巴氏弟兄笑道："只因劫了王伦回来，才交二鼓天气，若是起身，庙内和尚、道人必猜疑。天明王伦报官，他们必知道我们劫去，恐不干净，故此放起一把火，烧得他着慌逃命不及，哪里还管我们闲事。"花老言道："虽然干净，岂不毁坏了庙宇，坑了和尚。"沉吟一会道："也罢！明日将王伦之物，造一所庙还他，其余再为分用。"巴氏四人道："那也罢了。"

听一听，天已四鼓，见城中有骑马往来者，知是文武官员出城救火。花老道："再迟，就不好了！趁此你们赶路，我仍进城，同任正千把事做了，随后赶来。"巴龙道："我们就是山东路上相熟，直隶地方甚生，你要送我们一送才好；不然路上弄出事来，为祸不小！"花老道："我与任正千相约，许他看火就回。他如今在天井里等我，不回去岂不失信于他？"巴龙道："此地离山东交界也只六十里路，此刻动身，天明就入了山东地方，你过午又回此地。任正千怎地将老婆与人玩了半个多月，今一日就受不住了么？常言道'先顾已而后有人'，未有舍已从人之理。"看官，花振芳山东、直隶、河南，到处闻他之名，凡路上马快、捕役等见他的生意，不过说声"发财"，哪个敢正眼视他？那巴氏弟兄就是山东道上不碍事，这六十里直隶地方竟不敢行，所以要他送去。花振芳见说得有理，少不得要送送他的。说道："要走就走。一时合城官员救火，不大稳便。"众人解开骡子上路，奔山东去了。

却说任正千等花振芳往王家捉奸，一等也不来，二等也不来，一直等到五更东方发白，骂道："这个老杀才！真个下等之辈。约我做事，直叫人等个不耐烦！天已将明，如何去得？明日遇见，不理他这个老东西。"骂了一会，连衣倒在床上睡了。当应有事，花振芳同任正千在天井里说话，尽被秋菊、夏莲两个贱人窃听着。贺氏吩咐：凡家内有甚风声，速到王府通知。天将发白之时，看见任正千睡了，二人悄悄地走出，一直跑到王家。他二人随贺氏走过两次，知他在花园内宿歇，不必问人，走进房来。王伦已经起去，贺氏在那里梳洗，见两人进来，贺氏打了个寒噤，问道："家中有甚风声，恁早而来？"二人道："娘，不好了，祸事不小！"遂将任正千与花振芳在天井所议之事，一一告知："正要来捉奸，忽见南门失火，那花老恐伤他同伴之人并他牲口，暂别大爷到南门一看即回，叫大爷在天井等他。幸喜皇天保佑，那老儿一去未回。大爷等得不耐烦，东方发白，进房睡了。我二人一夜何曾合眼，看见大爷已睡，连忙跑来禀知。大娘速定良策，不然性命难保。我二人就要回去，恐大爷醒来呼唤。”贺氏闻听此一番言语，只见他：

桃红面变青靛脸，樱桃小口白粉唇。

不由得满身乱抖，说道：“此事怎了？你快与我请王大爷并贺大爷前来，你们再回去。”秋菊、夏莲忙到书房，见王伦、贺世赖二人正在说话。一见二人进来，王伦道：“你们来得恁早，想是问大娘要钱买果子吃？”二人道：“大娘请王大爷与贺大爷说话。我二人即回，恐大爷呼唤。”说罢，慌慌张张地去了。王、贺二人见他们神情慌速，必有异事，亦急忙来至贺氏房里。只见贺氏面青唇白，两眼垂泪，恨道：“你二人害人不浅！方才两个丫鬟来说：此事尽被丑夫知之。叫我如何回家？”王伦道：“这是何人走漏消息？”贺氏又将花振芳夜来所议之话说了一遍，“天将发白时，丑夫方才睡去，他二人趁空跑来通知我。好好的日子，你二人弄得我不得好过，连性命都送在你们手里！”只是呜呜啼哭。王、贺二人只落得蹙眉擦眼，低头顿足，想不出个计来。

正在那里胡思乱想，忽然家人来禀道：“大爷不好了！后边五间库楼，今夜被强盗打劫去了。”王伦道：“从来福无双降，祸不单行，正我今日之谓也。”迈步欲往后边观看情形，贺氏拦住道：“你想往哪里去？不先将我之事设法，要走万万不能！”王伦无可奈何，只得停步，唯有长吁短叹而已。忽见贺世赖愁眉展放，脸上堆笑，道：“妹子不要着急，王大爷又有喜事可贺！”王伦道：“大祸解脱，其愿足矣！又有何喜可贺？”贺世赖道：“大爷失物破财，却是添人进口。”王伦道：“所添何人？”贺世赖道：“今夜库楼被人劫去，大爷速速写下失单，并写一个报单。单内直指任正千之名，门下速进定兴县报与马快。再带五十两银子，将马快头役买嘱，叫他请定兴县孙老爷亲往任家起赃。我去之后，妹子亦速速回去，轿内带些包裹，将值钱小件之物包些，舍妹身边再藏几件小东西，都摆在后边堂楼底下。孙老爷一到，观见赃物，不怕任正千有八口五张嘴，也难辩得清白。那时问成大盗，自然正法；舍妹即大爷之人，岂不是添人进口么！”王伦听得此言，心中大喜，说道：“量小非君子，无毒不丈夫。”吩咐家人快取文房四宝，速开失单，并写报呈，将偷了去的开上来，未偷去的也开了一倍，开了三倍。贺世赖又催促妹子回去。贺氏道：“我不敢回去，那丑夫性如烈火，一见我回，岂肯轻放？”贺世赖道：“拿贼拿赃，捉奸捉双。你一人回去，谅他不能杀你，必要问个端的，然后动手的。这里甚快，你一到家，我随即请孙老爷驾到，管保你无事。”贺氏没奈何，只得依着哥哥之言，收拾了包裹，身边又带了几件东西。贺世赖将失单、报呈放入袖口内，王伦又拿了五十两银子与他。贺世赖又对贺氏道：“我一顿饭光景办妥此事，你再起身，恐我家做事做不完，你先到家吃他之亏。”又向贺氏耳边说道：“你若到家，必须如此如此，方不费手脚。”贺氏点头应道：“晓得！”

贺世赖诸事安排妥当，缓步去了。不多一时，走至定兴县衙门，正遇马快头役杨干才进衙门，贺世赖上前拱了拱手，道：“杨兄请了！”杨干认得贺世赖，知他近日在王府作门客，答道：“贺相公，恁早往哪里去？”贺世赖道：“特来寻兄说话，请在县前茶馆中坐谈。”进门坐下，茶博士拿来一壶好茶，捧了两盘点心。杨干道：“相公寻弟有何话说？”贺世赖在袖中取出失单并报呈，递与杨干看，杨干一见报呈上直指任正千之名，大惊道：“这个任正千，莫非四牌楼‘赛尉迟’么？”贺世赖道：“正是！”杨干摇首道：“此人久居定兴，世代富豪，且仗义疏财，扶危济困，人所共知，岂是匪类？相公莫要诬良，不是耍的！”贺世赖道：“王大爷若无实据，岂肯指名妄报？他乃吏部公子，反不知诬良之例？自古道：人心不可貌相，海水不可斗量。世上人哪里看得透，论得定？王大爷叫弟今来寻兄，不先报官之意，原知抓贼捕盗乃兄分内之事也。倘若走漏消息，强人躲避，又费兄等气力。故先通知兄。”即便从袖中取出五十两银子，大红封套一个，说道：“这是王大爷薄敬，烦兄将此单拿进宅门，面禀老爷，就请老爷即赴强人窝宅起赃，迟了则费手脚。”杨干见五十两银子，就顾不得诬良不诬良，且是他家指名而报，与我何干？假推道：“这点小事，难道不能代王大爷效劳不成？只求日后在敝主人之前荐拔荐拔，就感恩不浅，怎敢受此重赐？”贺世赖道：“你若不收，是嫌轻了。只要把事办得妥当，王大爷还要谢你哩！”杨干道：“既如此，弟且收下。贺相公在此少坐，待我进去投递，并请老爷，看是何说法？相公好回王大爷信息。”贺世赖道：“事不宜迟，以速为妙。”杨干说：“晓得！”急进衙门去了。来至宅门将传桶一转，里边问：“哪个？”杨干道：“是马快杨干，有紧急事，请老爷面禀。”宅门上知道逢紧急事，马快要禀，必是获住了大盗，不敢怠慢，忙请老爷出二堂。杨干上前磕头，将报呈、失单呈上。孙老爷一见失主是王伦，就有几分愁色，若不代他获住强盗，就有许多不便。将报呈看完，竟是指名而报。孙老爷忙问杨干：“这任正千住居何处？”杨干道：“就在城内四牌楼，闻得赃物尚在未分，请老爷速驾至彼处起赃。迟恐赃物分过，强人一散，那时又费老爷之心。”孙老爷道：“正是！”吩咐伺候，再传捕衙陈老爷同去。杨干出来对贺世赖一一说知。又道：“素知任正千英雄勇猛，我班中之人未必足用。闻得王大爷府上教习甚多，帮助数名，一阵成功才好。”贺世赖道：“这个容易，许你十名，在三岔路口关帝庙中等候。”说罢，分手而别。贺世赖来到府中，回复王伦，拨了十名好教习，贺世赖领到关帝庙中去了。

且说定兴县孙老爷坐了轿子，带领杨干班中三十余人；捕行陈老爷骑了马亦带了十数个行役，一直前行，来到了十字街三岔路口关帝庙中。贺世赖早已迎出来，将十人交付杨干，一同往任正千家来了。

这正是：

英雄含冤遭缧绁，奸佞得意坐高堂。

毕竟不知任正千性命如何，且听下回分解。

第十五回

悔失信南牢独劫友

却说贺氏回家，到得家内，不先入住房，到得后边堂楼底下，将带来的包裹并身上所带的小件东西俱皆栽匿，然后提心吊胆走进自己卧房。见任正千尚睡未醒，叫道：“大爷，不脱衣而睡，连衣怎睡得舒畅，大约是昨日醉归就睡了。这是妾身不在家，就无人管你闲事。”叨叨咕咕，自言自语，把任正千惊醒。一见那贺氏站在面前，不觉雄心大怒，骂道：“贱人，做得好事！怎今日舍得回来了？”贺氏假惊道：“妾被王大娘苦留不放，故未回来，多住几日。今早谆谆告辞，方得回来，有何难舍之处？”任正千道：“好大胆的贱人！你与王伦干得好事，尚推不知，还敢强辩！”贺氏双眼流泪道：“皇天呵，屈杀人也！这是哪个天杀的在大爷面前将无作有，挑唆是非，害人不浅呵！”任正千道：“此时暂且饶你，稍停看你性命可能得活！”怒气冲冲往书房去了。秋菊忙送梳妆盒，夏莲忙送净面水，俱送至书房内。任正千带怒草草梳洗了，在书房内静坐。看官，你说正千静坐为何？因他心内暗想道：虽贺氏实有此事，但未拿住，审他一个口供，方好动手。不然无故杀妻，就要有罪。正在那里思想审问之计，鼻中忽闻酒香，回头一看，见条桌上一把酒壶，一个酒碗。起身向前，用手一摸，竟是一壶新暖的热酒，说道："这是哪个送来的？未说声就去了。"遂斟上一碗，口内饮酒，心内想计，不觉一碗一碗，将五斤一壶的烧酒吃在肚中。正是：

酒逢畅饮千杯少，闷在心头半盏多。

一则是早酒不能多吃，二则心中发恼又易醉，任正千不多一时，酒涌上来，头晕眼花，遂隐几而卧。这壶酒正是贺世赖临行时，在贺氏耳边所说之计，叫贺氏到家，暗暗命丫鬟送酒一壶。知任正千乃好饮之人，未有见而不饮，将他灌醉，则易于捉拿了。且不言任正千书房醉睡。

且说孙老爷带领捕役人等前来，离任家不远，杨干禀道："二位老爷在此少停，待小的先到强人家内观看动静，并打探强人现在何处，再来请老爷驾往。不然，一众齐至，恐强人知觉，则有预备。小的素知强人了得，恐怕惊动逃走。"孙老爷道："速去快来！"杨干迈开大步，来到任家门口，问门上道："任大爷起来否？"门上人认得是县里马快杨干，忙答道："大哥哪里来的？"杨干道："弟有一事，特来拜托任大爷。"门上人道："家爷起确起来了，闻得在书房中又饮了五斤一大壶烧酒，大醉隐几而睡。既杨兄有事相商，我去禀声。"杨干连忙禁止道："弟也无甚要紧事，既大爷醉卧，不便惊动，再来吧。"将手一拱去了。回到孙老爷前禀道："小的访得强人正大醉隐几而卧，请老爷速行。"杨干同台班人众各执挠钩长杆、王家教习各执槐杖铁尺在前，孙、陈二位老爷乘轿、马随后，到了任正千家门口。杨干禀道："二位老爷在门外少坐，待小的先进，获住强人，再请老爷进内起赃。"孙老爷吩咐："谨慎要紧！"杨干答道："晓得！"于是率领一众人等直奔书房而来，任府家人见一个捉一个。离书房尚有数步之遥，早听得鼾声如雷。杨干等在门外站立，用两把长钩在任正千左右二腿肚上着力一钩，十个人用力往外一扯，任正千将身一起，“哎哟！何人伤我？”话未说完，“咕咚”倒地，可怜两个腿肚钩了有半尺余长的伤口，钩子入在肉内。任正千才待抬身要起，早跑过十数个人抓伏身上，那槐杖、铁尺似雨点打来。可怜虎背熊腰将，打作寸骨寸伤人。当时任正千还想挣扎起来，未有一盅茶时节，只落了个哼喘而已。杨干道："谅他不能得动，不必再打了。快请老爷进来起赃。"外边着人请孙老爷，内里贺氏已知任正千被捉，早把带来的包裹打开，并身边带来的小件东西尽摆在堂楼后。孙老爷进去，在里边一一点明上单，又把各房搜寻，凡有之物，尽皆上单。却说任正千乃定兴县第二个财主，家中古物玩器，值钱之物甚多，尽为赃物了。大件东西则入单上，金银财宝并小件东西，被搜检之人掖的掖、藏的藏，连捕衙陈老爷亦满载而归。起赃已毕，孙老爷吩咐将强人家口尽皆上索，计点十数个家人，并两个丫环、贼妻贺氏，别无他人。孙老爷道："带进内衙听审。"朱笔写了两张封皮，将任正千前、后门封了，把乡保邻右俱带至衙门听审。吩咐已毕，坐轿回衙。

那任正千哪里还走得动？杨干卸了一扇大门，把任正千放上，四人抬起赴行前来。孙老爷进了衙门，坐了大堂，吩咐带上强人，将任正千抬上连门板放下。孙老爷问道："任正千，你一伙共有多少人？怎样打劫王家？从实说来，省得本县动刑。"任正千虎目一睁，大骂道："放你娘的屁！谁是强盗？"孙老爷吩咐："掌嘴！"吆喝一声，连打二十个嘴巴。孙老爷又问道："赃物现在那里，还要抵赖？"任正千道："你是强盗！今日带了多人，明明抄掠我家，反以我为强盗！"孙老爷又吩咐"掌嘴"，又是二十个嘴巴。任正千只是骂不绝口。孙老爷吩咐："抬夹棍来！"话不重叙，一夹一问，共夹了三夹棍，打了二十杠子。任正千昏迷几次，仍骂道："狗官！我今日下半截都不要了，即令你剐了我，想任爷屈认强盗之名，万万不能。"孙老爷见刑已用足，强人毫无口供，若再用酷刑，则犯贪暴之名。吩咐："带贼妻贺氏。"贺氏闻唤，移步上堂，口中唧哝道："为人难得个好丈夫，似我这般苦命，撞了个强盗男人，如今出头露面，好不惶恐死人也！"说说走走，来至堂上，双膝跪下，说道："贺氏与老爷磕头。"孙老爷问道："贺氏，你丈夫怎么打劫王伦？一伙多少人？从实说来，本县不难为你。"贺氏道："老爷！堂上有神，小妇人不敢说谎。小妇人已嫁他三年，一进门两月光景，丈夫出门有两月才回来，带回了许多金银财宝，并衣服首饰等。小妇人问他：这些东西从何而来？他说：外边生意赚了钱，代小妇人做来的。彼时小妇人只见他空手独去，并无他物，哪里生意做来？就有几分疑惑，新来初嫁亦不好说他。后来或三月一出门，或五月一出门，回来都是许多东西。又渐渐有些人同来，都是直眉竖眼，其像怕人，小妇人就知他是此道了。临晚劝他道：'菜里虫菜里死，犯法事做不得，朝廷的王法森严，我们家业颇富，洗手吧。'反惹他痛骂一场。小妇人若要开言，他就照嘴几个巴掌，小妇人后来乐得吃好的，穿好的，过了一日少一日，管他则甚。晚间来了几个人，都说是他的朋友。小妇人连忙着人办了酒饭款待，天晚留那几个住宿，小妇人也只当丈夫在前陪宿。谁知到半夜时节，听得许多人来往走动，又听口中说道：'做八股分吧。'一人说：'平分才是！'小妇人就知那事了。各人睡各人的觉，莫管他，惹气淘。不料天明就弄出这些事来了，脸面何在！正千若听我的话，早些丢手，岂不好！别人分了走开，落得好；你只身受罪，还不说出他们名姓来，请老爷差人拿来问罪。可怜父母皮肉打得这个样子，叫你妻子疼也不疼！又不能救你。"又朝着孙老爷磕了个头，双眼流泪叫声："青天老爷！笔下超生，开我丈夫一条生路，小妇人则万世不忘大德。"任正千冷笑道："多承你爱惜，供得老实！我任正千今日死了便罢，倘得云散见天之日，不把你这淫妇碎尸万段，不称我心。"孙老爷又叫带他家人上来。家人禀道："小的从未见主人为匪，即有此事，亦是暗去暗来。小的等实系不知，只问主母便了。"贺氏在旁又磕了个头，叫声："老爷明鉴！小妇人是他妻子，尚不知其详细，这家人、丫鬟怎得知情？望老爷开恩。"孙老爷见贺氏一一招认，也就不深究别人。叫刑房拿口供单来看，与贺氏所供无异，遂将任正千下监，家人、奴仆释放，贺氏叫官媒婆管押。那孙老爷又将邻右乡保唤上，问道："你等既系乡保邻右，里中有此匪人，早已就该出首。今本县已经捉获，你等尚不知觉，自然是回庇通情。"邻右道："小的等皆系小本营生，早出晚回。任正千乃富豪之家，小的虽为邻居，实不通往来。他家人尚然不知，况我等外邻！"乡保道："任正千虽住小的坊内，往日从无异怪声息；且盗王伦之物并无三日、五日，或者落些空漏，小的好来禀告；乃昨夜之事，天明就被拘，小的如何能知？"孙老爷见他们无半点谎言，又说得入情，俱将众人开释。将赃物寄库，审定口供，再令失主来领。发放已毕，退堂去了。

却说王伦差了一个家人，拿了个世弟名帖进县，说："贺氏有个哥哥在府内作门客，乞老爷看家爷之面，将贺氏付他哥子保领，审时到案。"知县不敢不允人情，遂将贺氏付贺世赖领去，贺世赖仍带到王伦之家日夜同乐，真无拘束了，这且不提。

再讲花振芳送巴氏弟兄到了山东交界，抽身就回。因心中有事，往返一百二十里路，四更天起身，次日早饭时仍回至定兴县。昨日寓所已被火焚，即不住南门，顺便在北门外店内歇下。住了一个单房，讨了一把钥匙，自管连忙吃了早饭，迈步进城，赴四牌楼而来。花振芳只恐失信于朋友，还当任正千既知此事，今日必不与王伦会饮，自然在家等候，所以连忙到任正千门首。及至，抬头一看，只见大门封锁，封条是新贴的，面浆尚未大干。心中惊讶道："这是任正千家大门？昨日来时，虽然寂寞，还是一个好好人家。半夜光景，难道就弄出大事情，朱笔封门？"想了一会，又无一个人来问问。无奈何，走到对面杂货店中，将手一拱，道声"请了！"那柜上人忙拱手问道："老客下顾小店么？"花老道："在下并非要买宝店之货，却有一事，走进宝店，敢借问一声：那对过可是任正千大爷家？”那人听得，把花老上下望了又望，把手连摇了两摇，低低说道：“朋友，快些走，莫要管他什么任正千不任正千的！你幸是问我，若是遇见别人，恐惹出是非来了。”花老道：“这却为何？请道其详。”那人道：“你好啰嗦，教你快走为妙，莫要弄出事来连累我。”花老道：“不妨！我乃过路之人，有何干系？”那人却只是不肯说。花老再三相逼他说，那人无奈，只得说出来与花老知道。这一说，不打紧，有分教：

奸夫丢魂丧胆，淫妇吊胆惊心。

毕竟那人对花振芳说些什么来，且听下回分解。

第十六回

错杀奸西门双挂头

话说那人被花振芳再四相问，方慢慢说：“你难道不认识字？不看见门都封锁了，请速走的为妙。”花振芳大叫道：“我又未杀人放火，又不是大案强盗，有何连累，催我速走？若不说明，我就在此问一日！”那人蹙额道：“我与你素日无仇，今日无冤，此地恁些人家，偏来问我！”无奈何，遂将“今夜王伦被盗，说是任正千偷劫，指名报县。天明，孙老爷亲自带领百余人至其家，人赃俱获，将我们邻右俱带到衙门审了一堂，开释回来。虽未受刑，去了二两头，你今又来把苦我吃”说了一遍。花振芳闻听此言，虎目圆睁，大骂道：“王伦匹夫，诬良为盗，该当何罪？”那柜上人吓得脸似金纸，唇如白粉，满身乱抖，深深一躬，说道：“求求你，太岁爷饶命！”花振芳又问道：“任大爷可曾受过了刑罚么？”那人道：“听得在家捉拿他时，已打得寸骨寸伤，不能行走；及官府审时，是我等亲眼看见的，又是四十个掌嘴、三夹棍、二十杠子，直至昏死几次。”花振芳道：“任大爷可曾招认么？”那人道：“此番重刑，毫无惧色，到底骂不绝口，半句口供也无。把个孙知县弄得没法，将他收禁，明日再审。”花振芳大笑道：“这才是个好汉！不愧我辈朋友也。”将手一拱，道声：“多承惊动！”遂大步地去了。那柜上人道：“阿弥陀佛！凶神离门。”忙拿了两张纸，烧在店门外。

却说花振芳问得明明白白，回至店中，开了自己房门坐下，想道：“我来救他，不料反累他。昨日他们不劫王伦，任正千也无今日之祸。众人已去，落我只身无一帮手，叫我如何救他？”意欲回转山东，再取帮手，往返又得几日工夫，恐任正千再审二堂，难保性命。踌躇一会，说：“事已至此，也讲不得了！拼着我这条老性命，等到今夜三更天气，翻进狱中，驮他出来便了。”算计已定，拿了五钱银子，叫店小二沽一瓶好酒，制几味肴撰，送进房来，自斟自饮。吃了一会，将剩下的肴酒收放一边，卧在床上，养养精神。瞌睡片时，不觉晚饭时候，店家送进饭来，花振芳起来吃了些饭，闲散闲散，已至上灯时候。店家又送盏灯进来，花老叫取桶水来，将手脸洗净，把日间余下酒肴拿来，又在那里自斟自饮。只听店中也有猜拳行令的，也有弹唱歌舞的，各房灯火明亮，吵吵闹闹，天交二鼓，渐渐哑静，灯火也熄了一大半。花老还不肯动身，又饮了半更天的光景，听听店中毫无声息。开了房门，探头一望，灯火尽熄。

花老回来打开包裹，仍照昨日装束，应用之物依旧揣在怀中。自料救了任正千出来，必不能又回店中，将换下衣服紧紧地打了一个小卷，系在背后。出了房门，回手带过，双足一蹬，上了自己的住房，翻出歇店，入了小径，奔进城来。过了吊桥，挨城墙根边行走，走至无人之处，腰间取下扒墙索，依法而上，仍从房上行至定兴县禁牢，睁眼四下观看，见号房甚多，不知任正千在哪一号里，又不敢叫喊。正在那里观望，忽听更锣响亮，花老恐被看见，遂卧在房上细看：乃是两个更夫，一个提锣，一个执棍。花老道：“有了！须先治住此二人，得了更锣，好往各号房访任正千监身之所。”踌躇已定，听得二人又走回来。花老看他歇在狱神堂檐底下，在那里唧唧哝哝地闲谈。他悄悄走到上风头，将莲花筒取出，鸡鸣断魂香烧上，又取一粒解药放在自己口中，然后用火点着香，顺风吹去，听见两个喷嚏，就无声了。花老轻轻一纵下得房来，取出顺刀，一刀一个结果了性命。非花老嗜杀，若不杀他，恐二人醒来找寻更锣，惊动旁人，无奈何才杀了两更夫。稍停一停，持锣巡更，各处细听。行至老号门首，忽听声唤："哎呀！疼杀我也！"其声正是任正千之音，花老道："好了！在这里了！"用手在门上一摸，乃是一把大锁。听了听堂上更鼓，已交四更一点。花老将锣敲了四下，趁锣音未绝，用力将锁一扭，其锁分为两段；又将锣击了四下，借其声将门推开。进得门来，怀中取出闷子火一照，幸喜就在门里边地板上睡着。两边尽是暖隔，其余的罪囚尽在暖隔之里，独任正千一人睡于此。项下一条铁索把头系在梁上，手下带一副手铐，脚下一副脚镣，任正千哼声不绝，二目紧闭。花老一见如此情形，不觉虎目中掉下泪来，自骂道："总是我这个匹夫、老杀才，害得他如此！"又想道："既系大盗，怎不入内上匣？"反复一思："是了，虽然审过，实无口供，恐一上匣，难保性命；无口供而刑死人命，问官则犯参，谅他寸骨寸伤，不能脱逃，故不上大刑具拘禁于此，以待二堂审问真假。"遂走进去，向任正千耳边叫道："任大爷，任大爷！"任正千听得呼唤，问道："哪个？"花老道："是我花振芳来了。"任正千道："既是花老师前来，何以救得我？"花老道："我来了多时，只因不知你在哪一号中，寻访你到此时。你要忍耐疼痛，我好救你。"花老遂拔出顺刀，那刀乃纯钢打就，在铁索上轻轻几刀，切为两段，将任正千扶起，连手肘套在自己颈下，花老驮起，出了老号之门，奔外而来，几步登高纵跳。花老虽然英雄，来时只身独自，于今背上驮着一个身躯硕大的汉子，又兼禁牢墙头高大，如何能上得去？花老正在急躁，抬头一看，那边墙根倚着一扇破门。走向前来，用手拿过，倚在那狱神堂墙边，用尽平生之力，将脚在门上一点，方纵上狱神堂的屋上，履险直奔西门而来。到了城墙之上，花老遍身是汗，遍体生津，把任正千放下，任正千咬牙切齿也不敢作声，花老在一旁喘息。此时，听得已交四鼓三点，将交五鼓，花老向任正千耳边低声说道：“任大爷在此少歇，待老拙至王伦家将奸夫淫妇结果性命，代你报仇雪恨何如？”任正千道：“好是甚好，只是晚生在此，倘禁役知觉，追赶前来，晚生又不能动移，岂不又被捉住？”花老道：“我已筹计明白，你我出禁牢之时正在四鼓，到得五鼓，不闻锣鸣，内中禁卒并守宿人等，方才起身催更。及见更夫被杀，又不知哪一号走了犯人，再用灯火各号查点，追查至老号，方知是你走脱。再赴宅门，通禀官府，吹号齐人，四下奔找，大约做完套数，将近要到发白时候。任大爷在此放心，我去去就来。”说罢，仍纵到房上去了。

王伦家离西门不远，花老且是熟的，不多一时进了王伦家内。前后走了共十一进房子，但不知王伦同贺氏宿于何处。自悔道：“我恁大年纪，做事鲁莽，倒不在行，不该在任大爷面前许他杀奸。此刻知他在哪块？今若空手回去，反被任正千笑话。”遂下得房顶，挨房细听。听至中院，厢房以内有二人言语，正是一男一女声音。男的道：“我还要玩玩。”女的道：“你先已闹过半夜，一觉尚未睡醒，又来闹人！”男的说：“我因你不知担了多少惊，受了多少怕，方才得弄到一块。若不尽兴，岂肯饶你！”女的说：“你莫说大话吓我，我也不怕！”那花老听得，说道：“此必王伦、贺氏无疑矣！”怀中取出莲花筒，将香点着，从窗眼透进烟去，只听得一个喷嚏，那男的就不响了。女的说：“你可醒啊！本事哪里去了？”又听得一个喷嚏，女的也无言语了。花老想道：“若是从门内而入，恐惊别房之人。”拔出顺刀，将窗隔花削去几个眼，伸手把腰闩拔出，把窗推开，上得窗台，用手将镜架先提在一边，走近床边取火一照，看见男女上下附合一处。用顺刀一切，二头齐下，血水控了控，男女头发结为一处，提在手中，迈步出房，仍从房上回来。至任正千面前道声："恭喜，恭喜！任大爷，代你伸过冤了！"把刀放下，把两个人头往地下一丢。任正千道："多谢老师费心！再借火闷一照，看看这奸夫淫妇。"花老从怀中取出了火闷一照，任正千道声："错了，这不是奸夫淫妇之首。"花老听说不是，又用火闷一照，自家细细一看，并不是王、贺二人，是真的杀错了。花老遂将他二人在房淫乐之声，又告诉一遍，"我竟未细看，连忙割了头来。此时已交五鼓，我若回去再去杀他二人，恐天明有碍。我们暂且回去，饶他一死。但这两个人头丢在此处，天明就要连累下边附近之人。人家含冤受屈，必要咒骂。置于何处，方不连累于人？"抬头四处一看，见西门城楼正高，且是官地："我将此人头挂在兽头铁须上，则无害于别人了！"即忙提头走到城楼边，将脚一纵，一手扳住兽头，一手向那铁须上拴挂。

且说城门下边一个人家，贩卖青菜为生。听得天交五鼓，不久就开城门，连忙起来，弄点东西吃了，好出城赴菜园贩菜，来城里赶早市。在天井中小便，仰头看看天阳天晴，一见城楼兽头上吊着个人，尚在那里动，大叫一声，说："不好了！城门楼上有人上吊了！"左邻右舍也有睡着的，也有醒着的，闻此一声，个个起身开门瞧看。花老听得有人喊叫，连忙将头挂了，跳下来走到任正千面前，道声："不好了！人已惊着，我们快走要紧！"听得那城门上一片喊声，嚷道："好可怪！方才一个长大人吊在那里，如今怎只有两个人头葫芦在那里飘荡？我们上去看看！"众人齐声道："使得，使得！"皆迈步上城而来。及至城墙上，离城楼不甚高远，看得亲切，大叫道："不好了！竟是两个血淋淋的人头！"门兵乡保俱在，见天已发白，忙跑至县前禀报。及至衙门，只听得吹号、鸣锣，头役点齐人夫，不知为何。问其所以，说："禁牢内昨夜四更杀死两个更夫，并劫去大盗任正千，已吩咐不开四门，齐人捉拿劫狱人犯。"门兵乡保又将西门现挂两个人头在上，禀报孙老爷。孙老爷闻此言，道："这又不知所杀何人？速速捉拿，迟恐逃走。"于是满城哄动，无处不搜，无处不找。正是：

> 杀人英雄早走去，捕捉人后瞎找寻。

毕竟不知城门开不开？花振芳同任正千从何处逃走？未知性命如何？且听下回分解。

第十七回

骆母为生计将本起息

却说花振芳西门挂头惊动众人，连忙松开绳索，将任正千放下；然后自己亦坠绳而下，又将任正千驮在背后，幸喜天早，且城河边水虽未涸尽，而所存之水有限，不大宽阔，将身一纵，过了城河。走了数里远近，见已大明，恐人看见任大爷带着刑具，不大稳便。到僻静所在，用顺刀把手铐切断，将自己衣服更换了，应用之物并换下衣服打起包裹，复将任大爷背好。行至镇市之所，只说个好朋友偶染大病，不能行走。遂雇了人夫用绳床抬起，一程一程奔山东而回。

且表城里边定兴县知县孙老爷，吩咐开城门搜寻劫狱之人，并杀人的凶手。到了早饭以后，毫无踪迹，少不得开放城门，令人出入，另行票差马快捉人，在远近访拿。城门所挂人头，令取下来悬于西门以下，交付门军看守，待有苦主来认头时禀报本县，看因何被杀，再擒捉审问便了；禁牢内更夫尸首，令本户领回，各赏给棺木银五两。这且按下不表。

再讲王伦早上起来梳洗已毕，就在贺氏房中，请了贺世赖来吃点心。正在那里说说笑笑，满腔得意，家人王能进来，禀道：“启大爷得知：方才闻得今夜四更时分，不知何人将禁牢中更夫杀死，把大盗任正千劫去。天明时，西门城楼兽角铁须之上，挂了两个血淋淋人头，一男一女。合城的文武官员并马快捉人，各处搜寻，至今西门尚未开。”王伦道：“西门所挂人头，此必奸情被本夫杀死，亦不该挂在那个所在。但反狱劫走任正千的却是何人？”贺世赖道：“门下想来，此必是山东花振芳了。前次约他同来，因见火起而去；昨日闻任正千在狱，夤夜入禁牢，杀更夫以绝巡更，后劫走任正千无疑矣！”王伦道：“花振芳在桃花坞，说他乃山东姓花，必山东人也。但不知是哪府哪县？今日获住便罢，倘拿不住，叫老孙行一角文书，到山东各府、州、县去访拿这老畜生！”

正在议论，猛见两个丫鬟跑得喘吁吁的来说道：“大爷不好了！今夜不知何人将五姨娘杀死，还有一个男人同在一处，亦被杀死，但不见有头。禀大爷定夺。”王伦、贺世赖同往一看，却是两个死尸在一处，俱没有头。着人床下搜寻亦无，细观褂裤鞋袜等物，却不是别人，竟是买办家人王虎！王伦发恨道：“家人欺主母，该杀！该杀！”二人仍回到贺氏房中，王伦少不得着人去将两个人头认来，“省得现于人眼万人瞧，使我面上无色。”贺世赖止道：“不可，不可！大爷不必着恼，又是大爷与舍妹万幸也！”王伦同贺氏问道：“怎么是我二人之幸？”贺世赖道：“此必是来杀你二人，误杀他两个人，亦是任党无疑！杀去之后，教任正千一见，不是你二人。故把头挂在那个所在以示勇。”王伦仔细一想：一毫不差，转觉毛骨悚然。又道：“此二人尸首如何发放？”贺世赖道：“这有何难！一个是你远方娶来之妾，从小无有父母；那一个又是你的家生子。大爷差人买口棺木，就说今夜死了一个老妈，把棺木抬到家里，将两个尸首俱入在里面，抬到城外义冢地内埋下；家内人多多赏些酒食，再每人给他几钱银子做衣服穿，不许传扬，其事就完了。那孙知县自然吩咐看头人招认；况此刻天热，若三五日无人来认，其味即臭难闻，必吩咐叫掩埋。未有苦主，即系悬案，慢慢捕人。大爷今若差人去认头，一则有人命官司，二则外人都知道主仆通奸，岂非自取不美之名！”王伦听贺世赖句句有理，一一遵行。果然四五日后，其头臭味不堪，西门下无人出入，门兵来街禀知。知县吩咐：“既无苦主来认，此必远来顺带挂在于此，非我城池之事，即速掩埋。”看官，凡地方官最怕的是人命盗案。门军遂即埋了，知县乐得推开，他只上紧差人捕捉劫狱之案便了。以上按下任正千之事。

此回单讲骆宏勋自苦水铺别了花振芳，到黄河渡口，一路盘费俱是花老着人照管。骆宏勋称了二两银子送他买酒吃，叫他回去多多上复花老爹：异日相会面谢吧！那人回去。骆大爷一众渡了黄河而走，非止一日。那日来到广陵，守家的家人出城迎接，自大东门进城到了家里。老爷的灵柩置于中堂，合家大小男妇挂孝磕过头，又与太太、公子磕头已毕，备酒饭管待人夫脚役，赏银各人不得少吧，余谦一一秤付。众人吃饭以后，收拾绳扛各自去了。老爷柜前摆了几味供菜，母子二人又重祭一番。已毕，用过晚饭，各自安歇。次日起身，各处请僧道来家做好事。骆宏勋正待分派家人办事，门上禀道：“启大爷：南门徐大爷来了。”骆宏勋正欲出迎，徐大爷已进来了。骆宏勋迎上客厅坐下。徐大爷道：“昨日舅舅灵柩并舅母、表弟回府，实不知之；未出廓远迎，实为有罪！今早方才得信，备了一份香纸，特来灵前一奠。”骆宏勋道：“昨日回舍，诸事匆匆，未及即到表兄处叩谒，今特蒙驾先到，弟何以克当！”吃茶之后，徐大爷至老爷柩前行祭一番，又与舅母骆太太见过礼。骆太太看见徐大爷身躯：方面大耳，相貌魁伟，心中大喜。说道：“愚舅母向在家时候，贤甥尚在孩提。一别数年，贤甥长此人物，令老身见之喜甚！”徐大爷道：“彼时表弟年十一岁，今甫长成大器，若非家中相会，路遇还不认得！”骆宏勋道：“好快！一别六年余矣！”叙话一会，摆酒后堂款待。

列位，你说这徐大爷是谁么？世居南门，祖、父皆武学生员。其父就生他一人，名唤苓，表字松朋，乃骆氏所生，系骆老爷外甥，骆宏勋之嫡亲姑表兄弟。他自幼父母双亡，骆老爷未任之时，一力扶持。后骆老爷定兴赴任，有意带他同去；但他祖父遗下有三万余金的产业，他若随去，家中无人照应，故而在家，嘱咐一个老家人在家帮他请师教训。这徐松朋天性聪明，骆老爷赴任之后，又过了三年，十八岁时就入了武学。本城杨乡宦见他文武全才，相貌惊人，少年入泮，后来必要大擢，以女妻之。目下已二十六岁了，闻得舅舅灵柩回来，特备香烛来祭。是日，骆宏勋留住款待了中饭方回。以后你来我往，讲文论武，甚是投合。骆宏勋在家住了四月有余，与母亲商议，择日将老爷灵柩送葬。临期，又请僧道念经超度，请亲六眷、乡党邻里都来行奠，徐松朋前后照应。至期，将老爷灵柩入土，招灵回家。

三日后，骆宏勋至门谢吊。治葬已毕，则无正事。三日五日，或骆宏勋至徐松朋家一聚，或徐松朋至骆家一聚。一日无事，骆宏勋在太太房中闲坐，余谦立在一旁，议论道："我们在外数年之间，扬州不知穷了多少人家？富了多少人家？某人素日怎么大富，今竟穷了；某人向日只平平淡淡，今竟成了大富。"骆宏勋说道："古来有两句话说得好，道是'古古今今多更改，贫贫富富有循环'。世上哪有生来长贫长富之理！"余谦在旁边说道："大爷、太太在上，若是要论世上的俗话，原说得不错：'家无生活计，吃尽一秤金。'你看那有生活的人家，到底比那清闲人家永远些。"骆太太道："正是呢，即今我家老爷去世，公子清闲，虽可暖衣饱食，但恐日后有出无入，终非永远之业。"余谦道："大爷位居公子，难干生理。据小的看来，备三千金，不零沽碎发，我扬州时兴放账，二分起息，一年有五六百金之利。大爷经管入出账目，小的专管在外催讨记账。看我上下家口不过二十来人，其利足一年之费。青蚨飞来，岂不是个长策！"太太大喜道："余谦此法正善。我素有蓄资三千两，就交余谦拿去生法。"余谦道："遵命！"遂同大爷定了两本簿子。外人闻知骆公子放银，都到骆府中来借用。余谦说"与他"，骆宏勋就与他；余谦说"不与他"，骆宏勋也不给。以此趋奉余谦者正多。临收讨之日，余谦一到，本利全来，哪个敢少他一钱五分？因此余谦朝朝在外，早出晚回，无一日不大醉。骆大爷因他办事有功，就多吃几杯亦不管他。

一日，徐大爷来，骆大爷留他用饭，饭后在客厅设席。其时九月重阳上下，菊花正放，一则饮酒，二则玩赏天井中洋菊。日将落时，猛见余谦自外东倒西歪而来，徐大爷笑道："你看，余谦今日回来何早！"骆大爷道："你未看见那个鬼形么？他是酒吃足了，故此回来得早些。"二人谈论之间，余谦走至面前，勉强直了一直身子，说道："徐大爷来了么！"徐松朋道："我来了半日。你今日回来得早呀！"余谦道："不瞒徐大爷说，今日遇见两个朋友，多劝了小的几杯，不觉就醉了，故此回来得早些！"徐大爷道："你既醉了，早些回房睡去吧。"余谦道："徐大爷与大爷在此吃酒，小的正当伺候，岂有先睡之理！"徐大爷道："我常来此，非客也，何必拘礼！"骆宏勋冷笑道："看看自己的样子，还要伺候人？需要两个人伺候你。还不回去睡觉，在此做什么！"余谦闻主人吩咐，不敢做声，竟是高一脚低一脚往后走了。

进得二门时，听得房上"哗啦啦"一声响亮，余谦醉眼蒙眬，抬头一看，见一大毛猴在房上面，正是一阵黑风。余谦正走，便大喝一声，声如雷响一样相似，道："孽畜！往哪里走，我来擒你了！"徐、骆二人听得是余谦喊叫，不知为何，遂站起身来，要问余谦因何事故。毕竟不知余谦说出何物来，且听下回分解。

第十八回

余谦因逞胜履险登高

却说骆宏勋同徐松朋二人在厅上饮酒，正谈着，余谦吃了酒回来，就醉得这般光景。正说得高兴，忽听得有人喊叫，是余谦的声音，因此二人急忙起身，一同走至二门内。只见余谦已爬起，卷起袖子正要上房。骆宏勋大喝一声："匹夫！做什么？"余谦道："有一妖精从房上去了，小的欲上房去拿他。"骆宏勋道："哪里有这些醉话乱说，平地上都立不住，还想登高，是不要性命了？还不速速睡了。"余谦无奈，只得把衣袖放下，进房睡了。徐、骆二人回转厅上，谈笑余谦见鬼。骆宏勋道："酒不可不吃，亦不可多吃，多吃作事到底不得清白。弟因在定兴县时大醉一次，被人相欺，至今刻刻在念，不敢再蹈前辙。"徐松朋道："谁敢相欺？"骆大爷将"桃花坞相会花振芳，次日回拜，路遇王家解围，与之结义，王、贺通奸，贺氏来房调戏，世兄醉后仗剑相刺，自缚跪门，不辞回南；路宿苦水铺，又遇花振芳，责弟不通知世兄，反害了他，我意欲复返定兴县，他代我去救世兄；振芳重新摆祭柩前，又差人送柩至黄河渡口，以防不测，并送盘费"，前前后后说了一遍。又道："至今半载有余，毫无音信，不知世兄近来作何光景？此皆因一醉之过也！"徐松朋道："还有这些情由。"

正谈论间，听得外边人声喧嚷。徐、骆同至大门，问道："外边因何喧嚷？"门上人回道："栾御史家的马猴挣断了绳索，在屋上乱跑，方才从对过房上过去，众人捉猴，因此喧嚷。"骆大爷道："原来如此。"向徐大爷道："余谦所说大约也就是这孽畜了。我们还去吃酒，管他作甚！"二人又回到席上，饮了片时，徐松朋走进门告别了骆太太，又辞了骆宏勋回家。

次日早晨，骆宏勋起身吃了早饭，家中无事，正欲赴徐松朋处闲谈，猛见徐松朋走进门来，笑嘻嘻地道："闻得平山堂观音阁洋菊茂盛，赏观之人正多。我已备下酒饭，先着人赴平山堂等候，特来迎表弟前去闲散闲散。"骆大爷应道："正欲到表兄处闲游，如此正好。我们也不骑牲口，步行去吧。"徐大爷道："余谦在家么？也叫他去走走。"骆宏勋道："他每日绝早就出去了，此时哪还在家。"徐大爷道："他既然不在家中，就罢了。我二人早些去吧。"于是二人出了大门，竟往那四望亭大路奔西门而来。离四望亭半里多地，人已塞满街道，不知何事？只听人都言："若非是他，哪个能登高履险！"一个道："他乃有名的多胳膊，武艺其实了不得！"又一个道："惜乎人太多了些，不能上前看得亲切。"又一个道："莫说十两银子叫我去拿它，就先兑一百两银子，我也不能在那高处行走！"徐、骆二人听得"多胳膊"三字，暗暗想道："又是余谦在哪块逞能了！"一路前走，将至四望亭不远，只见一个大马猴从街南房上跳过四望亭来。众人吆喝道："大叔！猴子上了四望亭了！"话出口未了，只见余谦上衣尽皆脱去，赤露身体，亦从街南房上跳过四望亭来。骆宏勋一见余谦似凶神一般在那里抓猴，说道："表兄在此小停，待弟过去将那匹夫叫他下来，把他呼喝一番，打他两个嘴巴，因何在此出丑！"徐大爷连忙拦阻道："使不得！人人有面，树树有皮。他在众人面前夸口，才上去捉的。如今在众人面前打他，叫他以后怎么做人？愚兄素亦闻他之名，马上马下都好，只是未曾亲见出手。"对着骆宏勋叫声："表弟！

你过来，我寻个相熟人家借块落脚地，略站一站，让愚兄看他的纵跳何如？”遂过四望亭约有一箭之地，寻个相熟的酒店，二人站在房门口张看，只见余谦在四望亭头层上捉拿。余谦走至南边，猴子跳到西南上了。余谦正在寻找，众人大叫道：“余大叔，猴子在西南上了！”余谦又走向西南，将转过树角，猴子看见，“喇”一声，早到北边角上了。余谦又看不见它在何处。话不可重叙。未有三五个来回转，把个余谦弄得面红眼赤，满身是汗。那猴子乃天生野物，登高履险本其质也。余谦不过是练就的气力，纵跳怎能如那猴子容易！三五个盘转，不觉喘吁起来，遍体生津。早间在众人前已夸下口，务必要提到孽畜，怎好空空地下来！心中焦躁，所以二目圆睁，满面通红，还在那里勉强追赶。徐、骆二人看见余谦如此光景，代他发躁。

忽听得后边一派鸾铃响亮，二人回头一望，乃是五男六女，骑了十一匹骡子，吆喝喊叫前来，离酒店不远，被看捉猴子之人挤满街道，不能前进。骆大爷仔细一看，连忙往店内一躲。徐大爷问道：“因何躲避？”骆宏勋道：“这十一位之中，我认得七个。”徐大爷道：“那是何人？”骆大爷道：“那五个男子，年老者即我所言花振芳；其余四位是他舅子：巴龙、巴虎、巴彪、巴豹。六个女的，那个年老的是花振芳的妻子，年少的是花振芳的女儿；四位中年的却认他不得。”徐大爷闻听得是花振芳，遂正色说道：“你真无礼。闻你时常说，舅舅灵柩回南之时，路宿此人店中，重摆祭礼柩前奠祭。不唯本店房饭钱不收，且至黄河路费尽是此人管待，你受他之情不为薄矣！他今日至此，就该迎上前去，你又不是管待不起之家，如何躲避起来！幸而我与你是姑表兄弟，不生异想；倘若朋友之交，见你如此情薄，岂肯与你为友也！”骆大爷道：“非是这样，其中有一隐情，表兄不知。”徐大爷道：“且说与我听听。”骆宏勋道：“向在任正千处议亲，弟言已曾聘过，他说既已聘过，情愿将女儿与弟作侧室；弟言孝服在身，不敢言及婚姻，他方停议。今日同来，又必议亲无疑。弟故此避之，岂有惧酒饭之费乎？”徐松朋道：“婚事究竟，其权在你，他岂能相强；今日若不招呼，终非礼也。”骆大爷道：“表兄言之有理。弟谅他今日之来，必至家中，你可代迎留。我们今日也不上平山堂去了，表兄同弟回家候花振芳便了。”徐大爷道：“这个使得。一发看他拿了猴子再回去不迟。”二人仍站在店门口张望。只见花振芳一众牲口还在那里，不能前进，听得花振芳大叫道：“让路，让路！”谁知众人只顾看捉猴子，耳边哪里听见。花振芳又大叫道。“诸位真个不让么？”众人道：“我劝你远走几步，从别街转去吧。我们都是大早五更吃了点东西就来到此地，连中饭都不肯回去吃，好容易占的落脚地，怎地就叫人让你！不能让！不能让！”花老道：“你们真个不让，我就撒马冲路哩！”众人道：“你这话只好唬鬼，那三岁娃子才怕，唬我们不能！”花老回首向家人道：“但将牲口拨回，撒一回马与他们看看！”家人答道：“晓得！晓得！”只见十一匹骡马俱转回倒走尽。看这一回：

北客含怒冲街道，南人惧怕让街衢。

毕竟不知花振芳真个撒马不撒马，且听下回分解。

第十九回

十字街前父跑马

却说花振芳十一个人将骡马转回，离四望亭百十多步远，各把马缰勒了一勒。花老在前，十人随后，大喝一声："马来了！"十一匹牲口放开缰绳，如飞地跑来。一众看的人，一见来势凶猛，哪个不顾性命？一声喊，"让他过去！"一个个面黄唇白，遍体出汗，睁眼骂道："好一众狠骚奴，大街之上当真撒起马来了！幸亏我等让得速。"

不讲众人皆在骂，且说花老一马跑至四望亭左边，将马收住，抬头一看：上边捉猴之人乃是余谦。只见他通身流汗，满口喘息，细看神情，极是勉强。花老对自家一众人说道："看余大叔光景是拿不住这畜生了。我们不到便罢，今既到此，何不看个明白，着个人上去代拿下来。"众人道："使得，使得！但不知这猴子是谁家的？我们难道替他白拿不成！"花老道："正是哩。待我问来！"遂大叫道："谁是猴子的主人家？"连问两声，只见那街北两间空门面中，坐着两个少年，旁边站了十数个家人，内有一位少年站起身来，走到门首问道："你问猴子的主人作甚？"花老道："请问一声：还是有谢仪，还是白拿？"那少年道："朝廷也不白使人，哪有白捉之理！有言在先：若能捉住，谢银十两。"花老道："十两银子哪里雇得上手，如肯加添，我们着个上手捉它。”那少年道：“总是十两，分文不添。”只见坐着的那位少年道：“也不一定，看你哪一个上去，因人加添。”花老道：“讲明谢仪，但凭尊驾叫哪一个上去！”那少年用手指着花碧莲道：“他上去捉时，谢仪加倍：足纹银二十两。余者是十两。”花老道：“只是我们牲口无处安放。”那少年道：“这个容易。”吩咐家人拿钥匙，“将对过街南房子开了，叫他们歇歇何妨。”家人闻命，不敢怠慢，遂将对过房子开了，花老一众人将牲口牵进。

你说那两位少年却是何人？一位是西台御史栾守礼之子，名瑛，字叫镒万，年纪约有一十四五。其人生性奸险，为人刻薄。因家内马帮中看马的猴子跑了，愿出十两银子令人捉拿；众人捉弄余谦上去，栾镒万也随来观看。四望亭左边相近的房子有许多关了，三间空门面站了十数个家人，一个帮闲坐在那里观看。你说那个帮闲是谁？姓华名多士，字叫三千，本城人也。栾镒万喜他奉承，故收在家做个帮闲，正同栾镒万看余谦捉猴，忽听问猴子的主人，华三千忙出来相答。花老嫌银子少，还要加添，华三千不敢做主，只是不添。栾镒万早看见一众之内，有个少年女子生得俊俏，故出来启唇答话，指着花碧莲上去，情愿加添银子十两。街南房子遂叫人开了，让他们暂歇。公子性格只图乐意畅怀，哪在乎十两银子。

且说花老一众将牲口牵进房来，包裹行囊卸下，房内桌椅板凳现成，众人坐下。花老向女儿道：“今日少不得上去代余大叔把个猴子捉下，一则显显本事，二则落他二十两银子。”花碧莲听说叫他上去捉猴，心中暗想道：“爹爹好没正经，今日来此所为何事？叫我出乖露丑。那骆公子即住在城内，倘被他看见，谁知他欢喜我登高不欢喜我登高？这亲事又不能妥贴了。”意欲不去，又恐违了父命，只得勉强应道：“是了！”花奶奶看见女儿皱着眉头有些懒怠，却不晓得女儿心中惧怕骆公子不悦他登高之意。遂指着老头儿骂道：“老匹夫！老杀才！几十年未见银子了！女儿病体刚治好，又叫他上去捉猴。”花老因一时高兴逞能，随口就应了，着碧莲上去。今被妈妈一场责骂，才想起女儿抱病始痊，自悔道："真个我粗率，不该应他；今若再具说换人去捉，反惹他笑我女儿无能。怎样去法才好？"坐在一旁想法。

看官，你说花碧莲因何抱病？自在定兴县会见骆公子，议亲不谐，回家就得了大病。乃至父亲救了任正千，任正千受伤过重，指望养好了他的棒疮，代他作伐，谁料三月始痊。且任正千生于富贵之家，从无受过这宗冤气苦恼，棒伤愈后，又发起疾病来了。花碧莲见他病势长久，自己焦躁，又犯了病。任正千病才好些，花振芳料他不能同下扬州，求了任正千一封书子，代碧莲作伐。花老夫妇同巴氏弟兄八人，带了花碧莲下扬州，一则议亲，二则慰女儿心怀。只因来至四望亭，见余谦捉拿猴子不下，山东人生性耿直，即代他焦躁起来，所以要着人帮他去捉。又被妈妈责备一番，又不好更换人，去同那少年人商议，不知可能？坐在那里思想。想了一会，向妈妈说道："我既出口叫女儿上去，又怎好换人！我去与那少年商议，说女儿患病未痊，恐力不足，另外着人帮帮吧！"花奶奶道："你去与他商议。"花老遂走到街北，说道："猴子的主人，我有一句话商议：非我更改前言，亦非我女儿不能捉拿；但我欲另外着一个人上去帮帮，不知使得否？"栾镒万未曾回言，华三千道："若加帮手，还是谢银十两了！"栾镒万连忙拦住华三千，低低附耳说道："原不过为要那女子上去，以畅我心，何必锱铢较量谢仪。"又说："不管他有帮手无帮手，只要那女子上去就罢，不短他的银子。"花老仍回街南向妈妈说道："已与他商议定了，许我们着个帮手，不知哪个上去帮帮哩？"花妈妈道："还有哪个，就是我上去罢了！"于是母女二人俱将大衣卸下，内着短袄，用汗巾束腰扎妥，买了几样点心，冲了壶茶，吃了上去。花碧莲向父亲说道："爹爹，买几个水果来。"花振芳遂着巴龙买了些栗子、核桃、莱梨等物件，进房来交与碧莲。碧莲揣在怀中，花奶奶也带了些。花老将牲口、行李交与巴氏兄弟看守，向巴氏弟兄说道："我等随去，在四望亭四面站立，好指示猴子方向。他母女在上容易捉住些。”说罢，花老在前，花奶奶在后，碧莲在中，巴氏弟兄两边护卫，吆喝道：“诸位让路，我们上去捉猴哩！”此刻，人比先前更多，听说他是捉猴之人，只得让开路来，由他上去。未知捉得着捉不着，且听下回分解。

第二十回

四望亭上女捉猴

却说花振芳等行至四望亭边，看见余谦还在那里勉强捉拿，花振芳素知余谦爱褒贬，才大声说道："余大叔请了，这小小物件怎劳大叔费此精神。休说一个，就是十个也不须大叔拿得。请大叔下来歇息片刻，谈讲谈讲，等我着娃子上去代大叔捉下来吧。"余谦在上边捉又捉不住，要下又不好下来，正在着急，闻得花振芳在下替他分解，将计就计，着眼往下一望，叫道："花老爹，你几时来的？"双脚一跳下得亭来，到花振芳跟前来说道："巴爷昆玉，奶奶、姑娘都在此地哩！我献丑了！"花振芳道："这小小孽畜，怎当得余大叔捉拿，正是割鸡用牛刀。在下久未与大叔相会，特请下来谈谈，着小女上去代大叔拿下来吧！"又道："俺的儿，上去吧！"只见花碧莲一纵，早上了四望亭头一层。众家看的人齐声喝彩道："这个上法千古罕有，难得难得！"花碧莲上得亭来，猴子正在里面，被花碧莲一惊，猴子跳上四望亭的二层。花碧莲稍停一停，将身一纵也上了二层。花奶奶看见女儿上了二层，随即一纵也上了四望亭的头层，众看的人又喝彩道："恁大年纪的老人家，尚有如此气力，真是一个老强盗婆了！"花振芳见他母女二人俱备上去，遂同了余谦等六人分在四面站立。

且说花碧莲在二层上，将怀中的果子取出一把，往猴子跟前掷去，坐在上面也不惊觉它。那猴子一见了果子，用手掌拾起，口内食嚼；嚼尽时，花碧莲又掷一把，猴子又在那里拾吃。花碧莲慢慢挨近，离得二三尺远近，猴子惊觉，躲南边去了。花碧莲为墙遮蔽，不知猴子的去向。巴龙站在南面，吆喝道："猴子在南面了！"花碧莲转到南面，仍将果子掷了一把，猴子又在那里拾吃。花碧莲挨近身边，那猴子又惊跳到别处，看不见了。看官，那猴子若不是被余谦捉怕了的，此刻花碧莲这般拿法儿是易捉的。那花振芳同余谦站在下面，大叫道："猴子跳到北边去了！"花碧莲转向北边，那猴子跳上头层，花碧莲亦上头层。幸喜上面无有墙壁遮眼，花碧莲心生一计，道："需将这畜生挤在角上，叫它无处逃遁，方能擒住。"又在怀中取一把果子掷在东北角尖上。那猴子见有果子在上，遂往东北角上拾果子吃。花碧莲悄悄挨近猴子身边，待伸手去捉，猴子见有花碧莲挡住右边，无有空处逃走，那畜生发急，用力一跳，欲从花碧莲头上跳过。不料这四望亭多年未曾修理，木料朽烂，灰砖裂开，花碧莲同猴子俱坠下来。众人齐道："不好了，掉下人来了！"花碧莲从上掉下，花振芳同余谦并巴氏弟兄俱皆惊惶无措，花碧莲自料性命难保。只见四五簇人之外，有一少年人叫一声："还不救人，等待何时！"将身一纵过来，将花碧莲双手接住，抱在怀中，坐在尘埃。众人齐道："难得这个英雄，不然要跌为肉泥！"花振芳同众人跑过来一看，接住花碧莲者，不是别人，正是骆宏勋大爷！花振芳谢道："难报大爷救命之恩！"用手摸摸花碧莲口已无气。花振芳大哭道："我儿无气了！"骆大爷道："莫惊慌，姑娘不过惊吓太甚，必无碍性命，倒不要惊动他，稍停片刻自然醒转。"花振芳又用手一摸，竟还有气，方才改忧作喜，道："奶奶，不妨！不妨！骆大爷真乃救命的恩人了！"仰头朝花奶奶说道："女儿还有气，你还不下来，在上头等什么？"那花奶奶见女儿上了顶层，他就在二层预备下来接着捉；及见亭角女儿坠地，早吓得皮麻骨酥，站立不住，坐在二层上发抖不止。只听得老头儿说道“女儿有气”，方才魂魄入窍，跳下亭来，走至女孩儿跟前，见骆大爷抱在怀中，遂谢了又谢，叫声：“碧莲！骆大爷是你的恩人！”回头看那猴子已跌为肉饼。巴氏弟兄也因知此信，都来瞧看。有顿饭时节，花碧莲口中微微有气，花老夫妇齐声叫道：“碧莲！醒醒来！醒醒来！骆大爷抱住你了，不然与那猴子一样！”又道：“骆大爷抱了这半日，遍身流汗了，你速速醒来，醒来！好叫骆大爷歇息歇息！”此时花碧莲已醒了八九分，耳中听得爹娘俱说：多谢骆大爷相救，已经抱了这半日了；又说他遍身流汗，还只当爹娘宽他之心，哪里就有这宗相巧之事：“我今坠下，偏偏骆公子在此救我！”觉乎着自己的身子不像在地上，似乎在人身上一般。遂暗暗将眼睁将开，真是骆公子抱在怀中。故意将眼合上，只做不醒的神情，将身子向骆大爷身上又贴了两贴。正是：

虽然不曾同欢乐，暂卧怀中也动情。

骆宏勋同徐松朋二人，因见花碧莲母女二人上亭捉猴子，亦挨进前来观望。一见花碧莲坠下，出力救人要紧，哪还顾得男女之别！从四五簇人后跳过来用手接住花碧莲。有顿饭之时，觉得花碧莲身子比先活动些，只是将身子贴靠。众目所视之地，不由得满面发赤，说道：“花老爹，令爱有几分醒转，快寻一张床来，抬至舍下，饮些姜汤，再为调养。”花奶奶看见女儿颜色已变过来了，亦看见女儿身子贴靠着骆大爷，也觉着不好意思，低低说道：“儿呀！此乃百眼闪眨之所，不要叫人看出。”花碧莲故作始醒之态，将身放开。花振芳早把绳床备妥，铺上行李，把碧莲抱上，着人先抬赴骆府。花奶奶同巴氏弟兄四人先随去了。花振芳走至街北门面内，望那两位少年之人说道：“猴子的主人家，把银子来！”

且说栾镒万看见花碧莲坠下，猴子也跌死，心中说道："因为二十两银子把个如花似玉的女子断送了，分厘不要少给他。"停了片时，见骆宏勋接住，花碧莲醒转，他就顿起不良之心，向华三千说道："我原说他捉住猴子给银二十两，今将猴子跌为肉饼，岂肯还给银子与他！"华三千道："待他来讨时，说与他听便了！"正在议论之间，花振芳进来要银子。二人同道："先前原讲过：捉住猴子谢银二十两。今猴子自坠跌死，非你等捉住，还要什么银子？"花振芳笑道："此何言也！适才小女坠下，若非骆大爷接救，则有性命之忧；虽未捉住，非小女不能捉，奈亭角不坚，故而一同坠下，不然岂不拿住了！即令小娃子适才殒命，我也无别说，也只要得你二十两银子，难道叫偿命不成？这二十两银子是要把我的。"栾镒万道："我那猴子原价一百两银子，我不寻你就是万幸，今反来问我讨银子！也罢，除了二十两之外，净找我八十两好细丝纹银。"华三千大叫道："好痴人呀，你不晓得大爷的厉害哩！你不知者不算罪，今既对你说了，速速去吧！"花振芳道："放你娘的狗臭驴子屁！就是朝中的太子许我的，也要把我！"伸开两手将栾镒万、华三千捉过来要打。栾府家人大喝一声："好大胆的匹夫，敢伤我家主人！"一个个擦掌摩拳，齐奔前来。正是：

恶仆倚众欺敌寡，好汉只身捉二人。

毕竟不知花振芳可吃他众人之亏否，且听下回分解。

第二十一回

释女病登门投书再求婿

却说花振芳用手将栾镒万、华三千轻轻捉住，栾府众人一个个擦掌摩拳走上前动手。门外巴氏弟兄、余谦俱怒目竖眼，亦欲进门相助。那华三千生得嘴乖眼快，被花振芳一把捉过，已是痛苦难过，众管家上来相带动手之时，早看见门外有四五条大汉，皆是丈余身躯，横眉竖眼，含怒欲进，料想这几个家人哪是他们的对手！连忙使个眼色与栾镒万，又开口道："老爹莫动手，方才说的是玩话，老爹就认起真来了，哪有白使人不把银子之理。"栾镒万亦会其意，急忙喝住家人莫要动手。众家人听主人之命就不上前，巴氏弟兄、余谦亦就不进来了。花振芳闻得他说给银，也就不大难为他二人，说道："我原是要的银子，既把银子，我犯不着与你们淘气。"栾镒万道："闻得你上边人生性耿直，故以此言戏之，你当真信以为是了。"吩咐家人速速秤二十两银子给他。家人遂秤了二十两银子送与花振芳。花振芳接了，就同巴氏弟兄、余谦赴骆大爷家去了。不提。

再表栾镒万被花振芳这一捉，疼痛不待言矣！更兼又被这一番羞辱，其实难受。花振芳去后，进与华三千商议道："我们回家将合府之人齐集，谅这老儿不过在城外歇住，我着他们痛打他一番，方出我心中之恨也。”华三千道：“方才门下因何使眼色与大爷？那门外还站了四五个丈余身材的大汉，俱皆怒气冲冠，欲要进来帮打的神情。幸而我们回话得快，不然我二人哪个吃得住！门外四五个人之中，门下认得一个，其年二十上下的一人，乃骆游击之家人余谦也。想是这一众狠人在此与骆家有些认识，不然骆宏勋因何接救他女儿？余谦又因何来相助帮打？他们既然相会，骆宏勋必留他家去了，哪里还肯叫他们下店。大爷方才说，回家齐了合府之人与他厮打。动也动不得！这一伙人，门下不知他怎样就与骆家相熟？如今必到骆家，他家自然相留。那骆宏勋英雄不必言矣，只他家人余谦那个匹夫，门下是久知他的厉害，乃有名的‘多胳膊’。非是夸他人之英雄，灭大爷之锐气，即将合府之人未必是余谦一个人之对手。”栾镒万道：“如此说来，我就白白受他一场羞辱罢了？”华三千道：“大爷要出气不难，门下还有个主意，俗语说得好：强中更有强中手，英雄堆里拣英雄。天下大矣，岂一余谦而已！大爷不惜金帛，各处寻壮士英雄，请至家内，那时出气，方保万全。”栾镒万道：“那非一时之事，待我访着壮士，这老头儿岂不回去了？”华三千道：“这伙狠人虽去，但骆宏勋、余谦不能就去。就在他两个人身上出气，有何话讲！”栾镒万闻华三千之言，谅今日之气必不能出了，只得含羞忍辱回家，俟访着壮士再图出气。这且不表。

再说骆宏勋自放下花碧莲，随同徐松朋回家中，吩咐家内预备酒饭等候；又径至内堂禀知骆太太，说花家母女同巴氏妯娌四人俱至扬州。又将“捉猴子花碧莲受惊，现用床抬，不久即至我家，望母亲接迎”。骆太太感花振芳相待厚意何尝刻忘，今闻得他母女同来，正应致谢，连忙出迎。花奶奶一众早至骆家门首，骆太太接进后堂，碧莲姑娘连床亦抬进后堂。花奶奶、巴氏妯娌俱与骆太太见过了礼；骆太太向花奶奶又谢了黄河北边的厚情。骆府侍妾早已捧上姜汤，巴氏妯娌将碧莲扶起，花奶奶接过姜汤与碧莲吃了几口，将眼睁开问道：

“此是何所？”众人齐应道：“好了，好了！”花奶奶道：“你已到了骆大爷府上了。”骆太太道：“此乃舍下。姑娘心中妥定些了？”碧莲道：“此刻稍安，望太太恕奴家不能参拜！”骆太太道：“好说，姑娘保重身体要紧。”花奶奶向碧莲说道：“我儿，你尚不知，今日若非骆大爷援救，你身已为肉饼，稍停起来叩谢。”骆太太道：“既系相好，何敢言谢。但姑娘坠亭之时，恰值吾儿在彼，此天意也，俟姑娘起来谢神要紧。”仍将碧莲安卧床上，大家过来坐下献茶。看官，那碧莲不过受了惊恐，一时昏迷；在四望亭坠下，落在骆大爷怀中已醒人事，只因花奶奶低低那几句言语，道着了心病。虽系母女，此事亦要避忌，故不好贸然就站起，只推不醒，及至骆府，方作初醒之态。这且不必提起。

却说花振芳讨了银子，心中惦着女儿，随即就同巴氏弟兄、余谦到骆府而来。及至骆府门首，骆宏勋、徐松朋俱在门前等候。花振芳进得门来，也不及问名通姓，就问道：“我儿在何处？”骆宏勋道：“抬进后堂了。舍下别无他人，家母与老爹已见过二次，请进内堂看令爱何妨！”花振芳道：“老拙亦要叩见老太太。”巴氏弟兄亦有甥舅之情，也要进内。徐松朋、骆宏勋相陪花老来至后堂，早见女儿已起来同坐在那里吃茶，花振芳心才放下。花振芳率众与骆大爷的母亲见礼，彼此相谢。花振芳问妈妈道：“女儿叩谢过骆大爷否？”花奶奶道：“将才起来谢过太太了，待你回来再谢大爷。”花振芳让骆大爷进内，叫碧莲叩谢，骆宏勋哪里肯受礼。花振芳无奈，自家代女儿相谢。骆宏勋请至客厅，众人方与徐松朋见礼，分坐献茶。花振芳向骆宏勋问道：“这位大爷是谁？”骆宏勋道：“家表兄徐松朋。”花老又向徐松朋一拱手：“维扬有名人也！久仰，久仰！”徐松朋道：“岂敢，岂敢！常闻舍表弟道及老爹、姨舅英勇，并交友之义，每欲瞻识，奈何各生一方，今识台面，大慰平生！”花振芳道：“彼此，彼此！”骆宏勋吩咐摆酒。

不多一时，前后酒席齐备，共是四席：后二席自然是花奶奶首坐，不必细言；前厅两席，花振芳首坐，巴龙二席，巴虎、巴彪、巴豹序次而坐；徐松朋、骆大爷两席分陪，骆宏勋正陪在花振芳席上。三杯之后，骆宏勋问道："向蒙搭救任世兄，至今未得音信，不知世兄性命果何如也？"花振芳遂将那任正千赴王伦家捉奸，因失火回寓，次日进城，任正千被王伦诬为大盗，已下禁牢中，晚间进监劫出，到王伦家杀奸，西门挂头，后回山东；将巴氏昆玉盗王伦之财，并自己相送、失信之事就不提了，恐骆宏勋惶恐，则难于议画亲事；将任大爷受伤过重，三个月方好，现染瘟疾尚未痊愈，前后说了一遍。徐、骆二人齐声称道："若非老爹英雄，他人如何能独劫禁牢，任世兄之性命实是老爹再造之恩也！"花振芳道："任大爷亦欲同来，奈何病久未痊。老拙来时，付书一封，命老拙面呈。"遂向褡包内取出，双手递奉。骆宏勋接过，同众人拆开一看，其书略曰：

> 分袂之后，怀念定深，谅世弟近兆纳福，师母大人康健，并合府清吉，不卜可知矣。兹渎者：向受奸淫蒙蔽，如卧瓮中，反诬弟为非，真有不贷之罪；而自缚受屈，不辞回府，皆隐恶之心，使兄自省之深意也。但弟素知兄芥偏塞络，不自悟呼吸与鬼为侣，又蒙驾由山东转邀花老先生俯救残喘，铭感私忱，嘱花老先生面达。再者：花老先生谆谆托兄代伊令爱作伐，若非贱恙未痊，负荆来府面恳。今特字奉达，又非停妻再娶，乃伊情愿为侧，此世弟直为之事；再者虞有娥皇、女英，汉有甘、糜二妇，古之贤君尚有正有侧，何况今人为然。伏冀念数年相交，情同骨肉，望赏赐薄面，速求金诺，容日面谢。
>
> 宏勋世弟文几
>
> 世愚弟任正千具

骆大爷将书札看完，书后有议亲之事，怎好在花老当面言之，不觉难色形之于外面。徐松朋看见骆宏勋观书之后，有此神情，不知书中所云何事，至席前说道："书札借我一观。"骆宏勋连忙递过。徐松朋接来一看，方知内有议亲之话，料此事非花、骆当面可定之事也。将书递与骆大爷收过，徐松朋道："请饮酒用饭，此事饭后再议。"众人酒饮足时，家人捧上饭来，大家吃饭已毕，起身散坐吃茶。值骆大爷后边照应预备晚酒之时，徐松朋道："适观任兄书内，乃与令爱作伐，其事甚美。但舍表弟其性最怪，守孝而不行权。稍停待我妥言之。"花振芳大喜道："赖徐大爷玉成！"不多一时，骆宏勋料理妥当，仍至前厅相陪谈笑。徐松朋边坐边说道："表弟亦不必过执，众人不远千里而来，其心自诚，又兼任世兄走书作媒；且他情愿作侧室，就应允了也无其非礼之处。"骆宏勋道："正室尚未完姻，而预定其侧室，他人则谈我为庸俗，一味在妻妾上讲究了。"徐松朋道："千里投书，登门再求，花老爹之心甚切，亦爱表弟之深也！何必直性至此，还是允诺为是。"骆宏勋即刻说道："若叫弟应允万不能，须待完过正室，再议此事可也。"徐松朋看事不谐，遂进客厅，低低回复花老道："方才与舍表弟言之，伊云：正室未完姻而预定其侧室，他人则议他无知。须待他完过正室，再议此事。先母舅服制已满，料舍表弟不久即赴杭州入赘，回扬之时，令爱之事自妥谐矣！"花振芳见事不妥，自然不乐，但他所言合理，也怪不得他；且闻他不久即去完娶，回来再议亦不为晚。道："既骆大爷执此大理，老拙亦无他说。要是完婚之后，小女之事少不得拜烦玉成。"徐松朋道："那时任兄贵恙自然亦痊，我等大家代令爱作伐，岂不甚好？"花振芳道："多承，多承！"天色将晚，骆府家人摆下晚酒，仍照日间叙坐。饮酒席中，讲些枪棒，论些剑戟，甚是相投。饮至更余，众人告止。徐松朋家内无人，告别回去，明日早来奉陪。骆宏勋吩咐西书房设床，与花老妻舅安歇。他们各有行李铺盖，搬来书房相陪。一夜晚景已过。第二日清晨，众人起身梳洗方毕，徐松朋早已来到。吃过点心，花老见亲事未妥，就不肯住了，敬告别回家。骆大爷哪里肯放，留住四五日后，徐松朋又请去，也玩了两日。花老等谆谆告别，徐骆二人相留不住，骆宏勋又备酒饯行，又送程仪，花老却之不受，方才同花奶奶、姑娘、巴氏弟兄等起身回山东去了。

这且按下不提。书内又表一人，姓濮，名里云，字天鹏。

但不知此人是何人也，且听下回分解。

第二十二回

受岳逼翻墙行刺始得妻

却说濮天鹏自幼父母皆亡，还有一个同胞弟，名行云，字天雕。弟兄二人游荡江湖，习学一身武艺，枪刀剑戟，纵跳等技无所不通。原籍金陵建康人也，后来游荡到镇江府龙潭镇上，与人家做了女婿，连弟天雕亦在那岳家住着。那濮天鹏自幼在江湖上游荡惯了的，虽在岳家，总是游手好闲，不管正事。老岳恐他习惯，他日难以过活，遂对他说道 :“为人在世也需习个长久生意，乃终生活命之资。你这等好闲惯了，在我家是有现成饭吃有衣穿，倘他日自家过活有何本事？我的女儿难道就跟着你忍饥受饿？我今把话说在前头 : 需先挣得有百十两银子，替我女孩儿打些簪环首饰，做几件粗细衣服，我方将女儿成就 ; 不然哪怕女儿长至三十岁，也只好我老头儿代你养活罢了。”那濮天鹏其年已二十三四岁的人，男女之欲早动，见他妻子已经长成人，明知老岳家哪里图他的百十两银子东西，是立逼他能挣钱而已。濮天鹏自说道 :“我也学了一身拳棒，今听得广陵扬州地方繁华富贵甚多，明日且上扬州走走，以拳为业，一年半载也落他几两银子。那时回来，叫老岳看看我濮天鹏也非无能之人，又成就了夫妻，岂不是一举而两得？”算计已定，遂将自己衣服铺盖打起一个包袱，次日辞了老岳，竟上扬州而来。

到了扬州，在小东门觅了一个饭店，歇下住了一日。次日早饭之后，走到教军场中看了看，其地宽阔，遂在演武厅前摆下一个场子，在那里卖拳，四面围了许多人来瞧看瞧看，俱说道："这拳玩得甚好，非那长街耍拳可比。"怎见得？有几句拳歌为证：

开门好打铁门开，紧闭虎牢关抬退；进步踢十怀抹眉，搏脸向阳势金鸡。独立华山拳前出，势如幸蛟龙出水来，躲避饿虎日下山。

濮天鹏在那里玩拳之时，恰值华三千与人说话回来，也在那里观看。只看见濮天鹏丈余身躯，拳势步步有力，暗道："此人可称为壮士了。"就急忙回至栾府，见栾镒万道："大爷，适才门下回来路过教场，看见一个卖拳之人，丈余身躯，拳势又好，又凛凛威风，看他拳棒不在余谦之下。大爷如欲雪四望亭之耻，必在此人身上。大爷可速叫人请来商议。"栾镒万自从四望亭捉猴回家，无处不寻访壮士，总未得其人。今知壮士就在咫尺，心中甚是欢喜。忙吩咐家人速到教场，将那卖拳大汉请来。家人领大爷之命，不多一刻，将濮天鹏请来，进得客厅与栾镒万见礼；栾镒万也回了一礼，与濮天鹏一坐。栾镒万问道："壮士上姓大名？哪方人氏？有何本事？"濮天鹏道："在下姓濮，名里云，字天鹏，系金陵建康人也，今寄居镇江。马上马下纵蹿登跳，无一不晓。"栾镒万道："我有一事与你相商，不知你可肯否？"濮天鹏道："大爷请道何事？"栾镒万道："本城骆游击之家人余谦，其人凶恶异常，我等往往受他凌辱，竟不能与之为敌。今请你来，若能打他一拳，我就谢银一百二十两，打他两拳我谢银二百四十两。不限拳脚，越多越好，记清数目，打过之后到我府内来领。"濮天鹏闻得此言，心内暗自欢喜：我弄他一拳，这个老婆就到手了。遂满心欢喜，即刻应承道："非在下夸口，自己也玩了两年，从未落人之下。但不知其人住居何处？在下就去会他。只恐打得多了，大爷倘变前言，那时怎了？”栾镒万道：“放心，放心！你如打得他十拳，我足足谢你一千二百两，分厘不少。”华三千道：“今已过午，不必去了。明日早到教场，仍以卖拳为名，余谦是走惯那条路的，他见玩拳棒者，再无不观看的。我亦在旁站立，他走来时指示与你，你用语一斗，他即来与你比较；你如比他高强，即是你该发财了。”于是，整备酒饭款待濮天鹏。此时天晚回寓。

第二日清早，濮天鹏又至栾府，相约了华三千同到教场，仍在昨日卖拳之所踏下场子，在那里玩耍。今日与昨日不同，昨日不过是自家玩拳，走势空拳，央人凑钱；今日是要与余谦赌胜，他就不肯先用力气，不过在那里些微走两个势，出两个空架子。正在那里吆喝走势，余谦同两个朋友闲游来至教场。众看的人一见余谦，大声叫道：“余大叔，你来看看这位朋友的好拳棒！”那余谦但闻哪里有个玩拳的，岂有不看之理？遂走至场中观看。华三千使了个眼色与濮天鹏，那天鹏早已会意，知道余谦到了，乃站住说道：“我闻得扬城乃大地方，内有几位英雄，特来贵地会会他，怎样三头六臂的人物？今已来了三日，并无一人敢下来玩玩，竟是虚名，非实在也。”众人回余谦道：“余大叔，你看他轻我们扬州，竟无人敢与他玩玩，余大叔何不下去，我们大家也沾光沾光。”余谦道：“江湖上玩拳棒者，皆是如此说法，倒莫怪他，由他去！”濮天鹏道：“我非那江湖上卖拳者可比，不是出口大言，诓人钱钞，先把丑话说在头里：有真本事者，请来玩玩，若假狠虚名之辈，我小的是不让人的。从来听得说：当场不让父，举手岂容情！那时弄得歪盔斜甲，枉损了他素日之虚名，莫要后悔！”余谦闻得此言，直是目中无人，遂下场来答道：“莫要轻人，小弟陪你玩玩。”濮天鹏道：“请问尊姓大名？”余谦道：“我是余谦。”濮天鹏道：“有真实学问就来玩玩；若是虚名，请回去，莫伤和气！”余谦将衣一卸，交给熟悉之人收管。喝道："少要胡言！"丢开架子，濮天鹏出势相迎。一来一往也走了十数个过挡，濮天鹏毫无空偏。濮天鹏见余谦势势皆奇，暗说道："怪不得栾家说他凶狠异常。"一个过挡，濮天鹏想银子的心重，也不管他有无空挡，待余谦过去，他背后使了个"马上衣褶"，一个飞脚照余谦后心踢来。余谦虽是过挡，却暗暗着个眼，背后见濮天鹏飞脚一来，将身一伏，从地脚下往后边一闪，早间在濮天鹏身后，右脚一个扫腿，正打在濮天鹏右胁，只听"哎哟""喀噗"一声，跌到圈子外来。余谦进前来用脚踏住，将濮天鹏右腿提起，说道："你这匹夫往哪里去！"举拳就打。濮天鹏大叫一声："英雄且请息怒，不要动手！倘若打坏，叫我如何回南京见人？"余谦见他可怜，说道："原来是个外路人，饶你性命。你过来，穿了衣服。"与众人一同俱散了。

却说这濮天鹏爬起身来收了场子，面带羞容，即穿上衣服败兴而回栾府。见了栾镒万道："余谦实是个英雄，在下想来明敌非他对手，求大爷指示他的住处，夜晚至其家，连骆宏勋一并结果性命。一则雪大爷昔日之耻，二则报我今日之恨。"栾镒万道："他父系游击之职，亦是有余之家，高垣大厦，临晚关门闭户，你怎能进去？"濮天鹏道："我会登高履险，哪怕他高墙深壁，岂能坑我！只求晚间着人领赴宅边，借利刃一口，必不误事。"栾镒万闻他能登高，心中甚喜，说："你若能将他主仆二人结果性命，我谢你足纹五百两。"又整备酒饭款待濮天鹏。及至更余时分，栾镒万差人领濮天鹏前去，外付快刀一把。濮天鹏同栾府家人来至骆府，栾府家人自回去了。

濮天鹏抬头一看，见他左首厢房不大高，将脚一纵，上得房来，见骆宏勋在书房卷棚底下闲步，房内灯火甚明。暗喜道："这厮合该命绝！"将身一跳，跳在骆宏勋背后立住，"乞喀"举刀就砍。且说骆宏勋正在那里闲步，忽见灯火之下一晃，似乎有人。一避光，也回首一看，早见一人手中不知所提何物打来。骆宏勋好捷快，将身往旁边一闪，左脚一抬踢在那人肋上，“咯咚”一声跌倒在地。一个箭步走上用脚踏住，喝声：“好强人！敢黑夜来伤我也。”余谦睡梦之中，听得骆大爷喊叫之声，连忙起身赶赴前来，见大爷踏一人在地。余谦忙将灯一照，认得是日间卖拳之人。大骂道：“匹夫！我与你何仇又何恨？日间与我赌胜，夜间又来行刺，料你性命可能得活！”将濮天鹏之刀拿过来就要下手。那濮天鹏在地下叫：“英雄饶命！我也无仇恨，也非强盗，只因为人所逼图财而来。”骆宏勋止住余谦，道：“且叫他起来，料他也无甚能，叫他将实言说来，我便饶恕；若不实言再处他未迟。”骆太太听得儿子这边捉住了刺客，带几个丫鬟点灯也到厅相问。濮天鹏起来闻说是太太前来，遂上前叩拜，将他岳丈相逼他百十两银子的衣服首饰，方将女儿成就。“因此来扬城叫场卖拳，被栾府请去，烦我代他雪四望亭之耻，倘能打大叔一拳，则谢我银一百二十两。小人不识高低，妄想谢钱，日间与余大叔比试见输蒙饶。小人回至栾府，栾镒万又许我五百两谢仪，叫我来府行刺，又被获捉。总是小人该死，望英雄饶恕。”骆太太闻他因妻子不能成就，故而前来行刺，其情亦良苦矣！成婚助嫁，功德甚大，他才言百金足用，亦有限事也。说道：“你既因亲事求财，也该做正事，怎代人行刺，行此不长俊之事！”向骆宏勋道：“娘已六旬年纪，今日做件好事，助他白银一百二十两，叫他夫妻成就了，也替我积几年寿。”骆宏勋奉了母命，遂取一百二十两有零银子交付濮天鹏。濮天鹏接过，叩谢过太太，又向骆大爷叩谢，又与余谦谢了不杀之恩。说道：“自行非礼，不加责罚，反赠其银，以成夫妇之事，此恩此德，我濮天鹏就结草衔环难报大爷。他日倘至敝处，再为补报罢了。”说毕告辞。余谦开放大门送他出去了。骆太太向骆宏勋说道：“此事皆向日捉猴，花老索银之恨，如今都结在你身上了。今日幸喜知觉得早，免遭祸害；倘栾家其心不死，还要受其害！我心中欲要叫你赴他处，暂避一避才好。”只因这一去：

避奸恶命子赴赘，报恩义代婿留宾。

毕竟不知骆太太命大爷赴何处躲避，且听下回分解。

第二十三回

中计英雄龙潭逢杰士

却说骆太太赠了一百二十两银子与濮天鹏，濮天鹏叩谢去了。骆太太向宏勋说道："世上冤仇宜解不宜结，今虽未遭毒手，恐彼心不死，受其暗害。你父亲服制已满，正是成就你的亲事之日，你可同余谦赴杭入赘，省得在家遇事与他斗气。"骆宏勋道："明日再为商酌。"于是各归其房安歇。

次日起来，着人将徐大爷请来，把夜间濮天鹏行刺，被捉赠金之事诉说一遍。徐松朋道："幸而表弟知觉，不然竟被所算。"骆宏勋又将"母亲欲叫我赴杭躲避"之话，也说了一遍。徐松朋道："此举甚妥，一则完了婚姻大事；二则暂避其祸，两便之事。"骆宏勋道："我去也罢，只是母亲在家无人照应。"徐松朋道："表弟放心前去，舅母在家，愚表兄常来安慰就是了。"骆宏勋同徐松朋又与骆太太议了择时起行日期。骆太太又烦徐大爷开单：头面首饰、衣服等物，路远不便多带，些微见样开些，也有二十多两银子的东西。骆太太将银取出，单子亦交付余谦办。余谦领命，三二日内俱皆办妥，打起十数个大小包袱。临行之日，骆大爷并余谦打两副行李。徐大爷又来送行，骆宏勋又谆谆拜托徐大爷照应家事，徐松朋一一应承。着十数个夫子挑起包袱，骆宏勋拜辞母亲，带了余谦同徐大爷押着行李出南门而去。及至徐大爷门首，吩咐余谦押行李先出城雇船，就留骆宏勋至家内，又奉三杯饯行酒。立饮之后，二人同步出城，来至河边，余谦已雇瓜州划子，将行李搬上。

骆宏勋辞过表兄登跳而上，徐松朋亦自回城，船家拨棹开船。扬州至瓜州江边只四十里路远近，早茶时候开船扬州，至日中到江边。船家将行李包袱搬至岸上，余谦开发船钱。早有脚夫来挑行李，骆大爷、余谦押赴江边，有过江船来搬行李。只见那边来了一只大船，说："今日大风，你那小船如何过得江？莫搬行李，等我来摆那小船。"上得船来，回头一看，认得是龙潭镇上船，满脸赔笑道："这位大爷过江？"那大船上人下来搬行李物件，向着余谦道："那位大爷过江？"余谦道："不论大船小船我都不管，只是就要过江的，莫要上船迟延。"船家道："那个自然。"不多一时，把包袱俱下在船内舱下，上面铺下船板，骆大爷同余谦进来坐下。天已过午，其风更觉大些。余谦道："该开船了。"船家道："是了。我等吃了中饭就开船了。"停了片刻，只见船家捧了一盆面水送来，道："请大爷净净面，江路上好行！"骆宏勋道："正好。"余谦接进舱来，骆宏勋将手脸净过，余谦也就便洗了洗手脸。船家又送进一大壶上好细茶来，两个精细茶杯。余谦接过，斟了一杯送与大爷。骆宏勋接过吃了一口，其味甚美，向余谦说道："是的，大船壮观，即这一壶茶可知。"言犹未了，船家又捧了一个方托盘，上面热烫烫九个大碗，乃是烧蹄、煨鸡、煎鱼、虾脯、甲鱼、面筋、三鲜汤、十丝菜、闷蛋之类，外有一人提了一个锡饭罐、两个汤碗，送进饭来，摆在船中一张小炕桌上，说道："请大爷用中饭。外有六碗头与大叔用的。"骆宏勋同余谦清早吃了许多点心，肚中并不饿，意欲过江之后再吃午饭，今见船家送了一席饭菜，又送一桌下席进来，对余谦道："既他置办送来了，少不得领他的情，不过过江之后，把他几钱银子罢了。"船内无有别人，叫盛饭，用了两碗，余谦也吃了几碗饭。吃毕之后，船家进来收去，又送进一壶好茶。吃茶之时，天色已晚。茶后，余谦道：“驾掌恐都用过饭了，该开船过江了。”驾掌答道：“大叔，未见风息，比前更大些，且是顶风。江面比不得河，顶风何能过得？待风一调，用不得一个时辰即过去了。大叔急它怎地嘎！”余谦看了一看，真正风色更大，也不敢谆谆催他开船。

到日落时，那风不见停息，只见船家又是一大托盘捧进六碗饭菜，仍摆在小桌上，又叫声：“请爷用晚饭。”骆宏勋道：“不用了，方才吃得中饭，心中纳闷，肚内不饿；蒙送来，再用些吧。”同余谦又些微用了些。船家仍又收去，又是一壶好茶来。余谦又叫：“船家，天已晚了，趁此时不过江，夜间如何开船？”船家道：“大叔放心，哪怕它半夜息风，我们也是要开船的。”不多一时，送进一枝烛台，上插一枝通宵红烛，用火点着放在桌上。跟手又是九大盘，乃是火肉、鸡胙、鲫鱼、爆虾、盐蛋、三鲜、瓜子、花生、蒲荠之类，一大壶木瓜酒，两个细瓷酒杯，摆在桌上，又叫声：“请用晚酒。”骆宏勋打算不过多给他两把银子，也不好推辞，同余谦二人坐饮。余谦道：“谅今日不能过江，少不得船上歇宿。小的细想：过江之船，哪里有这些套数，恐非好船。大爷也少饮一杯，我们也不打开行李，就连衣而卧。又将兵器放在身边，若是好船呢，今日用他两顿饭，一顿酒，过江之后多秤两把银与他；果系不良之人，小的看他共有十数个骚人，我主仆亦不怕他。只是君子防人，不得不预为留神！”骆宏勋道，“此言有道理。”略饮几杯，叫船家收去。余谦又道：“看光景是明日过江了。”船家道：“待风一停，我等就开船。大叔同大爷若爱坐呢，就在船中坐待；倘若困倦，且请安卧。”余谦道：“但是风一停时，就过江要紧，莫误我们之事。”船家道：“晓得，晓得！”余谦揭起两块船板，将两副行李、两口宝剑、两柄板斧俱拿上来，仍将船板放下，拿一副行李放在里边，骆大爷倚靠。余谦把船门关闭，将自己行李靠船门铺放，自己也连衣倚靠。骆大爷身边两口宝剑，自家身边两把板斧。暗想道：“就是歹人也得从船门而入，我今倚门而卧，怕他怎地！”因此放心与骆大爷倚靠一会，不觉二人睡了，直至次日天明方醒。余谦睁眼一看，船内大亮。连忙起来唤醒大爷，开船门探望一会，不是昨日湾船所在，怎移在这里？船家笑道：“已过江了，大叔还不知么？”余谦得知已过江，走向船门仔细一看，却在江边这边。进船回骆大爷道：“夜间已经过江，我等尚不知道。”骆大爷道：“既已过江，把驾掌叫来，问他船饭钱共该多少，秤付与他，我们好雇杭州长船。”余谦将船家唤进，问：“船饭钱共该多少？秤给你们，我好雇船长行。”那船家笑答道：“大叔把得多，我们也说少；要得少，大叔也说多。离此不远，有一船行主人，我同大叔到他那行内，说给多少，争不争自有安排；且大爷与大叔还要雇杭州长船，就便行内写他一只亦是便事。”骆宏勋闻他之言甚是合宜，说道：“我们的包裹行李无人挑提，如何是好？”船家道：“那个自然是我们船上人挑送，难道叫大叔打挑不成！”骆宏勋见船家和气，说道：“如此甚好。”于是，起船板将包袱搬出，十数个船家扛起奔行而去。骆大爷身佩双剑。余谦想道：“船行自然开在江边，走了这半日还不见到？”心中狐疑，问那扛包袱的人，道：“走了这半日，怎还不见到？”那人道：“快，快，快，不久就到的。”

走过三二里路的光景，转过空山头，方看见一座大庄院。及至门首，扛包袱之人一直走进去了。骆宏勋、余谦随后也至门首，抬头往门内一张，心中打了一个寒噤，将脚步停住，道：“今到了强盗窝内了。”只见那正堂与大门并无间隔，就是这样一个大客厅，内中坐着七八十个大汉，尽是青红绿彩，五色面皮，都是长大身材。早看见门外二人，谈笑自若，全然不睬。骆宏勋对余谦道：“既系船行，则是生意人等，怎么有这恶面皮之人？必非好人，我等不可进去！”余谦道：“我们包袱行李已被他们挑进去，若不进去，岂不白送他了？事已到此，死活存亡也说不得了，少不得进去走走。”主仆二人迈步进门。那门下坐的人只当看不见，由他二人走进了二门。见自己包袱在天井外，挑包袱之人一个也看不见；抬头一看，只见大厅之上就有张花梨木的桌子，两把椅子，并无摆设。余谦道：“大爷在厅上坐坐，等他行主。”骆宏勋走上厅来坐下，余谦门外站立。等了顿饭时候，从内里走出两个人来。余谦问道：“行主人怎还不出来？”那两人道：“我主人才起来哩。”竟往外边去了。又等了顿饭之时，里边有一人走出来。余谦焦躁道：“好大行主！我等来了这半日，怎这等大模大样怠慢客人？”那个人道：“莫忙呀！我主人才在里面梳洗哩。”说了一句，也往前边去了。候了半日之后，里边又走出一个人来。余谦大怒道：“从来没见一个船行主人做这些身份！若不出来，我就搬行李走了。”那人道：“我主人吃点心，就出来了。”亦赴前边去了。骆宏勋意欲走罢，又无人挑担包袱。

自天明时来到，直等到中饭时分，听得里边一人问道：“鱼舡上送鱼来否？”又听一人回道：“天未明时，他就送了三十担鱼到了。”那人道：“不足中饭菜用。吩咐厨下再宰九十只鸡，百十只鸭，添着用吧！”骆宏勋、余谦二人听得此言，暗惊道：“这是甚等人家？共有多少人口？三十担鱼尚不足用一顿饭菜，还宰鸡鸭添用！”正在惊诧时，只见四五个人扛着物件：一个人肩扛一个大铜算盘，一个人手拿二尺余长一把琵琶戳子，两个人同抬一把六十斤的铁夹剪。算盘、戳子放在桌上，夹剪挂在壁上。一个人说道：“老爷出来了！”骆宏勋、余谦往外一看，只见一人有六十多岁年纪，脸似银盆，细嫩可爱，有一丈三尺长，身躯魁伟，头戴一个张邱毡帽，前面钉了一颗两许重一个珍珠，光明夺目；身上穿两件玫瑰紫的棉袄，外有一件深蓝杭绫面子、银红湖绉里子的大衣，也不穿在身上，肩披背后；腿上一双青缎袜，元缎鞋也不拔上，拖在脚上，一步一步上厅来，也不与骆宏勋见礼，亦不与他答话，将身子斜靠在花梨桌上，一副骄傲气象。又见扛包袱的船家十数人进来，站在门旁。那行主骂道：“几时上得船，船上怎样款待，共几位客人？细细说来！”也不知船家与行主是何算法，且听下回分解。

第二十四回

酒醉佳人书房窥才郎

却说行主问船家："共几位客人？"船家用手指着骆宏勋、余谦道："客人只这两位，是昨日中饭时上的船，来时一盆净面热水。"那行主拿过算盘打上一子。船家又道："中饭九碗。"那人又打上五个子。船家道："饭后细茶一壶。"又打上一个子。"晚饭六碗。"又打了五个子。船家道："饭后细茶一壶。"又打上一子。"晚酒九盘肴撰。"又打上三个子。船家道："算盘上共打了一十二个，用三个一乘，共是三十六个子。"那主人道："后来有多少酒、饭、菜、茶水，共该银三百六十四两，船脚奉送。"骆宏勋只当取笑。那人将眼一睁，说道："哪个取笑？这还是看台驾份儿上，若他人岂止这个价钱！"骆宏勋看他竟是真话，带怒道："虽蒙两饭一酒，哪里就要这些银两？我俩盘缠短少，何以偿还？"那人道："这倒不怕的，如银子短少，就将行李照时价留下。"骆宏勋、余谦见说恶言，岂不是以势欺侮？哪里按捺得住，将身一纵，到了厅上，便怒目而视，大喝道："好匹夫！敢倚众欺寡，你看一主一仆二人，便是受欺之人否？"那个六十多岁老儿就向自家人说道："生人来家，你们也该预备兵器才是，难道空手净拳？如今他们发怒，叫老汉如今倒也无奈何，权以桌子作兵器。"遂下了一只桌子，轻轻拿起，在厅上上七下八，左插花右插花，使得风声入耳。使了一会，仍将桌子放在原处。又道："再舞一回夹剪吧！"遂将六十多斤重的一把铁夹剪拿起，亦是上下左右前后舞了一会，仍放在原处。骆宏勋、余谦暗道："桌子、夹剪约略都有六十余斤，这老儿舞得风声响亮，料二人性命必丧于此！"但见那老儿放下夹剪之后，走至卷棚之下，向骆宏勋、余谦秉着手道："骆大爷、余大爷，莫要见笑，献丑，献丑！"骆宏勋闻得呼姓而称，乃说道："素未相会，如何知我贱姓？"那老儿道："我虽未会台驾，而小婿实蒙大恩。"骆宏勋惊问道："不知令婿果系何人？"那老儿道："刺客濮天鹏也。"骆宏勋主仆闻说是濮天鹏之岳，心始放下。遂说道："向虽与令婿相会，实在邂逅之交，未有深谊。请问尊姓大名？"那老儿道："天井中岂是叙话之所，请进内厅坐下奉告。"骆宏勋终怀狐疑，哪里肯随他进内。那老儿早会其意，又道："骆大爷放心！若有谋财害命之心，昨夜在船上时早已动手；虽你主仆英勇，岂能奈船漏之何也？"骆宏勋细想："此言实无害我之心，如有歹心，这老儿英雄，进门之中那些豪杰早已将主仆拿住，岂肯与我叙话？"遂放开胆量随他进内。余谦恐主人落单，遂紧紧相随。又走进两重天井，方到内客厅。

骆宏勋抬头一看，琴棋书画、古董玩器无所不备，较之前边真又是一天下也。进得厅内，二人方才行礼，礼毕分宾主而坐，早有家人献茶。茶毕，骆宏勋道："请问老爹上姓大名？"那人道："在下姓鲍，单名一个福字，贱字自安。原系金陵建康人也，今寄居在此。在下年已六十一岁，亡室已死数年，只有小女一人，名唤金花，年交十七岁，颇通武艺，舍不得出嫁人家，招了一个女婿濮天鹏。在下见他在外游手好闲，无有养身之技，故我要他百金聘礼方与之成亲。不料他前赴扬州卖拳，又被奸人栾镒万请去代他雪耻。这个冤家不知高低，也不访问贤主仆是何等之人，便满口应承。日间曾在教场与余大叔比武，已经败兴，就该知道。总因爱财心重，夜间又到尊府行刺，又被大爷获住，不唯不加罪责，反赐重财以成婚姻大事，此恩无由得报。自小婿回来之日，在下即叫人在府上探信，听得大爷期于昨日起身赴杭招亲，必从此地经过，亲身向前叙留，谅大驾必不肯来相会，故此想法请至舍下，代小婿以报大恩。进门又不敢明言，故出大言相问，以观贤主仆之胆气如何？身居虎衦，并无惧色，尚欲争问，真名不愧矣！小女小婿成亲数日，特请大爷来吃杯喜酒！”骆宏勋闻了这些言语，方释疑惑之心。问道：“濮姑爷现在哪里？”鲍自安道：“近闻北直新选了个嘉兴知府，不知是哪个奸臣之子？不日即至此地。不瞒大爷说：凡遇奸臣门下之人或新赴，或官满回家，从未叫他过去一个。因恐此信不真，伤了忠臣义士，故叫小婿前去打探；已去了两日，大约明日也就回来了。”鲍自安见余谦侍立骆宏勋之旁，不觉大笑道：“大叔真忠义之人，我将实言直说了一遍，他还寸步不离。好痴子，还不放心前边坐坐去，只管在此岂不站坏了！”余谦道：“不妨的。”鲍自安吩咐人来，将余大叔留在前边坐去。又对余谦道：“余大叔，你到前边只可闲谈取笑，切莫讲枪论棒。你先进门时，也看见前面那些人的嘴脸了，其心都狠得紧哩！细话我慢慢地再告诉你。”已有人将余谦引到前边去了。骆宏勋又问道：“方才老爹出来之时说：三十担鱼尚不足一饭之用，敢问府上共有多少人口？”鲍自安才待奉告，见家人已捧早饭上来，鲍自安连忙起身让座：骆大爷坐的客位，鲍自安坐的主席。余谦前边自有人管待，不必深言。

且说鲍自安同骆宏勋饮酒之间，鲍自安道：“方才说三十担鱼不足一饭之菜，这倒也非妄言，实不瞒大爷说，在下自二十岁就在江边做这道生意，先也只是把船的有十数人，小船上有三四人，折算起来也有七八十人。你来我去不能全在家中，如全来家真不足一饭之用。舍下现在人口：我与小女两个，家内计有男女四十个，还有先前大爷进门看见的那一百听差之人，常吃饭者共一百四十二口。哪里能用这些鱼？不过是信口言语，以动大爷之心耳。”一问一答，鲍自安应答如流，真博古通今之士，无一不晓。骆宏勋暗想道：“此人惜乎生于乱世，若在朝中，真治世之能臣也。”用饭之后，骆宏勋欲告辞赴杭，鲍自安道：“大爷此话多说了，不到舍下便罢，既来舍下，岂有叫你匆匆就去之理！就在舍下住得十日半月，也不误赘亲之事。待小婿回家，同小女出来拜谢。”骆宏勋道：“我若在府上久住不赴杭，只恐家母心悬。”鲍自安道：“这个容易，大爷写书一封，内云在舍留玩。在下差一人送至扬州府上，老太太见书自然放心了。”骆宏勋见他留意诚切，遂修书一封，又写一信与徐松朋，交付鲍自安。鲍自安接去，叫一听差人明日早赴扬州投下。

鲍自安又整备晚饭款待，当晚又摆酒。饮酒之间，骆宏勋问道：“山东振芳花老爹认得否？”鲍自安道：“他乃旱地响马，我乃江河水寇。倘旱道生意赶下，他就通信让我；倘江河生意登了岸，我就通信让他。不独相识，且是最好弟兄。”骆宏勋遂将桃花坞相会，与王伦争斗，王、贺通奸；任世兄被害，花老爹劫救，下扬州说亲，四望亭捉猴，索银结恨，前后说了一遍。鲍自安道：“花振芳妻舅向来英勇遍闻，吾所素知。”鲍自安又敬骆宏勋酒，骆大爷酒已八分，遂告止。鲍自安道：“既大爷不肯大饮，亦不敢谆敬。”遂吩咐内书房张铺，将骆大爷包袱行李都封锁空房里边，另拿铺盖应用。家人秉烛，鲍自安请骆宏勋进内，又走了两重院子，方到内书房。里边床帐早已现成，骆大爷请鲍老爹后边安息。鲍自安遂辞了出来，问家人道：“余大叔床铺设于何处？”家人道：“就在这边厢房里，余大叔已醉，早已睡了。”鲍自安道：“他既安睡，我也不去惊动他。”走回后边，见女儿鲍金花在房独饮等候。一见爹爹回来，连忙起身，问道：“骆公子睡了么？”鲍自安道：“方才进房尚未安睡，叫我进来，他好自便。”对金花道：“这骆宏勋不独武艺精通，而且才貌兼全，怪不得花振芳三番五次要将女儿嫁他。我见你若不定濮天鹏，今日相会亦不肯放他。”又道：“女儿，你可归房去吧！为父亦要睡了。”鲍自安说了即便安睡。鲍金花领了父命，迈步出门。鲍自安将门关闭，上床安卧。

且说鲍金花回至自家卧房，因新婚数日，丈夫濮天鹏被父差去，今在父亲房中自饮了几杯闷酒，不觉多吃了几杯，有八九分醉意。细想父亲盛夸骆公子才貌武艺，又道花振芳三番五次要把女儿嫁他，自然是上等人物；但恨我是个女流，不便与他相会。又想道："闻得他今赴杭赘亲，被父亲留下来，他岂肯久住于此？若他明日起身去了，我不得会他之面。似这般英雄，才貌兼全之人，岂可当面错过！"踌躇一番，道："有了，趁此刻合家安睡，我悄悄去偷看，果是何如人也？如他知觉，我只说请教他的枪棒，有何不可！"这佳人算计已定，迈动金莲悄悄往前去了。正是：

醉佳人比武变脸，美男子守礼进身。

毕竟不知鲍金花潜至前面，可会得骆宏勋否，且听下回分解。

第二十五回

书房比武逐义士

却说鲍金花悄悄地来至前边，到骆宏勋宿房以外。见房内灯火尚明，而房门已闭，怎能看见骆宏勋之面？欲待推门，男女之别，夤夜恐碍于礼；欲待转回，又恐他明日赴杭，则不能相见。因多饮了几杯酒，面皮老些，胆气大些，上前用手推门，竟是关着的。

且说骆宏勋自鲍老儿去后，在房中坐下，想起今日之事好险！若非赠金一举，今日落在他家，怎能保全性命？以后出门，勿论水陆，务要认人要紧。又想道："这鲍老儿世上人情无一不通，及至谈论，且长人学问。"想了一会，起身将门闩上，坐在床边卸脱鞋袜。正脱下一只袜子，只听房门响亮，似有人推门。忙问道："何人推门？"鲍金花答道："是我。"骆宏勋闻得妇女声音，心中惊疑，自道："闻得鲍老家只有父女二人，其余者皆婢奴也。今夤夜到此，却是何人？"又问道："我已将睡，来此何事？"鲍金花道："奴乃鲍金花也。闻得骆大爷英勇盖世，武艺精奇，奴家特来领教！"宏勋闻得是鲍姑娘，不敢怠慢，连忙将脱下的那只袜子又穿上，起身将衣服整理整理，用手将门开放。鲍金花走进门来，将骆宏勋上下一看，见他真个好个人品模样！怎见得？有诗为证。诗曰：

虎背熊腰丈二躯，尧眉舜目貌精奇；
今朝翩翩佳公子，他年凌阁定名题。

骆宏勋举目一观，见鲍金花生得不长不短，中等身材，其实生得相称。怎见得？亦有几句诗赞为证，诗曰：

淡扫梨花面，轻盈杨柳腰；
满脸堆着笑，一团浑是娇。

鲍金花进得门来，向骆宏勋说道：“拙夫蒙赠重金，我夫妻衷心不忘。今特屈驾草舍，以报些须，大爷请台坐，受奴家一拜！”宏勋道：“向与濮兄初会，不知鲍府乘龙，多有怠慢；毫末之助，怎敢言惠。今蒙老爹盛撰，于心实在不安，‘叩拜’二字何以克当。”宏勋正在谦逊，鲍金花早已拜下。宏勋顶礼相还，拜过之后，两边分坐。鲍金花道：“今大驾到舍，奴特前来，一则叩谢前情，二则欲求一教，不知大爷吝教否？”宏勋道：“尊府乃英雄领袖，姑娘武艺精通，怎敢班门弄斧！”鲍金花道：“久闻大名，何必推辞。”鲍金花举目看见书房门后，倚着两条齐眉短棍，站起身来用手拿过；递与骆宏勋一条，自持一条，谆谆求教，骆宏勋不好推辞。此时正是十月中旬，月明如昼，二人同至天井中比武：你来我去，你打我架。他二人此一番，正是：

英女却逢奇男子，才郎月下遇佳人。

正是男强女胜，你夸我爱。比较多时，骆宏勋暗道：“怪不得他父称他颇通武艺。我若稍怠，必被这个丫头取笑。谅他必是瞒父而来，今日此戏何时为止？不免用棍轻轻点他一下，他自抱愧，自然回去了。”踌躇已定。又比了片时，骆宏勋觑个空，用棍头照金花左手腕上一点。一则宏勋也多吃了几杯，心中原欲轻轻点他一下，不料收留不住，点得重了些；二则鲍金花亦在醉中，又兼比跳一阵，酒越发涌上来了，二目昏花，不能躲闪。值骆宏勋来，不闪不躲，反往上迎他，只听娇声嫩语，道声“娘哟！”手中之棍不能支持，掉落在地，满面通红，往后去了。骆宏助连忙说道：“得罪！得罪！”见鲍金花往后去了，自悔道：“他女子家是好占便宜的，今不该点他一下。倘明日他父知之，岂不道我鲁莽？”遂将鲍金花丢下之棍拾起来拿进房，倚于门后，反手将门闭上，在床边自悔。

且说鲍金花回至自己房中，将手腕柔搓，手上疼痛不止。灯下看了一看，竟变了一片青紫红肿，心中发怒，道：“这个畜生好不识抬举！今不过与你比试玩耍，怎敢将姑娘打此一棍。明日他人闻知，岂不损了我之声名。”恨道：“不免乘此无人知觉，奔前边将这个畜生结果了性命，省得他传言。”遂拿了两口利刀，复奔前边而来。

看官：这鲍金花自幼母亲去世，跟随父亲过活，七八岁上就投师读书，至十三四岁时，诗词歌赋无所不通。因人大了，不便从师，就在家中习学女红针指。他父亲鲍老乃系江湖中有名水寇，天下来投奔他者多。凡来之人不是打死人的凶手，即是大案逃脱的强盗。进门之时，鲍自安就问他，会个什么武艺？或云枪、云剑，都要当面舞弄一番。鲍金花在旁，父亲见有出奇者，即传他。那人知道他是老爹的爱女，谁不奉承？个个倾心吐胆相授，因此鲍金花十八般武艺件件精通。今日若非酒醉，骆宏勋怎能轻取他之胜！他心中不肯服输，特地前来。此一回来非比前番，前番是含羞偷行，此刻是带怒明走。骆宏勋尚在床边坐着，只听得脚步声音，又似妇女行走之态，非男子之脚步，心内猜疑，道：“难道是这个丫头不服输，又来比高低不成？”正在猜疑，只听房门一声响亮，门闩两段，鲍金花手持两口明晃晃的刀，闯进门来，骂声：“匹夫！怎敢伤我！”举刀分顶砍来。幸而骆宏勋日间所佩之剑临晚解放床头，一见来势凶恶，随手掣剑遮架。骆宏勋跳到天井，一来一往，斗够多时。骆宏勋想：“怎么我这等命苦至此，出门就有这些险阻！他今倘若伤我之命，则死非其所；我若伤他，明日怎见伊父？”只见鲍金花一刀紧似一刀，骆宏勋只架不还。自更余斗至三更天气，骆宏勋又想道：“倘若厢房里余谦惊起，必来助我。那个冤家一怒，只要杀人，哪有容纳之量！不免我往前院退之，或者女流不肯前去，也未可知。”且战且避，退出两重大井，到了日间饮酒内厅。鲍金花哪里肯舍，仍追来相斗。骆宏勋看见客厅西首有一风火墙头不高，不免登房躲避，谅他必不能上高。遂退至墙边，跳上屋上。鲍金花道：“匹夫！你会登高，谅姑娘不能登高！”也将金莲一纵，上了房子赌斗。骆宏勋跳在这厅房屋上，鲍金花随在这厅房屋上；骆宏勋纵在那个房屋上，鲍金花也随上那个屋上，计房屋也跳过了四五进，到了外边群房。真个好一场大斗，刀去剑来，互相隔架。有诗为证，诗曰：

刀剑寒风耀月光，二人赌斗逞刚强。
宏勋存心唯招架，鲍女怀嗔下不良。

且战且避，骆宏勋低头望下一观，看见房后竟是空山。只见山上茅草甚深，自想道：“待我窜在草内隐避，令他不见，他自然休歇。”遂将脚一纵，下得房来，且喜茅草虽深而稀，遂隐于其中。鲍金花才待随下，心内想道：“他隐于内，他能看见我，我却看不见他，倘背后一剑砍来，岂不命丧他人之手？”说道：“暂饶你这匹夫一死！”见他从房上跳进里边去了，骆宏勋方步出草丛。道：“这是哪里说起！”欲待仍从原房上回去，又怕那个丫头其心不休。约略天已三更余，不若乘着这般月色，在此闲步，等至天明，速辞鲍老赴杭州为要。但不知此山是何名色，且听下回分解。

第二十六回

空山步月遇圣僧

却说骆宏勋遂在空山之上步来步去，只见四围并无一个人家居住，远远见黑暗里有几间房屋，月光之下也不甚分明，似乎一座庙宇。山右边有大松林，其右一片草茅。转身观山左边，就是鲍老住宅。前后仔细一看：共计前后一十七间。心内说道："鲍老可称为巨富之家！我昨日走了他五六重天井，还只在前半截。昨日闻得他家常住者，也有一百四十二口，这些房屋觉乎太多，正所谓'富屋德深'了。"正在观看之时，耳边听得呼呼风响，一阵腥膻，气味难闻。转身一望，只见一只斑毛吊睛大虫，直入松林去了。骆宏勋见了毛骨悚然，说道："此山哪里来此大虫？幸亏未看见我，若让它看见，虽不怎样，又费手脚。"未有片时，望见一人手持钢叉，大踏步飞奔前来。骆宏勋道："贼窠哪有好人！此必剪径之人，今见我只身在此，前来劫我。"遂将两把宝剑恶狠狠地拿在手中等候。及至面前一看，不是剪径之人，却是一位长老，只见他问讯说道："壮士何方来者？怎么黄夜在此？岂不闻此山之厉害乎？"宏勋举手还礼道："长老从何而来？既知此山厉害，又因何黄夜至此？"那和尚道："贫僧乃五台山僧人，家师红莲长老。愚师兄弟三人出来朝谒名山，过路于此。闻得此山有几只老虎，每每伤人。贫僧命二位师弟先去朝山，特留住于此，以除此恶物也。日日夜间在此寻除，总未见它。适才在三官殿庙以南，遇见一只大虫，已被贫僧伤了。那孽畜疼痛，急急跑来。贫僧随后追赶，不知牲畜去向？”骆宏勋方知他是捉虎圣僧，非歹人也。遂说道：“在下亦非此处人氏，乃扬州人，姓骆，名宾侯，字宏勋。”指着鲍自安的房屋道：“此乃敝友，在下权住他家，今因有故来此。”那长老道：“向年北直定兴县有一位骆游击将军骆老爷亦系广陵扬州人也，但不知系居士何人？”骆宏勋道：“那是先公。”和尚复又回道：“原来是骆公子，失敬！失敬！”宏勋道：“岂敢！岂敢！适才在下见只大虫奔入树林内去了，想是长老所赶之虎也。”那和尚大笑道：“既在林中，待贫僧捉来！公子在此少待，贫僧回来再叙说。”持叉又奔林中而去。骆宏勋想道：“素闻五台山红莲长老有三个好汉徒弟，不期今日得会一位，真意外之幸也。”

正在那里得意，耳边又听得风声呼啸，原来只当先前之虎又被和尚追来，举目一看：又见两只大虫在前，一位行者在后，持了一把钢叉如飞赶来。那两只大虫急行，吼叫如雷，奔入先前宏勋躲身之茅草穴中。骆宏勋惊讶道：“幸我出来，若是仍在里边，必受这大虫之害。”只见那位行者追至茅草穴边，叉杆甚长，不便舞弄，将叉一抛，抖个碗口大小，认定虎胁下一下刺去，虎的前爪早早举起。他复将身一纵，让过虎的前爪，照虎胁下一拳，那虎“咕咚”卧倒，复又大吼一声，后爪蹬地，前爪高高竖起，望那行者一扑；又转身向左一扑，向右一扑，虎力渐萎，早已被那行者赶上，用脚踏住虎颈，又照胸胁下三五拳，虎已呜呼哀哉！那行者又向茅草穴边拾起钢叉，照前刺去，只见那只大虫又呼地一声蹿出草穴，往南就跑。行者亦持叉追之三五步，将叉掷去，正插入虎屁股之上。大虫呼地一声，带叉前跑，行者随后向南追赶去了。宏勋暗惊道：“力擒二虎，真为英雄！可见天下大矣！小小空山，一时就遇这二位圣僧，以后切不可自满自足，总要虚心谦让为上也！惜乎未问这位圣僧一下。”

正在赞美，又见先前那个和尚一手持叉，一手拉着一只大虫走将前来，道声：“骆公子，多谢指引，已将这孽畜获住了，骆公子请观一观。”宏勋近前一看：就像一只水牛一般，其形令人害怕。遂赞道：“若非长老佛力英雄，他人如何能捉！”和尚道：“阿弥陀佛！蒙菩萨暗佑，在此三月工夫，今始捉得一只。还有两只孽畜，不知几时得撞见哩？”骆宏勋道：“适才长老奔树林之后，又有一位少年长老，手持钢叉追赶二虎至此，三五拳已打死一只。”用手一指，说道：“这个不是！那只腿上已经中了一叉，带叉而去，那长老追赶那边去了。惜乎未问他个上下！”和尚大喜道：“好了！好了！他今也撞见那两个大虫，完我心愿。”

骆宏勋道：“长者亦认得他？”和尚道：“他乃小徒也。”

正叙话之间，那行者用叉叉入虎腹，叉杆担在肩，担了来了。和尚问道：“黄胖，捉住了么？”那行者道：“仗师父之威，今日遇见两个大虫，已被徒弟打死了。可惜那只未来，若三个齐来，一并结果了他，省得朝朝寻找。”和尚道：“那只我已打死，这不是么！”那行者道：“南无阿弥陀佛！虎的心事了了。”和尚道：“骆公子在此。”行者道：“哪个骆公子？”和尚道：“定兴县游击将军骆老爷的公子。”行者忙与骆宏勋见礼。和尚道：“骆公子既与鲍居士为友，因何[illegible]夜独步此山？”骆宏勋即将与鲍金花比武变脸，越房隐避之事说了一遍，“欲待翻房回去，又恐金花醉后其心不休，故暂步于此山，待天明告辞赴杭。不料幸逢令师徒，得遇尊颜。”和尚道：“三官殿离此不远，请至庙中，坐以待旦如何？”骆宏勋道：“使得！”和尚肩背一只大虫，这行者又担两只猛虎，骆宏勋随行。

不多一时，来至庙门，和尚将虎丢在地下，腰内取出钥匙开了门，请骆大爷到大殿坐下。黄胖将虎担进后院放下，又走出将门前一虎亦提进，仍将庙门关闭。和尚吩咐黄胖道：“煮上斗把米的饭，白菜萝卜多加上些作料，煮办两碗。我们出家人，骆大爷他也不怪无菜，胡乱用点。”宏勋一夜来肚中正有些饥饿，说道：“在下俗家，长老出家。在下尚未相助香灯，哪有先领盛情之理？”和尚道：“此米麦、柴薪亦是鲍居士所送，今虽食贫僧之斋，实扰鲍居士也！”骆宏勋又道：“既蒙盛情，在下亦不敢过却，此时只得我等三人，何必煮斗米之饭？”和尚道：“这不过当点心。早晚正饭时，斗饭尚不足小徒一人自用哩。”骆宏勋道：“此饭量足见此人伏虎如狗也！”黄胖自去下米煮饭做菜，不待言矣。骆宏勋问道：“请问长老贤师的法号？望乞示知。”和尚道：“贫僧法名消安，二师弟消计，三师弟消月，小徒尚未起名，因他身长胖大，又姓黄，遂以‘黄胖’呼之。”且不讲骆宏勋同消安二人谈叙。

且说余谦醉卧一觉，睡至三更天气方醒，自悔道：“该死，该死！今日初至鲍家，就吃得如此大醉，岂不以我为酒徒！且大爷不知此刻进来否？我起来看看。”爬将起来，走出厢房。先进来时虽然有酒，却记得大爷床铺在于书房。房内灯火尚明，房门亦未关闭，迈步走进内室，空无一人，还只当在前面饮酒未来；又走向内厅，灯火皆熄。惊讶道：“却往何处去了？”回到书房仔细一看，见床上有两个剑鞘，惊道：“不好了！想这鲍自安终非好人，自以好言抚慰，将我主仆调开，夜间来房相害；大爷知觉，拔剑相斗。但他家强人甚多，我的大爷一人如何拒敌？谅必凶多吉少。”遂大声吆喝，高声喊道：“鲍自安老匹夫！外貌假仁假义，内藏奸诈，将我主仆调开，夜间谋害，速速还我主人来便了，不然你敢出来与我斗三合！”他从书房外面吵到后边。有诗赞他为主，诗曰：

为主无踪动义胆，却忘身落在龙潭。
忠心耿直无私曲，气冲星月令光寒。

却说鲍自安正在梦中，猛然惊醒，不知何故有人喊叫，忙问道："何人在外大惊小怪？"余谦道："鲍自安老匹夫，起来！我与你弄他几合，拼个你死我亡。"鲍自安闻得是余谦声音，心中大惊，自说道："他有个邪病不成？我进来时他醉后已睡，此时因何吵骂？"连忙起身穿衣，问道："余大叔已睡过，如何又起来？"余谦道："不必假做不知！我主人遭你杀害，不会不知，快些出来拼几合。"鲍自安闻说骆大爷不知杀害何处，亦惊慌起来，忙把门开开，走出来相问。余谦见鲍自安出来，赶奔上前，举起双斧分顶就砍。正是：

因主作恨拼一命，闻友着惊失三魂。

毕竟鲍自安性命如何，且听下回分解。

第二十七回

自安寻友三官庙

却说余谦一见自安走出来，赶奔前来，举起双斧分顶就砍。自安手无寸铁，见来势凶猛，将身往旁边一纵，已离丈把来远。自安说道：“余大叔，且暂息雷霆，我实不知情由，慢慢讲来。”余谦道：“我主仆二人落在你家里，我先醉卧，我主人同你饮酒，全无踪迹，自然是你谋害来；你只推不知，好匹夫哪里走！”迈步赶来。只见鲍金花手持双刀，从房里跳将出来，喝道：“好畜生，怎敢撒野！你主人以棍伤我手腕，你今又以斧伤我父。莫要行凶，看我擒你！”金花、余谦二人乃在天井中刀斧交加，大杀一阵。鲍自安见女酒尚未醒，听见女儿说“以棍伤他手腕”，一定是女儿偷往前边，计较比试之时，被骆宏勋打了一下。素知女儿总不服输，变脸真斗；骆宏勋乃是精细之人，不肯与他相较，隐而避之。遂远远向着余谦打了一躬，说道：“我老头儿实在不知，乞看我之薄面，暂请息怒，待我寻大爷要紧。”又喝金花道：“好大胆的贱人，还敢放肆！”余谦见鲍老赔礼，又喝骂女儿，遂两下收住兵器。自安问女儿道：“你方才说骆大爷棍伤你手腕，你把情由慢慢讲来。”鲍金花含怒道：“女儿闻他英名盖世，特去领教。他不识抬举，大胆一棍，照我手腕伤之，至今疼痛难禁，已成青紫。又被女儿持刀争斗，他越房逃入空山去了。女儿之气方才得出，余谦这畜生反来撒野。待我先斩其仆，后斩其主。”说毕，又举刀要争斗。鲍老大喝道：“好贱人，还不回房，等待何时！骆大爷系何等英雄，不肯与你计较，岂怕你而避。但空山之上有三只大虫，往往伤人，骆大爷如有些损伤，叫我怎见天下之义士！”金花被父禁责，含怒回房。

余谦闻说空山有三只大虫，大爷如避其山，必然性命难保。不由得大怒，骂道：“明明串通共害，做出这些圈套。我总与你拼了这条性命罢了！”鲍自安道：“大叔错想了，我若有心相害，你先醉卧之时久已谋害了，还待你醒来？我们闲话少说，莫要耽误了时刻，速速着人上山找寻大爷要紧。倘有不测，大叔再骂不迟！”余谦道：“且容你去寻找，如有损伤，回来再与你讲。”余谦这一吵闹，后边所用四十个男女、前面听差的一百英雄，俱皆惊起问信。鲍自安带了二十个听差之人，开放大门，往空山而来。前前后后、左左右右，寻找了两个周圆，不见踪迹，心中甚是惊慌。又想道：“即被大虫之害，到底有点形迹；且骆大爷英明之人，即遇见只大虫，也未必就遭其害。”寻来找去，天色已将发白，来到三官庙前。鲍自安道：“有了消息了，消安师徒夜夜在山捕虎；再者见人必然动问，或者知道骆大爷去向亦未可知。等我问他一问。”遂上前敲门。黄胖在厨煮饭，消安起身开门。一见鲍自安一脸愁容，带领了二十余人，忙忙问道：“老师，今夜遇见一人否？”消安道：“莫非骆公子？”鲍自安大喜道：“正是。”消安道：“现在殿上吃茶呢。”鲍自安一众人进内，消安将门关闭，来至大殿，骆宏勋早已迎出。鲍自安向宏勋谢罪：“小女无知，多有冒犯，几乎把老拙吓死！”骆宏勋道：“山中步月，幸遇长老师徒；又蒙赐斋，故未回府，使老爹受惊。有罪！有罪！”鲍自安道：“我所惧者非别，此山有几只大虫，恐惊大驾。”骆宏勋遂将消安师徒英勇，世上罕闻说之。消安道：“蒙菩萨暗中护佑，故而擒之，非愚师徒之能也！”

正说之间，黄胖饭菜已熟，捧上大殿，鲍自安同食。须臾吃毕之后，鲍自安道：“恶虫已经令贤师徒除害，慈愿已遂，真喜事耳！舍下今备菲酌，请大驾过舍，一则与老师贺喜；二则与骆大爷相谈！”消安道：“愚师徒戒荤已久，恐席上不便。”鲍自安道：“晓得，晓得！自有素筵款待。”又道：“虎肉乞赐些须，令外庖制，奉敬骆大爷。”消安道：“有，有，有！后边现卧三只，愚师徒要他无用，居士令人剥下皮，尽皆取去。”鲍自安命随来之人，拿利刀刺剥后拿去。消安、骆宏勋先行，消安又吩咐黄胖：“等候大虫剥完，锁上殿门，再赴居士家领斋。”说罢，二人同鲍老出庙而行，直望鲍府而来。骆宏勋在路暗想：“余谦这个匹夫，难道醉死了！鲍家许多人来寻找，反不见他。”

及至鲍家庄上，天已早茶时候。过了护庄桥，只见余谦手持双斧，在大门外跳上跳下，在那里大骂。骆宏勋道：“这匹夫早晨又吃醉了，不知与何人争闹？”鲍自安道：“夜间若非老拙躲闪得快，早为他斧下之鬼！”将夜间吵骂之事说了一遍，“在我房外怒骂，我不知道，问其所以，方知小女得罪，大驾躲至空山。恐大虫惊吓大驾，哀告余大叔暂且饶恕，让我带人寻找；倘有不测，杀斩未迟，他老人家才放我出来。至今不见大爷回来，只当大爷受害，故又跳骂了。”骆宏勋道：“有罪！有罪！待我上前打这畜生。”鲍自安道：“我与大爷虽初会，实不啻久交，哪个还记怪不成！正是余大叔忠义过人，胆量出众。非老拙自赞，即有三头六臂之徒，若至我舍下，也少不得收心忍气。余大叔今毫无惧色，尚拼命报主，非忠义而行么？且莫拦他，倘看见大爷驾回，自不跳骂了。”离庄不远，余谦看见骆大爷同二人回来，满心欢喜，住了跳骂，遂垂手侍立等待。三人走到门首，鲍自安向余谦道：“余大叔，你主人今日好好地在此，你可饶了我老头儿命吧！”余谦道：“该死，该死，得罪，得罪！”亦随了进来。三人到了内客厅，重又见礼，分宾主而坐，家人献茶。吃茶之时，黄胖同了剥皮人众俱进来，担了多少虎肉。鲍自安将黄胖师父请上客厅序坐，吩咐将虎肉挑进厨房烹调。又吩咐：另整备一桌洁净斋饭。分派已毕，陪人坐谈。骆宏勋道："空山低小，且离江不远，人迹闲杂之所，如何存得三只大虎？"鲍自安道："此虎来日不久，约计三个年头，乃柴舡上载来一只雌虎，至此卸柴躲避下来。哪知它腹内怀孕，后来生下两只小虎，因此成其三只。今被二位老师一同除此一方之害，功德无量矣！"

正叙谈之间，门上人进来禀道："启老爷得知：看远远来了六骑牲口，花振芳老爷、娘子等五人，还有一位黑面红须却不认得，将近已到庄前，特禀老爷知道。"鲍自安大笑道："来得正好，大家一会，亦可谓英雄聚会了。"便问消安师道："山东花振芳，老师可会过否？"消安道："虽未会面，却闻名久矣！"鲍自安道："那一位黑面红须，却是哪个？"骆宏勋道："既与花老爹同来，必是世兄任正千了。"鲍自安道："一定是任大爷无疑矣！消安师少坐，我同骆大爷出迎。"消安道："既是二位出迎，我师徒岂有坐待之礼，大家同去走走。"于是四个人同至大门。究竟不知会见有何话说，且听下回分解。

第二十八回

振芳觅婿龙潭庄

话说四人同至鲍府大门口，早见六骑牲口已过护庄桥，离庄不远。花老一众见鲍、骆同两个和尚出来，遂各下了牲口，手拉丝缰，步行至门口。任、骆相见，个个洒泪。众人揖让而进至内厅，各自见礼，分坐献茶。花振芳向骆宏勋道：“昨日同任大爷至府间，老太太说：大驾前日赴杭，即欲就回家。老太太谆谆赐宴，又将徐大爷请来作陪。昨晚家报到府，方知大驾留于鲍府，今早奔赴前来一会。”骆宏勋道：“前日路过此地，蒙鲍老爷盛情，故而在此。不知老爹至舍，失迎，失迎！”鲍自安、任正千、花振芳、消安师徒、巴氏弟兄，彼此通名道姓，各道了“闻名久仰”的言语。叙谈已毕，家人禀告：“虎肉已熟，肴撰素斋俱已齐备，请老爹安席。”鲍自安吩咐拿酒，设了三席：两席荤席，一席素席。首坐花振芳，二坐任正千，三坐巴龙，四坐巴虎，五坐巴彪，六坐巴豹，七坐骆宏勋；主席是鲍自安相陪，消安师徒但在素席。酒过数巡，肴上几味，只见荤席上，家人捧上了两大盘虎肉。花老问起来历，鲍自安将昨晚睡后，“小女与骆大爷比武，骆大爷躲上空山，相遇消安师徒，力擒三虎；今夜我至三官庙，相邀来舍”的情由说了一遍。又道：“任大爷同巴氏贤昆仲，老拙相请还怕不至！只你这孽障眼光偏长，今日弄一稀珍之物，并不能偏你。”花老道：“这还算你孝顺我老人家！我未至，你就办此异味候我。”大家笑了一回。虎肉比牛肉膻，任、骆二人不过些微动动，就不能吃了。他六位英雄吃了两盘，又添两盘，好不厉害。三只虎肉被鲍自安家中一顿食，早已完了。

酒饭已毕，大家起来散坐。花振芳同鲍自安走至这一边，遂将今来特为女儿姻事之语告诉一番，叩烦鲍自安同任正千作伐，鲍自安应允。遂与任正千约同做媒的话，邀骆宏勋至外言之。骆宏勋道：“我向日已经回过：待完过正室之后再议。今日怎又谆谆言之？”任正千道：“世弟不知，花小姐感你四望亭救命之恩，立誓终身许你。见你不允，一旦气闷于心中，又兼四望亭惊吓过，回家得了大病，无论寤寐之间，总言世弟大恩难报。花老夫妇见女儿终身决意许你，宽慰女儿道，得愚兄病好，央我作媒，保亲必成！花小姐知愚兄与世弟不啻同胞，言无不听，以此稍开心怀，而病势痊可。今值愚兄贱恙痊可，携同巴氏造府，不辞千里而来，二议其亲，世弟从之为是也！”鲍自安道：“任大爷之言甚是有理。今天下英士多多，花老父女之意在大驾身上，三番二次登门相求，此乃前缘天意也，骆大爷当三思之！”骆宏勋道：“蒙情做媒，二公之意不薄我矣！但妻妾之事非我志也。烦二公说道老爹：或桂家女儿今日死了，我则聘他女儿为妻，如今欲我应承，万万不能。”回言毕，复同进客厅。

鲍自安邀出花振芳，先将骆宏勋决绝之言相告。把个花振芳气得面黄唇白，说道：“这个小畜生，好不识抬举！你既不允，谅我女儿必是一死；我女既死，我岂肯叫你独生！我将十三省内，弄十三件大案在小富生身上，看他知我的厉害！”鲍自安忙止道：“不可，不可！若此一举，令爱皆有性命之忧：既爱此人，又何忍杀他！小小年纪，又是公子性格，哪里比得你我经过大难。依我之见……”便附花老之耳说道：“此事须如此如此，这般这般，就把他摆布了，那时不怕他不登门求亲！两命无亏，终成好事。据你看，使得使不得？”花振芳闻得鲍老之言，改忧为喜，说：“此计可好！”二人复又来至客厅，与众谈论自若，一毫不形于脸。

及至中饭时摆中饭，仍是两席荤，一席素，一同饮酒。饮酒之间，鲍自安向花振芳道：“你向日在定兴，怎样劫救任大爷？你可从头细细禀我知道，如若有功，自有重赏。”花振芳道：“我的儿，听我道来！”遂将二更相约捉奸，回庙看火失信；次日任正千大爷被诬，夜间劫救，及至西门复至王伦家杀奸，一时慌迫，竟错杀二人，西门挂头被人看见，急缒下城，雇夫子抬至山东，说了一遍。消安极口称赞，道：“难得！难得！”鲍自安冷笑道：“据你说得津津有味，一个人劫禁牢，今古罕有之事。依我评来，有头无尾，有始无终，判打一二百嘴掌！”花振芳道：“你说我怎么有头无尾，有始无终？”鲍自安道：“侍立一旁，听我老人家教训。若说杀奸错误，因时迫忙，这不怪你。只是既然知错后，仍该将奸淫杀来！”花振芳道：“你知其一，不知其二。挂头之时，天已发白；若再复杀，王家人等岂不知觉了！我有何惧？而任大爷身带重伤偃卧城脚的，若被捉，岂不反害任大爷不？”鲍自安道：“放屁！胡言！想等到天明事重，而杀奸事轻！这半年光景，还是日迫时促？你就该仍到定兴，将奸淫杀了，任大爷之冤始出，这就算有始有终也。劫牢之后，定兴自然差人赶拿，因你胆小，不敢再到定兴县了。你且说：我说的是与不是？”花振芳自想道：“彼时之迫，后来也该再去。怪不得今日这个老儿责备。”说道：“真正我未想得到此，不怪你责。”鲍自安笑道：“你既受教就罢了。任大爷与你相好，今日我既相会，也就不薄。前半截你既做了，后半截该是我办了。我明日到定兴走走，不独将奸夫淫妇杀之，还要将王伦家业尽皆盗来，以补任大爷之原业。”任正千道：“晚生何德，承二位老师关切，虽刻骨难忘！”花老道：“任大爷且莫谢他，只见他的口，未见他的手。待他一一照言做了，再谢他不迟！”鲍自安道：“我二人拍掌为赌：我能如言一一做来，你当着众人之面，磕我四个头；若有一件不全，我亦当众人之面，磕你四个头。何如？”二老正要拍掌，只见外边又走进二位英雄，众人皆站起身来相让。鲍自安道：“不敢惊动，此乃小婿濮天鹏。”濮天鹏一见骆宏勋在坐，连忙上前相谢赠金之恩。骆宏助以礼相答。又问：“那位英雄是谁？”濮天鹏道：“此乃舍弟濮天雕也。”宏勋立着见了礼。花老妻舅、消安师徒，素日尽皆认得，不要通名道姓，不过说声“久违了！”任正千乃系初会，便见礼通名。弟兄二人与众分宾主坐下两席。

鲍自安问道：“探听果系何人？”濮天鹏道：“乃定兴县人氏，姓王名伦，表字金玉。父是现任吏部尚书，叔是现任礼部侍郎。因目前初得职，初任嘉兴府知府。眷属只带了一个爱妾贺氏，余者家奴十数人，家人倒有二十多丁。早饭时尚在扬州，大约今晚必至江边。故速速回家，禀爷知道！”任正千听得“爱妾贺氏”四个字，不觉面上发赤起来。鲍自安得意道：“花振芳，你看我老人家的威力如何？正要打点杀他，不料他自投我手，岂不省我许多工夫！且先将奸淫捉获，后边再讲盗他家财！”又对濮天鹏道：“任大爷、骆大爷，乃是世兄弟；骆大爷又是你之恩人，一客不烦二主，吃饭之后，少不得还劳贤婿过江，将奸淫捉来！只对水手说，至江心不必动刀动枪，将漏子拨开，把一伙男女送入江中。要把奸夫淫妇活捉将来，叫任大爷处治。任大爷之怨气方才得伸，而骆大爷之恩，你亦报答了也！”濮天鹏满口应承。任、骆二人回道：“濮姑爷大驾方回，又烦再往，晚生心实不安，奈何？”鲍自安道：“当得，当得！”众人因有此事，都不肯大饮，连忙用饭。吃饭之后，濮天鹏起身要往后边去，鲍自安叫回，道：“还有一句话对你讲：‘君子不羞当面’，你晓得昨晚金花前来与骆大爷比试？”便告诉濮天鹏一遍。“我此刻当面言明，不过要明骆大爷之教，并无他意，勿要日后夫妻争闹至门，此乃我们之短！”濮天鹏满面带红，往后去了。有诗为证，诗曰：

爱婿须向内情看，只因女过不糊含。
今朝说破胸襟事，免得夫妻后不安！

进了后边，夫妻相见，自古道新婚燕尔，两相爱慕，自不必言矣。濮天鹏见天色将晚，恐误公差，虽然是难舍难分，不敢久恋。遂连忙来至厅前，告别众人赶过江不言。且言鲍自安向众人道："诸公请留于此，专等佳音！"又吩咐濮天鹏道："千万莫逃脱奸淫！"濮天鹏答应"晓得！"独自出门过江去了。正是：

得意老儿授计去，专候少刻佳音来。

毕竟王伦、贺氏被濮天鹏捉来否，且听下回分解。

第二十九回

宏勋私地救孀妇

却说鲍自安遣了濮天鹏去后，大家叙谈了一会，将晚，又摆夜宴。众人皆因有此事，总不肯大饮，鲍自安亦不谆劝。消安师徒告别回庙，鲍自安吩咐列铺，尽皆此地宿歇。次日起身，用了些点心。及至早饭时节，又摆早筵。饮酒之间，鲍自安得意道："此时小婿也该回来了！"又叫花振芳道："此刻小婿捉了奸夫淫妇回来，任大爷之事也算完了一半；所缺者家业未来，你先与我老人家磕两个头，待复了任大爷之家业，再磕那两个头。"花振芳道："昨日原说在定兴做完这些事，我才算输；今他自来，就便捉擒，非你之能也，何该磕头之处！"鲍自安道："该死，这牲口！事还在那里未来，今就改变了！"任大爷道："二位老师所赌者，乃晚生之事，理该晚生叩谢！"

大家在谈论，只见濮天鹏走进门来。鲍自安忙问："事体如何？"濮天鹏道："昨晚过江，等至更余，总不见到。遂着人连夜到扬州打探。回来说：'南京军内系他亲叔。昨日早饭后，自仪征到南京拜亲，从那一路往嘉兴去了。'故今早过江来，禀老爷知道！"鲍自安闻得此言，好不扫兴，紧皱眉头，不言不语，坐在一边思想。花振芳道："幸而方才我未磕头，倘若磕了头，我老人家的债是惹不得的：一本三利，还未必是我心思。想你过于说满了！”鲍自安道：“你且莫要笑，我既然说出，一定要一一应言。不过他二人阳寿未终，还该多活几日，终是我手中之物，还怕他飞上天去？为今之计，无有别说，贤弟还有昨日所言之事，请驾自便。任大爷、骆大爷同小婿兄弟二人，再带十个听差的，坐大船二只，伺候同到嘉兴走走。我素知嘉兴府行左首，有个普济庵，甚是宽阔。你众人到嘉兴之时，将船湾在河口，你等十五人借庵宿歇，以便半夜捉住奸夫淫妇上船，将他细软物件一并带着。屈指算来，往返也不过十日光景。”又道：“任大爷莫怪我说：你进城时候，将尊容略遮掩些，要紧！要紧！恐他人惊疑。”说话之间，饭已捧来，众人用过。花老妻舅告辞，鲍自安也不留。他向任正千说：“任大爷，嘉兴回来之日返回舍下，就说我等不日亦回！”又附耳说道：“到家只说那事已成，莫使我女儿挂怀！”任正千点头道：“是！”又向鲍自安耳边说道：“嘉兴回来，就叫任正千回山东去，省得在此漏信。”鲍自安答道：“晓得！”一拱而别。骆宏勋也只当他们各有私事，毫不猜疑。

回至厅上，商议去嘉兴之事。鲍自安叫了自家两只大船，米面柴薪，带足来回的食用，省得下船办买，被公人看出破绽。各人打起各人包裹，次日绝早上船，赶奔嘉兴去了。

及至嘉兴北门外，将船湾下，带了几个行李，余者尽存船上。一直来至府衙左首，果有一个大庙，门额上一个横匾，上有三个金字“普济庵”。众人进内一看，庙宇虽大，却无多少僧人。只有一个和尚，两个徒弟。徒弟俱皆小哩，不过二十上下，还有一个烧火的道人。濮天鹏秤了三两银子的香资，还赏了道人五钱银子，借了他后边三间厢楼住歇。吃食尽都在外边馆内包送，又不起火，和尚道人甚是欢喜。濮天鹏故作不知，问和尚道：“府大爷是哪里人氏？”和尚道：“昨日晚上到的任。说姓王，闻是北直人，未曾细问是哪一县，哪一镇。贫僧出家人，也不便谆谆打听他。”濮天鹏闻得王伦已进了衙门，心中甚喜。临晚之间，大家用了晚酒，个个上床睡卧，养养精神。谅王伦昨日到任，衙门中自然忙乱。一时不能安睡，专等三更时分，方才动手。众人虽睡，皆不过是连衣而卧，哪里睡得着！

骆宏勋之床正对着楼后空窗，十月二十边起更之时，月明如昼。骆宏勋看见楼后一户人家，天井之中站着一条大汉，有丈余身躯，褡包紧系腰中，在那里东张西望。暗道："此必是强盗，要打劫这个人家了。"停了一停，又见一女人走出来，向那个大汉耳边悄悄说话。骆宏勋道："此不是强盗，又是奸情之事，必无疑矣！无论奸情、强盗，管他做什么！"

及至天交二鼓初点时候，只听得一妇人叫道："杀了人了，快快救命！"骆宏勋将身坐起，说道："诸位听见么？"家人道："何事？"骆宏勋道："方才在楼窗，看见下面那个人家天井中站了一条大汉，东张西望，料他是个偷鸡摸狗之辈，后边又来了一个妇人，在那大汉身边说了几句言语，我又料是奸情，莫要管他。此刻下边喊叫'救命'，非奸情即强盗也。可恨盗财可以，怎么伤起人来了？"濮天鹏道："我们之事要紧，骆大爷莫要管他。"骆宏勋复又卧下。又听那妇人喊道："天下哪有侄子奸婶娘的？求左邻右舍速速搭救，不然竟被这畜生害了性命！"骆宏勋闻得此言，翻身而起，说道："哪有见死不救之理！"濮天鹏拦阻不住，骆宏勋上了楼窗，将脚一跳，落在下边房上，复又一跳，跳在地下。听得喊叫之声，就从腰门边走至门首。其门却是半掩半开，门外悬有布帘，用手掀起，只见里面那大汉骑着一个妇人，在地下乱滚：乌云散乱，赤身无衣。宏勋一见大怒，右脚一起，照那大汉背脊上一脚。那汉"哎哟"一声，从妇人头上跌过，睡卧地下。宏勋才待上前踏他，余谦早已跑过，骑在那大汉身上，举拳而打。任正千、濮天鹏等俱进房来，那妇人连忙爬起来，将衣服穿上，散发挽起，向骆大爷双膝跪下。说："蒙救命之恩，杀身难报，愿留名姓，让小妇人以便刻牌供奉！"骆宏勋道："不消。你且起来，将你情由诉与我听。”那妇人站起来，说道：“小妇人丈夫姓梅名高，自幼念书无成。小妇人娘家姓修，嫁夫三年，丈夫与我同年，皆二十二岁，不幸去年十月间，丈夫一病身亡。”用手指着床上睡的二岁一个小娃子，说道：“就落了这点骨血！”又指着地下那个大汉，说道：“他系我嫡亲的侄子梅滔。今日陡起不良心肠，想来欺我；小妇人不从，他将我按在地下，欲强奸于我。小妇人喊叫，得蒙恩人相救，无愧见丈夫于泉下矣！”余谦闻了他这些话，大骂道：“灭伦孽畜，留他何用！今日打死便了！”举起拳头雨点相似打来。梅滔在地下哀告道：“望英雄拳下留命！小人实无心敢欺婶母。有一隐情奉告。”骆宏勋禁止余谦打，“且住了，听他说来。”余谦停拳。

梅滔怎挡得？被余谦打得浑身疼痛难禁，挣爬了半日，方才爬起身来。说道：“诸位爷！听小人禀告：小人自幼父母双亡，孤身过活，不敢相瞒，专好赌博，将家业飘零。前日又输下了数两之债，催逼甚急，实无法偿还。婶娘虽在孀居，手中素有蓄积，特来恳借，婶娘丝毫不拔，小人硬自搜寻，婶娘则大声喊叫，小人恐怕人来听见，故按在地下，以手按使他莫喊之意，哪有相欺灭伦之心！此皆婶娘诬我之言，望诸位爷莫信。”

骆宏勋等问梅滔之言，似乎入情入理。说道：“你问他要，他既不与你，只好慢慢地哀求。你如此硬取，似乎非礼，就将婶娘赤身按地！”修氏道：“恩爷莫要信他一面之辞。今日被爷将他痛责，结仇更深。恩爷去后，我母子料难得活之理！”遂将床上那个娃子一把抱起，哽咽痛哭。骆宏勋心内道：“若将这汉子放了，我等回寓，恐去后妇人母子遭害；若将他打死，天明岂不是个人命官司？”正在两难之际，听得外边有人打门问道：“半夜三更，因何事情大喊小叫？”但不知来是何人，且听下回分解。

第三十回

天鹏法堂闹问官

却说余谦听得有人打门，问道："你等何人？"外边应道："我等本坊乡保。因新太爷下车，恐误更鼓，在街上催更。闻梅家喊叫，故来查问。"骆宏勋道："既系乡保，正好将梅滔交与他，修氏母子自然得命了！"余谦将门开了，走进四五个人。骆宏勋将前后之事说了一遍。乡保说道："这个灭伦的畜生！交与我们，等天明送到嘉兴县，凭县主老爷处治！"众人将梅滔带往那边去了。宏勋等俱要回庙，修氏又跪谢道："恳求恩公姓名！"骆宏勋见他谆谆相求，遂道："我乃扬州人氏，姓骆名宏勋是也。自前门庙内而来，及至楼上而下，来此救你。"正说话间，听得已交五更。濮天鹏道："我们走吧！"众人辞别修氏，从前门由曲巷回庙。回至庙内，濮天鹏道："此时已是五鼓，人皆睡醒，今日莫要下手了。只要事情做得停当，多住一日不妨。"大家尽皆睡了。

且讲修氏自众人去后，坐在床上悲叹，把个丫头叫起。这丫头名叫老梅，起来烧些清水，将身上沐浴一番，天已五鼓，哪里还能睡觉。走至家堂神前，焚了一炉高香，祝告道："愿家神保佑骆恩人朱衣万代，寿禄永昌。"又在丈夫灵前洒泪道："你妻子若非恩人搭救，必被畜生强污。我观骆恩人非庸俗之流，他年必要荣耀。你妻子女流之辈，怎能酬他大恩？你在阴曹，诸事暗佑他要紧！”正在祝告之间，不觉腹中疼痛，心中说道：“一定是那畜生将我赤身按地，冒了寒气了。”连忙走至床边，和衣卧下，叫老梅来代他柔搓。一阵一阵，疼了三五阵，只听下边一阵响，浆包开破，满床尽是浆水。修氏不解其意，又疼了一阵，昏迷之间，竟产下了一个五六个月的小娃子。别无他人，只有一个丫头老梅在旁代为收拾。修氏自醒转来，心中惊异道：“此胎从何得来？”幸亏没有别人在此，速速收拾，叫老梅将死娃子放入净桶中端出。赏了老梅二百文钱，叫他莫要说出，自家睡在床上惊异。却说丫头老梅，其年二十岁，与梅滔私通一年，甚是情厚。虽是修氏房中之人，而心专向梅滔，二人每每商议：今虽情爱，终是私情，倘二娘知道，那时怎了？谅二娘亦是青年，岂有不爱风月？你可硬行强奸，倘若相从，你我他皆一道之人，省得提心吊胆，且二娘手中素有蓄积，弄他几两用用也好。故骆宏勋看梅滔在天井之中，有一女人向他耳边说话，正是老梅。及至众人按打梅滔，并交与乡保，老梅暗自悲伤，不能解救。今见修氏生下私娃，满心欢喜。安放修氏卧床，偷走出了门，来寻找梅滔商议私娃之事。

且说梅滔哪里真系乡保带去，乃是他几个朋友日间约定：今晚要向他婶娘借钱钞，吵闹起来，叫他们进去解劝。众人闻得里面喊叫，故假充乡保，将梅滔拖去，弄酒替他解闷，天明谢别回家。去自家门首不远，正撞着老梅慌慌张张而来，看见梅滔问道：“你怎么回来了？”梅滔将日间所约朋友之语告知老梅一番。老梅道：“你这冤家，该先告诉我。我只当真是乡保带去，叫我坐卧不宁。今特前来寻你！”在梅滔耳边说道：“你去之后，二娘腹内疼痛，三两阵后，生下一个五六个月的小娃子，叫我丢在净桶之内；又赏了我二百文钱，叫我不要说出。二娘现在床上安睡，我手里今有此事报你知道！”梅滔听了，心中大喜道：“这个贱人，今日也落在我的手里！我指报昨日打我那个人做奸夫，现有私娃为证。埋在何处？又可惜不知那人姓名。”老梅道：“自你去后，二娘谆谆求他留名。他说是扬州骆宏勋，私娃在净桶中，特来与你商议。”梅滔大喜道：“你速速回去，莫要惊动他人！我即赴县衙报告。”老梅暗暗回家。

梅滔迈步如飞，跑到县衙，不及写状，走进大堂，将鼓击几下。里边之人忙问道：“因何击鼓？”梅滔道：“小人婶母修氏，寡居一年，昨晚产下五六个月私娃。小人与他争论，不料奸夫扬州骆宏勋，寓居府衙左首普济庵中后边庙楼居住，闻得事体败露，自楼上跳下，反将小人痛打。看看身毙，小人苦苦哀求，方才饶恕。似此败风伤化，倚凶殴人之事，望大老爷速速差人拿获，以正风化；迟则奸夫脱逃。”内宅门忙将此事禀过嘉兴县吴老爷。吴老爷向签筒取了四根板签，用朱笔标过，差捕快二名，速至普济庵，将骆宏勋并本庙住持和尚、修氏、老梅，并私娃一案拘齐听审，将老梅、梅滔押在外边伺候。

不多一时，众人齐上衙前，余谦早将原差两个巴掌打回。骆宏勋劝道：“今日若不到案，反被他说我畏罪不前，不分皂白了。从来说，‘是虚是实，不得欺人’，不走是真材实料，怕他怎地！”故同原差至县。原差进内，通知人犯俱齐，内宅门禀过老爷。不多时，听得里面云板一响，几声吆喝，吴老爷坐在大堂上，吩咐将骆宏勋奸夫带上。骆宏勋不慌不忙，走至大堂，谨遵法堂规矩朝上跪下。吴老爷问道：“怎样与修氏通奸？从头说来！”骆宏勋道：“小人扬州人氏，修氏乃嘉兴人，相隔几百里，怎能与他通奸。昨日方至嘉兴，借寓普济庵中，昨夜间闻得修氏喊叫‘救命’，世上哪有见死不救之理！遂至其家，走进房门，见一条大汉骑在妇人身上。那妇人赤身露体，卧于地上乱滚。小人用脚将那大汉踢倒，问其由头，方知是他嫡侄欲欺婶母。后被本坊乡保叫门，将梅滔领去，小人即回庙中安歇。他事非我所知。”吴老爷道：“带梅滔上来！”问道：“你这奴才！自灭人伦，反怪别人为奸。”梅滔道：“他被小人捉住，与婶母约定此言，但只私娃可知了！”吴老爷又唤和尚问道：“你是个出家人，怎么与他牵马？骆宏勋与你多少银子？在你庙中住了多少日子？从实说来！”和尚道：“僧人乃出家人，岂肯做这造孽之事！姓骆的一众人有十数个，昨日午后才到僧人庙中，通奸之事僧人实不知情。”

吴老爷又唤修氏问道：“你与骆宏勋几时通奸的？从实说来，免受刑法。”修氏道：“小妇人一更天气已经脱衣安睡，梅滔这个畜生推进门来欲行灭伦之事；小妇人不从，他将小妇人按捺在地强而为之。小妇人喊叫，幸亏骆恩人相救。素日亦无会面，哪有奸情之事！”吴老爷又唤丫头老梅问道：“你主母与何人往来，自然不能瞒你，从实说来。”老梅道：“家爷在世是有名气的，家业颇有，亲戚朋友往来甚多，婢子哪能多记。”吴老爷道：“我不问你那些人。我问你家主母与何人情厚，常常进主母房中走动？”老梅道：“并无他人情厚。”用手一指骆宏勋，“就是见他常常走动。说他是主母姑表弟兄。别事婢子不知。”吴老爷又问修氏道：“你还有何说？”修氏道：“此必梅滔相教之言，老梅依他假话，老爷不要屈人！”吴老爷道：“你丈夫死去一年，此胎从何得的？还敢强辩！”修氏道：“此胎连小妇人亦在惊疑，不知因何而得？”吴老爷大怒道：“哪有无夫而孕？若不动刑，料你不招！”吩咐将修氏拶起来。一呼百应，一时拶起。修氏道：“便将双手断去，也不肯恩将仇报！”一连三拶，未有口供。又问骆宏勋道：“你到底几时通奸？一一说来。”骆宏勋又将前词说了一遍。吴老爷说：“把乡保唤来！”问道：“你等昨夜如何将梅滔领来？彼时他如何吵闹的？”乡保道：“小人并不知道，何有领梅滔这话？”骆宏勋在旁，回道：“昨夜不是这人领去的，老少不等些，有五六个人，称是乡保，小人亦不认得。特意打门相问，闻得嫡侄欺奸婶母，特带了去，今早来禀老爷处治。”吴老爷大怒道：“即此虚言，可知奸情是真了。若不动刑，谅你必不肯招！”吩咐两边抬夹棍上来，下边连声答应，把夹棍抬上堂上。

正待上前来拉骆宏勋动刑，只见一人跑上堂前，将用刑之人三拳两脚打得东倒西歪。遂将夹棍一分三下，手持一根在堂上乱打。又听见一人大叫道：“诬陷好人为奸，这种瘟官要他何用？代百姓除此一害！”只听众人答应：“晓得！”满堂上不知多少好汉，也有拿板子的，也有拿夹棍的；还有将桌子踢倒，持桌腿乱打一番。

欲将酷刑追口供，惹得狠棒伤身来。

毕竟不知何人在堂乱打，亦不知吴老爷性命如何，且听下回分解。

第三十一回

为义气哄堂空回龙潭镇

却说嘉兴县吴老爷，正吩咐人抬夹棍夹骆宏勋，余谦跑上堂来，把用刑之人三拳两脚打得东倒西歪；又将夹棍劈开，手持一棍，在堂上乱打。濮天鹏大喝一声："尔等还不动手，等待何时！"任正千、骆宏勋，并带来的十几个英雄，各持棍棒乱打一番。濮天鹏兄弟只奔暖门阁来追；吴老爷见事不好，抽身跑进宅门，将宅门关闭。众书办、衙役人等，乖滑的见势凶恶，预先跑脱；恃强者还在堂上吆喝禁止，余者尽被余谦等五位英雄打得卧地而哼。濮天鹏恐再迟延，城门一闭，守城兵了来捉，则不能安然回去，到家必受老岳的闷气。说道："还不出城，等待何时！"大家听得，各持棍棒打出头门，照北门大道而行。行至普济庵将行李取出，棍棒抛弃，各持着自用的器械，奔北门行走。这些英雄皆怒气冲天，似天神模样，哪个还敢上前拦阻！一直出了北门，来到自己船上，令水手拔锚开船，上龙潭去了。

且说嘉兴县衙门中，众人去了半日，有躲在班房中之人，听得堂上清静，只有一片哼声，方一一大胆走出房来。看见众人已去，走至后堂，开了暖阁门，禀知："凶人已去，请老爷出堂。"吴老爷重整衣冠，复坐大堂，道："这些强徒往哪里去了？"有人禀道："方才出北门上船去了。”吴老爷道：“骆宏勋是扬州人，自然是仍回扬州，本县随后差人行文，赴扬州捉他未迟。其余人犯，现住何处？速速齐来问供。”众衙役领命，往行外齐人。堂上受伤之人过来禀道：“小的头已打破。”那个说：“小的肋骨踢折了。”吴老爷道：“每人赏银二两，回去调理。”发放受伤人毕，奸情人犯拘齐。吴老爷唤上修氏，问道：“你若实说与骆宏勋几时通奸，本县自然开脱与你；你若隐而不言，这番比不得先前了！你可速速招认，本县把罪归与骆宏勋一人，好行文书去拿他，毫不难为你。”修氏道：“实与骆宏勋无私，叫小妇人怎肯相害！”吴老爷吩咐：“着实拶这奴才！”又是一拶三收，修氏昏而复醒，到底无有口供。吴老爷自道：“若不审出口供，怎样行文拿人？修氏连拶九次，毫无招供，这便怎了？”又想道：“总在和尚身上追个口供罢了！”遂唤和尚问道：“你庙中所寓一班恶人，其情事不小。据本县看来，真是一伙大盗。既在庙中歇息，你必知情，或奸情或强盗，你说出一件，本县即开脱与你；若不实说，仔细你两只狗腿。”和尚道：“实系昨日来庙，别事僧人不知。”吴老爷大怒：“若不夹你这只秃囚，谅你不肯招出。”正是：

可怜佛家子，无故受非刑。

一收一问，和尚不改前供。吴老爷也无可奈何，只得写了监帖，将和尚下监，修氏交官媒人管押；老梅令梅滔领去；私娃子用竹桶盛住寄了库，待行文捉拿骆宏勋再审。发放已毕。

既今日哄堂之事难瞒府台太爷，命外班伺候，亲自上府面禀。来至府前头门之外，下轿步行，宅内家丁投递手本，里边传出“面见”。吴老爷来至二堂，王伦问道：“何县禀见？”家丁回道：“嘉兴县在外伺候。”“传他进来。”吴老爷参见已毕，王伦命坐。问道：“贵县今来有何事讲？”吴老爷道：“卑职今日审一件奸情。奸夫骆宏勋，他一党有十数余人大闹卑职法堂，将书役人等打得头青眼肿，卑职若不速避，亦被打坏。特禀公祖大人知道。”王伦一听得“骆宏勋”三字，即打了一个寒噤，假作不知，问道：“骆宏勋哪里人氏？”吴老爷道：“他是扬州人氏。”王伦道：“扬州离此不远，速行文书捉拿要紧。有了骆宏勋，余众则不难了。”吴老爷领命一躬，回衙连忙差人赴扬。这且不提。

却说鲍自安在家同女儿闲谈，道：“嘉兴去的人今晚明早也该回来了。”金花道：“等贺氏来时，女儿也看看他是何等人品，王伦因他就费了若干精神。”鲍自安道：“临行，我叫他们活捉回来，我还要审问审问，叫他二人零零受些罪儿，肯一刀诛之，便宜这奸夫淫妇么？”正谈之间，家人禀道：“濮姑爷一众回来了。”鲍自安道：“我想他们也该回来了。”鲍金花兴致勃勃随父前来观看贺氏，闪在屏门以后站立。鲍自安走出厅，向任、骆二位道：“辛苦！辛苦！”又问濮天鹏，濮天鹏遂将嘉兴北门湾船，借寓普济庵，原意三更时分动手，不料左边人家姓梅嫡侄强奸婶娘，骆大爷下去搭救，次日拘讯，硬证骆大爷为奸夫，欲加重刑，我等哄堂回来，未及捉奸夫淫妇等，说了一遍。鲍自安道：“这才算做好汉！若叫骆大爷受他一下刑法，令山东花老他日知之笑杀！似此等事，你多做几件，老夫总不贬你。只是有此‘哄堂’一案，嘉兴诸事防护严了，一时难以再去。待宁静宁静，你再多带几个人同去走走罢了！”鲍金花在屏门后“喇”地一笑，说道：“自家怕事，倒会说旁人。”鲍自安道：“我怎么怕事？”金花道：“山东花叔叔不能二下定兴，捉杀奸淫，你笑他胆小；今日你因何不敢复下嘉兴？又说什么稍迟叫旁人再去。只你值钱，别人都是该死的！”鲍自安道：“这是连日劳碌了姑老爷的大驾了，姑奶奶心中就不喜欢，连你都笑起来了！明日花振芳又要笑话。拼着这老性命，明日就下嘉兴走走何妨！”

任、骆二位见他父女二人上气，忙解劝道：“日月甚长，何在一时？俟宁静几日再去，方保万全。”鲍自安道：“二位大爷不知，我这姑奶奶自幼惯成的。今日这就算得罪他了，有十日半月的咒骂，还不肯饶我哩！我在家中也难过，趁此下嘉兴走走：一则代任大爷报仇，二则躲躲姑奶奶！还少不得请二位大驾，并余大叔同去玩玩。今番多带十来个听差的，连‘私娃子’一案人都带他来。我要审他的真情，那修氏到底有无奸夫？”任、骆二人并濮天鹏兄弟齐说道：“修氏连受三拶，总无口供，看这光景真无奸夫。”鲍自安笑道。“骆大爷同濮天雕尚未完婚，小婿虽然成亲而未久，任大爷亦未经生育，故不深明此中之理。老夫一生生了十数余胎，只存小女一人，哪有不夫可成孕者？我说众位不信，待把一众盗来，当面审与诸位看看！”对濮天鹏道：“烦姑爷到后边，多多拜上姑奶奶：将我出门应用之物，与我打起一个包裹，我明日就辞他去了。家内之事，拜托贤昆仲二位料理。我想嘉兴县既知骆大爷是扬州人，‘哄堂’之后必定是到扬州捕捉，你到江边嘱咐摆江船上：凡遇嘉兴下文书者，一个莫要放过才好；倘若过去，扬州江都县必差人赶至骆大爷家，将人惊吓了。惊吓了老太太则我之过！”濮天鹏兄弟一一领命。鲍自安就叫两只大船装载米面，柴薪带足。听差百十人中拣选了二十人前往，各打包裹。今日之事提过。

第二日清晨，大家上船又往嘉兴。下文书之人，真个一个不能过去。凡衙门之人出门，就带二分势利气象，船家不问他，他自家就添在脸上，自称道：“下文书的！”使船家不敢问他讨船钱。那些船家听濮天鹏吩咐后，逢有下书之人，连忙单摆他，过江心，船漏一抽，翻入江心。嘉兴县见去人久不回来，又差人接催，及到江边仍然照前一样。嘉兴离扬州虽无多远，其信不能过江。也不必多言。

再说鲍自安两只大船又到嘉兴，前日湾船北门，今日在西门湾下。临晚，鲍自安将夜行衣服换上，应用之物俱揣入怀中，亦不过火闷子并鸡鸣夺魂香、解药等类，两口顺刀插入腿中，那二十位英雄亦各自装扮停当。起更之后，鲍自安告辞任、骆两人，带领众人趁此城门未闭，欲进府前来捉王伦、贺氏。不知好歹如何，且听下回分解。

第三十二回

因激言离家二闹嘉兴城

话说鲍自安告别众人，趁城门未关就便而入。进城之后，鲍自安吩咐众人："我们大家一同而行，恐怕人看出破绽，总约在普济庵后边楼上取齐。"大家分散而行。

鲍自安走至普济庵门口，见门尚未关，自向里随步进去。只见庙内甚是冷清，绝无一人，直至后厨房中，方见两个小和尚同个道人在里面吃晚饭。一见鲍自安进来，见他穿着怪异，连忙向前问道："台驾是哪里来的？到此何干？"鲍自安道："金陵建康来的。素常与此庙住持相识，特来一望。"那道人云："老和尚昨日因件官司受了夹棍，现在禁中。"鲍自安道："我特来望他，不料不能相会。"怀中取出三两一锭银子，递与小和尚道："你且收起，明日看些酒肴送与你师父食用，也是与我相交一场！"小和尚同道人相谢，斟了一杯便茶送与鲍自安。鲍自安接茶在手，问道："老师父因何官司，受此酷刑？"道人回道："老爹，你不知。"遂将前事说了一遍。鲍自安道："其余人犯现在何处？"道人云："修氏交官媒管押在他家，老梅交梅滔办领在家，私娃用竹桶盛住寄了库，就是我家老和尚入禁在监，待扬州府拿到'哄堂'人犯一起再审。"鲍自安问得明明白白，遂辞了小和尚、道人，退步出门。小和尚相送，一拱而别。

鲍自安转过后边僻静之处，将脚一纵，上了小房子，复身又一纵，上了厢楼，一看那二十位英雄早已都在楼上。见老爹进来，俱备起身。鲍自安道："天气尚早，我们且歇息片时再做事方妥。"大家俱在楼上坐下。坐了一会，听得更交二鼓三点，外边人声已定。鲍自安道："你们莫要全去，只要五六个人随我下去，捉一个，提上一个，都放在楼上，等人犯齐全，我自有道理。"众人领命。随去五六个人，俱在房上等候。

鲍自安到了梅家天井之中，听了一听：那妇人在房中啼哭，知是修氏。闻得那间房内两个妇人说道："天已二鼓，老娘娘你睡吧！我们也不知该了什么罪，白日里一守一天，夜晚间还不叫人睡觉哩！"鲍自安道："此必是官媒了。"取出香来点着，自窗眼透进。耳边听得两个喷嚏，则无怨恨之声，还听这边房内呱呱哭泣。又从这边窗眼透进香火，又听得连连两声喷嚏，无哭声了。拔出顺刀将门拨开，火闷一照，见桌上银灯现成，用火点着一看，床上睡着两个妇人。本待要伤他性命，也不怪他，也是奉官差遣，由他罢了。走至这边房内一看，见一妇人怀中抱着一个孩子，床杆上挂着一条青布裙子并几件衣服。揭起被一看，那妇人竟是连小衣而睡。看那修氏自梅滔强奸之后，皆是连小衣而卧。鲍自安将木杆上所挂衣裙尽皆取下，连被褥一并卷起，挟至小房边。房上之人看见老爹回来，将绳兜放下，鲍自安将修氏母子放入兜中，上边人提在房上，楼上人又提上楼，打开被褥代他母子穿衣。凡强盗之家规矩甚严，哪怕就是月宫仙子也不敢妄生邪念。

不讲房上穿衣服，且说鲍自安又往后边，走到后院，又听一人说道："再待扬州拿了骆宏勋，到日少不得还审二堂。似此败丧门风之妇留他做什么！将他改嫁，这份家私又是我执管了。待他临出门之时，只叫他穿去随身衣服，其余都尽是我的，给你穿用，也省得再做。”一妇人道：“二娘待我甚好！只因你这个冤家，生生将他嫁出家门，我心中有些不忍。”鲍自安听得明白，此是梅滔与老梅了。随即取出香来，亦从窗眼透进，连听两个喷嚏，则无声息了。将门拨开，走近床边，火闷一照：两个一头同睡。鲍自安随将他衣服取下，连被一并卷起，又挟至前边小房间，仍用绳兜提上楼去。鲍自安亦随上来，也着人代他穿了衣服，捆成四捆，同听差十人先至船上。

鲍自安带了十人直奔嘉兴县，来到了库房之上，将瓦揭去五路，开了一个大大的天窗。鲍自安坐在绳兜之中，着人吊下，将火闷一照：见东北墙角倚靠着一个竹桶。料必是私娃子，用手拿过，走至绳兜边，仍坐其中，将绳一扯，上边人即知事已做妥，连忙提将上来，仍回庵内歇息。歇息片时，鲍自安道：“你们将此竹桶先带回去，我独进府行捉拿奸夫淫妇。得手，我自将二人提上船去；倘若惊动人时，我亦有法脱身，你们莫要进来催我，人多反不干净。”众人领命，拿了竹桶俱回船，且说鲍自安独走到府行房上，走过大堂到了宅门之上，看了看，天井之中灯火辉煌。仔细望下一看，见两廊下有十余张方桌，桌上人多少不一，细看有四五十人，在那里斗牌的、下棋的、饮酒的、闲谈的，厅柱上挂着弓箭，墙壁上倚着铁棒。鲍自安坐在房上，想道：“显然王伦晓得我来，特令这些人在此防备。倘有一些知觉，这些人大惊小怪的，虽不怎样，但又不能捉拿奸淫了！须将这些人先打发了才好。”遂将怀中带来之香尽皆取出，约略有二三十支，两头点着，坐在上风头，“虽不能尽皆迷上香，熏倒几个人少几个人。”算计已定，取出火闷来，暗暗点着香火。又恐火闷子火大，被人看见，想又收起，用那点着之香来点那未着者，用口底上吹去。

看官：你说那些人因何至此？自骆宏勋哄堂之后，嘉兴县禀过王伦。王伦回太守府与贺氏商议：“今骆宏勋同一班恶人至此，皆为你我而来，不意昨夜竟做此事，未及下手，以后不可不防！”遂即吩咐三班衙役：每晚要三十人轮流守夜；又向嘉兴县每晚要二十个人，共是五十个。王伦亦不难为他们，每晚一人赏大钱一百文，酒肉各一斤。叫爱赌者赌，好酒吃酒，只是不许睡觉。那晚仍设饭酒，桌上一人起身小便，走至墙脚下，未解裤子，猛听得房子上有人吹气，抬头定睛一看：黑影影有一人在那里吹。这人也不声张，回至廊下，拿了一支鸟枪，将药放妥，火引藏在身后，仍走至小便之所，枪头对准房上之人，将火绳拿过，药门一点，一声响亮，廊上之人俱立起身来相问。拿枪之人说道："方才一人在房上吹火，被我一枪，不见动静，快拿火来看一看！"

却说鲍自安在房上吹火，不料下边有人看见，只见火光一亮。鲍自安在江湖上是经过大敌的，就怕是鸟枪，将身一伏，睡在房子上，那枪子在身上飞过。鲍自安吓得浑身是汗，自说道："幸喜躲得快，不然竟有性命之忧。"又听众人要执灯火来瞧。自思：只怕下边还有鸟枪。不敢起身，遂暗暗抬头一看，见众人各执兵器，在天井之中慌乱。又见一人扛了一把扶梯，正要上房子来看。鲍自安用手揭了十数片瓦，那人正要上梯子，鲍老用手打去，"咯咚"一声，翻身落地，哪个还敢上来？齐声喧喝道："好大胆强盗！还敢在房上揭瓦打人哩！"不多一时，府行前后人家尽皆起来，听说府行上有贼，各执器械前来捉获，越聚越多。鲍自安约估有五更天气，"还不早些出城，等待何时！"又揭了一二十片瓦在手，大喝一声："照打！"撇将下去，又打倒四五个人。鲍自安自在房子上奔西门而去。看看东方发白，满城之人，家家起来观看。鲍自安走到这边房上，这家吆喝道："强盗在这里了！"行到了那里，那里喊叫道："强盗在这里了！"白日里比不得夜间容易躲藏，在房子上走多远人都看见。那鲍自安想了想：倒不如在地下行走，还有墙垣遮蔽。将腿中两把顺刀拔出在手，跳下来从街旁跨走。正行之间，城守营领兵在后追来。鲍自安无奈，见街旁有一小巷，遂进小巷内。那兵役人等截住巷口，鲍自安往巷内行了半箭之地，竟是一条死巷，前无出路，两旁墙垣又高，又不能蹿跳得上。心中焦躁，恶狠狠持着两把顺刀，大叫道："哪个敢来！"众兵役虽多，奈巷子偏小，不能容下多人，鲍自安持刀恶杀，竟无一人敢进巷中。站了半刻，外边一人道："他怎地拿瓦打人！我们何不拿梯子上屋来，亦揭瓦打他。"众人应道："此法甚好！"鲍自安听得此言，自道："我命必丧此地了！"正是：

他人欲效揭瓦技，自己先无脱身计。

不知鲍自安性命如何，且听下回分解。

第三十三回

长江行舟认义女

却说鲍自安在巷内闻得要揭瓦打来，甚是焦躁。忽见墙脚边有乱砖一堆，堆了二尺余高，用脚一点，使尽平生之力纵上高房。向下一望，见各街上人皆站满，无处奔走，回头一看，房后就是通水关的城河，所站之房即是人家的河房。鲍自安大悦道："吾得生矣！"照河内一跳，自水底行走，直奔水关而去。众人道："强盗投大河，拿挠勾抓捞。"且说鲍自安自水底行至水关门，闸板阻路，不能过去。心中想道："但不知闸板上塞否？倘若空一块，我则容易过去了。"又不敢出水来瞧看，恐怕岸上人用勾抓住。在水内摸着板窍用力一掀，竟未上全，还有一板之空，慢慢侧身而过。出了水闸门便是城外了，鲍自安方才放心。意欲出水登岸行走，头乃冒出水来，恰恰河边是个粪坑，有一人在那里捞粪。一见水响，只当是个大鱼，用粪勺一打，正砍在鲍自安左额之上，砍去一块油皮。鲍自安本待出水结果他性命，又恐城内人赶来，忍痛仍从水底行走，约离西门不远方才登岸。城河离官河不远，行至河边仍下河内，行至自家坐船，脚着力一蹬而上。众水手说道："老爹为何从水内而来？"鲍自安摇手禁止道："莫要说起！莫使任、骆二位知之，见此光景取笑。"使个眼色与水手，速速扳掉开船，自己暗暗入船，将湿衣脱去，换了一身干衣。十月天气在水中倒也罢了，出水之后反觉寒噤起来了。令人烧了一盆炭，烘烤了寒衣，取出手镜一照：左额上砍了一寸余长的血口。连忙取出些刀伤药敷上，以风帽盖之。收拾停妥，方走过这边船来。进了官舱，任、骆二人连忙相迎，问道："老爹几时回来？"鲍自安将前前后后说了一遍，把毡帽一揭道："时运不通，又遇见这个瘟骚母，照在下额上打了一粪勺，方才敷上药。"任正千谢道："为晚生之事，使先生有性命之忧；又受此伤，虽肝胆涂地，亦不能报！"鲍自安道："我前日原说宁静宁静再来，方才妥贴。不料小女相激愤怒而来，又成徒劳。我料王伦终不出我之手，迟早不等，后边少不得三下嘉兴吧！"船家知老爹今日受惊，办了几个盘子，暖了一壶好酒，送入船来与老爹压惊。鲍自安同任、骆二位谈饮。

却说嘉兴城中将四门关闭，谅强盗不过是在河内，多叫挠勾抓捞。天明时，嘉兴县吴老爷来见。王伦道："本府衙内捉了一夜强盗，难为贵县此刻才来见！"吴老爷一躬到地，说道："卑职衙门亦有强盗，库房上揭了一大片瓦，将私娃子竹桶盗去，别物一些未动。卑职亲令人修补完了，来参见时已是迟迟。"王伦道："别物不失，而盗私娃，此人必是哄堂一党人了。"话犹未了，官媒婆来告道："今夜将老梅、梅滔并修氏母子盗去！"王伦道："亦是这大盗。贵县速速行文到扬，捉这骆宏勋要紧！"吴老爷道："卑职已差几次人去，总未见回来，不知是何缘故？"王伦道："再拣能干者差几个前去！"吴老爷领命回衙，修文赴扬，不待言。那城河内抓捞到午毫无踪迹，少不得开放城门令人出入。王伦曰："今后更加防备！"不提。

且说鲍自安同任、骆二位饮了一会，大家又用了早饭，鲍自安卧却片时起来，说道："行船无事，审问奸情玩玩吧！"任、骆二位齐道："使得。"鲍自安道："二位大爷，哪位做问官？"任正千、骆宏勋道："怎敢僭老爹！"鲍自安道："如此老拙有僭了。"吩咐传二十位英雄来船内两旁站了。鲍自安居中坐下，任、骆列坐于后。鲍自安吩咐将修氏带过来，外边答应一声，揭起舱板，将修氏提出。修氏哀告道："英雄饶命！"那人道："莫要喊叫，我家老爷今要审问奸情哩！"修氏自受闷香之后，被人抬进船来，及醒时也不知身在何处。今被提进船中，见一位六十岁年纪的老人家端坐那里，也不知做的是什么官职？又见他后边坐着二人：一个是前番救命骆恩人，一个也是骆恩人一党，不解是个什么缘故。只得双膝跪在船中，磕了个头，道："孀妇修氏叩见大老爷！"鲍自安道："我今虽非法堂，更比官法严些。你与骆大爷通奸是梅滔诬你，我已悉知，不必再问。只是你丈夫已死一年，而怀中之胎从何而有？你实实说出。我又不是问官，管你什么，只明白明白就罢了！"修氏道："小妇人生长虽非官家，而颇晓三从四德，虽非名门，而丈夫忝在上庠。既知为夫守节好，反不知失身为耻？此胎之有，连小妇人亦莫其知也！"鲍自安道："我已六旬年纪，地方也游过几省，从未见不夫而成胎者。善意问你，你不实说！"吩咐："拶起来！"两旁答应得紧。任、骆二人低低说道："他也有夹棍、拶子不成？"降目一观，只见旁边走过二人，一人将修氏两手拿住，一人将修氏双手合在一处，把面杖粗的五个指头夹住修氏十指，用力一拶，修氏喊叫不绝。鲍自安又问道："奸夫是谁？从实招来！"修氏道："实在没有，望老爷饶命！"鲍自安吩咐："再拶！"那人又用力一拶，修氏昏倒船中。鲍自安吩咐松刑。那人把五个指头放松，修氏醒了片时，哭诉道："实无奸夫，叫小妇人怎么说法？"鲍自安吩咐将修氏暂送那只坐船，"以待我审过梅滔再问。"修氏道："乞老爷天恩，小妇人儿子年方两周岁，乞付小妇人自行喂养。"鲍自安吩咐把他儿子付他。下边走过几个人来，说："莫要饿坏了。"遂将他母子送上那只坐船。

鲍自安吩咐带过梅滔、老梅上来。下边又将舱板揭起，将二人提进船中。梅滔一见骆宏勋在坐，谅今日难保性命，只得跪下哀告道：

“望老爷饶命！”鲍自安道：“嫡侄何异母子，怎敢起不良之心！”梅滔道：“只因借贷不给，强取是实，无灭伦之意。”鲍自安吩咐：“夹起来！”下边走过几人，把梅滔按伏船中，一人合起碗大两个拳头，向梅滔孤拐上一夹。梅滔大喊道：“望老爷松刑，容小人细诉。”鲍自安道：“松刑，叫他说来。”梅滔道：“丫头老梅是婶母房中之人，小人与他私通一年，恐婶娘知之见罪，二人商议：谅婶娘幼年孀居，亦必爱风月之事。约定那日婶娘脱衣睡时，老梅暗开房门，小人进逼行奸。不料婶娘不从，大声喊叫，惊动骆宏勋大爷解救。”鲍自安道：“彼时不伤你性命，就该感激骆大爷之恩，次日反诬骆大爷为奸夫，又是因何？”梅滔道：“天明时老梅前来说：‘我婶娘夜间产下一娃。’小人欲报夜间相打之恨，故至县报告。总是小人该死，望老爷饶恕一二！”鲍自安向丫头老梅骂道：“坏事贱人！我昨夜在你房外听得你自道：二娘待你甚好。就该以德报德，怎反唆人行奸，以仇报之。”吩咐拶起来，亦照修氏一般拶了三抄，老梅喊叫不绝。鲍自安将二人仍下舱板下，亦赏点稀粥与他度命。

及到晚饭时候，大家用了饭。鲍自安道：“倘若前日离远些，也不听见此事，修氏之命实骆大爷再造之恩。而修氏在嘉兴县堂上受刑，总不肯玷辱骆大爷，亦还有良心之人矣！我观他年纪不过二十上下，生得倒也干净，我今作媒与骆大爷做一个侧室。”向任正千道：“任正千大爷，你说使得么？”任大爷道：“实好，实好！”骆宏勋不觉满面发赤道：“今若做此事，将前日相救之情置之东流也！他人必说我晚生非正人也！”鲍自安道：“既骆大爷不愿收他为侧室，今将令修氏陪宿，以报救命之恩，非为过也！”说罢，将骆大爷硬推过那只船上，而入官舱与修氏同宿。不知修氏肯否，且听下回分解。

第三十四回

龙潭后生哭假娘

话说鲍自安将骆大爷送过船来，送入官舱，回手带过船门，以锁锁之。不表。

且说修氏怀抱其子，正在那里悲凄，忽见骆大爷进船，连忙站起身来，问道："恩爷来此有何话说？"骆大爷听得修氏相问，满面通红，无言可答，只得实告道："鲍老爷作媒，叫我收你为妾，我不肯么。他又说：既不肯收你为侧室，叫你今日陪宿，以报我前日之恩，生生将我送进船来。"修氏听得此言，双膝跪下，吓得魂飞天外，二目垂泪，哀告道："我梅氏乃良善之家，丈夫念书之子，永诀之时，执妾手相告道：'妇人以贞节为重，如念我三年夫妻之情，我死之后，望贤妻抚养孤儿。我虽在九泉之下，感恩无尽矣！'言犹在耳，何曾刻忘。今爷有救命之恩，若不相从，是为忘德。背夫不仁，忘恩无义，此不仁不义，天地岂肯覆载我乎？今在恩爷台前，解下腰带自尽船中，使无愧如德，敢见丈夫于泉下矣！"又抱过那两岁娃子，向骆大爷磕了一个头，道："妾死之后，望恩爷将此子带至府中，以犬马养之，妾夫妻衔结相报！"说罢，站起，解下系腰汗巾正待寻死，骆宏勋急忙上前解救。修氏只当骆大爷真有邪念，前来拉扯，大怒道："方才叩谢，已算报过大恩；你尚不知耻，还要前来相戏！"用手向骆大爷脸上一把，抓了四五个血口。只听船外鲍自安称赞道："这才算得一个节妇！"遂开了船门，同任正千走进，见骆宏勋面带血迹，说道："得罪，得罪！"又向那修氏道："骆大爷是个坐怀不乱的奇男子！花振芳将女儿登门三求婚尚且不允，今日岂有邪念？是我料骆大爷青年俊雅，又兼有恩于你，故试你贞节。我同任大爷在外听得明白，先以理善求之，后以手恶拒之，以死报夫，哪有私情之理！奈我等才疏学浅，不明此理。我今年近六旬，只有小女一人，意欲认你为义女，同到我家过活，将你儿子抚养成人，再立事业。不知你意下如何？"修氏闻得此言，连忙叩谢，在船中拜了四拜，认为义父。鲍自安吩咐众人："俱以大姑娘呼之。"又吩咐："将私娃桶存好，后来遇见那才高学广、博古通今之士，方能明白此案。"这且不表。

再说鲍自安吩咐开船。在路非止一日，那日到了龙潭，鲍自安同任、骆二位先至庄上，令人抬轿一乘，将修氏母子抬到家中，把前后事情告诉金花小姐一番。鲍金花见修氏生得聪俊，甚是可爱。且修氏小字素娘，家人、奴辈皆以"素姑娘"呼之。鲍自安吩咐将老梅、梅滔俱下在后园地窖之中，每日以稀粥两餐食他度命，以待明日审问。鲍自安走至大门，问门上人道："家内可有甚人来否？"门上人禀道："昨日山东花老爹从早过来，吩咐小的：等老爹回来，避着任、骆二位知道，说宁波之事已做过了，老爹自然明白。因老爹与任、骆二位爷同来，故未禀知。"鲍自安想道："宁波之事既做，这老儿必上扬州，也不过几日就有信来。生法即叫任正千回山东去才好。"临晚吃酒之时，鲍自安道："本意代任大爷捉奸雪恨，不料二下嘉兴，俱是劳而无功。我料今后嘉兴防护更是加紧，一时不可再往，须待两三月才可前去。"任正千道："虽非成功，而老先生之意已待晚生不浅矣！事原不可大急，前蒙花老先生所嘱，晚生也要回山东，暂为告别！"

鲍自安道："既是如此说道，我也不敢相留了。大驾不在此，得便我即将奸淫捉来，请大驾至此处治便了！"骆宏勋道："晚生在府坐扰一月，明日亦要告辞，动身赴杭。"鲍自安道："你也要赴杭？只是二位一时都要起身，奈老拙寂寂寞寞；待任大爷先起行之后，骆大爷再定起行日期吧！"一夜提过不表。

次日清早，任正千告别起身回山东。鲍自安留骆大爷再住三两日，许他赴杭。骆宏勋亦不好一意别去，只得又住了两日。

那日晚饭时候，那鲍自安陪着骆大爷正在用晚饭，门上人进来说道："启上老爹：门外来了一人，口称道是骆大爷家人，名唤骆发，有紧要事情要见骆大爷。小的不敢擅自叫他进来，特禀老爹知道！"鲍自安已明知是花振芳又做了那一件事，故此令骆府差人来通知。遂向骆宏勋问道："君家府中可有此人否？"骆大爷道："原有这个小厮。"吩咐余谦："你出去看来，果是骆发，令他进来见我。"余谦领命，去不多时，同了骆发大哭而进。骆大爷急忙问道："何事？"骆发走向前来，磕了一个头，站立一旁，说道："昨日午时，接得宁波桂太太书信一封，云：于二十日前半夜之间，来了一伙强盗，并无偷盗财帛，只把小姐杀死，将头割去。桂老爷见小姐被杀哀恸，过了五日，桂老爷因思小姐吐血身亡；我家太太闻知，悲痛不已，意欲今早着人来此通知大爷，不料今夜太太所住堂楼之上骤然火起，及救熄火时，太太已焚为炭！徐大爷书信一封。"双手递过。骆宏勋先闻桂府父女相继而亡，已伤恸难禁；及听母亲被火烧死，大叫一声："疼死我也！"向后边便倒，昏迷不醒。走过余谦、骆发连忙上前扶住呼唤，过了半日醒转过来。哭道："养儿的亲娘呀！怎知你被火焚死！养我一场，受了千辛万苦，临终之时，未得见面，要我这种不孝之人有何用处！"哭了又哭。鲍自安劝道："骆大爷，莫要过哀，还当问老太太骨骸现在何处？徐大爷既有字来亦当拆看。只是哭，也是无益！"骆大爷收泪，又问骆发道："太太尸首现在何处？”骆发道：“火起未有多时，南门徐大爷前来相救，及见太太烧死，说大爷又不在家，恐其火熄之后，有人来看，太太的骨灰铺地，不好意思。徐大爷遂买一个瓷坛，将太太骨灰收起；我家堂楼已被烧去，无有住房去放，徐大爷自抱太太骨坛，送至平山堂观音阁中安放。又不知大爷还在龙潭，还是赴杭去了。意欲回家速速修书差人通禀。不料平山堂之下，栾家设了一个擂台，见徐大爷由台边走过，台上指名大骂。徐大爷大怒，纵上擂台比试，半日未见胜败。谁知徐大爷一脚蹬空，竟自跌下来，将右腿跌折，昏迷在地，小的等同他家人拿棕榻抬至家中。徐大爷不能修书，请了旁边学堂中一个先生，才写了这封字儿。中饭时，小的在家中起身，故此刻才到。”骆宏勋将信拆开一看，与骆发所言无差。这骆宏勋就要告别奔丧。鲍自安道：“老太太灵坛已由徐大爷安放庙中，大爷今日回府也是明日做事，明日到家也是明日做事。今日已晚，过江不是玩的，明日清早起身为是。”骆宏勋虽然奔丧急如火焚，怎奈天晚难以过江也。无奈只得又住一晚。思想母亲劬劳之恩，不住地哀哀恸哭。鲍自安也不回后安睡，在前相陪，解劝道：“骆大爷，你不必过哀。我有一个朋友不久即来，他得异人传授，炮制得好灵丹妙药，就是老太太骨灰、桂小姐无头，点上皆可还阳。若来时，我叫他搭救老太太、桂小姐便了。”骆大爷满口称谢。余谦在旁道：“他既有起死回生之术，何不连桂老爷一并救活？”鲍自安道：“他是吐血而死，血气伤损，怎能搭救！”余谦暗道：“砍去头者岂不伤血？烧成灰岂不损伤血？偏说可救！而吐血死者，尸首又全，反说不能救，我真不解是何道理也？”又不好与他争辩，只自家狐疑罢了。鲍自安又对濮天鹏道：“你明日同骆大爷过江走走，亲到老太太灵前哭奠一番，谢谢太太之恩！”濮天鹏道：“我正要前去。”次日天明，鲍自安吩咐拿钥匙开门，将骆大爷包袱行李一一交明，着人搬运上船。骆宏勋谢别，鲍自安送出大门，骆、濮等赴江边去了。

正走之间，只见后边一个人如飞跑来，大叫："濮姑爷，请慢行！老爹有话相商酌。"正是：

惧友伤情说假计，独悲感怀道真情。

毕竟不知鲍自安有何话说，且听下回分解。

第三十五回

鲍家翁婿授秘计

却说骆宏勋同濮天鹏正行之间，只见后边一个人飞跑前来，请濮姑老爷回去，老爹有要紧话相嘱。濮天鹏向骆宏勋道："大驾先行一步，弟随即就来的。"将手一拱，抽身回庄。进了内庄，鲍自安见濮天鹏回来，说道："我有句话告诉你。"遂将花振芳因求亲不谐，"欲丢案在骆宏勋身上，谋之于我。我恐骆大爷幼年公子，哪里担得住？是我叫他将桂小姐、骆太太都盗上山东去，不怕日后骆大爷不登门相求。今日杀头火焚者俱是假的。虽如此，而骆大爷不知其假，母子之情自然伤痛。我故着你陪去，将此真情对你说知，你只以言语解劝，使他莫要过悲，切不可对骆大爷说出此言，以败花老爹之谋计也。"又拿银二十两，交付与濮天鹏带去，备办祭礼。濮天鹏一一领命，又复出门赶奔江边，与骆大爷一同上了过江船。骆宏勋问道："适才老爷相呼，有何吩咐？"濮天鹏道："因起身慌速，忘带办祭之资，故唤我回去，交银二十两与弟带来。"骆宏勋道："大驾幸临，已感激不尽，何必拘于办祭礼否！鲍老爹可谓精细周全之人。"

未到下午时候，已至扬州。骆宏勋向余谦道："这太太灵坛安放平山，我们也不回家去了，进南门先到徐大爷家。一则叩谢收骨之恩，二则看问徐大爷腿伤如何，三则将包袱寄在他家，我好上平山堂奔丧。”余谦闻言，同骆发二人照应人夫，将包袱担往徐大爷家。进城之时，来往行走之人，一见这余谦回来，大家欢喜道：“多胳膊回来，明日我们早些吃点饭，上平山堂去看打擂台去。”又一个人道：“他家主母被火烧死，今日回来赶着料理丧事，哪有工夫去打擂台！”这人道：“你哪里知他的性格！其烈如火。他家主母灵坛现安放平山堂观音阁中，自然要随主人往观音阁去。设擂台之处乃必由之路。经过观音阁，他若看见此擂台，忙里偷闲，也要上去玩玩。我打算三日不做生意，明日我家表嫂生日，我也不去拜寿，后日再补不迟。”那人说道：“明日是我姨妈家满月，也不去恭喜了，陪你去看看余老大打擂台吧！”不讲众人筹计偷工夫看打擂台。

且说余谦等押着行李过了南门，不多一时来至徐大爷家门首。进门到了内书房，看见徐大爷仰卧在棕榻上。徐松朋见余谦押着许多行李进来，知表弟骆宏勋来了。忙问道：“你大爷现在何处？”余谦走向前来请过安，道：“小的同骆发押行李，大爷同濮大爷在后，少刻即到。”徐松朋道：“哪个濮大爷？”余谦低头说道：“就是向日刺客濮天鹏，乃是鲍自安之女婿。因感赠金之恩，闻老太太身亡，特地前来上祭。”徐松朋道：“既有客来，吩咐厨下，快备酒席。”又吩咐挪张大椅子，拿两条轿杠，自己坐在椅上，二人抬至客厅去。正吩咐间，只见骆大爷同濮大爷已走进来。骆宏勋一见徐松朋，不觉放声大哭，跪下双膝叩谢。徐松朋因腿疼不能搀扶，忙令家人扶起，说道：“你我姑表兄弟，理该如此，何谢之有！”濮天鹏道：“在下濮天鹏，久仰大名，未得相会，今特造府进谒！”徐松朋道：“恕我不能行礼，请入坐吧！”濮天鹏道：“不敢惊动了。”濮天鹏转道：“骆大爷请坐。”骆宏勋正在热孝，不敢高坐，余谦早拿了个垫子放在地下。骆宏勋说要奔丧，徐大爷道：“这等服色怎样去法？倘若亲家知你已到，随去上祭，如何是好？今日赶起两件孝衣，明日我同你前去。”骆宏勋闻得此言有理，吩咐余谦速办白布。徐松朋道：“何必又买，我家现成有白布。”吩咐家人到后边向大娘说：将白布拿两个出来。又差一个人，多叫几个成衣来赶做。拿布的拿布，叫成衣的叫成衣，各自分办，不必细说。

不多一时，酒席完备。因骆宏勋不便高坐，令人拿了一张短腿满洲桌子来，大家同桌而食。骆宏勋细问打擂台之由，徐松朋道：“愚兄将舅母灵坛安放观音阁，回来正在栾家擂台前过，闻得台上朱龙吆喝道：‘闻得扬州有三个人，骆宏勋、徐松朋并余谦，英雄盖世，万人莫敌。据我兄弟看来，不过虚名之徒耳！今见那姓徐的来往，自台边经过，只抱头敛尾而行，哪里还敢正眼视我兄弟也！’老表弟你想：就十分有涵养之人，指名辱骂，可能容纳否？我遂上台比试，不料蹬空，将腿跌伤。回家请了医生医治，连日搽的敷的，十分见效，故虽不能行走，却坐得起来，也不十分大痛。愚兄细想，栾镒万设此擂台，必是四方邀请来。知你我是亲戚，故指名相激！”余谦在旁闻了这些言语，气得眼竖眉直，说道：“爷们在此用饭，待小的到平山堂将他擂台扫平，代徐大爷出气！”骆宏勋惊喝道：“胡说！做事哪里这等急，须慢慢商酌。”徐松朋道：“此言有理。我前日亦非输与他，不过蹬空自坠。现今太太丧事要紧，待太太丧事毕后，我的腿伤也好时，再会他不迟！”余谦方才气平。临晚，徐大爷吩咐：“多点些蜡烛，叫成衣连夜赶做孝衣两件，明日就要穿的。”大家饮了几杯晚酒，书房列铺，濮天鹏、骆宏勋安歇，徐松朋仍然用椅子抬进内堂。

次日起来，吃过早饭，裁缝送进孝衣。骆宏勋穿了一件，余谦穿了一件白厂衣，濮天鹏翻个套里。奠丧不便乘轿坐马，濮天鹏相陪步行，出西门至平山堂而去。徐松朋实不能步行，他坐了一乘轿子随后起身，又着人挑担祭礼奠盒，办了两桌小酒席，往平山堂而来。骆宏勋同了濮天鹏步出西门口，见来往之人一路上不脱，及至平山堂那个擂台，那看的人有无千上万。一见骆宏勋等行来，人人惊喜，个个心乐，道："来了！来了！"拥挤前来，不能行走。余谦大怒，走向前来，喝道："看擂台是看擂台，到底要让条大路，人好行走！"众人见他动怒，皆怀恐惧，随即让条路。余谦在前，濮天鹏、骆宏勋二人随后，来到观音阁。徐大爷早打发人把信，和尚已经伺候。骆大爷到了老太太灵坛面前，双膝跪下，双手抱住灵坛哭道："苦命亲娘！你一生惯做好事，怎么临终如此！怎地叫你孩儿单身独自，倚靠何人？"余谦亦齐边跪下，哭道："老太太呵！出去时节还怜我小的无父无母之人！"主仆二人跪地，哀哀恸哭。那个陪祭的濮天鹏暗想道："怪不得花振芳与老岳这两个老孽障都无儿子，好好的人家，叫他二人设谋定计，弄得披麻戴孝，主哭仆嚎。欲将真情说出，恐被俺那个绝子绝孙的老岳知道，又要受他的闷气！"只得硬着心肠，向前来劝道："骆大爷不必过哀，老太太已死不能复生，保重大驾身子要紧！"正劝之间，徐松朋轿子到了，叫人将祭礼盒设在灵前，亦劝道："表弟莫哭，闻得亲朋知你回来，都办香纸来上祭。后边就到了，速速预备。"

未有片刻，果来了几位亲朋灵前行祭。骆大爷一旁跪下陪拜。徐松朋早已吩咐灵旁设了两桌酒席：凡来上祭之人，俱请在旁款待。共来了有七八位客人，拜罢，天已中午。徐松朋道："别的亲友尚未知表弟回来，请入席吧！"濮天鹏想道："我来原是上祭，今徐大爷催着上席，世上哪有先领席后上祭之理？还是先行礼方是；但不知是谁家的个死乞婆，今日也要我濮天鹏磕头！"心中有些不忿，欲想不行礼又无此理，心中沉吟不定，进退两难。不知行礼否，且听下回分解。

第三十六回

骆府主仆打擂台

话说濮天鹏行祭礼又不服气，欲要不祭又无此理，只得耐着气，走向骆太太灵前行礼。骆大爷道："隔江渡水，仆承驾到，即此盛情之至，怎敢又劳行此大礼！"徐松朋道："正是呢！远客不敢过劳，只行常礼吧！"濮天鹏趁机说道："既蒙吩咐，遵命了！"向上作了三揖，就到那边行礼坐席去了。

骆宏勋心中暗怒道："这个匹夫，怎么这般自大法？若不看鲍自安老爹份上，将他推出席去，连金子也不收他的！"余谦发恨道："我家太太赠你一百二十两银子，方成全你夫妻。今日你在我太太灵前哭奠一番才是道理，就连头也不磕一个，只作三个揖就罢了？众客在此，不好意思，临晚众客散后，找件事儿打他两个巴掌，方解我心头之恨！"这边坐席自有别人伺候，余谦怒气冲冲地走到东厅之内坐下，有一个小和尚捧了一杯茶来，道声："余施主请茶。"余谦接过吃了，小和尚接过杯子。余谦问道："我家太太灵坛放在你庙中三日，可有人来行祭否？"小和尚道："未有人来。"余谦道："就是徐大爷一家，也未有别处？"小和尚想了一想道："就是徐大爷那日送太太回去之后，有一顿饭光景，来了四五个人，都笑嘻嘻地道：'这是骆太太之灵，我们也祭一祭。’并无金银冥锭、香烛纸钱，就是袋中草纸几张，烧了烧。”余谦道：“那人多大年纪？怎样穿着？”小和尚道：“五人之中，年老者有六十年纪，俱是山东人打扮。”余谦道：“烧纸之时，可听他说些什么话来？”小和尚道：“他只说了两句，道：‘能令乞婆充命妇，致使亲儿哭假娘。’”

余谦闻了此言语，心中暗想道：“这五个人必是花振芳妻舅了。拿草纸行祭，又说道‘乞婆充命妇，亲儿哭假娘’之话，坛内必非太太骨灰。想前日龙潭临行这时，那鲍自安说他有一个朋友，可以起死回生；今日濮天鹏行祭之时，又作三个揖而不跪拜，种种可疑，其中必有缘故。待我走到那边，将灵坛推倒，追问濮天鹏便了。”遂走到灵案之前，将灵坛子抬起往地下一掼，跌得粉碎。

骆大爷一见余谦掼碎母亲骨坛，大喝一声：“该死畜生！了不得！”上前抓住，举拳照面上就打。徐松朋亦怒道：“好大胆的匹夫！该打！该打！”濮天鹏心下明白，知道余谦识破机关，故把骨坛掼碎。连忙上前架住骆宏勋之手，说道：“骆大爷，你见余谦掼坛，如何不怒？但是，莫要屈打余大叔，我有隐情相告。”骆大爷道：“现将我母亲骨坛掼碎，怎说屈打了他？”濮天鹏道：“此非老太太的骨灰，乃是假的！”徐、骆二人惊异道：“怎知是假的？”濮天鹏遂将鲍、花二老所定之计说了一遍，“特叫小的相陪前来，恐大驾过哀，有伤贵体，令我解劝。如若是真的，我先前祭奠之时，如何只揖而不拜？”徐松朋又问余谦：“你何以知之？”余谦又将小和尚之话说了一遍。骆宏勋方知母亲现在山东，遂改忧为喜。徐松朋亦自欢乐，吩咐家人多备些美酒，大家畅饮一回。骆大爷更换衣巾，与众人同饮。大家谈论花振芳爱女太过，因婚事不谐，真费了一些手脚。亲邻们席罢，俱告别而回。

徐松朋乃在庙中检点物件，半日不见余谦。骆宏勋连忙呼之，不应，着人出庙寻找回来。家人回道：“已上擂台了！”徐松朋皱眉道：

"濮兄同我表弟前去看看余谦，或赢或输，切不可上台。待回家商议一个现成主意，再与他赌胜败。"骆大爷与余谦虽分系主仆，实在情同骨肉。闻他上了擂台，早有些提心吊胆，遂同濮天鹏来至擂台右手站立，只见余谦正与朱龙比试。怎见得？有秧歌一个为证：

行者出洞头一冲，二郎双铜要成功。叱高咤下之勾挚，下扑英雄埋龙凤。入水走脱油和尚，六路擒拿怪魔熊。两人会合冲云去，个个犹如行雨龙。

比斗多时，余谦使个"双耳灌风"，朱龙忙用"二三分架"。不料余谦左腿一起，照朱龙右胁一脚，只听得"咯咚"一声，朱龙跌下擂台，正跌在濮天鹏面前。濮天鹏又就势一脚，那朱龙虽然英雄，怎当得他二人两脚，只落得仰卧尘埃哼哼而已！而台下众人看得齐声喝彩道："还是我们余大叔不差！"余谦满腔得意，才待下台，只见台内又走出一个人，大喝道："匹夫休走！待二爷与你见个高下！"余谦道："我就同你玩玩！"二人又丢开了架子。只见：

迎面只一拳，蹦对不可停。进步撩腿踢，还手十字撑。虎膝伏身击，鹰爪快如风。白鹅双亮翅，野鸡上山登。

比较多时，余谦使个"仙人摘桃"，朱虎用了个"两耳灌风"，这乃是余谦之熟着，好不捷快！用手一分，这右脚一起，正踢着朱虎小腹，"哎呀"一声，又跌下台来，正跌在骆大爷面前。骆大爷便照大腿上，又是一脚踢去，朱虎喊声不绝。栾家着人将朱龙、朱虎尽抬回去了。众人又喝彩道："还是余大爷替我们扬州人争光！"余谦实在得意，又道："还有人否？如还有人，请出来一并玩玩！"只见台内又走出一个人，也有一丈身躯，却骨瘦如柴，面黄无血，就像害了几个月的伤寒病才好的光景，不紧不慢地说道："好的都去了，落我个不济事的，少不得也要同你玩玩。"骆大爷暗道："打败两个，已保全脸面，就该下来，他还争气逞强！”众目所视之地，又不好叫他下来，只得由他。徐松朋虽在庙中等候，而心却在擂台之下，不时着人探信。闻得打败两个，说道：“余谦已有脸面了。”又听说余谦仍在台上，恋恋不舍。徐松朋道：“终久弄个没趣才罢了！多着几个人探信，不时与我知道。”且说余谦见朱彪是个痨病鬼的样子，哪里还放在心上，打算着三五个回合，又用一巴掌就打下台去了。谁知那朱彪虽生得瘦弱，兄弟四个人之中，数他英雄，自幼练就的手脚，被他着一下，则筋断骨折。余谦拳脚来时，他不躲闪，反迎着隔架。比了五六个回合，余谦仍照前次用脚来踢，被朱彪用手掌照余谦膝盖上一斩，余谦喊叫一声，跌在台上，复又滚下台来。骆宏勋同濮天鹏、徐府探信之人，连忙向前扶架。哪里扶得住？可怜余谦头上有黄豆大的汗珠子，二目圆睁，喊叫如雷，在地下滚了有一间房的地面，众人急忙抬进了观音阁。

且说栾镒万、华三千二人俱在台内观看，只见朱彪已将余谦打下擂台，向朱彪道：“台底下站的那个方面大耳者，即是骆宏勋；那旁站大汉，即是向日拐我的宝刀之濮天鹏，何不激他上来比试？”朱彪听得骆大爷亦在台下，大叫道：“姓骆的，你家打坏我家两个人，我尚且不惧；我今打败了你家一个人，你就不敢上来了？非好汉也！”骆大爷本欲同濮天鹏回观音阁看余谦之腿，同徐大爷相商一个主意，再来复今日之脸面也。忽听台上指名而辱，哪里还容纳得住？遂自将大衣脱下，用带将腰束了一束。濮天鹏见骆大爷要上台的光景，连忙前来劝解。骆大爷大叫一声：“好匹夫！莫要逞强，待爷会你！”双腿一纵，早已纵上台来，与朱彪比试。正是：

> 英雄被激将台上，意欲代仆抱不平。

毕竟不知骆大爷同朱彪胜败如何，且听下回分解。

第三十七回

怜友伤披星龙潭取妙药

却说骆宏勋跳上擂台来，与朱彪走势出架。走了有二十个回合，不分胜负，你强我胜，台下众看的人无不喝彩。怎见得二人赌斗，有《西江月》为证。词云：

> 二雄台上比试，各欲强胜不输。你来我架如风呼，谁肯毫丝差处。　我欲代兄复脸，他想替仆雪辱。倘有些儿懈怠虚，霎时性命难顾！

二人斗了多时，朱彪故意丢了一空，骆宏勋一脚踢来，朱彪仍照膝下一斩，骆宏勋大叫一声，也跌下台来，亦同余谦一样在地下滚了一间房子大的地面。濮天鹏同徐松朋家探信之人，连忙抬起赴观音阁去。朱彪见濮天鹏亦随众人而去，在台上吆喝道："姓濮的，何不也上来玩玩！"濮天鹏道："今日免斗。"回到阁中，听得骆大爷同余谦二人喊叫不绝。天已下午，徐松朋道："在此诸事不便。"借了和尚两扇门，雇了八个夫子，将他主仆二人抬起。原来自掼坛之后，徐松朋早已令人回家备马前来，以作回城骑坐。濮天鹏骑了一匹马，徐松朋仍坐轿，从西门进城。来至徐松朋家，吩咐速备姜汤并调山羊血，与他主仆二人吃下，尽皆吐出。徐松朋道："参汤可以止疼，速煎参汤拿来！”吃下去亦皆吐出。骆宏勋主仆二人疼得面似金纸，二目紧闭，口中只说："没有命了！”徐松朋又叫人脱他的靴子，腿已发肿，哪里还能脱得下来！徐松朋吩咐拿小刀子划开靴袜。一看，二人皆是伤在右腿膝盖以上，有半寸阔的一条伤痕，其色青黑，就像半个铁圈嵌在腿上一般。徐松朋又着人去请方医科来，方先生来到一看，道："此乃铁器所伤。”遂抓了两剂止疼药，煎好服下，仍然吐出。二人只是喊叫："难熬！”徐松朋看见如此光景，汤水不入，性命难保，想起表兄弟情分，一阵伤心，不由得落下泪来。

濮天鹏见骆宏勋主仆不能复活，心中甚为不忍，怨恨老岳道："都是这老东西所害，弄得这般光景。若无假母之丧，骆家主仆今日也不得回扬，哪有此祸！”遂向徐松朋道："家岳处有极好跌打损伤之药，且是妙药，待我速回龙潭取来，并叫老岳前来复打擂台。我知他素日英雄，今虽老迈，谅想朱彪这厮必不能居他之上！”徐松朋道："如此甚好，但太阳已落，只好明早劳驾前去。”濮天鹏道："大爷，救人如救火。骆大爷主仆性命只在呼吸之间，我等岂忍坐视？在下就要告别！”徐大爷道："龙潭在江南，夜间哪有摆江舡只在？”濮天鹏道："放心，放心！容易，容易！即无船只，在下颇识水性，可以浮水而过。”徐松朋道："濮兄交友之义，千古罕有。”吩咐速摆酒饭。濮天鹏即欲起行，说道："在下是八十年之饿鬼，即龙肝凤心、玉液金波也难下咽矣！”说罢，将手一拱，道声："请了。”迈步出门，奔走到江边。瓜州划子天晚尽皆收缆，哪里还有舡行？濮天鹏恐呼唤船只，耽搁工夫，迈开虎步自旱路奔行。心急马行迟，日落之时，在徐府起身，至起更时节，就到了江边，心中还嫌走得迟慢。在江边大声喊叫："此去可有龙潭船只么？”连问两声。临晚，船家见没有生意，尽脱衣而睡。听得岸上有人喊叫，似濮姑爷的声音，遂问："哪个？”濮天鹏应道："是我。”遂即跳下了船。船家尚未穿齐衣服，濮天鹏自家拨篙解脱了缆，口中道："快快开船！”船家见姑爷如此慌速，必有紧急公务，不敢问他，只得用篙撑开舡。幸喜微微东北风来，有顿饭时候，已过长江。濮天鹏吩咐道："船停在此，等候少刻，还要过江哩。"遂登岸如飞地奔庄去了。

来到护庄桥，桥板已经抽去，濮天鹏双足一纵蹿过桥，到了北门首。连叩几声，里边问道："是哪个敲门？"濮天鹏道："是我。"门上人听得是姑爷声音，连忙起来开了大门。濮天鹏一溜烟地往后去了。门上人暗笑道："昨日才出门的，就像几年未见婆娘的样子，就这等急法！"仍又将门关上。

且说濮天鹏往后走着，心内想道："此刻直入老岳之房要药是有的，若叫他去复打擂台，必不能济事。须先到自己房中与妻子商议商议，叫他同去走走。这老儿有些宠爱女儿，叫他帮着些才妥。"算计已定，来至自己房门，用手打门。鲍金花虽已睡了，却未睡着，听得打门，忙问道："是谁？"濮天鹏道："是我。"鲍金花听得丈夫回来，忙忙唤醒了丫鬟，开了房门，取火点起灯来。鲍金花一见丈夫面带忧容，问道："你同骆宏勋上扬州，怎么半夜三更隔江渡水而回？"濮天鹏坐在床边上，长叹一声，不由得眼中流泪。鲍金花见丈夫落泪，心中惊异，连忙披衣而起，问道："你因何伤悲至此？"濮天鹏道："我倒无有正事。只是你才提起'骆宏勋'三字，我想他主仆去时皆雄赳赳的汉子，此刻汤水不入，命系风烛，好伤悲也！"鲍金花问其所以，濮天鹏将他主仆打擂受伤，汤水不下，喊叫不绝，命在垂危之事说了。"我念他向日赠金，你我夫妻方得团圆，此恩未报，特地前来取药；又许他代请你家老爹赴扬州擂台，争复脸面。我要自请老爹，老爹必不肯去，故先来同你商议。你速起来去见老爹，帮助一二。"金花道："你来取药罢了，又因何许他请老爹上扬州？你吃过饭否？"濮天鹏道："余、骆二人要死不活，哪有心肠吃饭。徐松朋却备了酒席，是我辞了，急忙回来。"金花道："痴子！只顾别人，自家就不惜了么？饿出病来，哪个顾得你！桌上茶桶内有暖茶，果盒内现有茶食，还不连忙吃点，再办饭你吃。”濮天鹏道：“救人如救火，你快点起来，我自己吃吧！”鲍金花也念骆宏勋赠金之恩，遂穿衣而起。濮天鹏些须吃了几块茶食，同着妻子到鲍老房内来。濮天鹏执灯在前，鲍金花相随于后。

走到房门，连叩几下，鲍自安问道：“是哪个？”濮天鹏道：“是我。”鲍自安道：“天鹏回来了么？”濮天鹏道：“方才回来。”鲍金花道：“爹爹，开门。”鲍自安道：“女儿还未睡么？”金花道：“睡了，才起来的。”鲍自安遂起身开了门，濮天鹏将拿来的烛台放在桌上。鲍自安问道：“什么要紧事情，半夜三更回来？”濮天鹏将余谦识破机关，掼碎灵坛，上擂台打败朱龙、朱虎二人，又同痨病鬼朱彪比试，被他将右腿膝盖下打了一下，跌下擂台；又指名辱激骆宏勋，骆宏勋忿怒上台，亦被他照右腿膝盖下打了一下，其色青黑，滴水不入，看看待死。“闻得我家有极效损伤药，须我回来取讨。徐松朋叫我转致老爹说：骆宏勋与老爹莫逆之交，欲请老爹到扬州替骆大爷复个脸面！”鲍自安冷笑道：“烦你回来取药，这个或者有个商量。我素闻徐松朋乃文武兼全之人，怎好对你说：‘到家将令岳请来，代打擂台复胜。’是何意？朱彪将骆宏勋主仆打坏，心中不忿，是你在徐松朋面前说：你回来取药，并叫我赴扬州打擂台。你想骆家主仆皆当世之英雄，尚且输与他，似我这等年老血囊如何斗得过他？我与你何仇何隙，想将我这付老骨头送葬扬州？万万不能！快些出去，要药拿些去；叫我上扬州休提！让我睡觉。”濮天鹏虽系翁婿，其情若父子，又被其岳说着至病，一言不敢强辩。闻得催他出门，让他睡觉，真个低着头，灰心丧气向外就走。

正走得门外，鲍金花曰：“丈夫来。”至房内，见父亲责备丈夫，丈夫一言不敢强辩，心中早有三分不快。又闻丈夫被催赶出门，丈夫真个低着头往外便走。心中大怒，一把将丈夫后领抓住，往里一扯。

不知有什么正经话说，且听下回分解。

第三十八回

受女激戴月维扬复擂台

话说鲍金花见丈夫被赶出来，心中大怒，将丈夫后领一把抓住，往里一拉，抱怨道：“我说不来的好，你要来，惹得黄瓜、茄子说了一大篇。骆宏勋是你家的亲兄乃弟，姑表、两姨么？人家好好的赴宁波完姻，偏要留住人家；设谋定计，什么亲娘假母，哄得人家回去奔丧，弄得不死不活受罪哩！倘若死了，到阎罗王面前你也不是知情人，还怕他攀你不成！何苦受这些没趣。明日连药也不必送，各人吃了各人的饭，管他。这正是弄出夹脑伤寒来值多少哩！”鲍金花里打外敲，抱怨丈夫。鲍自安道：“我又得罪姑老爷了，惹得姑奶奶动气。怕姑老爷恼出伤寒病来，是我的罪。我老头儿狗命连分文不值。我想既得罪姑奶奶，家中又是难过，拼着这条老命，上扬州走走罢了！等我到扬州被朱彪打下擂台跌死之后，姑奶奶，我与你父女一场，弄口棺材收收尸，莫要使暴露，惹人笑话！方才听姑老爷说：救人如救火，连夜赶去才好。只是夜间哪里有船只过江？”濮天鹏道：“我已吩咐留下一只舡在江边等候了。”鲍自安叹道：“你看。夫妻两个做就圈套，拿稳叫我老头儿去的，不然舡都预备现成。”鲍金花连忙代老爹取拿应用物件，濮天鹏连忙代老爹打起行李，并多包些损伤药。收拾齐备，鲍自安将听差之人点了二十名，跟随前去。吩咐道："待我上擂台之时，你们分列擂台两边，倘朱彪打我下台，你们接我一接，莫要跌坏了腿脚，老年弄个残疾。"众人笑道："据老爹之英勇，断不至此！"鲍自安道："圣人说得好：'人无远虑，必有近忧。'"又把濮天雕请来，嘱咐道："我上扬州，多则五日，少则三日即回家中。小事你同嫂嫂自主，倘有大事，差人去通知我。"濮天雕领命。诸事分派已毕，点起两个大灯笼，同濮天鹏并二十个听差之人，直奔江边而来。

来至江边，上了先前之舡。船家见老爹过江，哪个还敢怠慢，起锚的起锚，扳掉的扳掉，将船撑开。总是骆宏勋主仆灾星该退，濮天鹏来时是东北风，此刻又转了西南风，往返皆是顺风，江中无甚耽搁。到了江北岸，舡家正到河边弯的，瓜州划子都是认得。遂叫了四只舡，许他几钱银子，每舡四个抬夫，连老爹二十二个人，分坐四船，奔扬州而来。五更三点已至扬州南门，看城门未开，遂将舡脚秤付舡家。在舡上静坐了片时，听得城里发擂放炮，开放城门，鲍自安等开门而进。

濮天鹏认得路，走在前引路。来到徐府门首，用手敲门。徐松朋家因骆宏勋主仆病危，众人一夜俱皆未睡，听得看门人相问，濮天鹏道："是我。龙潭取药回来了！"家人急报徐大爷，徐大爷大喜，道："这才算做个患难扶持之友！"忙发钥匙将大门开了。濮天鹏一众人等走进来，徐松朋见了二十多人之中有一年老者，有一丈二尺身躯，谅必是鲍自安了。连忙说道："恕我腿疼，不能起迎！"鲍自安慌忙走进，说道："不敢！不敢！不知大驾受伤。前日即欲同骆大爷前来看望，奈舍下俗事匆匆，不能脱身，故着小婿前来候安。昨晚又闻骆大爷主仆受伤甚重，舍下有配制之药，每每见效，今特送药前来，并候贵体！"徐松朋道："赐药足矣，又劳大驾披星戴月而来，使愚表兄弟何以克当！"彼此说了几句套话。

鲍自安听得那边两只棕榻上哼声不绝，问道："此即骆大爷卧榻么？"徐松朋道："正是。"鲍自安走进东边，将骆宏勋一看：只见他二目紧闭，面似金瓜，连叫几声，骆宏勋只哼不应；转脸又见余谦亦然。鲍自安道："快拿麻油来。"亲自将药包打开，将药调好，掀开二人之被，敷于伤处，仍又将被盖好，令他出汗方好。仍与徐松朋说道："此药屡次见效，轻者至顿饭光景即可痊愈。骆大爷主仆受伤过重，大约早饭时节，包管止痛，就可以起来；中饭时节，复自如初，与好人一般。徐大爷连日伤痕何如？"徐松朋道："疼也不大疼了，起也起得来，就是不敢行走。"鲍自安道："有药在此，何不也敷上些？亦请安睡安睡，出一身汗就好了。"徐松朋道："今贵翁婿在此，无人相陪，待舍表弟伤好之后，我再上药吧！"鲍自安道："若拘此礼，又非相好了！但愿列位伤痕速好，好商议复打擂台。大驾只管敷药去睡，有酒有肴，贵价拿来，我们自家会吃会饮，何必要你陪客。"徐松朋见鲍自安说话爽快，且是欢喜，道："既蒙原谅，遵命，遵命！"吩咐再拿一张棕榻铺设于此，又吩咐预备上一下四共五桌酒席。诸件吩咐已毕，自家才敷药上床而睡。鲍自安翁婿一席，带来的二十位英雄在对厅四桌自饮。

未有半个时辰，徐松朋已醒，觉得退上毫不疼痛，起身行走如旧，极口称赞道："鲍老爹此药真仙方也！"骆宏勋、余谦正在熟睡，耳边猛听得徐松朋口中呼叫"鲍老爹"，掀起被来坐于床上，睁眼一看，正是徐松朋同鲍自安翁婿一起谈心。徐、鲍、濮三人见他主仆坐起，连忙走近身边相问。骆宏勋道："鲍老爹几时至此？"徐松朋将濮天鹏夜回龙潭取药，并"请鲍老爹戴月披星而来医治我等，我已行走如初，因你二人伤重，是以不能行走"之事说了。骆宏勋谢道："晚生何能，致使老爹黉夜奔忙，何异重生父母！"余谦亦谢道："待小的起来与老爹磕几个头吧！"鲍自安道："疾病扶持，朋友之道，何谢之有！"余谦道："小的腿已不疼了，待小的走到平山堂与那痨病鬼拼个死活。”骆宏勋抱怨道：“你这冤家，还不知戒！只因你性急了，弄得我主仆之命在于旦夕。若非濮兄见爱，鲍老爹相怜，此刻命归哪世矣！”鲍自安道：“余大叔，你莫性急，岂肯白白罢了！大家商议一个主意。我既到此，拼着一条老命，也少不得要同他一会。我料他擂台上今日必无人了。栾家设此擂台原是为四望亭之根，今既将你主仆打伤，又知徐大爷前已跌坏，料无人与他比较了。我们即便复脸，也不是暗暗前去，必须晓谕众人得知，使台下众人观看观看才好哩！明日是要去的。再停一停，等余大叔起来，奔教场辕门口，转到西关便了。一路游玩，再从栾家门前经过，使众人知道你的腿已好，要复打擂台，明日好来观看。”徐松朋深服其言，令人拿点汤水点心放在他主仆床上食用。二人食了些须，仍然安息。

这边桌上已摆早茶，徐松朋相陪他翁婿二人。徐松朋道：“请问老爹：舍表弟主仆到底是何伤？”鲍自安道：“此非器械所伤，乃手伤也。用缸桶盛铁沙三斗，幼年间以手在沙内擂、插，久则成功。人碰一下，筋麻骨酥，此手名为‘沙手’。”徐松朋问道：“老爹幼亦曾练过否？”鲍自安道：“练是练过，今已年迈，但不知还能用不能用？”饭毕之后，天已正午，余谦早已起身，穿了鞋袜，向鲍自安谢过。说道：“小的要游玩去了。”鲍自安道：“方才医好了腿，当要小心行走要紧！”余谦答道：“晓得。”说罢，出门去了。

且说朱彪将骆家主仆打下台来，栾镒万甚是欢喜，知骆家并无他人，同了朱彪、朱豹、华三千等亦回家，请医调治朱龙、朱虎之伤。吩咐设筵与朱彪贺功。朱彪甚为得意，说道：“非在下夸口：骆家主仆今受我一掌，少则三个月，多则半年，方能行动。”栾镒万道：“我所恨者是这两个匹夫，今被打伤，已出我心头大气。明日也不必上台去了，大家在家，着医治两兄之伤，并唤名班做戏，贺三壮士之功。”华三千道：“大爷且莫得意，骆家主仆从不受人之气，岂肯白白受我们之辱么？他们相识英雄甚多，自然搬兵取救，几日内还要复脸的。”

朱彪道："哪怕他搬那三头六臂之人来，我何惧乎！"栾镒万闻他言语强硬，甚是相敬。

及至次日中饭以后，门上人来禀道："小的方才见余谦雄赳赳地过去，恶狠狠地向我家望了几眼。"栾镒万道："胡说，昨日打下台去，疼痛难禁，在地下滚了间把房子地面，亲见众人抬去，如何今日就好了？"朱彪道："莫非今夜疼死了，来此显魂？"门上人道："青天白日，满街人行走，鬼就敢出来了？他方才过去，大爷与三壮士如有不信，何不请出去，等他回来看一看！"栾镒万道："也说得有理。"遂同朱彪兄弟们走到大门，未出屏门，余谦行走转来，众人一看，正是余谦，行走如旧。栾镒万冷笑道："昨日三壮士说：少则三月，多则半年，方能行走。今一夜即愈，是多则半日，少则三时了。"朱彪满面发赤，恨道："明日再上擂台，必要送他残生。"

不讲朱彪发狠，且说余谦晚间回来，鲍自安问道："都走到了么？"余谦道："都走过了。栾家门口我走了两三个来回。"众人大喜道："摆宴！"大家用过，各自安歇。

次日众人起身梳洗已毕，吃了点心，稍停，又摆早饭。吃饭之后，鲍自安令人到街坊探望探望，可有往平山堂看打擂台之人？去人回来禀道："上平山去者滔滔不绝。"鲍自安道："我们也该去了。"徐松朋备了四骑牲口，鲍老翁婿，徐、骆弟兄四个骑坐，那二十个英雄、余谦一众相随。大家仍出西门，直奔平山堂而来。离平山尚有一里之遥，鲍自安抬头一看，见东南大路上来了两骑牲口，上边坐着一男一女。鲍自安仔细一看，大叫一声："不好了！"正是：

知女平素好逞胜，惊父今朝喊叫声。

毕竟不知鲍自安所见何人，大惊缘故，且听下回分解。

第三十九回

父女擂台双取胜

却说鲍自安同徐、骆、濮三人行到平山堂不远，抬头见东南大路上来了两骑牲口，一男一女，不是别人，正是女儿金花同了濮天雕。鲍自安暗想道："我的女儿是个最好胜的人，他今到此，我若胜了朱彪则无甚说；倘若输时，他怎肯服气？必定也要上台。他是女儿家，倘有差池，岂不见笑于大方！"所以大叫一声："不好了！女儿同濮天雕都来，家中无人照应！"濮天雕未曾回言，濮天鹏早已看见，心中怨道："你来做甚？"徐松朋、骆宏勋齐说道："姑娘来扬走走，甚是，老爹何必埋怨。"说说行行，两边马匹俱行到总路口，个个跳下牲口，徐松朋与骆宏勋上前见礼，又与濮天雕见过。徐松朋道："请姑娘到舍下去吧！"鲍金花道："我今特来观看擂台，俟看过之后，再造府谒见大娘吧！"濮天鹏埋怨濮天雕道："你今真不该同他前来。"濮天雕道："嫂嫂要来，我怎拦得他住！"鲍自安道："既来了，说他也无益。"低低地又向濮天雕道："我将嫂嫂交与你，他有些好胜，千万莫叫他动手动脚。"濮天雕答应。

到了擂台，徐家的家人将牲口俱送观音阁寄下，跟老爹来的二十个英雄，遵老爹之命，分列两旁站立。濮天雕同嫂嫂站立擂台之右，徐、骆因有男女之别，同鲍自安俱在擂台之左。濮天鹏本欲与妻、弟站立一处，恐徐、骆暗地取笑，也同在左边站下。只见朱彪在台上说道：“打不死的匹夫，并大胆的英雄，再上来陪咱玩玩。”鲍自安脚尖一踮，早上了擂台，慢慢地说道：“只是我年老了，拳棒多时不玩，恐不记得套数，手脚直来直去。壮士让我三分老，我就陪你胡乱玩玩。”朱彪将鲍自安上下一看：身长体大，甚是魁伟，约有六十来岁年纪。答道：“既上台来，自然武艺精奇，何必过谦！”鲍自安道：“我今日与你商议：我想白打没有什么趣，必须赌个东道，方显得有精神。”朱彪道：“要赌个什么东道？”鲍自安道：“也不可大赌，赌五百两银子吧！”朱彪听说五百银子，就不敢应承。栾镒万在台内早已听见，若不应承，令下边人取笑。里边应道：“就赌五百两银罢了！”随即拿出十大封银来放在桌上。鲍自安在当中取了二封，看了一看，却是足纹。说道：“我自路远，未带得这些银子，拿件东西质当，晚间不赎，就算抵直东道。”朱彪道：“你是何物质当？”鲍自安将头上带的顶毡帽取下，道：“就是他质当，如何？”朱彪发笑道：“不是真玩，还是取笑？”鲍自安道：“谁与你取笑！谁不真玩！”朱彪正色道：“既不取笑，你那个毡帽能值几何？就当五百两银子么？”鲍自安将帽前钉的那颗珍珠指着道：“他也不值五百银子么？”朱彪不识真假，还在那里讲究。台内栾镒万早已望见那颗珍珠有圆子大，光明夺目。论时价真值足纹千金，今当五百有何不可！遂着人出台道：“三壮士，就是那帽子当五百多两！”银子、帽子俱搁在一张琴桌之上。讲究完了，鲍自安方才解下大衣，系紧束腰带。二人丢开架子，在台上比武。朱彪欺他年老，意欲三五步抢上，就要打发他下台。正怀这个主意，朱彪一拳紧似一拳；鲍自安只是招架而不还手，口中唧唧哝哝地道：“先说过让我个‘老’，动了手就不是那话了！五百银子眼看着是输了。”

徐、骆二人并余谦在下低低说道：“你看鲍老爹只有招架拦挡，莫不真要败输？”濮天鹏道：“诸公不知家岳，此诱敌之法！待朱彪力乏之时，才对他动手脚哩！”真个，未有一个时辰，朱彪使了瞎气力，丝毫未伤鲍老爹，拳势渐渐松下来了。鲍自安见朱彪些须力尽光景，遂抖擞精神，使起拳势；朱彪力尽，哪里还招架得住！鲍自安迎面一个冲手，朱彪用手招架，谁知鲍自安冲手是假引，朱彪来架时，他即将身一伏，用手向朱彪裆中两手一挤，朱彪“哎呀”一声，跌下台去。可怜朱彪在地下滚了有两间房子大的地面。鲍自安道：“也抵得过前日滚的地面了。”方走到琴桌边，将毡帽戴上，又将衣服并十封银子抱起，跳下台来。徐、骆二人迎上，称赞道：“恭喜！恭喜！”鲍自安道：“托庇！托庇！侥幸！侥幸！”徐松朋令人将银子接过，才待要穿大衣，又听得台上有人喊叫道：“那老儿莫要穿衣，待四爷与你玩玩输赢！”鲍自安听得有人喊叫，向台上一望：见一人有一丈三尺余长的身躯，体大腰圆，豹头环眼，就像一个肉宝塔。鲍自安道：“我就与你玩玩，再赢你五百两，一总好买东西吃。”大衣交与自家人收了，正要复上擂台，只见女儿金花已蹿上台去了。鲍自安道：“不好了！我原怕他好胜，今已上去，如何是好？”抱怨濮天雕道：“我将嫂嫂交与你，你怎么还让他上去！”濮天雕道：“嫂嫂并无言语，一蹿即上，如何拦住！”

且不说鲍自安抱怨濮天雕，且说鲍金花站立在台上，启朱唇，露银牙，娇声嫩语喝骂道：“夯物肉货，怎敢欺我老父！待姑娘与你比较个输赢。”朱豹听他称着“老父”，一定是他女儿。心中想道：“我今不打他下台，只在台上打倒他，虽不能怎样，岂不把他父亲羞他一羞？”算计已定，说道：“你乃女流之辈，若打下台去，跌散衣衫，岂不羞死！早早下去，还是你那该死的父亲上来见个高低。”鲍金花道：“休得胡言，看我擒你！”二人动手比试。金花乃众明师所授之技，拳拳入妙，势势精准；且朱豹身大粗夯，金花十拳就打得他八拳。怎奈金花乃娇弱女子，身小力薄，拳头打到朱豹身上，就如蚊虫叮了一口，如何打得开？越打越朝前进，鲍姑娘反朝后退。鲍自安见光景不好，叫道："女儿下来吧！还是我上去。"鲍金花乃好胜之人，众目所观之地，怎肯白白下来！直见朱豹渐渐挤上，至西北角上，身后只落得一二尺之地面。濮天鹏虽然说不出来，心中却捏着两把汗。鲍自安躁得头上汗珠乱滚。且说鲍金花见自家身后无有地步，少时难站，前有朱豹，心中甚为焦躁，若不与他强挡，必被他挤下台去。将身一伏，假作跌倒之势，朱豹认以为真，弯腰用手来按，不料金花就地一蹿，意欲从他身上蹿过。鲍金花在家内就打算来打擂台的，脚下穿了一双铁跟铁尖之鞋，恰恰朱豹按空，从头上过去；鲍金花纵起，他亦站起身来拦截，鲍金花两只鞋尖正正踢在朱豹两眼之内，铁尖将眼珠勾出来了。朱豹疼痛难禁，心中昏乱，回身便倒跌下台来。鲍金花金莲一纵，也随下台来，意欲再踢他两脚。鲍自安连忙禁止道："何必赶尽杀绝！"鲍金花方才止住。两旁人个个伸舌，称赞道："真女中之英雄也！"栾镒万共请了四个壮士，两次打坏了二双，好不灰心丧气；金银花费多少，羞辱未消丝毫，还要代他医治伤痕。吩咐家人将朱彪、朱豹抬回家去。徐松朋满腔得意，吩咐家人将牲口牵来，留濮天雕、鲍金花一同进城。余谦满面光辉，陪着那二十位英雄步行回家：

鞭敲金镫响，人唱凯歌回。

来至门首，徐大娘将金花留进后堂款待，徐、骆前厅相陪。这且不表。

且说那栾镒万回到家中，听得朱氏弟兄不是这个哼，就是那个喊，哼喊声不绝，心中好不烦闷。向华三千说道："速速叫人将擂台拆来，小材大料搬回家来，小件东西布施平山堂那个庙里吧！"华三千答道："不拆，留他何用！"朱龙、朱虎前日受伤，虽然还疼痛，到底还好些。耳中听得栾镒万同华三千打算去拆擂台，朱龙说道：

“胜败乃兵家之常事，栾大爷何灰心如此？”栾镒万道：“贤昆仲俱已受伤，一时怎能行动？我欲拆了擂台。”朱龙道：“骆家主仆前日也曾受伤来，怎又请人复擂？难道我弟兄就无处请人么？”栾镒万道：“但愿你贤昆仲们有处勾兵，前来复此擂台，以雪我们弟兄之恨。大家在众人面前亦有脸面。但不知你欲请何人至此，亦不知此所请之人，今住居于何处？”栾镒万他心中受此羞辱，恨不得即时有人前来雪此擂台之恨，听得朱龙、朱虎所言，故尔即时动问。正是：

欲思报复前仇恨，故特追寻请真人。

只见那朱龙不慌不忙说出这个人来。不知后事如何，且听下回分解。

第四十回

师徒下山抱不平

话说栾镒万问朱龙所请何人？朱龙道，“我欲请者，乃吾师也。姓雷，名胜远。他在峨眉山出家。”栾镒万冷笑道：“峨眉山在四川地方，离此有几千里远，往还要得半年工夫。”朱龙道：“目下却不在峨眉山，现在南京灵谷寺内做方丈。大爷备办礼物四色，愚弟兄写一封书，恳求大爷差两个能干之人，连夜赶到南京。吾师若见愚兄弟之书自然前来，不过五六日光景，吾师一到，必然可出大爷之气，并复愚兄弟之脸。”栾镒万因此擂台已花费了无数银子，发狠道：“再用一万银子罢了！”说道：“壮士作速修书。”又吩咐备了四色礼物，都是出家人所用之物。朱龙烦华三千代笔，朱龙说一句，华三千写一句，亦不过是连激代哀之词。不多一时，书札俱已办齐。栾镒万道：“我方才见那打擂之男女，皆非扬州人氏，倘得雷道长请来，这老儿功成回去，岂不徒劳乎！”即向华三千道：“老华，你先到徐家通个信，使他莫要回去才好！”华三千本不敢去，今奉东家之命，暗想道：“养军千日，用在一时，怎好推辞！若去呢，别人犹可，就是余谦这厮有些难见。倘若见面，就吃他一个下马威，莫说一拳一脚，即一弹指，我就吃饭不成！又不好推辞。”只得勉强应道：“使得，使得！”遂穿了衣服往徐家而去。

来至徐府门首，向门上人说道：“烦大爷通禀一声，就说栾府门客华三千求见。”门上人听说，只得进内通报。徐大爷正陪着众人饮酒，忽见门上人进内。问道：“有何事情？”门上人禀道：“栾家门客华三千特来求见！”徐大爷眉头一皱，说道：“他来何事？”余谦在旁侍立，听得华三千在外，说道：“这孽障专会搬弄是非，他来必无好事。爷们不必叫他进来，待小的走出去，两个巴掌打他回去！”鲍自安道：“两国相争，不斩来使。他既来，必有话说。且叫他进来，看他说些什么。”徐松朋道：“有理，有理！”吩咐门上叫他进来。门上人领命出去。骆宏勋恐余谦粗鲁，嘱咐道：“人来我家，虽非好人，亦不可得罪。你自出去，不必在此，亦不可在外多事！”余谦见主人如此吩咐，只得赶去站在二门，怒形于色。

门上人复领华三千进来，行至二门，见余谦那个神情，华三千早已战战兢兢。行至跟前，拱手赔笑，道：“余贤叔在此么？”余谦也不相还，大声道：“我今日不耐烦说话。”华三千满脸赔笑，走过去了。进得客厅，见三人共坐而食。濮天鹏因同在栾家会过，少不得同徐松朋微欠其身，道声：“你来了么？请坐！”华三千意欲上前行礼，徐大爷道：“不消了。华兄日伴贵客，出入豪门，今至寒门，有何见教？”华三千道：“敝东着门下造大爷贵府，有一句话奉禀：今日擂台上，令友老先生父女武艺超群，令人爱慕，但恨相见之晚。本欲请驾过去一谈，谅令友同大爷必不肯下降。今虽打伤朱氏弟兄，扫了敝东擂台，不唯不怨，反而起敬重之心！敝东还有一个朋友颇通武艺，五七日间即到，意欲还要讨教令友，又恐令友回府，特今门下前来请问：不知令友可能容留几日否？”徐松朋闻得此言，甚为烦难，暗想道：“若不应允，他必取笑我有惧怕之心；若应之，又恐鲍自安道：今日代我们复脸，已尽朋友之道，难道只管在此，替我们保护不成？”口中只是含糊答应，不能决定。鲍自安早已会意，遂说道：“我已知其意也。令东见今日扫了他的擂台，心中不服，又要请高明，要得几日工夫。犹恐请了人来，那时恐我回去，故先差你来邀住我，然后才去请人。哪怕是临潼斗宝，伍子胥过关，闹海李哪吒，舍着老性命也要陪他玩玩。这也不妨，但我只许你十日工夫，十日内请了人来便罢，若十日之外，我即起行，那时莫说我躲而避之！”华三千道：“如此说，我就回复敝东便了。”徐松朋道：“我不送。你回去就将此话回复令东。”华三千起身出来，看见余谦还在那二门站立，华三千远远地、笑嘻嘻地叫道：“余大叔，因何不里边坐坐？只管在此，岂不站坏了！”余谦道：“各人所好不同，与你何干。我先就对你说过，我不耐烦说话，你苦苦缠我怎地！”华三千连声道：“是！”走过去了，暗念一声：“阿弥陀佛！闯过鬼门关了！”方才放开胆，大步走出徐家之门回家。

栾镒万正在厅上候信，一见华三千进来，问道：“事体可曾说明？”华三千捏造一片虚词，做作自家身份，答道：“门下一到徐家门首，徐松朋闻得我到，同骆宏勋连忙迎出大门，揖让而进，余谦捧盘献茶。门下将大爷之言说过，那老儿亦在其坐，当面说明：他在此等候十日；若十日外，他就回家去了。门下料南京往返，十日工夫绰绰有余，遂与定妥。大爷可速速着人赴南京要紧！”栾镒万遂差栾勤、栾干两个家人，将书札礼物下舡动身。按下不言。

且说鲍自安在徐府用过晚饭，意欲叫女儿连夜回家，徐大爷哪里肯放，说道：“姑娘今日至扬州。明日叫贱内相陪，琼花观、天宁寺各处游玩两天，再回府不迟。哪有个今来今去之理！”鲍自安道：“虽如此说，舍下无人，骆大爷深知。”骆宏勋道：“虽然如此，天已晚了。”亦不敢叫女儿起行。一宿晚景已过。次日早饭后，鲍金花辞谢徐大娘，又辞别父亲。鲍自安道：“还是你叔、嫂先回去，到家小心火烛，要紧，要紧！若有大事，着人来此告我知道。我在此十日后，就回来了。”濮天鹏亦吩咐妻、弟二人，濮天雕与鲍金花一一领命。

又辞过徐、骆二人，出门上马回龙潭去了。

鲍自安在徐府一住六日，华三千通信约定明日早赴平山堂比试，徐松朋报与鲍自安，鲍自安就许他明日上平山堂。徐松朋又差人打探栾家所请何人。去的人回来禀道："今日才到，外人还不知他的姓名。就看见一老三少，三个道士。"鲍自安道："不用说了，此必南京灵谷寺的雷胜远了。"徐、骆问道："老爹素昔认识么？"鲍自安道："从未会面，我却闻名，倒也算把好手！"徐、骆又问道："天下好汉甚多，老爹素知道，到底算哪人为最？"鲍自安道："能人多得紧，就我所知者，山东花老妻舅，还有胡家活阎罗胡理、金鞭胡琏，并骆大爷空山所会者消安师徒。"并把力擒三虎之事说了一遍，徐松朋甚为惊异。鲍自安道："他还有两个师弟：一名消计，一名消月，比消安还觉英雄，惜乎我未会过。闻得他三师弟消月，能将大碗粗的木料，手指一捏，即为粉碎。我每想会他一会，却无此缘。"这一事，谈了一日。

次日早饭后，徐、骆、鲍、濮四人各骑牲口，余谦陪那二十个人仍是步行来至平山堂。牲口拴在观音阁中，众人步行来至擂台边，只听得旁边看打擂的众人道："来了！来了！还有一位女将怎不见来？"鲍自安举目向台上一观，只见一位老道士，六旬以上年纪，丈二身躯，截眉暴眼，雄赳赳地坐在一张椅上。闻得下边人说："来了！来了！"知是徐家到来，遂立起身来，将手一拱，道："哪一位是前日扫擂台的英雄？请上台来一谈。"鲍自安闻得台上招呼，将脚一纵，上得台来，答道："不敢！就是在下，前日侥幸。"道士道："请问檀越上姓大名？"鲍自安道："在下姓鲍，名福，贱字自安。"道士道："道友莫非龙潭鲍檀越么？"鲍自安道："在下便是。"道士暗想道："果然名不虚传，怪道朱龙徒儿非他对手。"鲍自安道："仙长尊姓何名？"道士道："贫道姓雷，名胜远。"鲍自安道："莫非南京灵谷寺雷仙长么？"道士道："贫道正是。"鲍自安道："久仰！久仰！"雷胜远道："四个小徒不识高低，妄自与檀越比较，无怪受伤。又着人请我前来领教，不知肯授教否？”鲍自安道：“既不见谅，自然相陪。”于是二人各解大衣，紧束腰绦，让了上下，方才出对。看官，但有实学，并无经过大敌者，专以谦和为上，不比那无术之辈，见面以言语相伤，何为英雄？有诗为证：

实学从来尚用谦，不敢丝毫轻英贤。
举手方显真本事，高低自分无恶言。

雷、鲍二人素皆闻名，谁肯懈怠！俱使平生真实武艺，你拳我掌，我腿你脚，真正令人可爱。有诗：

一来一往不相饶，各欲人前逞英豪。
若非江湖脱尘客，堪称擎天架海梁。

二人自早饭时候斗至中饭时候，彼此精神倍增，毫无空漏。正斗得浓处，猛听得台下一人大叫：“二位英雄莫要动手！我两人来也。”正是：

台上儒道正浓斗，台下释子来解围。

不知台下何人喊叫，且听下回分解。

第四十一回

离家避奸劝契友

却说鲍、雷二人正斗在热闹之间，台下一人大叫："二人莫动手，我师徒二人来了！"鲍自安、雷胜远虽都听得台下喊叫，但你防我的拳，我防你的手，哪个正眼向下观望？消安连叫两声，见他二人都不歇手，心中大怒，喝道："如不歇手，看我乱打一番！"将脚一纵，上了台来，将身站在台中，把他二人一分。鲍自安一见是消安，又仗了三分胆气；雷胜远亦认得是五台山消安，乃说道："师兄从何而来？"消安道："法弟现在江南空山之上三官殿居住。昨日闻得鲍居士在扬州扫了擂台，栾家人请人复擂，恐鲍居士有伤。特同小徒前来帮助。不意是道兄，都是一家，叫我助谁？故上台来解围。"雷胜远、鲍自安二人棋逢敌手，各怀恐惧之心，又尽知消安师徒之厉害，乐得将计就计，问道："既蒙师兄见爱，敢不如命！"各人穿起大衣。鲍自安邀消安同下擂台，雷胜远亦要邀至栾家去叙谈。消安素知栾家乃系奸佞之徒，怎肯轻造其门。遂辞道："法弟还有别话与鲍居士相商，欲回龙潭，不能如命。"雷胜远料他与鲍自安契厚，亦不强留。

消安同鲍老下了擂台，骆宏勋、徐松朋、濮天鹏三人迎上，各自见礼。鲍自安又谢他师徒相关之情。消安师徒出家人，从不骑牲口，故此大家步行进城，奔徐松朋家来。到了客厅，重新见礼。徐松朋吩咐预备一桌洁净斋饭。不多一时，荤素筵席齐备，客厅上摆设二桌：消安师徒一桌，鲍、徐、濮、骆一桌；对厅上仍是四席，那二十个英雄分坐，余谦相陪。酒饭毕，鲍自安告辞。徐松朋道："今日天晚，明日回府吧！"于是睡下。临晚，大家设筵，众人畅饮一回。饮酒之间，鲍自安向骆宏勋道："栾家这厮，今又破题儿失脸，结怨益深。"骆宏勋道："正是。"鲍自安道："你骆大爷还有包涵之量，余大叔丝毫难容，互相争斗必有一伤。据我愚见，不可在此久住，暂往他处游玩游玩，省了多少闲气，且老太太并桂小姐俱在山东，大驾何不往花振芳家走走。母子相逢，妻妾联姻，三美之事也！成亲之后，大驾再回扬州，妻必随行；花振芳只有此一女，岂忍割舍，必随之而来维扬住家。花振芳离了山东，巴氏弟兄不能撑持，方必连家而来矣。花老妻舅皆当世之雄豪，骆大爷既不孤单，又何惧奸佞之谋害也！"骆宏勋道："老爹此言，甚为有理，但晚生一去，彼必迁怒于众及表兄，叫表兄一人何以御之？"徐松朋答道："表弟放心前去，愚兄有一善处之法：表弟起身之后，我则赴庄收租，在庄多住几日，栾家请来之人自然散去。非惧彼，实无有与奸佞结怨之意耳！"鲍自安大喜，道："徐大爷真可谓文武全才！即此一言，诚为立身待人之鉴也！"遂议定：鲍老爹翁婿、消安师徒明日回龙潭，骆大爷主仆后日往山东，徐大爷后日赴庄收租。饮足席散，各自安歇。

次日早饭后，鲍自安、消安告辞，徐大爷令人将十封银子取出，交与鲍自安。鲍自安大笑道："前日与朱彪打赌时，原说买东道吃的。我侥幸赢他，该买东道，我等共食，今已在府坐扰数日，还算不得么？"徐大爷道："如此说，老爹轻晚生作不起地主了。即使买东道，也用不了这些，还是老爹收去。"鲍自安道："如此说来，哪有带回之理，只当用不完，余者算我一分赆仪，送与骆大爷主仆一路盘费，何如？"消安道："此银谅鲍居士必不肯收。徐、骆二位檀越恭敬不如从命吧。”骆、徐又谢过。鲍自安等四人，带领二十位英雄回龙潭去了。众人去后，骆宏勋置了几色土仪，收拾行李；徐松明又将鲍老五百银子捧出，叫骆大爷打入包裹，以做路费。骆宏勋道：“弟身边赴宁盘费一毫尚未动着，要它何用！”徐大爷道：“此是鲍老爹赆仪，表弟应该收用。”骆宏勋道：“如此说，就拿一封。”打入包裹。余谦仍将余银送入徐大爷后边。过了一宿，次日起早，骆大爷主仆奔山东一路而去。徐大爷亦交代账目、日后家务事毕，带了两个家人上庄去了。不提鲍自安回龙潭，不表徐松朋上庄。

且说骆大爷主仆二人，在路非止一日。那日行至苦水铺，向日灵榇回南之日，所宿花老之店，余谦还识得，一直走进店门。柜上人及跑堂的亦都认得，连忙迎接，说道：“骆姑爷来了，快些打扫上房，安放骆姑爷行李！”牵马拿行李，好不热闹。骆宏勋进了上房坐下，早有人捧了净面水来，又是一壶茶。厨房杀鸡宰鹅，煨肉煎鱼，不多一时，九碗席面摆上。余谦是六碗荤素，另外一席。骆宏勋道：“一人能吃多少？何必办这许多！”柜上人亲来照应，说道：“不知姑爷驾到，未预备得齐全，望姑爷海涵。”骆宏勋道：“好说。”又问道：“老爹可在家么？”那人道：“前日在此过去的，已下江南，亲请姑爷去了。难道姑爷不曾会见么？”骆宏勋道：“水路上面舡行迟慢。我自家中起早骑了自家牲口，从西路而来，”那人道：“是了，老爹前说从东路下扬州，故未遇见。”骆宏勋道：“老爹自去，还是有同伴者？”那人道：“同任大爷、巴家四位舅爷，六个人同行。”骆宏勋道：“此地离寨还有多远？”那人道：“八十里。此刻天短，日出时起身，日落方到。”骆宏勋道：“还是大路，还是小路？”那人道：“难走，难走，名为百里酸枣林，认得的只得八十里。不认得的，走了去又转来，就走三天还不能到哩。明日着一路熟之人送姑爷去。”骆宏勋道：“如此甚好！”吃饭之后，又用了几杯浓茶，店小二掌灯进房，余谦打开行李，骆宏勋安睡。

次日起身梳洗，用了些早点起身。店内着一人骑了一头黑驴子在前面引路。走了二十里之外，方入枣林地面。无数枣树却不成行：或路东一棵，或路西一棵，栽得杂乱。都是些弯弯曲曲的小路，骆宏勋同余谦未有三五个转弯，就分不清东西南北了。骆宏勋问那引路之人道："此非山谷，其路怎么这样崎岖？"那人道："治就的路，生人不能出入，且有至死亦不能进庄的。"余谦惊讶道："怎样分别？"那人道："余大叔同姑爷系自家人，小的不妨直告：枣林周围一百里远近，故名之酸枣林。只看无上梢之树，向小路奔走，便是生路；逢着有上梢，并路径大者，即是死路。"那余谦又问道："怎么小路倒生，大路倒死呢？"那人道："小路是实，大路却有埋伏，乃上实而下虚。下掘几丈深坑，上用秫秸铺摊，以土在上盖之，生人不知，奔走大路，即坠坑中。"

说说行行，前边到了一个寨子。骆宏勋举目一看：有数亩大的一片楼房，皆青石砌面的墙壁。来到护庄桥边，那引路之人跳下驴子问道："姑爷，还是越庄走，还是穿庄走？"骆宏勋道："越庄怎样？"那人道："此寨乃巴九爷的住宅。越庄走，从寨后外走到老寨，有五十里路程；穿庄走，后寨门进去，穿过九爷寨，不远就是七爷寨了。过了七爷寨，又到了二爷寨；过了二爷寨，就是老寨，只有三十里路。不知姑爷爱走近？走远？"骆宏勋恨不得两胁生翅，飞到母亲跟前，遂说道："谁肯舍近而求远，但恐穿庄惊动九爷，未免缠绕，耽误工夫。"那人道："姑爷不知，进了寨子，在群房之中夹巷里行走，九爷哪里知道！"骆宏勋道："既如此，绕庄耽搁，穿庄走吧！"那人道："请姑爷、余大叔下来歇息，待小的进去先拿钥匙，开了寨门，让姑爷好行。"骆宏勋道："使得，以速为妙；且不可说我从此而过。"那人道："晓得，晓得！"将驴子拴在路旁树干上，从路左首旁边走进去了。骆大爷、余谦俱在此地下马，也将马拴在树上。余谦又把坐褥拿下一床，放在护庄桥石块之上，请大爷坐下等候。一等也不来，二等也不来，已时到庄，未时不见来开寨门。他主仆二人俱是早起吃的东西，此时俱肚中微微有些饿意。骆宏勋道：“我观此人说话甚是怪异，此时尚不见来，怎么这等懈怠，一去就不见回来？”余谦道：“想是他的腹中饿了，至相熟的人家寻饭吃去了。”

正说话之间，猛听寨门一声响亮，骆大爷抬头一看，寨门两扇大开，走出了三四十个大汉，长长大大，各持长棍，分列寨门之外，按队而来。骆宏勋心中暗想道：“此事甚是诧异，不晓何故？”

要知后事如何，且听下回分解。

第四十二回

惹祸逃灾遇世兄

话说骆大爷见寨门大开，走出一个十六七岁大汉，又带了三四十个庄汉，各持长棍分列左右，众人各执兵器呆立。骆宏勋不知何故，遂令余谦各掣出兵器在手。又停片时，里边又走出一人，有二丈身躯，黑面红发，年纪约有十六七岁，手拿一条熟铜大棍，大声叫道："骆宏勋我的儿！你来了么？小爷等你多时了。"走过护庄桥，举棍照骆大爷就打。骆大爷将身往旁一闪，那棍落在地下，打了有三尺余深。那大汉见棍落空，反起棍来又分顶一棍，骆大爷往后一退，棍又落在地下，亦打有三尺多深。骆宏勋暗想道："倘躲不及撞在棍上，即为齑粉！还不下手，等待何时？"那大汉见两棍落空，躁得暴跳如雷，分顶打去，他又躲闪。这一棍腰下打去，看他往何处去躲避？遂将棍放平，照腰打去。骆大爷见他平腰打来，想道："两旁无处躲避。后退，棍长又退不出，不如向他怀中而进，即打在身上，亦不大狠！"遂一个箭步蹿进大汉怀中，手中之剑照心一刺，那大汉"哎哟"一声，便倒卧尘埃，全然不动弹。只听寨门两旁那些大汉大叫一声："不好了！小爷被骆宏勋刺死，快报与九爷知道！"骆宏勋知是巴九之子，自悔道："早知是巴家之子，他夫妻知道，岂肯干休！强龙不压地头蛇。”余谦道：“既刺死了，速速商议。我主仆二人，怎能敌他一庄之众？速上马奔花家寨要紧！花老爹虽不在家，花奶奶自然在家。”骆宏勋道：“此言有理！”各解缰绳，急登上马，加鞭而行。

看官：巴九之子巴结，素日并未与骆宏勋会面，有何仇恨？今日举棍伤他是何缘故？他与花碧莲同年，一十六岁。生来身大腰粗，黑面红发，有千斤膂力，就是其性有些痴呆。巴氏九雄只有此一子，因新年往姑娘家拜节，见表妹花碧莲，回家告诉父母，欲要聘花碧莲为妻。巴氏夫妻亦爱甥女生得人品俊俏，武艺精湛。巴九邀八位哥哥与花振芳面讲；其母马金定相约八位嫂嫂，在花奶奶面前恳求亲事。花振芳看妻弟之情，花奶奶亦看弟妇之面，皆不可一时间回绝，心中有三分应允之意。唯有花碧莲立誓不嫁这呆货，是以未谐亲事。花老见女儿成人该当婚配，若在寨内选一英雄招赘，又恐呆货看见吃醋，故带着女儿远方择婿，及盗了骆太太、桂小姐来，料亲事必妥。巴九夫妻在家谈论道：“骆宏勋不日即来。”谁知被这呆货听去，瞒着父母要暗将骆宏勋弄死，遂将寨内之人拣选大汉三四十个，着二十个立在越庄路上，着二十个立在穿庄路上，日日等候。今日这呆子正在大门河旁，忽见苦水铺店内之人来，问道：“来此何干？”那人不知就里，说道：“骆姑爷昨晚至店，今日欲进老寨。小的领路，前来讨钥匙开寨门。”这呆子好不厉害，恐那人走漏消息，照耳门一掌，那人呜呼哀哉。遂着人到越庄路上唤回那二十个人来，已半日工夫才开寨门。从来说：“大汉必呆。”他所拣选之四十个人都有些呆；若有一个伶俐者，骆宏勋刺死巴结之时，只着一个人入寨内报信，余者前来围住，骆宏助主仆怎能得脱？幸亏是些呆子，四十个人同进寨内报信，他主仆无有拦阻，所以逃脱。巴九夫妇听得儿子被骆宏勋刺死，大哭一声：“痛死我也！”哭了一场，说道：“这厮不能远去，吩咐鸣锣，速齐喽啰，四路分进，拿住碎尸万段，代吾儿报仇！”

且说骆宏勋、余谦二人奔逃，忽听得锣声响亮。余谦道：“大爷速走些，听锣声响亮，必是巴九齐人追赶我等！”骆大爷道：“路甚崎岖，且是不知南北东西，向何处而走？”余谦道：“先曾听得那引路之人说道：无上梢树，即是生路，我们只看无梢之树行走，自然脱身。”余谦在前，骆大爷道：“谅必是的。”渐渐不闻锣声响亮，骆大爷道：“就此走远了！”方才放心。那巴九夫妻各持枪刀，率领众人，分作四队，料骆宏勋仍往苦水铺逃走，四队向南追赶。骆大爷主仆不认得路径向北奔，奔入花家寨，所以听得锣声渐渐远了。却说骆大爷虽然听得锣声渐远，而实在不知向西北走才是花家寨正路，他主仆早不分东西南北，走一阵又向西行一程，自未时在巴家寨起身，坐在马上不住加鞭，走至日落时，约略走了有五十里，总不见老寨，明知又走错了路径，二人腹中又饿，余谦道：“我们已离巴家有五七十里之遥，谅他一时也赶不上我们。看前边可有卖饭之家，吃点再走。”骆大爷道：“我肚中也甚是饥饿。”二人加鞭奔驰，行到黑影已上，总未看见一个人来往。

正行之间，对面也来了一匹马，马上坐着一个人。后随一人步行，至对面已经过去，那人转过马头，问道：“前面骑马者，莫非余谦么？”骆宏勋同余谦听此一声，又惊又喜，喜的是呼名而问，必是平日相识。惊的是离巴家不远，恐是巴家有人追赶前来。遂问道：“台驾何人？”那个人细看，叫道：“这一位好像世弟骆宏勋？”骆宏勋闻他以世弟相称，答道：“正是骆宏勋！”那人遂跳下马来，骆宏勋主仆亦下了马。骆宏勋忙问道：“大哥是谁？”那人道：“吾乃胡琏也。向在扬州从师学艺，在府一住三年，世弟尚小，轻易不往前来，所会甚少。余谦到厅提茶送水，认得甚熟；彼时甚小，而体态面目终未大变，我还有些认得。”骆宏勋、余谦彼时七八岁，诸事记得，仔细一看，分毫不差，正是世兄胡琏。抢步上前见礼，胡琏道：“近闻世弟与花振芳联姻，不久即来招赘。愚兄蓄意至花家寨相会，不料途中相逢。但不知你主仆奔驰，欲往何处？”骆宏勋将花老设谋，将母、妻盗至山东，扬州奔丧，与栾家打擂台，蒙鲍自安相劝，恐小弟在家内与栾家结仇，叫我再往山东花家老寨拜见母亲，并带议招赘之事说了一遍。胡琏道："倒未知师母大人驾已来此，有失迎接！今世弟走错路径了，花家寨在正南，你今走向西北了。"骆大爷道："路本不熟，又因路上惹下一祸来，忙迫之中，错而又错。"胡琏忙问道："世弟惹下什么祸来？"骆宏勋又将路过巴家寨，刺死巴九之子，前后说了一遍。胡涟大惊道："此祸真非小！巴氏九人，只此一子，今被你刺死，岂肯干休！且巴家九弟妇马金定，武艺精通无比。作速同我回家，商议一个主意要紧！"骆宏勋主仆犹如孤岛无栖，一见世兄，如见父母一般，连声道："是！"遂上了牲口同行。

走了有二里之遥，到了一个庄院，下了牲口，走进门来，至客厅见礼献茶。说道："苦水铺至此，一路并无饭店，想世弟腹中饥饿。"吩咐道："速备酒饭。"骆宏勋道："多谢世兄费心也！"不一时，酒饭捧出，胡琏相陪，人坐对饮。余谦别房另有酒饭款待。饮了数杯之后，骆宏勋告止，胡琏道："也罢！世弟途路辛苦，亦不敢劝你多饮。"骆宏勋才吃了一碗饭，将才动箸，胡琏大叫一声："不好了！"说道："你有万世不孝之骂名！"骆宏勋放下碗箸，连忙站起身来，问道："世兄怎样讲？"胡琏愁眉皱额，跌脚捶胸。只因：

素日授业恩情重，今朝关心皱两眉。

不知胡琏说出什么话来，且听下回分解。

第四十三回

胡金鞭开岭送世弟

却说骆宏勋正在用饭之际，胡琏大叫一声："不好了！"遂放下碗筷，忙问："何也？"胡琏蹙额皱眉、顿足捶胸说道："你主仆今日逃脱，巴九夫妻追赶不上，师母同世弟妇在花家寨难免知道，必率人奔花家寨捉拿，师母并桂小姐还有性命否？"骆宏勋听说拿母亲，不由号啕恸哭，哀求世兄："差一个路熟之人，相引愚弟直奔花家寨前去，情愿与他偿命，不叫他难为母亲！"胡琏见骆宏勋哀恸，又解劝道："此乃过虑。巴家夫妇正在痛子之时，意不及此，亦未可知。若有此想，此刻师母早被捉去矣！此地离花家寨还有五十里，即世弟赶去，已是迟了。你且放心，待愚兄差一个人前去讨信，不过三更天便知虚实。"骆宏勋道："往返百里之遥，三更时怎能有信？"胡琏道："世弟不知，我有一个同胞兄弟，名理，生得不满八尺身躯，若论气力，千斤之外；如讲英雄，万夫难敌。今年二十七岁了，人多劝他求取功名，他说：'奸党当道，非忠良吐志之时。为人臣必当致身于君，倘做一官半职，反倒受他们管辖，何如我游荡江湖，无拘无束！'与花振芳、巴氏九雄有一拜之盟。三年以前，他在胡家凹开张一个歇店，正直商贾并忠良仕宦，歇住店中，恭恭敬敬，丝毫不敢相欺；若是奸侉门中之人，入他店中，莫想一个得活，财帛货物留下，将人宰杀，剐下肉来切成馅子包馒首。因此人都起他一个混名：叫做‘活阎罗’。还有一件赢人处，十月天气，两头见日，能行四百里路程。此刻差人到店叫来，世弟以礼待之，他即前去，不过三更天气可以回来。”骆宏勋道：“常听鲍老爹道及大名，却不知就是世兄之令弟也。”胡琏道：“莫是龙潭之鲍自安么？”骆宏勋道：“正是。”胡琏道：“我亦知他的名，实未会面。”遂向一个家人吩咐道：“有我方才骑来之马，想未下鞍，速速骑往胡二爷店中，就说我有一要事，请二爷回来商量。”家人领命。去不多时，回来说道：“二爷已到庄前。”话犹未了，胡二爷已走进门来。骆宏勋连忙起身见礼，礼毕，分宾主坐下。胡理道：“此位仁兄是谁？”胡琏道：“即我家师骆老爷公子骆宏勋也。”胡理复又一躬道：“久仰，久仰！”又问道：“哥哥呼唤，有何话说？”胡琏将骆宏勋路过巴家寨，刺死巴九之子前后之事说了一遍，胡理摇头道：“巴氏九人，只此一子，巴九嫂马金定甚是了得！”胡琏道：“因惧他厉害，故请贤弟来商议。”胡理道：“巴氏有结盟之义，骆兄有世交之谊，我兄弟均不相助就是了。”胡琏道：“不是叫你助我、助他，现今骆师母借居花家寨花振芳处，今日巴家夫妻赶不着世弟，他们必奔花家寨生捉师母。别人去，一时不得其信，骆世弟意欲烦你走一遭。”骆宏勋欠身道：“闻得世兄有神行之能，意欲拜烦打探虚实。弟无他报，一总磕头相谢罢了。”胡理本不欲去，因奉兄之命，又兼骆宏勋其情可怜，遂答：“效劳无妨！”胡琏吩咐拿酒来与二爷，劝劝二爷速去。胡理道：“吃酒事小，骆兄事大！大哥，你且同骆世兄饮酒，待去来再饮何妨！”约略天有初更，胡理说声：“去也！”迈步出门。骆宏勋连忙起身相送，及至门外，早不知胡理去向。暗道：“真奇人也！”复走进房。胡琏道：“我同世弟慢慢而饮。”一壶酒尚未饮完，只听得房上“咯咚”一声，胡琏问道：“什么响？”外边答道：“是我。”走进门来，乃胡理回进寨内，正打三更。骆宏勋连忙起身迎接。胡理道："骆世兄放心，老太太并桂小姐安然无事。巴九哥夫妻却至老寨难为老太太、桂小姐，令岳母苦劝，九哥夫妻丝毫不容，多亏碧莲动怒，要赌斗。巴九哥无奈回家，要遍处追寻世兄报仇！"又道："骆兄，莫怪我说：令老太太、桂小姐安然无事，皆碧莲之力也。他日完娶，切不可轻他。"又向胡琏道："大哥，方才巴氏姐姐相嘱说：花振芳已下江南，骆兄不可入寨，恐巴九哥复去寻闹，无人分解，叫我兄弟二人代骆兄生法。弟思想一路，并无万全之策，大哥有甚主意否？"胡琏想了一想："别无良策，骆世弟还是回南为妥。我寨环绕巴家寨，相隔不远，来往不断人行。我料明日巴家必有人来此路追寻；若来时可难，对他怎讲？说世弟在此，自然不可；若回答不在，日后知道必迁怒于我。难道怕他不成？只是好好寨邻，又有一盟之义，岂不恶杀了！如恶杀他，有益于世弟，倒也不妨，实无益也！世弟回南，快相约鲍自安至此，我兄弟同去与他们弟兄一讲，此仇方能解释。只是一件：回南之路，飞不过他巴家寨，如何是好？"胡理道："这个不难，叫骆兄走长叶岭可也。"胡琏道："此路好，奈多日无人行走，恐内中有毒虫。"胡理道："有法，有法，拿一根竹子，将竹劈破，骆兄主仆各持一根，分草而行，此名为'打草惊蛇'。"骆宏勋道："素知长叶岭乃是通衢大路，二兄怎说多日不行？"胡理道："骆兄不知，当初长叶岭原是通衢大路，只因苦水铺花振芳开了店口，把我胡家凹生意总做了去。是咱不忿，用石块将长叶岭砌起，说那条路出了大虫，不容人行走。近来，客商官员先从我店过去，然后才到他那边。如今令人用铁锄撬扛，将岭口打开，亦不过三四里路，就出岭口。前边有一碑，字是石刻。奔东南，行八十里即黄花铺。铺上皆是官店，并非黑店。黄花铺，乃恩县、历县两县交界。住一宿，问人回南路，依他指引，不可到界碑奔西北去，那是通苦水铺去的大路。"骆宏勋恐记不清楚，叫余谦细细听着。胡琏道："并非我催逼世弟，要走，趁夜行，方免人之耳目也！"骆宏勋一一领教。胡琏又拿出些干面，做了些锅饼，装在褡包之内，以作这八十里之路饭。骆宏勋告辞起身，胡琏兄弟二人相送，带了三四十喽兵，送到长叶岭口，令人将路口石块都搬开。骆宏勋重又相谢上马，持竹分路而行。天已五鼓时分，可怜二人深草高膝，撞脸搠腮，真个是路上舍命，一直前行。骆宏勋去后，胡琏仍令喽兵将岭口砌上，回去不提。

且说骆家主仆二人走至日出时，方出山口，举目一观，真有一个界字石碑。记得胡理说：向东南走去，方才是生路。定了定神，方奔东南大路而行。虽然还是有草，较之山口短矮了许多，易于行走了。行至中饭时候，路上渐渐有人行走。余谦跳下牲口，向人拱手借问："黄花铺还有多远？"走路人答道："三十里就是。"骆宏勋道："也走过一半多了。"二人下马，将牲口歇息，取出锅饼吃了几个，方才又上马。走到了日落时候，方到了黄花铺，举目一看：真个好地方。怎见得？有《临江月》一首为证：

来往行人不断，滔滔商贾相连。许多扛银并挑钱，想必是：贩巧货，赚大利，满载万倍钱。油盐店说：秤准；早饭店言：碗满。名槽坊，报条写，大大歇店挂灯笼，酒铺戏馆竖望杆。

骆宏勋主仆听胡家兄弟说过，此地皆是官店，遂放心大胆进了宿店，况天又晚了，二人只得走入店门。正是：

两眼不知生死路，一身又入是非门。

又兼他主仆二人辛苦一夜无眠，不便办买别物，店中随便菜饭食用些须，二人打开行李，解衣而睡，次日好赶早奔路。事不凑巧，半夜之间，天降大雨。天明时，主仆起来，见雨甚大，不便起行，又兼昨夜辛苦，身子甚是疲倦。命余谦秤几钱银子，叫店小二割一方向，买二只鸡鸭，煎些汤水吃吃。余谦遂秤了一块银子有六钱重，叫店小二割一方向，买两只鸡鸭，沽了三斤陈木瓜酒、作料等物。北方鸡鸭鱼肉甚贱，只用了四钱多银，余者交还。余谦道："不要了，你拿去买酒吃吧！只要你烹调有味，明日起行，还有赏赐呢。"店小二深感之至，满心欢喜，用心用意择菜办弄。骆宏勋因昨日进店天晚，未曾看明黄花铺的街道，趁菜未好，走至门面中间向小街观看。合当有事，对过是公馆，骆宏勋在店门时，恰值公馆中官府出来送客，骆大爷不以为意，看了一会，仍回房内来。你说对过公馆中官员是谁？乃定兴县贺氏之兄，贺世赖也，自花振芳劫任正千，西门挂头之后，王伦放了嘉兴府，留下一封信字，叫他进京见他父亲王怀仁。怀仁见他儿子信内云：家中收过他足纹一千两，又系他的妾兄，叫大小与他一个前程。王怀仁遂查山东历城县少了一个主簿，将贺世赖名字补上。贺世赖遂赴任历城县做主簿。做了三日，历城县尹病故，军门大人委贺世赖暂署县印，以主簿代行县事，在黄花铺公馆。这日，有临界恩县唐建宗来拜，他送出门，看见骆宏勋在对面店门站立。回来叫过个班头，吩咐道："对过店中一位少年，本县有些认得，好似扬州骆宏勋模样。你暗暗过去私问店主人，果是扬州骆宏勋，必然还有一个家人，名叫余谦。若店主人说果是此人，可吩咐店主人莫要放他去了，本县有话与他说。若是走漏消息，走脱二人，本县只向店内要人！"班头领命，过去一问：竟是扬州骆宏勋带一家人余谦。是昨日日落之时入店，原是说今早起身，因降大雨，是以未行。班头暗对店家说道："我家老爷认得此人，有话对他说。叫你莫要放他起身，倘走漏消息，去了此人，只在你店中追究。"说罢，竟回公馆去了。正是：

满天撒下钩和线，从今钓出是非来。

毕竟不知此去好歹如何，且听下回分解。

第四十四回

贺世赖歇店捉盟兄

却说班头说罢，回了公馆去。店家捏着一把汗，祝告道："但愿老天爷多降几天大雨，令他们不能起身，我之福也！"不表店家祝告天地。且说值日班头回至公馆，见了本官，将话告复。贺世赖吩咐外班侍候坐轿，回拜恩县唐老爷。唐老爷出迎，见礼分坐。献茶之后，贺世赖道："晚生今来谒见堂翁，还有一件紧急大事相商。"唐建宗道："寅兄有何事情，请道其详。"贺世赖道："黄花铺乃晚生与堂翁两县分界，今来两个大盗，现在廖家富店内歇住。晚生公馆中衙役稀少，不敢动手，恐惊他逃走。特来相告堂翁，协同两县人役前去，方保万全！"唐建宗道："寅兄访得的确，方可动手；若是诬良，干系你我考成。"贺世赖道："定兴县劫牢，抢出大盗任正千；嘉兴府哄堂，盗去梅姓私娃，实尽是此人。晚生认得最切，怎得错误！"唐建宗见他说得真实，地方内来了大盗，怎好推辞不拿？遂差马快三四十个人，协同贺世赖十数个衙役，各执棍杖、铁尺、挠钩、长杆，一哄到了饭店中来。

且说店小二将鸡鸭鱼肉都做停当，一盘捧进房来，余谦摆列桌上。骆宏勋面朝里背朝外坐下食用，亦叫余谦过来同吃。余谦说道：

“这黄花铺乃来往大道，士人君子极多，倘看见主仆共桌而食，暗地必定取笑。大爷用过，小的再用。”余谦见外边雨稍住，遂至后园出大恭去了。且说两县人役皆进店门，便丢了一个眼色与店家。店家会意，指骆宏勋住房。众人走至门外，看见强盗在里面用食，暗暗将挠钩伸进，照骆宏勋腿肚一勾，用力一拧。可怜骆宏勋无意提防，连桌椅尽皆拉倒。又跑进十数人，按住身子，棍杖、铁尺雨点打来，未有几时，遍身皆伤。骆宏勋只当巴家赶来，不料官兵捉拿。先还撑持，后来只落了个哼哼而已。众人见他不能动手，即刻将手铐脚镣套上。却说余谦出完了恭，才待回房，只见店小二躲躲藏藏，一脸惊慌之色，迎上前来，低低道：“大叔不可前去！你家骆大爷已被官兵捉去了！”余谦惊问道：“何处官兵，因何事件？”店小二道：“是历县贺世赖老爷来拿去的。所来之人，皆是马快，各持长杆、挠钩，说你大爷是大案强盗，不一刻就来拿你大叔了。小的先承送酒菜，故才冒险前来通信；倘被看见，受累非小！”说罢，抽身而去。余谦想道：“大爷已经被捉，落我一人，怎挡他两县之众？今若回去是鱼自投罗网了。不如逃走，再生别法搭救主人。”不觉眼中落下泪来，道：“我主仆今朝正是：破屋又遭连夜雨，行船偏遇顶头风。大爷呵，莫道余谦忘恩负义、畏刀避剑，背主而逃呀！叫小的一人无法救你，速回江南通知徐、鲍，好来搭救。”将脚一纵，跳过群墙，放开虎步，如飞向东南奔去，不提。

且说众马快将骆大爷上了手铐脚镣，找寻余谦不见，就知走脱，只得将骆宏勋解赴恩县衙门。贺世赖随后坐轿，亦到恩县，与唐建宗会审。坐了二堂，吩咐将强盗带上来。马快将骆大爷抬至堂上，卧在地下，还不知因何缘故。唐建宗是主，不好相僭，让贺世赖先问骆宏勋道：“狗强人！恃强逞勇，无法无天，今日怎也犯在我手里，可能得活哩？”唐建宗听了这样问词，明是借公报私声口，并非审问强盗了，就有几分疑惑。且听强盗回说什么。骆宏勋虽被衙役打昏，此刻也有几分苏醒。闻得上边声音相熟，抬头一看，不是别人，乃是定兴贺世赖也。不禁雄心大怒，用手一指，骂道："我当是谁！原来是你这个乌龟王八么！"贺世赖大怒道："好大胆的强人，敢骂本县！"吩咐掌嘴。衙役才待上前，唐建宗禁止道："莫要动手，待我问来。"大喝一声道："你今既被捉获了，就该敛气服罪，也少受些刑法，怎大胆辱骂问官！"骆宏勋道："我无犯法之条，不知因何捉拿，亦又不知此官为谁？"唐建宗道："本县是恩县，贺老爷是历城县，黄花铺乃两县分界，故我二人会审。你一伙共有多少人，怎样劫得定兴监牢？从实说来，本县不动大刑难为你了。"骆宏勋道："老爷不知，小人父亲在定兴县做游击，在任九年，一病身亡。城内有一个富户任正千，幼从先父习学枪棒，感父授业之恩，款留我母子在家居住。"手指贺世赖道："他的妹子贺氏，原是江陵院中一个妓女，他亦随妹在院捧茶送酒。我世兄任正千在江陵院中会见他妹子，爱其体态妖娆，不惜三百金代他赎身，接至家中为妻。贺世赖亦随至世兄处管事。后因赌钱输下债，无钱偿还，将世兄客厅中铜火盆盗去，被世兄遇见。逐出门庭，永不许上门。他流落在城隍庙中抄写诗签，适值王伦求签，他代讲签诗；王伦中意，唤至家中，做个帮闲朋友。后因西门解围，我四人结拜，岂知这畜生有代妹牵马之心，将我二人灌醉，令王伦进内与贺氏通奸；又被我家人余谦撞见，因此结仇。我随父柩回南后，又闻王伦被盗，硬诬任正千为匪。后来不知何人，劫狱救出了，王伦竟把贺氏接去为妾。想必是王伦用了手脚、代他干办了这个前程。今日相遇，又想谋害小的，老爷细思此事，便知真伪。"贺世赖听他将自己半世丑态尽皆说出，只气得暴跳如雷，将惊堂一拍，吩咐："抬夹棍来！这个狗强盗自然招出真情。"下边衙役连声答应。唐建宗禁止道："不可乱动！"便叫声："贺寅兄，骆宏勋今日破了案，又无赃证，何能就动得大刑！暂且收禁，俟拿住余谦，再一同审。"即写监票，把骆宏勋送入监中。又吩咐禁役，不要上大刑具。唐建宗吩咐将饭店家廖大带上来，问道：“此二人何时到店中来的？可还有作伴人否？”廖大禀道：“昨日日落时进我店中的。只此二人，并无别的形迹。”唐建宗即吩咐店家：“无你大事，回去吧！以后留人，务须留心查诘来历，不可混留。”廖大磕了个头，应声“是”，感激大恩而去。唐老爷又令将口供单拿来看，与骆宏勋口说无异。贺世赖也要看看，唐老爷恐他看见上面皆是辱耻于他之言，怕他扯碎，故不与他看，遂放入袖中。说道。“寅兄，看他怎地！弟这边收存一样。但今日之事，将来必干碍考成。寅兄作速通知令妹丈王大爷，代你我做个手脚为要。骆宏勋既系游击之子，自有三亲六眷，怎肯受此屈气也！”贺世赖被唐建宗说着他的病根，闭口无言，遂告辞带愧而回。看官，唐建宗因何以口供单为至宝，不与贺世赖看？他是个进士官，对律例甚通，诬赖平人为盗，妄动大刑，则该削职；若误拿而不动刑，不过罚俸，所以他禁止，不叫动刑。又料骆宏勋必不服气，倘若告了上司状子，他有口供单为凭，其罪皆归贺世赖了。这也不提。

却说余谦跳过墙来，一溜烟向东南跑去，脚不停留。跑至中饭时候，约略有三十里路程，来到一个大松林。余谦走入里面，在那石香炉上坐下，肚中还是昨日晚间进店之时吃的东西，今日天降大雨，地有泥污，不住脚地跑到中饭时候，肚中饥饿，脚又疼痛，身上分文未带。正是：

无论英雄豪杰客，也怕遭逢落难时。

此刻余谦真无可奈何，欲回江南通信与徐、鲍二处，因相隔路有千里，身边未带分文；欲回黄花铺打探主人信息，又恐贺世赖捉去，主仆二人尽死于无辜。左右思想两难，不如解下腰带，自缢而死林中，省得受这苦处。才解带，心中又想道：“我若死于此地，主人哪里知道？还只说我忘恩负义，背主而逃。罢，罢，罢！不如我返回黄花铺，自投图圄，死于主人之侧；似见我余谦非是无情人也！”主意已定，遂迈步出了松林，仍往黄花铺而来。日落时，离黄花铺不远，后边来了一匹牲口，上坐一个和尚。人迟马快，不多一时，赶过余谦，回首将余谦一望，勒住马头，回身叫道：“你不是余谦么？”余谦虽然行路，却低头思想主意，并未看见。忽听有人呼他之名，且疑官差捕捉人等，心中打了一寒噤。正是：

飞鸟经枪双舞翅，又闻弦响惧弹来。

毕竟不知呼唤余谦果系何人，且听下回分解。

第四十五回

军门府余谦告状

却说余谦将到历城县，后边来了一骑牲口，人又走得迟，马又行得快，赶过余谦。余谦见马上坐着一个和尚，将余谦一望，转过马来叫道："这不是余谦么？"余谦闻叫，抬头一看，不是别人，却是骆宏勋之嫡堂兄，名宾王。向年做过翰林院庶吉士，因则天娘娘淫乱，重用奸佞，他就弃职，隐在九华山削发为僧。素与狄仁杰王爷甚是契厚，他今日五台山进香回来。狄仁杰现任山东节度使。宾王路过历城县，将欲一拜。遇见余谦故呼名相问。余谦认得是宾王和尚，即双膝跪下，口称："大爷爷不好了，大爷今在历城县被人诬良为盗。"骆宾王道："何人相诬？"余谦将定兴县王伦、贺氏通奸，并花振芳盗老太太，路中刺死巴九之子；胡琏开路送行；昨晚进店，天雨阻隔；贺氏之兄贺世赖现为历城县主，看见我主仆在店，差人以强盗名捉去；小的我翻墙而逃，已至三十里之外，复转去自投，意欲同死，前后之事，细细述了一遍。骆宾王道："余谦，你果有真心救我之弟，随我同进狄千岁衙门，即便禀明，自然有救。"余谦满心欢喜，骆宾王叫道："需要改装。"便将衣服与余谦扮做道人。包袱内现有干粮，余谦吃了些，同了宾王进城，他又下饭店等候。

宾王来至节度衙门，下了牲口，命外班通报说：“九华山骆和尚禀见！”外班禀了宅门，宅门又禀狄仁杰。狄仁杰听说宾王和尚至此，连忙吩咐：“请见！”宅门上传于外班，外班来至大门，说声：“请进！”骆宾王在前，余谦在后，进了宅门。狄千岁早在堂上，二人相见礼毕，分宾主坐下，各叙寒温。仁杰道：“一别日久，甚为渴想，今晤尊颜，大快愚怀！”骆宾王道：“贫僧隐居荒山，千岁位居三台。每欲进谒，未得其便。今五台山进香回来，闻得千岁荣任山东，特来叩贺。”仁杰道：“岂敢，岂敢！”谈论一会，进内书房摆斋，狄仁杰相陪用斋。那跟来的道人，亦有家人相邀，另有斋饭管待。吃饭之后，又安排夜宴，余谦门外侍立。狄公饮酒之间，问宾王道：“先生抱济世之才，藏隐山林，真为可惜！常闻治极生乱，乱极生治，当今之世，已乱极矣，而治将生焉！先生若肯离却佛门，仍归俗世，下官代为启奏，同朝拱扶社稷，以乐晚年，何如？”宾王道：“千岁美意，铭之于心。但是贫僧已脱红尘，久无心于富贵。”狄公又道：“素知先生道及尊府乃系独门，而人丁甚少。先生今日出家，尊府又少一个贤子孙，怎能昌盛也！”宾王听说“人丁”二字，不觉眼中流出泪来。狄公忙问道：“先生因何落泪？”宾王道，“适闻千岁言及舍下人丁，贫僧觉惨。舍下历代单传，唯先祖、先父、先叔三人。先父又生贫僧，先叔生一舍弟名宾侯。贫僧出家，所有奉祀先人香烟者，只有舍弟宾侯。不料今日途中相遇家人余谦，言及今日早饭后，被历城县县官硬诬为盗，拿入缧绁。贫僧叹家门不幸，人口伶仃，何至于此也？是以坠泪。”狄公道：“历城县县官前日已故，尚未题补；现今委主簿贺世赖代行，他怎无故硬诬平人为盗？”宾王道：“今随贫僧来者，即是舍弟家人余谦也。因主被诬，他无依无栖，走投无路，贫僧见之不忍，故带他同行。前后之事，他尽知之。”又叫余谦过来，将大爷之事，细细禀上千岁。余谦走进门来，双膝跪下，恸哭不止。狄公道：“你莫哭！且起来，将前后事情说我知道！”余谦磕了个头，爬起身来，立在旁边，将任正千留住，往桃花坞游春；王伦与贺氏通奸，主人不辞回南；花振芳求亲不谐，怒及主母；鲍自安劝主避祸；山东招赘，路过巴家寨，刺杀巴九之子；夜宿黄花铺，遇了贺贼诬良，从头至尾说了一遍。狄公道："骆先生莫怪我说，令弟既系宦门之子，应当习学正业，好求取功名，怎与这水旱二寇来往？我每欲捉拿这两个强人，未得有便。"余谦又跪下告道："小的主人原是习文讲武，求取功名的，因父丧未满，在家守制。与花、鲍二人相交，亦是好意。"又将桃花坞游春时相遇花振芳，始结王、贺之恨；捉刺客赠金之举，方交鲍自安，故有哄堂之行；且花、鲍二人，皆当世之英雄，非江湖之真强盗也，所劫者，皆是奸佞；所敬者，咸系忠良；每恨生于无道之秋，不能吐志，常为之吁嗟长叹。狄公闻余谦称花、鲍有忠义之心，触起迎主还朝之念，素知这二人手下有无数英雄，欲得他归顺，以作除奸斩佞之用。又向骆宾王道："余谦适言嘉兴哄堂案内，有梅修氏不夫而成胎之故，此何说也？"宾王道："古亦有斯事也。或目触形而成胎，或梦饮而有孕，所生之子，非英才盖世，即成佛作仙，名曰：'仙胎。'虽然，古今不多有之事也，人见之不得不疑耳！"狄公道："下官学浅，不知古来哪个是不夫而孕者，望先生为有证之。"宾王道："王禅，鬼谷成孕；甘罗，饮露成胎，皆其验也！"狄公又道："有夫无夫，何以知之？"宾王道："如真无夫之胎，其子生下，虽有筋骨，但软而不硬，五七岁时方能行走。"狄公满口称赞道："真可谓博古通今之士，不愧翰林之职也。下官意欲叫余谦明日回江南，差一旗牌，持我令箭，随他偕去将水寇鲍福并私娃一案，一并提来下官面审。令弟之事，叫余谦写一状子，我明日升堂放告，叫他外喊，我准他状子，自有道理。"余谦道："小的回南，倘贺世赖谋害主人，如何是好？"狄公道："我收你状子，批准后，鲍福一并讯究。贺世赖诬良，已为犯官，我亦差人管押。本藩亲提之事，哪个敢害你主人！"余谦方才放心。天色已晚，狄公回后，骆宾王写了一张状子，交给余谦，叫他明日赶早出府，莫使他人知觉，衙外伺候。余谦一一领命。心中焦躁，思念主人，一夜何曾合眼。天明时，看见宅门开了，余谦走出，赶奔道人寓所，将衣帽换过，同至衙前。道人独自报名进去了，余谦独自在外伺候。

只听得三声炮响，鼓乐齐鸣，不多一时，那狄千岁升堂放告。余谦即大叫“冤枉”，求千岁爷做主。话犹未了，只听得两旁一声吆喝，四个旗牌官如狼似虎，跑至余谦跟前，一把抓住，提到堂上，绳捆索绑，要打一百例棒。才待举棒，狄公将头一低，向余谦道：“你免打。”下边答应一声，就不打了。狄公问道：“你是哪方人氏？何不在地方官衙门伸告，反到本藩衙门乱喊。可有状子么？”余谦道：“小的有状在怀。”狄公吩咐放绑，下面将余谦放了。余谦跪下，将怀中状子取出，顶在头上。堂吏接着，放在公案，狄公举目一看，其略曰：

具告状人余谦，年二十三岁，系江南扬州府江都县人氏。为赃官诬民，借公报私，叩求宪台提讯事：小人主人骆宏勋，老主人系原任定兴县游击之职，在任九年身故。在任之日，有一任正千，从主习学多年。后因老爷去世，任大爷因素有师生情谊，留主母与小主人在彼家居住，与伊妻兄贺世赖相认。恨伊人面兽心，见财忘义，贪图王姓之财帛，不顾兄妹之伦理，代妹拉马，与王姓私通，被谦撞见，于是起隙。谦主避嫌，告辞南归，制满赘亲。路宿黄花铺，不意贺世赖莅任历城主簿代行县事，仗倚目前威势，以报他年私恨。协同邻界县唐县令率领虎狼之众，执捉离乡弱民，硬诬以定兴反狱，抢去大盗之罪；嘉兴劫库，盗去私娃之罪。夫反狱事件，仆主丝毫不知，私娃案件，原晓其情：因路过嘉兴，借宿普济庵中，夜闻梅修氏喊叫“救命”，仆主搭救情实。而盗私娃，乃龙潭之鲍福，因狐疑不去之因，盗来以追其实，不意修氏真无夫而有孕。鲍福现今收为义女，养活在家，以待明公而为之剖断焉！仆主亦实未之同事奸恶。以实有之事，而硬罪未作之人，酷刑严拷。因系出于离乡弱民，怎抗邑严之势！藩王畿内，又岂容奸恶横行。情急冒死具禀，伏望藩王千岁驾前恩准提讯，庶邪恶知警，而弱民超生矣。胆敢上禀。

狄公看完了状子，问了几句口供，遂拔令箭一枝，命旗牌董超，董超听见点差，答应一声，当堂跪下。狄公道：“与你令箭一支，速到镇江府丹徒县，提捉水寇鲍福，当堂回话。并提私娃家梅修氏、梅滔等人犯，一同候讯。”董超先还当个美差，好不欢喜；及听见叫他下江南提水寇鲍福，痴呆在地，半日不应。狄公道：“本藩差你，你怎半日不应？欲违本藩之差？”董超道：“旗牌怎敢违差！但那龙潭鲍福，乃多年有名水寇。屡次有官兵前去捉拿，只见去而不见回来。旗牌无兄无弟，只此一人，可怜现有八十二岁老母在堂，旗牌今日去了，何人侍奉晚年？望千岁爷施格外之恩，饶恕残喘，合家顶感。”狄公道：“你只管放心前去，本藩将你交与一个人保护。”遂唤余谦。余谦朝上爬了几步，狄公道：“你既要代主伸冤，必要鲍福到来，方能明白。今将董超交你同去，至龙潭将鲍福提来。董超好生回来，你主人的冤仇自伸；董超有伤，你也莫想得活。”余谦道：“谦安敢！差官但放在小人身上，包管无事！”董超虽闻此言，终有些胆寒，但奉千岁差遣，怎敢推委？恐触本官之怒，少不得领下令箭，即同余谦回家收拾行李。狄公又拔令箭一枝，去把贺世赖拿下，交恩县唐建宗管接，候本藩提审。吩咐毕，退堂，仍与骆宾王相谈，不提。

单言那恩县唐建宗接了军门令箭，连忙带人役至贺世赖公馆，将贺世赖拿下，亦看押在狱神堂中。又吩咐放了骆宏勋的刑具，不可缺了他的茶饭，恐误大人提审。骆宏勋方知余谦告了军门状子，稍放心怀。且说董超同余谦至家收拾，家中妻妾、儿女并八十老母，俱皆痛哭，同出来托余谦。余谦道：“请太太并大娘放心，包管无事。诸事总在我身上，不要担心。”董超无奈，只得收拾行李，辞别母、妻，同余谦向江南而去。

未知此去吉凶如何，且听下回分解。

第四十六回

龙潭庄董超提人

却说董超辞别母妻，同余谦奔江南而去。在路非止一日，那日来到龙潭，余谦乃是熟路，引董超直奔龙潭庄。来到护庄桥，董超立住身道：“余大叔，你先进去，咱家在此等候大叔，向他说明：你亲自出来唤我，我才进庄；若别人相唤，就是强盗了！我就溜去逃命！”余谦道：“你也说得是，待我先进去说吧。”迈步过桥，行至大门，门上人道：“余大叔，你回来了。”余谦道：“回来了。”余谦问道：“老爹可在家么？”门上人道：“山东花老爹同任大爷、扬州徐松朋大爷，都在这里客厅内谈论。”余谦不用通禀，一直进门，心中想道：“我因事急，先来通知鲍老爹，打探明白，到扬州通报徐大爷，不料徐大爷也在此地，两得其便。”来到内客厅，众人一见余谦回来，尽皆失惊，连忙问道：“你怎么回来这等急切？你大爷今在何去处？”余谦听罢，不禁放声大哭，说道：“在路上又惹出祸来了。”花振芳有翁婿之亲，最是惊慌，忙问道：“惹出什么祸来了？”余谦将路过巴九爷寨，误伤少爷之事，说了一遍。巴九弟兄四人，闻说伤了侄儿，尽皆怒目竖眉，大怒道：“我们弟兄九人只此一子，今被伤死，岂肯干休？先杀其仆，而后寻其主。”欲奔余谦。

鲍自安道："诸位贤弟，且莫动怒。事要论轻重，评是非，不是一味动狠的。且在我舍下，如何动得粗？即要代侄报仇，到别处再讲，今日暂停。"巴氏弟兄见鲍自安有护卫余谦神情，在他一亩地内，竟不能行粗，遂含怒而坐。鲍自安道："方才不听见余大叔说：是令侄无故率领多人举棍相害。曾听说当场不让父，举手不容情。骆大爷若不动手，竟候着令侄打死吧，他的命竟一个钱也不值！我也素闻令侄不过长了一个蠢汉，比不得骆大爷那一块，近来大爷又是令甥婿。今既误伤令侄，叫骆大爷日后孝敬孝敬贤昆仲就是了。"巴氏弟兄素亦受知骆宏勋，今见鲍自安一番话说得近理，各皆下气。花振芳因有翁婿之情，干碍开口，只一言不发，见鲍自安劝解巴氏弟兄，气已稍平，遂问道："误伤巴氏之后怎样了？"余谦道："主仆恐寨内人追赶，遂奔老寨。酸枣林路径曲折，错向胡家寨走去；幸遇先老爷门生、金鞭胡琏大爷，留至家中商议，叫我主人速回江南，相请鲍老爹赴山东，与巴九爷商议；又请了胡理二爷来，开长叶岭口，令我主仆奔逃旧落方至黄花铺，住了歇店；半夜天降大雨，次日不能行走，只得在店内住；店门对面是历城县的公馆，那县官就是贺世赖；他看见我主仆在，暗暗约同恩县唐老爷，率领两县人役，将大爷硬诬为盗，打得筋骨寸伤；彼时，小的在后园出恭，多亏店小二通信，越墙逃脱；欲回江南，送信徐大爷、鲍老爹，生法救主；已行三十里，在林内歇息，想投江南，但相隔千里，身边分文全无，如何能行？意欲林中寻死，又料大爷不知，反道我忘恩负义，又不知逃奔何处去了！实在无奈，仍回历城自投，与主人同死；将到历城，路遇大爷堂兄宾王和尚，要去拜见狄仁杰千岁；问明来由，将小的带进衙门，面禀狄千岁；狄千岁发了一支令箭，差旗牌官董超与我同来，相请鲍老爹，并将私娃一案提审；董超不敢进来，今在庄外候信。"花振芳、徐、任三人闻得骆宏勋被难，俱各坠泪。

唯鲍自安听得狄公差人前来捉他并私娃一案，不觉雄心大怒，忙传前面听差的人，速将差官捉来，扒出心来下酒。花振芳闻余谦说：鲍自安一到，骆宏勋之冤即伸。乃劝道：“你这老奴才，方才劝人不要动怒，临到自家头上，就不能三思了。即日不过叫你去做一个见证，有何人难为你处？你一到案，骆大爷之冤即伸，他主仆岂不感你之恩？何必如此动怒！”鲍自安道：“贤弟不知，自二十年前我就在此居住，从无官差敢进我庄。今若容留此人，岂不坏了例了？又被他人笑我年老无能，受人节制了！”余谦见鲍自安不容董超，遂又跪下说道：“临来之时，狄千岁谆谆命之，董超无事回，主人亦自无事；若董超有伤，我主仆们亦莫想得活。今老爹若杀董超，就是杀小的主仆了。望老爹杀了小的，留下董超性命回去，以抵我主人之罪。”说罢，大哭起来。在此之人，无不下泪。鲍自安是个有情有义、心慈面软之人，见余谦愿死保留董超，一团忠义之心，连忙扶起余谦道：“你既能为主尽忠，我岂不能为友全义！拼着老性命走一遭去罢了！余大叔出去请那差官进来。”余谦欢天喜地，走至护庄桥，请董超进内。董超心怀鬼胎，提心吊胆随着余谦进来。

到了客厅，众人相见，分宾主坐下，董超道：“奉上人之命，特请老先生大驾，并提私娃一案，敝上人讯问。”鲍自安道：“久闻狄千岁保国忠良，每欲谒见，无奈因故不便。今有来令，正合我意。私娃案中梅修氏，现为我义女，亦欲代他辨明。狄千岁久历朝纲，经见自多，今蒙提讯，亦我义女见天之日也。去是要去，只是无有定期。在下有一心事，今日做了，明日就起身；明日做了，后日就动身；一年做了，就要一年才起身。少不得屈大驾在舍下等候等候！”董超道：“请问老爹，有何贵干？倘一时不能做，何不回来再做？”鲍自安道：“我存心离此已久，意欲连家眷一同移居山东。”指着花振芳道：“与这花兄一处同居，离长安路近。就便到京中，将那些擅专国政的奸佞宰杀，替国家除害。这件事，并做了，省得又回来！”董超不敢询问何事，又说道：“小人在府坐扰，倒也甚好，只是家中有八十二岁老母堂食无出，如何是好？董超求老爹做主！”鲍自安道：“差官不要心焦，我这事已差人打探去了。如早做就罢了，如要日子长了，每月在下差人送二十两足纹到府，与老太太使用，如何？”董超因见水旱两个老儿皆在此地，本不愿在此留住。但得保全性命，即是万幸，哪里还敢推托？鲍老吩咐摆酒。正在欢饮，只见濮天鹏兄弟自外而来，走到鲍自安耳边，低低地说了几句言语，只见鲍自安听了大喜。不知他二人说了什么话？正是：

猎人正欲布罗网，飞鸟舞翅自飞来。

要知后事如何，且听下回分解。

第四十七回

花振芳两铺卖药酒

话说众人正在饮酒时，濮天鹏弟兄进来，与众人见礼之后，在鲍自安耳边说道："打探明白，王伦升的是金陵建康道。不敢走水路，惧怕我等，抄旱路而来。明日即到龙潭，从浦口过江。"鲍自安闻听此言，不觉大喜。向董超道："差官，不要着急了，此人明日即至此地；再住一宿，就可同行。"董超问道："此系何人？"鲍自安道："此即吏部尚书的公子王伦也，原是嘉兴府知府，今升建康道，明日从此路过。"又将王伦与贺氏通奸，并同闹嘉兴之事，再说了一遍，"我原许任正千活捉奸淫，故欲践前言，而不失于朋友也。"董超方才明白。鲍自安又吩咐濮天鹏，多差几个远近打探，不时来报，莫要让他过去了。濮天鹏领命，将听差之人差出十个前去打听。这边席上，因有此事，大家都不大饮酒，连忙用饭。吃完之后，鲍自安自去吩咐差人等。余谦上前问道："徐大爷几时来此？"徐松朋长叹一口气道："自你主仆去后，我上庄收租。过了十八九日回来，栾冤家擂台也拆了，并无个动静。家中过了两日。那日早饭之后，县内听事支持了张老爷的名帖进来请我。我问请我何事？听事便道：张老爷有一个公子，欲弃文就武，请我为师。我想在家与栾镒万这厮斗气，且往县内躲一躲是非。遂骑了一匹牲口，同听事进了衙门。二堂之上，站立有百十多人，我亦当是书役站班，不以为意。孰知众人见我一到，即把宅门一关，背后跑出数人，将我捉倒，上了手铐脚镣，吆喝一声，将我带过，问我：‘怎地想留大盗熊铁头、方郎等数人，打劫甘泉山下吴仁辅家？采其妾之花？’我道：‘武生丝毫不知，老父母何出此言问我也？’老张道：‘你同伙之人已被捉获，说与你是结拜过的同盟兄弟。因路过，至你家看望，被你留住，晚间方动得手。连你与他交拜庚书名帖，皆是在此，你如何推作不知？’我说道：‘老父母将强盗提出，武生与他对面口供。’老张遂发监票，提出八九个强盗。熊铁头、方郎那两个狗头好生厉害，未曾到堂，就大叫道：‘老大你休快活，我们扳你出来，只是恨你狠心情薄。所劫财帛，你是双份；奸淫女娘，是你受用。我等被捉多日，你毫不相顾，亦不来看望。昨日受刑不过，说出你来，与我共受受此苦！’我与他分辩，他一口咬定不饶，老张信以为实。因我是个武生，未曾详去前程，不能妄动大刑，把我收禁牢中，就通报详革，方才严审；我入监之后，有个禁子，他平日受过我的恩惠，各事照应，及无人之时，低低地告我道，栾镒万家门客华三千，用二百两银子暗地买通马快头役马金，吩咐强盗熊铁头相攀；又恐本官不信，华三千暗开你的庚恰与他为凭，到今日有此祸也。我方知道是栾镒万买盗扳害，大为焦躁。不料我大娘叫徐一到龙潭通信与鲍老爹，鲍老爹前日到扬州反监劫狱救出我来。料扬州不能居住，将细软物件打起包裹，家人奴仆各把几两银子，令各归其家，我携同大娘连夜奔此。”余谦方知徐大爷来此之故。又问花老爹、任大爷是几时到此？花振芳道：“前日将老太太并桂小姐请至山东，恐怕你大爷认以为真，有伤身体。住了七八日，携同任大爷自东路来扬州，想请你大爷。因在路阴雨阻隔，昨晚才到扬州。到徐大爷府上一看：大门上朱笔封条锁着。访问邻人，方知被人诬害，今反了狱，连家眷都逃去了。我料必是鲍老相救，今日才过江来。”你谈一阵，我称一番，天已夜暮，大家安卧。

次日，俱各起来。探事的人不时报信，一个说：王伦已到某山；一个说：王伦已至某镇。鲍自安令濮天鹏在江中预备下大船八只，将家中细软物件，着人运到。凡值钱的桌椅条台缸瓮各物尽皆上船，带到山东住家好用。又说道："但愿他临晚至此，省得我多少手脚。"又着三十个听差之人，各持鸟枪长叉，扮作打猎人模样；又令四人拿了四面铜锣，等王伦来时鸣锣吆喝道："此去有三只大虫伤人，夜间不可行走！"逼住他以便动手。遂向花振芳道："此地没有歇店，又无人家，王伦必借三官殿做公馆。他今现任之官，自然轰轰烈烈，建康自有长班，嘉兴定有送役，连他家奴仆等人，我谅他有百十余人。动手时虽不怎样，到底人多碍手。我今与你分作两路去成事，令人在三官庙不远山岗之上，搭起两个茅篷，把好酒抬去五七坛，那话儿药带过两包；你领徐大爷夫妻并小女小婿四个人，分作两铺。女将掌柜，轻轻的价钱，大大的盘子。那跟随王伦来的人，走得饥饿，自然来买，在店中饮着下药酒，发作后提进庙来，弄倒几个是几个。我同巴家四位贤弟、任大爷、余大叔、董差官、濮天鹏，在三官殿专捉王伦、贺氏，方得妥当！"众人起身道："好！"鲍自安叫人在三官店北首三官岗上，搭起两个茅篷，又叫女儿、徐大娘，各自收拾，诸事齐备。天将下午时候，打探人来禀道："王伦离此只得三十余里了。"鲍自安道："他后至此，天已日落，正在住宿时候！"连忙捧出酒坛，众人饱食一顿，夜间好动手。比及日落，个个暗藏兵器在身，出了庄门，奔三官庙的奔三官庙，奔茅篷的奔茅篷，各行各事。

且说鲍自安领众进了三官庙，消安师徒相迎，分宾主坐下献茶。消安问道："诸位檀越从何而来？"鲍自安道："长者亦知，两闹嘉兴，未得其人，今日王伦升任建康道，自旱道而来，少刻即至，特来此地等候！"消安闻听此言，道声："阿弥陀佛！冤仇可解而不可结。论王伦其心奸恶，今应捉拿。但任檀越既然巨富，何愁无佳偶，而反赎妓女为妻？不慎于始，故有此侮。于今诸事，只悔当初。诸檀越不来，贫僧不知，贫僧也不敢深管；今既告诉贫僧，贫僧出家人以好生为念，在诸檀越前，乞化此二人，放他过去吧！”任正千道：“此乃在下倾家杀身之仇，既相逢，岂能轻放！别事无不遵命，此事断乎不能！”消安闻他不从，就有几分怒色。鲍自安极其捷便，乃道：“消安长老从不轻易乞化。今既乞化，任大爷亦不必着急，就放他过去罢了！”消安见鲍自安应允，谅任正手无能为也。乃曰：“谢诸位檀越莫大布施，贫僧无以为报。”命黄胖献茶相敬。不讲众人在庙伺候。

且说王伦一众行至龙潭，天色日落多时，意欲赶浦口住宿。正行之间，只见三个人一班，五个一班，有二十多人，各持鸟枪长叉，似乎打猎之人，不以为意，仍令人夫前行。忽听得锣声响亮，又听吆喝之言道：“行路客商听见：此地有三只大虫，夜夜出来，伤了无数行人。早些歇住，不可前行。倘若见你，性命休矣！”众人听得有三只大虫，尽皆大惊，一个个都将脚停住。王伦也听见，道：“我有百十余人行走，就有大虫亦早避去，怎敢前来相伤！”贺氏在轿内道：“凡事谨慎，方无差错。既说有虎，虎虽不能相伤，遇见它也怕人了！”王伦听了此言，因他胆小，恐惊吓着他，问道：“此地可有什么宿店可住？”内中有一个脚夫，此地甚熟，他已走得困了，恨不得一时住下，闻得老爷相问，连忙应道：“此地有一个三官庙，房屋甚多，尽可做公馆。”王伦道：“如此甚好。”令班头先至庙中，说那主持知道预备。班头领命前去。

不知后事如何，且听下回分解。

第四十八回

鲍自安三次捉奸淫

话说班头领命，王伦催动人夫随后。且说班头来到山门，用手敲门，里边黄胖问道："哪一个？"班头道："建康道王大老爷路过此地，天晚无处歇，要来庙中做公馆，叫你们伺候。"黄胖暗道："该死的孽障，凶神五道正要寻你，被我师父化下，自投而来。"又不好直言相告，回道："此庙房屋颓坏，不可居住，去别处再换公馆吧！"班头道："别无落地，唯你庙中宽阔，速速开门，王大老爷后边即到。"黄胖道："好厌人！我说没有房子，还在这里歪缠。"班头见不开门，只得回来。王伦也到，人夫已离不远。班头上前禀道："小的才到三官庙叫门，和尚只是不肯开门，回说庙中房屋倾坏，往别处再寻公馆。小的又道大老爷就到，叫他速速开门，他反说小的惹厌，与他歪缠哩！"王伦道："或者真是房屋坏了。怎奈别无可住之处，这便怎处？"贺氏在轿内淡笑一声道："好个三品道爷，连一个破庙也不能借，又不是长远住，不过暂住一宵；且又是晴明天气，管他漏与不漏，就是不肯借罢了。也未见这种和尚，一发可恶，又不顶了你的屋去！"王伦被贺氏几句言语激得心头火起，吩咐人夫直奔三官庙前来，看他敢不容留。

且说黄胖打发班头去后，进来对师父说知。消安眉头一皱，想道："虽已推去，必还要来。这些英雄若是看见，哪里还顾得化过未化过！我将他众人请至旁院两开净院中奉茶，使他们不见面，或者可以饶过。"遂道："诸位檀越俱已布施过此二人，但贫僧心中终有些狐疑。如真心施舍贫僧，檀越今日俱莫回去，此庙旁有一小院，是两开净室，乃贫僧师徒下榻之所。请诸檀越进内，贫僧奉茶一壶，备几样粗点心，同谈一宵，让他过去，方才放心！贫僧所化者，是兑他今日之死；后来他处杀斩存留，贫僧莫敢他问。不知诸檀越意下何如？"鲍自安道："既已出口，哪有改悔！今若不信，我大家就领厚情。"于是起身，俱到旁院净室来坐下。

不多一时，外边敲门甚急，消安师徒知是王伦等来了。随辞了各人，走出小门，回手将门带上，用锁锁上，才到山门。问道："何人敲门？"外边道："大老爷驾到，还不速速开门！"消安即刻开了门。人夫马轿，俱各进内。三官殿舍本是两层院落。王伦同贺氏进了后殿，人夫俱在山门以外。王伦、贺氏拜过三官大帝之后，来至殿上坐下，吩咐唤本店的住持来。消安走进，谨遵法规，双膝跪下。王伦道："好大胆的和尚！本道到此天晚，差人前来借宿，你怎么闭门相拒？天下官能管天下民，轻我建康道不能管镇江之民么？"消安道："先前夫差来，僧人不知。在后厢回话者，乃僧人一个徒弟。殿宇虽然倾坏，岂不可暂住一宵？夫差去后，僧人方知，故前来伺候。"王伦见消安说得在理，先乃是徒弟无知，就气平了，说道："你既不知不罪，你下去！"消安又磕了个头出来，又开锁，进穿院而来。

且说任正千等见消安师出去，向鲍自安道："老爹费了多少心思，欲捉奸淫，今轻轻就布施了和尚，岂不枉费其心乎？"鲍自安道："诸公不知，消安师徒有万夫不当之勇，且性如烈火。先任大爷不肯应允，他们有怒色，我故随口应允；若不允他，他师徒必然护他，再通知信息与王伦，岂不是劳而无功！"众人道："他今出入俱用锁，我等如何得出去？”鲍自安道：“墙高万丈，怎能禁你我？三更天气自有法。”又叫过濮天鹏来附耳：如此如此。濮天鹏听得含笑点头。消安已走进来相陪，命黄胖烹茶，做了点心。这且不表。

王伦一众人在路上已吃过晚饭，住了公馆，不过用点心茶酒。点心是有随行厨役做成，预备茶酒，又是他驮于上自带铜锅、木炭、风炉，毫不惊动和尚。下边人役，一路疲倦，饿是不饿，都想吃酒解解倦乏。就有哪个好吃酒的，未曾到那里，他就先看看糟坊酒店。进庙之时，早已望见庙北岗子上两个酒字灯笼。诸事完备，拣契厚的约几个走去打酒吃。原要打到庙中吃，及到酒店中，见两个铺中俱是女人在此，况且又生得妖娆可爱，即不肯回庙，要在铺中吃酒看女人。一盅下肚，皆直眉竖眼，麻瘫在地下。铺后有留得的人便叫拖出，丢在涧沟内。有的人打酒到庙中吃者，花老等发的是好酒，回庙说：酒铺中两个俊俏女人掌柜。个个将酒拿回铺中，以借杯为由。三月天气，哪有吃冷酒之理？要在店中煨暖，花里寻春。花老等放药下去吃了。亦照前拖入涧沟。正是秃子头上打苍蝇，来一个打一个。人夫、书役，书役、人夫，但凡衙门中人，哪一个不好眠花宿柳！未到一更天气，百十人，俱皆迷倒八九十；未迷者，是那不吃酒者成人，并王伦不时唤呼者，不过十数人。天有二更时分，鲍自安听着外边没有喧哗之声，已料是花老弄拢的了。见消安师徒不离左右相陪，鲍自安故作瞌睡之状。消安见鲍自安是年老之人，遂道：“何不在贫僧床上安睡安睡。”鲍自安道：“却是有此倦意。诸公在此，我怎好独睡！”众人都会意，齐道：“我等明日都要起身，亦不能坐谈一夜。美茶点心俱已领过，却都要睡睡才好！”消安暗道：“叫他们屋内安睡，我师徒门外坐防，必不碍事。”遂道：“既诸位欲卧，何妨草榻？只恐有屈大驾。”众人道：“我等不过连衣睡睡，谁还脱衣。”于是各位英雄俱在他师徒两张床上而卧。消安将灯吹熄，同黄胖走出房门，回手带过，搬了两条凳子，各坐一条。各人身旁倚一根生铁禅杖，在外面防备。

却说鲍自安睡未多时，轻轻起身，悄悄地走至房门首望外观看：正是三月十五日，西边亮月如昼。又见消安不过带上房门，却未带合。上有一孔，鲍自安看明白，怀中取出香来，暗暗点着，放在空中口一吹，不多时，消安师徒两个喷嚏，皆倚壁而卧。鲍自安唤众人开了房门，仍自照前带过，走至小门，又将闩拨开；众人出来带过，将锁扭掉挂上，各持兵器看了看，角门关闭，众人一纵，俱蹿过去，将角门开了，令董超走进。董超见他八人一纵即过丈余墙垣，早已吓得胆战心惊。既入虎穴之中，少不得放了胆随他进去。谅后边没有多人，也不用香了，怕误工夫。打开后门，将丫环妇娘尽皆杀之。王伦、贺氏虽然睡，却未睡着，一见众人进来，只当是强盗行劫，及见任正千进来，知性命难活。任正千一见王伦、贺氏，哪里还能容纳！举起钢刀就砍，鲍自安用力挡住，说道："大爷莫要就杀，我还要审问他哩。"任正千听了，只得停留。鲍自安令他二人穿起衣服，用绳绑了。两廊下还有七个家丁，听得殿上一片声响，即来救护，俱被杀死。鲍自安将王伦、贺氏行囊，各色细软物件，金银财宝，打起六个大包袱。余谦、任正千、巴氏弟兄四人各背一个，鲍自安两胁夹着王伦、贺氏。董超腿已唬软了，空身尚跟随不上。大家出了山门，奔茅篷中来。及至茅篷中，余谦道："濮二兄尚未来到。"鲍自安道："余大叔，你莫管他，他后边自来。"又道："我等速速上船，奔路要紧！"大家奔至江边，上了船。濮天雕背了一个小包袱亦到。鲍自安点过人头，吩咐拔锚开船而行。

且说天已发白，消安师徒醒转，自道："今夜这等倦乏，一觉睡到天明。"起身走出外边，欲到小门照应王伦人众，一看门竟开着，说声"不好"，回身进房，哪里还有一人！越过墙走向后边一看：只见尸横满地，一路血迹，东一个尸首，西一个尸首，并无一个生人。消安不看犹可，看了时，有诗为证，诗云：

禅心临发怒，气极挫钢牙。
只说蒙一诺，岂此变虚言。
交朋原在信，始不乱心田。
今遭奸伪骗，前语不如先。

话说消安心中发恨道：“我今着你这班匹夫所骗，与你岂肯干休！”回至房中，束腰勒带，欲赶众人，转一看：床头板箱张开，用手一摸，大叫一声：“好匹夫！连我他都打劫去了。”正是：

费尽善言将人化，代人解结反被偷！

毕竟消安不知追众人如何，且听下回分解。

第四十九回

鲍自安携眷迁北

却说消安师徒正在装束，欲奔鲍自安家争斗，抬头一看，床头上一个板箱张开，用手一摸，衣钵、度牒俱不见了。大叫一声："好匹夫！连我都打劫了去了！"随同黄胖各持铁禅杖，奔鲍自安家而来。及至门前，大门两开，并无一人。他师徒是来过的，直走进内，到七八层院中，也未看见一人。看了看桌椅条台，好的俱皆不见了，所存者，皆破坏之物，看光景是搬去了。心中还不信实，直走进十七层房内，绝无一人，这才信为真实。想道："此人带许多东西，必自水路而去；昨同巴氏同伙，又定是搬赴山东。我师徒沿江边向上追赶！"于是二人又走出鲍家庄，奔江边往上追来。追了有三四里路程，看见前边有号大船在江行走，幸未扯篷；又见末尾那只船头上坐了十数个人，谈笑畅饮，仔细看之，竟是鲍老一众。消安大叫一声："鲍自安，好生无理！你与王、贺有仇，贫僧不过代你们解冤；不允便罢，因何将俺的衣钵、度牒一并盗来？"鲍自安等由他喊叫，只当不曾听见，仍谈笑自若，吩咐水手扯起三道篷来，正是顺风，那船如飞去了，把他师徒抛下约略有五六里远近。鲍自安又叫落下篷来，慢慢而行。消安师徒在岸舍命追赶上，叫道："鲍自安，你好恶也！俺与你相交多日，如何目中无人，呼之不应？日后相逢，岂肯干休！”鲍自安又吩咐扯起三道篷，船又如飞地去了。

看官，僧家衣钵、度牒，犹如俗家做官凭印一般，如何不赶！又行了四五里路，鲍自安又叫将篷落下，消安师徒又赶上；赶上又扯篷，落篷又赶上。如此三五个扯起落下，将消安师徒暴性已过去八分了，又叫：“鲍居士老檀越，我今知你手脚了，望你看素日交好，还我衣钵，我即回去了！”鲍自安见他气有平意，吩咐掌舵的把舵一转，扯过船头，拱手说道：“原来是贤弟师徒么？昨晚在下原是从命，别人不肯，务必拿捉。料回龙潭不可居住，故连夜迁移。在下原要回庙告别，天已发白，恐惊人耳目，打算日后五台山谢罪吧！今日是顺风，船不拢岸，得罪，得罪！”消安道：“老檀越将衣钵还俺，俺自去了。”鲍自安假作吃惊道：“什么衣钵？难道昨夜捆王伦之物，拿错了包在里面，亦未可知！待我住下地方，取包裹时，如在里边，在下亲送至五台山！”消安道：“老檀越船向北行，贫僧回五台山亦是北去，何不携带携带！”鲍自安还怕他火性不息，上船施威，吩咐濮天鹏如此如此，濮天鹏领计。鲍自安说道：“既如此，命濮天鹏架一小驳船拢岸。”消安师徒跳上，濮天鹏用篙一指，船入江心。将离大船不远，濮天鹏故意将橹一提，一声响亮，濮天鹏连橹俱坠江心去了。那只小船在江心滴溜溜的乱转。消安师徒俱唬得魂不在体，叫道：“鲍居士速速救人！”鲍自安假作惊慌之状：“长江之中，这可怎好？”消安师徒在小船上东一倒西一歪，又大声叫道：“我已知你的厉害，何必谆谆唬我？”鲍自安见他服输，咳嗽了一声，濮天鹏在小船底下冒出，两手托送小船至大船边来。消安师徒方登大船，濮天鹏亦上大船。鲍自安向消安师徒说道：“惊恐，惊恐！”抱怨濮天鹏因何不小心，致令长老受惊。忙令斟暖茶来与他师徒压惊。喝茶之后，消安问道：“鲍居士欲迁移何处？”鲍自安将骆宏勋山东赘亲，路过巴家寨，误伤巴结，差送到巴寨，转到胡家凹，金鞭胡琏兄弟开长叶岭相送，黄花铺歇店，贺世赖诬良，余谦告状，董超提人，今欲赶赴山东之事说了一遍。消安方才明白，笑问道：“居士今夜怎样出房？又因何拿我衣钵？”鲍自安道：“实不相瞒，昨见老师求化王、贺，彼时不允，就有些不悦之色，恐惊动奸淫，难以擒捉，故我随口应之。贤师徒门外防备，是我用香熏迷，方才捉得王、贺，又杀死他家人、奴仆，恐贤师徒仍居于庙，必受连累。我等先行，留下濮天鹏盗你衣钵，谅你必愤怒赶来，好一同赴北，以脱连累。贤师徒在岸喊叫，而我不应它，船至江心而坠橹者，以磨贤师徒之怒耳！若一呼即应，就请上船，贤师徒安肯随我同往？又安肯轻轻作罢休耶？”濮天鹏将昨晚背来的小包袱拿出，双手捧过，众人方明白昨日鲍自安在濮天鹏耳边所授之计，故濮天鹏带笑而应之。消安又问道：“今见殿后所杀者，只有数十男女，而昨晚来时约有百人，余者何处去了？”鲍自安又将花振芳在庙北岗上开酒铺之事相告。消安如梦初醒，暗道：“怪不得天下闻他二人之名，乃水旱之巨魁也！”少不得随他的船上来。

到了扬州江口，过了扬子江，入了运河，过淮安，奔山东，到济南码头湾了船。余谦向众人说道：“官船上水甚迟，计旱道至历城要快两日。小的自旱道先至历城，以观家爷动静，并通知诸位爷后边即至，使家爷稍宽心怀。诸位爷坐船后面来吧！”众人答道：“亦使得。”唯董超不大愿意，乃说道：“余大叔，向日来时，敝上当面说过：包管骆大爷无事。你急他怎地？还是坐船同行好。”鲍自安早知其意，笑道：“董差官之意我明白了，余大叔是你保驾之人，恐他去后，我不敢见狄千岁，起谋害足下之心。这就差了！若我怕这件官司，今日不连家眷都来了。董差官莫怪我说：前日我不来，你又岂奈我何么？今既来，我是不怕的；你若不放心，不妨同余大叔自旱道先行，到历城等俺。”董超暗想道：“此话一毫不差，他前回不来，我又能奈他怎样？他今既来，就不怕了。”遂道：“老爹英名素著，岂是畏刀避剑之人！既如此，晚生陪余大叔先行甚好！”鲍自安见董超愿意先去，叫女儿取出四大锭银子，一个大红封套，说道："既差官先行，这分薄仪带回府上，买点东西，孝敬老太太。他也是提心吊胆，为我这件官司。"董超道："请得驾来，已赐恩不小，哪里还敢受此大礼！"自安道："差官放心，我从不倒赃的。只有一事奉托：贵衙门中上下代俺打点打点。我到时俱把俺个脸面，莫道俺'水寇'二字，我要大大相谢哩！"董超满口应承。又道："恭敬不如从命！"将二百两银子打入行囊之中。鲍自安又拿出二十两散碎银子交付余谦，叫他二人一路盘费，余谦接过，放入褡包。二人拜辞登岸，望历城而去。

不两日，到了历城，董超留余谦至家款待。余谦道："方才路上用的早饭，此刻丝毫不饿，又吃甚的？你回家安慰老太太，我且到县监中打探主人的信息。约定在贵衙门齐集，问他下落便了。"董超道："也罢！舍下预备午饭，等候缴过令箭，再同大叔回来食用。"余谦道："这个使得。"行至岔路口，二人一拱而别。

余谦奔恩县监牢。来至恩县衙门，一个熟人没有，如何能得其信？走过来，行过去，过了半刻工夫，心内一想："监牢非比别地，若无熟人引进，如何能入？不如还至军门衙前，等候董旗牌，央他同来，方能得见主人。"迈步向军门衙前。衙门左首有一茶馆，走进馆去，拣了一副朝外的座头坐下来，望着街上行人，以吃茶为由，实候董超。也等了一个时辰，还不见来，只得又换一壶茶，又添两盘点心吃着等他。

且说董超出门之后，妻子儿女日日在家啼哭，谅必不能回来。不料今日董超回来，合家欢喜，以为大幸。亲友来瞧着时，前后问一遍；邻舍都来恭喜，董超把这始末之由说一番，抱了儿子玩玩，一时不能分身上衙门。

再说余谦在茶馆，左一壶右一壶，总不见董超到来，正在那里焦躁，忽见街上一班人有五六十个，各持枪刀棍棒，护着两辆囚车。车后又有一位官员骑马随行，满街上观看的人说道："诬良一案起身了。”余谦也立起身来，手扶栏杆观望。及至跟前，仔细一看，两辆四车之中一辆乃是主人。余谦不解解赴何处，故问同坐之人道："此案解赴何处？”那人道。“狄千岁前日奉旨进京，一时不能回来，吩咐恩县唐老爷将此案押至京中，因候旗牌董超提拿鲍福，一并起身，所以迟了。这几日想是董超到了，今日起解呢。”余谦方知狄千岁已经进京。心想道："贺世赖被捉之后，自然有信进京通知王怀仁兄弟。这两个奸党，其心奸险异常，倘差人带信于恩县唐建宗，于路谋死，报个病故呈子，死人口内无供，贺世赖则无事了。我余谦今既来到，在后边远远相随。”

不知后事如何，且听下回分解。

第五十回

骆宏勋起解遇仇

却说余谦远远相随，暗地保护主人，方才放心。算计已定，打发了茶钱，随后而行。凡到镇吃饭时节，让他们在大店吃，余谦在小馆吃。临晚宿店时，余谦宿歇不是在对门，即在左右。囚车早走，他亦早走；囚车晚住，他亦晚住。只因人多行迟，一日只走得四五十里。在路行了两日。

那一日晚饭时候，到了一个败落集镇，名为双官镇，人家虽有许多，而开张饭店者也少。有一个饭店，解差人等并押官唐老爷俱住下用饭。余谦躲在庄外坐候，候众人吃饭起身之后，余谦也走进店来坐下，叫店家随便取点东西来吃。店家满口答应：“有，有，有！”余谦坐下，一会催道：“快拿来我吃，还要赶路呢！”店家又应道：“晓得！”又停一时，余谦焦躁道：“怎么满口应有，不见取来，却是为何？”店家笑道：“实不相瞒，我们这块是条僻路，不敢多做茶饭。先来了五六十个解差之人，将已做成茶饭尽皆吃去，尚在不足。如今又重下米，饭将熟了，我故应‘有’！”余谦想道：“不吃饭罢，此路却生，不知前边还有饭店否？他说就熟，少不得候着点，脚要放快些赶他便了！”又停了半刻，店家方捧馒首、包子、饭菜来，余谦连忙吃点，付过饭钱，走出店门，迈开大步，如飞赶上。

赶了四五里，路上总看不见前边之人。余谦疑惑道："难道赶错了路子？不然怎看不见人行？"又走了有半里地，有一松林阻隔。转过松林，见大路上尸横卧倒，囚车两开。余谦道："不好了！此是巴九闻知解京之信，赶来相害。"又转想道："巴九赶来，也只伤害主人，不至连官府一并杀害。"遂大哭道："大爷，你好时衰运促！无故被诬，受了多少棍棒，待毙囹圄；小人舍死告状，稍有生机，不料今日又被人杀害。而小人往返千里之路，又置于无益之地。死得不明不白，为人所伤，叫小的如何报仇？"哭了一场，说道："我褡包中二十两银子，未盘费多少，且将主人尸首抬回双官镇，买口棺木盛殓起来，埋葬此地，再回去迎见他们商议。"遂在尸首中找寻半日，并无主人尸首；又细细查点一遍，仍是没有，连贺世赖亦不在内。五六十人，怎么独少他们两个？真令人不解。心中又喜又疑，喜的是主人不在内，犹可有望；疑的是贺世赖亦不在内，恐又被强人所劫。并无一个行人相问，好不焦躁。抬头往正北一望，看见一个大村庄，有许多人家，相离此地有二里之遥，不免到庄上打探一番，返步离庄。一箭之地，有一小小草庵。余谦道："待我进庵访问，此地是什么地名？"走至庵门外，见放了一张两只腿的破桌子，半边倚在墙上，桌上搁了一个粗瓷缸，缸内盛了满满的一缸凉茶。缸边有三个黑窑碗，内盛着三碗凉茶。余谦看光景是施茶庵子。才待进门，里边走出一个和尚来，那个和尚将余谦上下看了一看，也不言语，走至破桌边，念了一声"阿弥陀佛"，将三碗凉茶吃在腹中，一手托着桌面，一手提着茶缸，轻轻托进庵门，仍倚在墙上放下。余谦暗惊道："此一缸茶何止数百斤！他丝毫不费气力，单手提进，其力可知！"又见那和尚转身出来，问道："天已将黑，居士还不赶路，在此何为？此处非好福地也！"余谦道："在下游方路过，不知此地何名？特来拜问，望乞指示。"和尚道："此山东有名之地：四杰村也！"余谦听说"四杰村"

三字，真魂从顶门上冒出，大哭一声道：“主人又落在仇人之手了，万不能活！”和尚道：“令主人是谁？与谁为仇？尊驾如何哭泣？”余谦将四望亭捉猴，与栾贼结恨，伊请四杰村朱氏弟兄设立擂台，怎样打败伊，又请伊师雷胜远复擂，龙潭鲍自安正与他比较，幸亏五台山消安师徒解围，“我主人骆宏勋避难上山东，历城遭诬良之害，今日军门提解赴京，路过此地，官役尽被杀死，贺、骆俱不见，特来问访其细；今落入贼人之手，料主人之命必亡，蒙主大恩大德，故而两泪栖惶。”和尚听了这些言语，赞道：“此人倒是一个义仆。”念了一声：“阿弥陀佛！弟子今日要开杀戒了。”余谦闻了此言，纵了数步之远，掣出双斧相待。和尚大笑：“余谦，你莫要惊慌！你方才说擂台解围之消安，乃贫僧之师兄。师兄既与贤主相交，今日遭难，岂有知而不救之理！”余谦方才放心，上前施礼道：“是二师父，还是三师父？”和尚道：“贫僧法名消计。三师弟消月，潼关游方去了。”余谦素知他是英雄，闻他愿救主人，即改忧作喜，道：“但不知此刻主人性命如何？既蒙慈悲，当速为妙，迟则主人无望矣！”消计道：“那个自然。”二人回进庵门。

消计脱去直裰，换了一件千针袖，就持了两口戒刀，将自己的衣钵行囊埋在房后，恐被窃盗。余谦想起濮天鹏盗消安衣钵，深服消计之细，只不肯说出。

二人出了庵门，回手带上锁，迈步奔四杰村而来。入村之时，消计道：“他村中有埋伏，有树之路只管走，无树之路不可行。让俺在前引路，你可记着路径要紧！”余谦应声：“晓得！”消计在前，余谦在后，不多一时，来至护庄桥，桥板已抽。消计道：“你躲在桥洞之下，待俺自去打探一回，再来叫你。”余谦遵命。消计一纵，过了吊桥，将桥板推上，以预作回来之便。走至庄上看了看，房屋也高，蹿纵不上，甚为发躁。

只见靠东墙有一株大柳树，消计扒在树上，复一纵，方上了群房。消计是往他家来过的，晓得客厅。自房上行至书房、将身伏下看了一看：客厅中一桌坐了五个人，朱家兄弟尽都认得，那一个料是贺世赖了。又听得厢房廊下，有一人哼声不绝，不知是谁？忽听朱龙问道："厨房中油锅滚了否？"那边一个答应道："才烧哩，还未滚。"朱龙道："待烧滚时来禀我，我好动手，取出心来就入滚油内炸酥方才有味。若取早了，迟了时刻，不鲜了。"那人答道："晓得！"往后看油锅去了。消计听得此言，知骆宏勋尚未死，但已烧油锅，岂能久待？料想下边哼声不绝之人定是宏勋了。欲下去解救，又恐惊动他弟兄，反送骆宏勋性命，须调开他们方保万全。回首往那边一看，有三间大大的马棚，槽头上拴扣了十几匹马。又见那个墙壁上挂了一个竹灯，挂灯尚点在那里。棚旁堆着三大堆草料，四下却无一个人在内。消计一见，心内大喜道："不免下去，用灯上之火点着草堆，他们弟兄见了火起，自然来此救火，我好趁此下去搭救骆宏勋，岂不为妙！"想定主意，遂悄悄跳下了房子来，走至马棚内，将灯取下，拿到草堆，把草点着，消计心中想："恐一处火起，不红不旺！"遂将那三个大草料堆于四围尽皆点着，又兼不大不小的东南风，古云得好：

> 风仗火势，火仗风威；祝融施猛，顷刻为灰。

霎时间，火光冲天，只听得一派人声吆喝，喊道："马棚内火起！"合家慌慌张张地忙乱。消计复又纵上了房顶，恐其火光明亮，被人看见他，即便将身伏在这边。看了看客厅中，还坐着两个人。心中着急道："这便怎了？"

不知消计果敢下来相救否，且听下回分解。

第五十一回

施茶庵消计放火援兄友

话说列位看官，前一回又说道提笔忘字，这样一个人家，马棚内岂无一个人？而消计放火，这等容易，并未惊觉一个人？只因朱氏弟兄痛恨骆宏勋，要油煎心肝下酒，人生罕见之事，故马夫急将草料下足，也到厨下看烧油锅煎心肝去了，所以马棚内无人；况且骆宏勋日后有迎王回国之功勋，位列总镇，亦天使之。若不然，日间解官共五六十人，而且他在囚车之内，就是几十个也杀了，在乎他一人？偏要带至家中，慢慢处治，以待消计、余谦来也。

闲话休提。且说消计放火之后，跳上房子来看了一看，客厅内还坐着两个人，不敢下来。定睛细看：不是别人，一个是朱豹，在扬州擂台上被鲍金花踢瞎双目，不能救火；一个是今日劫来的贺世赖，因路生不能前去，皆是两个无能之人。消计看得明白，怕他怎地！轻轻下得屋来，走至廊下一看，悬吊一人，哼声不绝。消计问道："你可是扬州骆宏勋么？"骆宏勋听得呼名相问，亦是低低答道："正是。足下是谁？"消计道："我是消安师弟消计是也。你家人余谦到我庵中送信，特来救你，你要忍痛，莫要则声。"遂一手托住骆宏勋，一手持刀，将绳索割断了，也不与他解手，仍是绑着，驮在自己脊背上。见天井中有砌就的一座花台，将脚一垫，跳上了屋。可曾听见古人云："无目之人心最静"，眼虽未看见，却比有目之人要伶俐几分。朱豹听得失火，心中一躁，无奈眼看不见，不能前去，坐在厅上听声音。闻得厅下有唧唧哝哝说话，只当看着骆宏勋之人。至消计纵身跳上，怎能无脚步之声？又听见瓦片响，叫声："贺老爷，什么响？"那三间客厅槅扇，因四月天气渐渐热了，俱是敞开，房中灯光照得对厅上边甚是光明。贺世赖听得朱豹相问，抬头一看，对厅上有一个和尚驮一人上屋而去。答道："四爷，对过厅上有个和尚驮一人行走！"朱豹就知盗去骆宏勋了，连叫几声。那边救火，吵吵闹闹，哪里听得见！并无一人答应。朱豹焦躁，走到天井之中，大声喊叫，朱龙等方才听得，连忙相问朱豹。朱豹道："贺老爷见有一个和尚，身背一人，自屋上逃去。"朱龙掌灯火来一照，只见梁上半截空绳挂着。说道："难道又是消安、黄胖来了？"弟兄三人各持朴刀，率领几十个庄汉，飞赶前来。

且说消计上得对厅，朱豹早已吆喝，连忙走至群房，跳落地下，飞奔来到护庄板桥，至桥上走过，忙叫余谦，余谦跑出。消计道："你速速背主人前去，我敌追兵。"余谦也将骆宏勋两只胳膊套在颈项上，手持两只板斧，照原路奔逃。未曾出村，朱龙等赶至桥边，看见消计手持戒刀，大叫道："骆宏勋乃贫僧师兄之友，今特救之。蒙三位檀越施好生之德，令他去吧！"朱氏三人一看，竟是自家庵内的和尚，大怒道："我每每送柴送米，供养与你，你不以恩报，反来劫我仇人。你师兄是谁？怎与骆宏勋相交？"消计笑道："我实对三位檀越说罢，我乃五台山红莲长老的二徒弟消计是也。擂台上解围的，那是我师兄消安也。"朱氏三人方知他前日所言皆假话，又是假名。朱氏三人道："你既是消安师弟，就是我的仇人了。"大喝一声："好秃驴，莫要走，看我擒你！"弟兄三人并庄汉众人一起上来。消计全无惧色，抡起戒刀，迎敌众人。朱虎往南一看，只见一人背着一人，向南奔逃。火光之中，却看不分明，谅来必是劫骆宏勋的。遂叫："大哥、三弟捉这只秃驴，俺要赶拿骆宏勋去也。"带了十数个庄户，赶奔前来。及至赶上一看，乃是余谦背主而逃。朱虎想起扬州一腿之仇，大骂一声："好匹夫！今日至俺庄上，还想得活么？"余谦也不答，举斧就砍，战斗了十数合，余谦遍身流汗，想道："若恋战，必定被擒，不如奔之施茶庵之中，将大爷歇下，再作道理。"于是且战且走，走至离施茶庵不远，虚砍一斧，迈开大步，飞跑到施茶庵的门首，将锁扭下，走进门来关上。余谦两手扶住茶桌，吁喘不绝，一阵心翻，吐出几口血来。骆宏勋在他身上看见，叫道："贤弟，你且将我丢下，你好敌斗强人，倘若难敌，你好脱逃，通信与徐表兄、鲍老爹，代我报仇。若恋恋顾我，主仆尽丧于此，连通信之人也没有了。"余谦血朝上一涌，话也说不出来，只是摇头。骆宏勋见他要死，心中不忍，二目中扑泠泠泪下。

且说朱虎正斗余谦，见余谦逃脱，领众从后赶来。及到施茶庵，却不见了，用手推推庵门，门竟关着，知他躲在里面，大叫道："与我点火烧这狗头，省得敌斗。"余谦闻得取火来烧，抖抖精神，走至门边，轻轻将门闩拔开，把门一开，大叫一声，跳将出来。朱虎赶向前来，重新敌斗。这且不言。

且说鲍自安打发余谦、董超起岸之后，吃过饭，意欲开船。忽然西北风起，船大难行，遂湾住不开，不料西北风刮了一天一夜，总不停息。众人皆因有余谦前去通信，骆宏勋又是军门投机之人，谅无异事，就是迟到两日，谅不妨事。唯有花振芳，坐船如坐针毡，恁大年纪，江南往返三五次，方才寻得这个好女婿。闻得身陷缧绁，恨不得两胁生翅，到历城以观女婿之动静。昨日起风时，还望少刻而息，不料睡了一夜，翻来覆去，何曾成眠。天明起来，梳洗已毕，捧进早茶、点心，众人食用。花振芳面带愁容坐在那里思想赶路。鲍自安取笑道："哪个得罪大相公，心中不悦？对我说，与你出气。"花振芳道：“我生平好走旱路，从未在这棺材中过这些日子。你这老奴才，既为朋友打这场官司，就该速速赶到，方才使那被难之人不引颈而望。怕起旱要用脚走，苦恋在这只棺材里过时刻么？此地乃济宁的大码头，骡轿车马都有，我替你垫脚钱，起旱罢了。你若不肯，我竟告辞先去。”鲍自安平日爱骆宏勋，今日阻风也是无奈，被花振芳提醒，乃答道：“我坐船行走之意，待到历城，船湾河内，家眷、物件尽在船上，候问过官司之后，寻着地方再搬。今着起旱，除非到历城上岸宿店了。”花振芳道：“你愿意起旱，我则有法。历城与敝地乃相接之地，且离苦水铺，离黄花铺有十里之遥。自此起旱到双官镇，还有条近路，到苦水铺约略五日路程。在小店将家眷行李歇下，我陪你上历城去见狄军门，岂不是好！”鲍自安大喜道：“如此行法正好。”雇了十辆骡轿、二十辆驴车，将衣箱包裹要紧之物搬于车上，阔大之物仍放船上湾着，待有了落脚地，再来搬运。闷桶里提出梅滔、老梅、王伦、贺氏四人，拿了四条市口袋装起，放在骡车之上。临吃饭之时，倒出来令他食用，食用之后仍又装起。花、鲍、消安师徒一众人等从旱路奔行。花振芳心急，赶路真快，每日要行到二更天气才宿店。

这一日，来到双官镇松林之间。见大路尸骸横卧。花振芳道：“朱家兄弟今日又有大财气，伤了许多人夫。”众人正在惊异，又听得四杰村一片吆喝之声，灯笼火把齐明。鲍自安道：“好似交仗的一般，不知是哪方客商，入庄与他争斗也？也算大胆的英雄！”正说之间，离庄不远火光如日，看见一个和尚被十数个人围在当中，东挡西遮。令人不解，因何围着和尚赌斗？且说消安、黄胖看见一个和尚被十几个围住，心中就有几分不平之意，正是：

兔死狐悲，勿伤其类。

但不知后事如何，且听下回分解。

第五十二回

四杰村余谦舍命救主人

却说黄胖、消安遂道:“众位檀越，慢行一步，待俺师徒前去观望观望。”巴氏弟兄四人道:“俺们也去走走。”只见六人下了驴车，奔上前来，及到跟前一看，竟是消计。黄胖大怒，大叫一声:“师叔放心，俺黄胖来也!”朱彪见黄胖，丢了消计，来敌黄胖。黄胖举起禅杖，分顶打下来，朱彪合起双刀，向上迎架。黄胖那一禅杖有千斤气力，朱彪哪里架得住?“喀喇”一声，打卧尘埃。朱龙虽战消计，看看三弟被害，虚砍一刀，抽身就走。消计也不追赶，过来与师兄说话。

且说消安师徒、巴氏弟兄去后，鲍自安等又见施茶庵边也有一起人在那里敌斗。徐松朋暗道:“怪不得人说山东路上难走，真个果然矣!”仔细观看，一人身上背着一人在围中冲杀。徐松朋惊异，说道:“好像余谦?”不免前去观看。众人道:“将车暂住，你我大家一同去看他一番!”相离不远，看见他所背何人，被朱虎同几个庄客围住在中间厮杀。那徐松朋紧走几步，拧拧枪杆，大喝:“朱虎休要撒野!爷爷俺来也。”朱虎一见徐松朋到来，也知他的救兵来了，脱身就跑，徐松朋托枪追赶前来。花、鲍、任、濮俱到其间。余谦慌慌张张，还在那里东一斧西一斧地乱砍。任正千连忙走至跟前，叫道："余谦，我等到了！"余谦的眼都杀红了，认定任正千就是一斧，任正千唬得倒退几步。花振芳又走上前来，叫声道："余大叔，我花振芳来了！"余谦哪里还认得人，也是一斧，花振芳也躲过，说道："他已杀疯了，怎么近前？"鲍自安道："他虽然杀疯，骆大爷自然明白，叫骆大爷要紧！"于是花振芳叫道："骆大爷，我花振芳同鲍自安、任大爷等俱在此。望叫余大叔，说声莫要动手，朱家弟兄去了。"骆宏勋在黄花铺被捉之时，所受铁木之伤尚未大好；今被朱家捉去，又打得寸骨寸伤。余谦驮在背上，东遮西挡，颠来晃去，亦昏过去了，二日紧闭，何曾看见花、鲍前来？亦料想来不及。虽然昏迷，却未伤两耳心中明白，忽听得"花、鲍、任、徐俱到"，勉强将眼一睁，来人直在面前，余谦仍持斧乱砍。骆宏助大哭，叫道："余谦贤弟，花、鲍二位老爹，任、徐、濮各位爷俱到；朱虎也不知去向，你不要使力了！"余谦耳边听得大爷说众人已到，把眼珠一定，将众人一看，叫了一声，倒卧尘埃。众人连忙上前，将骆宏勋两手松开，看了一看，骆宏勋微微有气，余谦全不动了。花振芳扶起骆宏勋，任正千扶起余谦。花振芳叫道："宏勋！宏勋！醒醒！"停了片时，一口气出来，眼一睁，道声："余谦贤弟在哪里？"正千道："世弟，余谦在这里！"骆宏勋一见余谦面似黄纸，丝毫不动，大哭道："贤弟呵，历城我遭难，督衙你伸冤，不惮千里路，江南把信传！暗地相随保护，随后不敢前。来日遇贼党，扒心下油煎；央求禅师相救，背我逃走到茶庵。几番我叫丢下，贤弟摇头。有余谦生生顾我劳碌死，即我命难全，要下黄泉路上稍停步，主仆同赴鬼门关！"众人听得骆宏勋诉哭余谦之忠，无不垂泪。花振芳道："骆宏勋，你保重，莫要过伤自己。余谦乃用力太过，心血涌上来，故而昏去。稍刻吐出瘀血，自然苏醒，必无伤于命。"鲍自安道："骆大爷，方才那禅师搭救，哪里去了？"骆宏勋道："他乃消安师父的师弟消计师也。"将自己被吊在廊下，蒙他相救，驮我上屋而逃，奔至桥边，才交余谦；又遇朱家数十人围住，又蒙诸位相救之事说了。“但不知此刻消计师徒胜败如何？”正说之间，消安、消计、黄胖、巴氏兄弟俱皆来到。徐松朋见朱虎逃走，也不追他，亦自己回来。看见骆宏勋主仆如此情形，好不凄惨。过了一刻时辰，只听得“咯咯”一声，余谦吐出两块血饼，只是叫“哎哎”之声，不知如何？鲍自安道：“抬上骡轿，煨暖酒，刺山羊血和酒。”众人将他主仆抬上骡轿，刺了山羊血，各服之后，才与消计见礼。大家相谢。消计道：“均系朋友，何以为谢！”鲍自安问道：“骆大爷在恩县监中，怎至于此？”消计将余谦状告狄公，狄公进京，令恩县唐老爷押赴京都听审，被朱家兄弟杀了官兵，劫去骆大爷并贺世赖；余谦到庵中送信，故至他家放火，诓了朱家兄弟，唯剩了朱豹、贺世赖两个无用之人，方才解救之事说了一遍。鲍自安大喜道：“任大爷案内只缺此人。既在咫尺，何不顺便带去！”又道：“任大爷，跟我来。”任正千道：“领命！”鲍自安带两口刀，任正千也带两口朴刀，告别众人。消计道：“二位檀越，你们俱要记着：有树者正路，无树者是埋伏。”任正千、鲍自安二人多谢指引。

二人遂奔庄上而来，只拣有树者走。离护庄桥不远，早见二人在桥上站立。朱豹，鲍自安却认得，还有一个少年人却不相识。任正千指着那人道：“正是贺世赖。”鲍自安道：“任大爷稍候，待俺去捉来，你再拿他回去，切不可伤他性命，终究是你手中之物。贺世赖还要细细审问。”说罢，由护庄桥东边，轻轻地走过河来，看见大门首站了许多堂客，火光如昼，不敢上岸行走，恐被那堂客看见，惊走了贺世赖，遂在河坡下弯腰而行走到桥边。朱豹同贺世赖二人，见三个弟兄追一个和尚，至此不回，正在发呆，一手扶着贺世赖，同立桥边观看。朱豹叫道：“贺老爷，凡事不可自满，若杀骆宏勋，先前不知杀了多少！大家兄偏要吊起来，先打一番杀他不迟，叫他领受领受，又要煎他心肝下酒，以至于和尚盗去。谅一个和尚，哪里走得脱？还是要捉回，只是多了这一番事情。”贺世赖道：“正是！”二人正在谈论，鲍自安用手在朱豹肩上一拍。朱豹道：“是谁？”鲍自安道：“做捷快事的到了！”话犹未了，头已割下。贺世赖正待逃脱，鲍自安道：“我的儿，哪里走！”伸手抓下来，叫声：“任大爷，捉去放在车上，也与他一裹衣穿穿，好与他妹妹、妹夫相会。”贺世赖方知王伦、贺氏先已被捉。任正千捉了前行，鲍自安也随车而来。

且说在门口所站的堂客，乃是朱家妯娌四个人，闻得一个野和尚盗去骆宏勋，丈夫等率领众人赶去，亦都出来观看。忽然见河内冒出一人上了岸，将朱豹割了首级，挟了贺世赖而去，皆是大惊。朱豹之妻刘氏素娥，一身好枪棒，一见瞎丈夫被人杀坏，大哭一声：“杀夫之仇，不共戴天！”提了两口宝剑飞奔前来。朱龙、朱虎、朱彪三人之妻，俱备些微晓得点棍棒，见婶婶赶去，亦各持棍棒随后赶来。却说任、鲍杀了朱豹，捉了贺世赖，还未出庄，花、徐、濮、巴氏弟兄走上前来，鲍自安道：“你等又来做什么？”花振芳道：“我等静坐无味，留令婿的兄弟陪消安师徒，防守车辆。我们前来，一发将朱家男女杀尽，平了这个地方，怎得让他暗地伤人！”鲍自安道：“也好。”又道：“任大爷，你将贺贼送上车去，我同花振芳玩玩。”正说之间，一派火光，有四个堂客，各持枪刀赶来。正是：

方才朋友杀进去，谁知妯娌杀出来。

毕竟不知花、鲍一众，同朱氏妯娌谁胜谁败，且听下回分解。

第五十三回

巴家寨胡理怒解隙

却说花、鲍一众正走进来时，只见前面来了四个女人，各执枪棍前来。刘素娥大骂道："好强人，杀我丈夫，哪里走？看捉你！"花振芳正待迎敌，巴龙早已跳过去敌住刘素娥，巴虎斗住朱龙之妻，巴彪战住朱虎之妻，巴豹对住朱彪之妻。兄弟四人，妯娌四人，一场大战。花振芳道。"我等三人不可都在此一处，何不竟去搜他的老穴？"于是，花、鲍、徐三人奔入庄来。他家大门已是开着的，三人各执兵器进内，见一个杀一个，见两个杀一双，不多一时，杀得干干净净。将他家箱柜打开，拣值钱之物打起六七个包袱，提出庄门，放了两把火，将房屋尽皆烧毁。巴氏弟兄四人将朱家妯娌杀了，也奔到庄上来，会了花、鲍、徐三人，一家一个包裹，扛回车前，命车夫开车，直奔苦水铺而来。

不表众人上车，且说朱龙、朱虎兄弟二人，躲在庄外，又见庄上火起愈大，还只当是先前余草又烧着。心中十分焦躁，而不敢前来搭救，怕众人前来找寻。又闻得车声响亮，知道他们起身去了，方出来一看，但见沿途：

东西路上滚人头，南北道前血流水。

折枪断棍尽如麻，破瓦乱砖铺满地。

房屋尽皆烧毁，妻子家人半个无存。又思想道："房屋烧去，金银必不能烧。"他二人等至天明，拿了挠勾挖开一看，一点俱无。二人哭了一场，逃奔深山削发为僧去了。

且说花振芳等人，一直不停走至次日早饭之时，早到苦水铺自己店中，将东西放下。众人入店，把骆宏勋主仆安放好了，花老自在那一间房中调养。住了五七日，骆宏勋主仆皆可以行动了。鲍自安道："主仆已渐痊了，我们大家商议，把他的事情分解分解。如今苦苦地住在此处，亦非长法。"便向花老儿道："骆大爷说，前在胡家凹起身之时，胡家兄弟原说等大家到时，叫人通个信与他，他兄弟二人亦来相帮。你可速差一个人先到胡家凹去，请他兄弟来就是了。"即便差人去了。至次日早饭时候，见二人一同至此，与众相见。众人看见胡理六尺余长，瘦弱身躯，竟有如此武艺，所谓人不可貌相也。二人又看见骆宏勋主仆两个瘦弱面貌，焦黄异常，问其所以。方知在历城遭诬，四杰村遇仇，甚是惨叹。

花振芳即忙备下酒饭，款待众人。饮酒之间，鲍自安先开口说道："解祸分忧，扶难持危，乃朋友之道也。我等既与骆宏勋为至交，又与巴九弟为莫逆，但巴、骆二人之仇已成，我等当想一法，代他们解危。"众人听说，一起说道："先生年高见广，念书知礼，我等无不随从。"鲍自安道："古人有言：有智不在年高，无志空生百岁。又云：一人不如二人智。还是大家酌量。"众人又道："请老先生想一计策，我们大家商议。"鲍自安道："据在下的愚见，叫骆宏勋备一祭礼，明日我等先至巴九弟寨中。他虽有丧子之痛，大家竭力言之，说骆大爷实系不知，乃无意而误伤其命，今日情愿灵前叩奠服礼。杀人不过头点地，巴九弟或者赏一个脸面。只是还有一件——"向巴尤兄弟四人道："四位贤弟，莫怪我说，闻九弟妇甚是怪气，九弟每每唯命是听。我等虽系相好，到底有男女之别，如何谆谆言之，要烦诸位善言大娘们去劝他才好。我意中实无其人，是以思想踌躇未决；且徐松朋家内与九奶奶素不相识，且非至戚，出口不好尽言。这须得与九奶奶情投意合之人方妙。"胡理是直性子人，答道："容易，家嫂与巴九嫂结拜过姐妹，舍侄女乃是他的子女，叫他母女前来解劝，何如？"胡琏是一个精细之人，何尝不知他妻与他相好？但他是今日杀子之仇，恐怕说不下来，岂不被众人所笑！故未说出，不料他兄弟已经满口应允，他怎好推托？乃说道："世弟之事，怎敢不允！恐怕说不下来，反惹诸公见笑。"那鲍自安说道："见允是人情，不允是本分，我们尽了朋友之道就罢了！明日，徐大嫂子就陪胡大嫂子一同去走走。"众人道："甚好，甚好！"商议已定。花振芳办下酒礼，定期后日赴巴家寨讲和。胡琏用饭之后告别回家，后日来巴家寨聚齐。

及至后日早起，鲍自安道："猪羊祭礼在后，我等并男女先行，说妥时，再叫骆大爷进庄；若不妥，就不进庄了。他主仆身子软弱，恐受惊唬。"又唤濮天鹏之弟扮作一家人，护着骆大爷行走。分派停当，鲍自安站起身来，同消安师徒人等仍坐三辆驴车，徐大娘、鲍金花一路，皆奔巴家寨而来。骆、濮四人，后边坐了一辆骡车并祭礼，慢慢而行。修素娘仍在店内等候。约是中饭后时，到了巴家寨外，只见后边三骑马飞奔而来，来至庄上，正是胡琏妻女三人。大家相见，一起下马，下车轿。鲍自安道："凡事轻则败，莫要十分大意，倘我等到庄门首，着人通信与巴九弟；九弟知我等众人因此事而来，推个'不在家'。这才叫做有兴而来，败兴而归。"遂向巴龙道："你们可先进去通说通说，允与不允在他，莫叫俺们在此守门。"巴氏兄弟道："也罢。等我们先进去好预备。"四人便即走进去。哥哥到弟弟家，不用通报，直入中堂，只见桌上供着巴结的灵柩。叔侄之情，不由得大哭一阵。巴九夫妻也来陪哭，道："我儿，你伯父等在此，你可知否？”哭了一刻之后，巴龙劝道：“贤弟与弟妇，也不必过痛。人死不能复生，哭也无益。如今江南鲍自安、胡家凹胡氏弟兄男女等人俱在庄外，快去迎接！”巴信夫妻听说，乃道：“此等众人前来必是解围的，我不见他。大哥出去，就说我前日已出门去了。”巴龙四人齐道：“鲍自安是结交之人，我们愚弟兄往日到他家，一住十日半月，并不怠慢；今千里而来，拒之不见，觉乎没情。又有胡家兄弟，乃系相好邻里，且有胡大娘前至，若不见，遂不知礼了！”巴九夫妻闻得胡理这个冤家既来，怎不出去？遂同四个哥哥出来将众人请进；又有胡家姐姐并干女儿全来了，不得不出去。遂同了四个哥哥出来，将众人请进，男前女后，各叙寒温。

巴信一见花振芳，怒目而视，花振芳此刻只当看不见。巴信问道：“鲍兄与胡兄，今日怎得俱约齐到敝舍，有何见谕？”鲍自安遂将“骆宏勋黄花铺被诬，余谦喊冤，军门差提愚兄，今已移居山东，知令郎被骆宏勋误伤，特约胡家贤弟等一同前来造府相恕；今令骆宏勋办了祭礼，在令郎灵前磕头。杀人不过头点地而已，他既知罪，伏望贤弟看在众人之面，饶恕了则个。叫骆宏勋他日后父母事之贤弟吧”的话说了。那个巴信道：“诸公光降，本当遵命；杀子之仇，非他事可比，弟意欲捉住他，在儿子灵前点以祭之，方出我夫妻二人心中之恨也。今日既蒙诸公到舍下与他分解，只捉住他杀祭吾儿罢了。”胡琏说道：“灯祭杀祭，同是一死，有何轻重？还望开一大恩。”巴信又道：“人同此心，心同此理；以己之心，度人之心，则一理也！今日之事，若在列位身上，也不能白白地罢了。此事不必再提，我们还是说些闲话。方才听得鲍兄近移山东，不知尊府在何处？明日好来恭喜！”花振芳答道：“还未择地，目下尚在苦水铺店内哩。”巴信早要寻他不是，因他不开口，无从撩拨，只是怒目而视；今闻他答言，大骂道：“老匹夫！我儿生生送在你手，今日你约众人前来解说，我不理你也是你万幸；尚敢前来接言么？拼了这个性命吧！”遂站起身来，竟奔花振芳。胡琏忙起身拦住。看官，你道这胡琏不过止劝，却撞了一个歪斜。因巴信力大，把胡琏撞了一个歪斜，几乎跌倒。鲍自安等人连忙阻住，方才解开。花振芳乃山东有名之人，从来未受人欺负，见巴信前来相斗，就有些动怒；若一与他较量，今日之事必不能成之。又忍了，坐在一边，不言不语。

但不知后事如何，且听下回分解。

第五十四回

花老庄鲍福笑审奸

却说花老坐在一旁气闷。那胡理见他将哥哥撞了一个歪斜，哪里容得住！便叫一声："巴九倚仗家门势力，想压吾兄么？你与骆宏勋有仇，我等不过是为朋友之情，代你两家分解，不允就罢了，怎么将家兄撞一个歪斜？待我胡二与你敌个高低。"说罢，就要动手。自安劝道："胡二弟，莫要错怪九弟，九弟乃无意冲撞令兄。但此乃总怪花振芳这奴才，就该打他几个巴掌。骆宏勋在江南，你三番五次要叫他往山东赘亲。若无此事，他怎与巴相公相遇？若不误杀巴相公，而骆大爷怎得又遇着贺世赖？据我评来，骆宏勋之罪皆花老奴才起之耳！巴九兄弟，你还看他是个姐夫，饶恕这老奴才吧！谅死的不能再活了，况骆大爷是你甥婿，叫他孝敬你就是了。"巴信道："我弟兄九人，只有一子。今日一死，绝我巴门之后！"鲍自安道："九弟尚在壮年，还怕不生了么？我还有个法，日后骆大爷生子之时，桂小姐生子为骆门之后；花小姐生子为巴氏之后，可好？"巴信见胡琏等在坐，若不允情，也是不能够的。便说道："若丢开手，太便宜这畜生了！"众人见巴信活了口，立起身说道："九爷见允，大家打恭相谢。"巴信少不得还礼。

再说后边胡大娘、鲍金花、胡赛花，亦苦苦地哀告马金定，金定实却不过情，说道："蒙诸位见爱，不惮千里而来，我虽遵命，恐拙夫不允，勿怪我反悔。"鲍金花道："九奶奶放心，九老爷不允，亦不等于你老人家失信。"俱都起身拜过。前后皆允了情，鲍自安丢个眼色，花振芳早会其意，差人去请骆姑爷过来行祭。

不多时，骆宏勋在前，濮、余二人随后俱到。座上众人吩咐把祭礼摆设灵前，骆宏勋行祭已毕。巴信、金定大哭道："屈死的姣儿啊！父母不能代你报仇了。今蒙诸位伯伯、叔叔、大娘、婶婶前来解围，却不过情面，已饶了仇人。但愿你早去升天，莫要在九泉怨你父母无能！"鲍自安叫骆大爷过来叩谢九舅爷并九舅母，巴信夫妻哪里肯受！众人将二人架住，让骆大爷向上磕了四个头。自安道："这就是了！"即时男客前厅，女客后边，巴信吩咐厨下办酒。不多时，酒席齐备，大家饮过，便告辞起身。花老道："我有一言奉告，不知诸公听从否？"众人道："请道其详。"花振芳道："此地离小寨不过三十里，诸位可同至舍下住一夜，明日我同鲍兄至苦水铺搬运物件，我借处空房暂住。"鲍自安道："便是甚便，奈店内还有一女素娘，奈何？"花振芳道："小店与家中一般，自有人款待，但请放心！"胡琏道："我正要谒拜师母，一同去甚好。"胡理道："小弟不能奉陪，家兄嫂皆去，舍下无人。且小弟来了四五日，不知小弟店内可有生意否？我要回去看看。倘有用处，一呼即至。"花振芳道："胡二弟倒是真话，我不留你，你竟回去吧！"消安、消计亦要告辞，花振芳道："骆大爷迭蒙大恩，毫厘未报。请到舍下，相聚几日再回去。"

于是大家辞别巴信，众等仍坐轿车，竟奔老寨而来。早有人通信于花奶奶，说骆姑爷之事已妥，同众人不时就到。碧莲闻之，心才放下。花奶奶转达骆太太、桂小姐，婆媳亦才放心。花奶奶吩咐备办酒席，等候众人。

未上灯时，大众方才到了客厅，大家坐下。吃罢之后，骆宏勋夜半后要来见母亲。花振芳道："自家人，有何躲避？"相陪进内，桂凤萧、花碧莲陪坐在骆太太之侧。碧莲是认得宏勋的，桂小姐却未会过。碧莲一见他父亲陪了丈夫进来，便向桂小姐道："姐姐，他进来了！"桂小姐方知丈夫进内，遂同碧莲躲入房中去了。骆宏勋到后堂，走至太太跟前，双膝跪下，哭道："不孝孩儿拜见母亲！"太太亦哭道："自闻你伤了巴相公之后，为娘的时刻提心吊胆，今日方知你在巴家寨内讲和。几时得到江南，何时相请众位至此的？"宏勋乃哭禀道："孩儿何尝到江南？"又将黄花铺被贺世赖之诬害，余谦告状，解送京中，在四杰村受朱氏之劫，余谦舍命相救，始遇鲍老爹等前来帮助，细细说了一遍。太太闻此番言语，遂大哭道："苦命的儿呀！你为娘的哪里知道又受了这些苦楚！"叫声："余谦我儿在哪里？"余谦在门外闻唤走进，双膝跪下，哭道："小的得见太太，两世人也！"骆太太以手搀扶起来，道："吾儿之命，是你救活，以后总是兄弟相称，莫以主仆分之。"又见余谦瘦了大半，太太珠泪不绝。

前面酒席已摆停当，有人来邀骆大爷前边去用酒饭。用过之后，花老爹分列床铺，大家又谈笑了一会，各自安歇。次日起来，吃过早饭，巴氏弟兄作东相陪，花、鲍同赴苦水铺，雇车辆搬运物件到花家寨。修素娘坐了一乘骡轿，花、鲍二人相随，来至寨中。花奶奶母女相迎，进内款待。花老爹又着人将巴仁、巴义、巴智、巴信、巴礼五个舅子、九个舅母等都请来聚会。大家畅饮了五日，消安师徒告辞。鲍自安道："老师且慢，等我把件心事完了再行。"消安惊问："有何心事未完？"自安道："这件奸情事未审。"消安道："此事于我和尚何干？"鲍老爹道："内有虚实不一，故相挽留。"呼花振芳："明日大设筵宴，我要坐堂审事。"花振芳道："这个老奸徒奴才，又做身份了。"只得由他。

次日，厅上挂灯铺设，分男左女右，摆了十数余席；女席垂帘，以分内外。又将寨内的好汉，拣选了二三十名，站班伺候。客厅当中设了一张公座，诸事齐备。到时，任、徐、巴、骆、濮、消安师徒，叙齿坐下东边；骆太太、胡、巴二家女眷分坐西边；鲍自安道："有僭了！"入于公座。吩咐将两起人犯带齐听审。下边答应一声。到窖内将两个口袋提来，放在天井中间，俱皆倒出。自安叫先带贺世赖。贺世赖见如此光景，谅今日难保性命，直立而不跪，便大骂道："狗强盗，擅捉朝廷命官，该当何罪？"自安大笑道："你今已死在目前，尚敢发狂，还不跪下么？"贺世赖回说道："我受朝廷七品之职，焉肯屈膝于强盗！"鲍自安说道："我看你有多大的官！"吩咐："拿杠子与我打他跪下！"下边答应一声："得令！"拿了一根棍子，照定贺世赖的腿弯之下一敲。正是：

饶你心似铁，管教也筋酥。

那个贺世赖"哎哟"一声，就扑通跪在尘埃，哀告饶命。鲍自安道："你那个七品的命官往哪里去了？今反向我衷告也是无益了。有你对头在此，他若肯饶你，你就好了。任大爷过来问他。"正是有诗为证，诗云：

悔却当初一念差，勾奸嫡妹结冤家。
今朝运败遭擒捉，大快人心义伸张。

话说任正千大怒，手执了钢刀，走至贺世赖的面前，大喝一声，说道："贺贼！我哪块亏你，你弄得我家破人亡，我的性命，被你害得死了又活的。你今日也落在我爷的手里！你还想我释放？我且将你的个狠心取了出来，看一看是么样子？"遂举刀照心一刺。正是：

惯行诡计玲珑肺，落得刀剜与众看。

毕竟任正千果挖他心否，且听下回分解。

第五十五回

宏勋花老寨日娶双妻妾

却说任正千手拿钢刀，将贺世赖的心挖出，放入口内，咬了两口，方才丢地，仍入席而坐。鲍自安命将尸首拖出。又吩咐带贺氏、王伦，将二人提至厅上。彼已见贺世赖之苦，不敢不跪，哀告饶命。任正千看见，心中大怒，又要动手。鲍自安道："任大爷莫乱，你坐坐去。待我问过口供再讲。"遂问道："贺氏，你多亏任大爷不惜重价赎出，你就该改邪归正，代夫持家。况任大爷万贯家财，哪点不如你意？又私通王伦，谋害其夫。实实说来。"贺氏想道："性命谅必不能活也，让我将前后事同众说明，死亦甘心。"向任正千道："向日代我赎身时，我就说过：父母早亡，只有一个哥子，肩不能担担，手不能提篮，随我在院中吃一碗现成茶饭，他是要随我去的。你说我家事务正多，就叫他随去管份闲事。及到你家一年，虽他不是，偷盗你火盆，也不该骤然赶他出门！后来他在王家做门客，你又不该与他二人结义，引贼入门。先是一次，他谢我哥哥千金，又被余谦拿住。我不伤你，你必伤我，故而谋害。我虽有不是，你岂无罪？"一番话说得正千闭口无言，心中大怒，持刀赶奔前来就砍。鲍自安正色道："先就说过，莫乱堂规。任大爷何轻视我也！在定兴时因何不杀？在嘉兴县府时又为何不杀？而今我捉的现成之人，你赶来杀他！”任正千说道：“晚生怎敢轻视老爹！杀身仇人，见之实不能容了。”鲍自安道：“你且入坐，我自有道理。”任正千无奈，只得入坐。鲍自安道：“我本来还要细细审王伦，任大爷不容我也，不敢再问了。”向消安道：“此二人向蒙老师所化，今日杀斩存留，唯老师之命是听！”消安、消计先见任正千吃心之时，早已合眼在那里念佛哩。闻鲍自安呼名相问，将眼一睁，说道：“贫僧向所化者，不过彼一时耳！今日之事，贫僧不敢多言。”仍合眼念佛。鲍自安又向王、贺道：“论你二人之罪，该千刀万剐，尚不称心；但因有消安老师之化，减等吧！”吩咐将二人活埋，与他个全尸首罢了。下边上来二人，将王、贺挟去。鲍自安道：“梅滔、老梅前已盘过口供，不须再问。”吩咐领去绑在树上，乱箭射之。下边答应，亦将二人挟去。鲍自安退室，众人相还。鲍自安道声：“有僭！”入席相饮。席散之后，消安师徒告别回五台山去了。

且说花振芳将后边宅子分作三院。鲍自安同女儿、女婿住后层，徐松朋夫妻住前层，花振芳同骆太太母子住中层，任正千、濮天雕住书房。虽各分房住，而堂食仍是花老备办。诸事分派已毕。胡琏同妻女亦告辞回家。过了月余，骆宏勋伤痕复旧如初，余谦痨伤亦痊愈。正值七月七夕之日，晚间备酒夜饮，论了一会牛郎，谈了一番织女，鲍自安想起骆大爷婚姻一事，乃道：“骆大爷伤已痊愈，我有一句话奉告诸位：去岁十月间，骆大爷原是下宁波赘亲，遇见我这老混账留他玩耍，以至弄出这些事来，在下每每抱怨。因骆大爷伤势未痊，我故不好出口；今既痊可，当择吉日完姻，方完我心中之事。”任、徐齐道：“正当如此！”花振芳更为欢喜，遂拿历书一看：七月二十四日上好吉日，于二十四日吉期成亲。逐日花老好不慌忙，备办妆奁，俱是见样两副，丝毫不错，恐他人议论。骆太太亦自欢喜，桂小姐、花姑娘心中暗喜，自不必言。

光阴似箭，不觉到了七月二十日，花振芳差人赴胡家，迎请胡家兄弟并胡大娘母女；又差人请九个舅子并九位舅母，都期于二十三日聚齐。众人闻言，二十三日聚全前来，花振芳备酒款待，临晚各自安歇。次日早起，铺毡结彩，大吹大擂，胡大娘、胡姑娘搀扶桂小姐；巴大娘、巴二娘搀扶花姑娘；徐松朋、徐大娘领亲。骆宏勋换了一身新衣居中，桂小姐在左，花姑娘在右，叩拜天地，谒拜母亲，拜谢岳父、岳母，骆太太并花老夫妇好不畅快。拜罢之后，送入洞房，吃交杯酒，坐罗帐，诸般套数做完。骆宏勋复到前厅相谢冰人鲍、徐、任等，大家亦皆恭喜，畅饮喜筵。临晚，同送骆宏勋入洞房。骆宏勋虽死里逃生，一旦而得两佳人，不由得满脸堆笑。正是：

洞房花烛夜，金榜题名时。

夜中夫妻之乐，不必尽言。

三日分过长幼，花老又大设筵席款待诸亲。饮酒中间，鲍自安向众人言道：“我流落江湖为盗，非真乐其事也。老拙同花兄弟已经年老，不足为惜，而诸公正在壮年，岂可久留林下？庐陵王现居房州，因奸谗弄权，不敢回朝。我等何不前去相投，保驾回朝，大小弄个官职，亦蒙皇家封赠。若在江湖上，就有巨万之富，他日子孙难脱强盗后人之名。”众人道：“幼学壮行，原是正理；但生于无道之秋，不得不然耳！老师适言投奔庐陵王，亦是上策也；但毫无点功，突然前去，岂肯收留？”鲍自安道：“我亦因此踌躇不定。”向花振芳道：“我在江南时，一日几次通报。虽居家中，而天下异事无不尽知。从到山东，如在瓮中，一般外事，一点不闻。难道你寨子内，就不着几个人在外探听缓急之事？”花振芳道：“哪一日没有报？因诸公是客，不敢向众而报。皆候我至僻静处，方才通报。你若不信，听我吩咐。”遂对伺候之人道：“凡有报来，不许停留，直至厅上禀我。”那人答应一声，出去吩咐门上，仍回来伺候。

未有半刻，只见一人是长行打扮，走进厅上，向花老打了一个千，回说道：“小人在长安，探听得武三思到海外去采选药草，得了一宗异种奇花，花名谓之‘绿牡丹’。目今花开茂盛，女皇帝同张天佐等商议，言此花中华自古未有，今忽得来，亦为国家祥瑞事也。出了道黄榜，令天下人民，不论有职无职，士庶白衣人家，凡有文才武技者女子，于八月十五日，赴逍遥宫赏玩，并考文武奇才女子，皇帝封官赏爵。以为花属女，既有奇花，而天下必有奇才之女，恐埋没闺阁，故考取封诰，以彰国家之淳化也。目今道路上进京男女滔滔不绝。报老爹知道！”花振芳道：“知道了。”吩咐赏他酒饭，报子退下。鲍自安听了，大喜道：“我有了主意了！”众人忙忙动问，不知自安说出什么主意来，且听下回分解。

第五十六回

自安张公会夜宿三站儿

却说鲍自安大喜道："有个主意。"众人道："有何主见？"鲍自安道："即挂皇榜考取天下才女，而天下进京者自然不少，我等进京亦无查考了。以应考为名，得便将奸谗杀他几个，以为进见之功；况狄公现在京中，叫他作个引进，我等出头则不难了！"众人道："我等一去，家眷、物件怎样安排？"鲍自安道："口说无凭，拿一张红全简，骆大爷执笔。我等相好者，尽皆在此，愿去之人，书名于简，亦立出一个首领来，听他调遣。同心合意，方可前去；若不同心，则其事不行，皆因不一耳！"看官，这些人皆当世之英雄，生于荒淫之朝，不敢出头，无奈埋没于林下，岂昔真是图财之辈耳！今日一举，各自显姓扬名。正是有诗为证：

埋没英雄在绿林，只因朝政不相平。
今朝一旦扬名姓，管教竹帛显威名。

却说骆宏勋执笔在手，铺下红简，尊鲍自安为首，写道：

鲍福、花振芳、胡琏、胡理、巴龙、巴虎、巴彪、巴豹、巴仁、巴义、巴礼、巴智、巴信、任正千、徐苓、骆宾侯、濮里云、濮行云。

骆宏勋将在坐之人写完。鲍自安道：“还有一位忠义之人余大叔同行，不书名简上么？”众人道：“正是！”骆宏勋又写上“余谦”，其简上十九位英雄。书毕之后，鲍自安道：“凡书名于纸上，皆是忠义之人也。逢有患难，俱要同心解救，勿要畏缩而不前！”众人道：“那个自然。”鲍自安道：“将才花振芳的报子道，皇榜于八月十五日考试。我等初间即到，方才不慌迫。此刻已是七月二十五日了，各自回家，将细软物件打起包裹，桌椅条台并不值钱的粗物，仍封锁家中，连家眷一并进京，各寨喽啰，但愿随去而慕想功名者，叫他跟随前去，不愿去者，每人与他百金，各去为农商，也是跟随一场。”又道：“此去，潼关必得一人先为把守方妥。”众人道：“老师，潼关防备正是须得一英雄先去，望老师量材点用。差哪个，哪个就前去！”鲍自安道：“此大任，非胡二弟不可！我等也许不赴长安。女眷中有武艺者进京，无武艺者不可前去，都交付胡二弟带赴潼关等候，包裹行李连寨内愿随喽兵，亦先赴潼关。胡大弟亦在潼关等候，俟我等进京得手反出来时，你可向前抵挡一阵，我们等待稍歇。”胡琏兄弟二人一一领命。鲍自安道：“再烦骆宏勋大爷将进京并留潼关女将，亦要开出名来。”骆宏勋又提笔书名，写道：

花奶奶、胡大娘、巴大娘、巴二娘、巴三娘、巴四娘、巴五娘、巴六娘、巴七娘、巴八娘、巴九娘、鲍姑娘、花姑娘、胡姑娘。

进京者共十四位。又举笔开写留潼关者，写道：

骆太太、徐大娘、修素娘、桂小姐。一共四位。

商议已定。次日，各自回家收拾物件，开发寨内喽兵。鲍自安亦着人自济南码头上，将所带来百十人唤来，公用调遣。未有五七日，各寨之人俱至老寨聚齐，计胡家凹带喽兵六百人，巴氏九寨共带两千一百余人，花家寨愿随去七百余人，共计喽兵三千四百余人。定于八月初三日起身。鲍自安道：“我等许多人口，许多车辆，不可同日起身。喽兵中拣选干办者数人，跟我们进京，赶车喂马，余者各把盘费，令他分开行走，在潼关聚齐，莫要路上令人犯疑。”众人深服其言。及至初三日前后，不日起身，奔京的奔京，赴潼关的赴潼关，一行人众，纷纷不一。这正是：

各寨英雄离虎穴，一群好汉出龙潭。

鲍自安等在路非止一日。那日到了长安，进了城，只见长安城内人烟凑集，好不热闹，天下也不知来了多少男女！众人行到皇城，才待举步进城，门兵拦住道：“什么人，往里乱走？”鲍自安道：“我等是送女儿来考的，欲寻歇店。”门兵道：“寻歇店在城外寻，此乃内皇城也，岂有歇店么？你既来应考的，现成公会，房屋又大，又有米食，不要你备办，岂不省你盘费！反要自寻饭店，真是个痴子！”鲍自安道：“我等外地人不晓得，望从中指教。”门兵用手一指道：“那两头两个过街牌楼当中，那个大门不是公会么！你到门前，说是来应考的，就有人照应。”鲍自安道声：“多谢指教。”领了众人倒回来至牌楼，举目一看：大门上悬了一个金字大匾，上写“公会”二字。鲍自安道：“你们门外站立，待我进去。”将入大门，只见门里立一张大条桌，上放着一本号簿，靠里边坐着两个人，见鲍自安走进，忙问道：“寻谁？”鲍自安道：“借问一声，这是公会么？我们是送女儿来应考的。”那二人道：“你既是送考人，还有同伴来否？”鲍自安道：“确还有人，亦系至戚，只算得一起。”那人道：“报名上来。”鲍自安自想道："我两人之名无人不晓，若说真名姓，不大稳便，需要混他娘的头！"乃答道："我姓包名裹，字高象，金陵建康人氏；那个系我妻弟，姓化名善，字动恶，山东济南府人氏。那个系我一同相随到此。"那两个人写了个"孔曾严华"的个"华"字。鲍自安道："不是这个字，他是化三千的'化'字。"那人连忙改过。花振芳在外暗骂道："老奴才最会捣鬼，他自己弄出半个，将我弄掉半截。"那个人又问道："几位应考的姑儿？"鲍自安道："三个。"那人道："多少送考的男女？"鲍自安道："男连车夫共二十三个，女除应考三个外，还有十一个。"那人道："三个应考姑儿，怎么就来了这些送考的男女？"鲍自安道："长安乃建都盛京，外省人多有未至者；今乘考试，至亲内戚一则送考，二则看景致，故多来几个。"那人道："不是怕你人多，只是堂食米粮，恐人犯疑。三人应考，就打三人的口粮，岂有打三四十人的米粮，难于报名！"鲍自安道："只是有了下榻之所，米粮俺们自办罢了。"那人道："且将人口点进，再为商议。"鲍自安道："你们都进来，大叔要点名哩！"鲍金花在前，花碧莲居中，胡赛花随后。鲍自安指着道："这三个亲身应考的。"上号的二人一见三位应考的姑儿，皆有沉鱼落雁之容，闭月羞花之貌；三位之中，头一位姑儿尤觉出色。上号人道："这三位姑儿芳名亦要上号。"鲍自安道："头一个是小女包金花，第二个是化碧莲，第三个胡赛花。"上号之人欢天喜地上了号簿，将众人男女点进，拣了一处大大房屋，叫他们住下。

看官，你说那上号之人因何见了三位姑娘就欢天喜地？只因张天佐兄弟二人，唯天佐生了一子，名唤三聘，定了武三思之女为妻，今岁已打算完娶，不料武三思之女暴病而亡。那武小姐生得极其俊俏，张三聘素曾见过，因此思想得病。张天佐自道："我身居相位，岂不能代子寻一佳妇？"因启奏武后：做赛花教场，考试天下女子进京；又建一所公会，凡应考者，上号入内歇住，要拣选与武三思之女一样人品与儿子为妻。着了两个心腹家人：一名张得，一名张兴，专管上号。倘得其人，速来禀报，重重有赏。二人一见鲍金花生得身材人品与武小姐仿佛，故此大喜。将众人点进之后，张得对张兴道："你在此照应，我进府通报，并请公子亲自前来观看。"笑嘻嘻地竟自去了。正是：

欲获婵娟医人病，谁料佳人丧儿身。

毕竟不知张三聘果来点看鲍金花否，且听下回分解。

第五十七回

张公会假允亲事

却说张得离了公会，一直来到相府。正值张天佐在书房劝子道："你必将怀放开，莫要思虑，难道天下应试之女，就无一个似武小姐之貌者？"张三聘道："倘有其貌，而先定其夫，奈何？"张天住笑道："既已受聘之女，今日至此，说我与他做亲，还怕他不应允？"看官，似此等对答，即陇亩农夫父子之间，亦说不出口；而堂堂宰相应答如常，其无礼无法，乃至无忌之情已尽露矣！不表内里言论。

且说张得走进门来，张天佐看见问道："你不在公会上号，来府做什么？"张得上前禀道："今于初十日午间，来一起应考之人，虽居两处，皆系至戚，都算一起，共有三位姑娘前来应考，俱生得：面貌妖娆样，体态袅轻盈。单言三位姑娘之中：建康包裹之女包金花更觉出色。小的是往武皇亲家常来往的，武小姐每每见过的，此女体态面貌，恍若武小姐复生。特地前来通禀，请公子亲往观验！"张天佐大喜道："我说万中拣选，必不无人，今果然矣！"向儿子张三聘道："若你不信，亲去看看；如果中意，回来对我讲，我即差人说亲。"张三聘亦自欢喜，吩咐张得："先回公会伺候，我后边就去点名。"张得仍回公会，告诉张兴。张兴道："须得将此话通知包老儿，还怕他不愿意做亲，做宰相的亲家翁？叫他将女儿换两件色衣，重新叫他梳妆梳妆。古人说来：人穿衣服佛金装，马衬新鞍长雄壮。是或亲事定妥，相爷、公子自然另眼看我二人。这新娘知是我二人玉成，内里也抬举抬举我大嫂嫂并你弟媳妇，外边我二人行得动步，内里是他两个也盼得开榜。纪录加级在此一举也！”张得闻得此言，心花都开了。遂走到鲍自安在的那进房子，叩开门。鲍老正在那里打算男住哪里几间，女住哪里几间，忽闻叩门之声，问道：“是谁？”张得答道：“是我，请包老丈至前边说句话。”鲍自安看是上号之人，忽以“老丈”相称，必有缘故。答道：“原来上号大叔么。”跟至前边，张得、张兴二人连忙拿了一张椅子，叫包老丈坐下。鲍自安道：“二位大叔呼唤，有何见教？”二人道：“有句话奉告你老人家，知考场因何而设，公会何人所造？”鲍自安道：“设考场以取天下奇才，建公会以彰爱士之意，别有何说？”张得笑道：“大概自是这等话，其实皆非也。实不相瞒，我家二位相爷，只有我家公子一人，年方十八岁，习得一身好弓马武艺，不大肥胖，瘦弱身躯，人呼他为‘瘦才郎张三聘’。自幼聘定白马银枪武皇亲小姐为妻，那小姐生得体态妖娆，原意今年完娶，不料武小姐暴病身亡。我家公子是看见过的，舍不得俊俏之容，日日思想，自此得病。我家相爷无奈，启奏皇上，设此考场取天下英女，又不惜千金兴建这个公会。凡来应考，俱入公会宿住，日发堂食柴米，来时总要上号点名。叫我二人见有仿佛武小姐之体态者，即刻报相爷，与他做亲。此事一妥，考时自然夺魁。适见令爱姑娘体态、面貌与小姐无二，我方才进府报过相爷。我家公子不信，要亲自来公会，以点名为由，自家亲看一看。亲事有成，你老人家下半世还愁什么呢！故我二人请你老人家出来，将令爱姑娘重新梳妆梳妆，换上几件色衣，公子来一看，必定中意！”鲍自安闻得此言，计上心来，暗骂道：“奸贼！奸贼！我特来寻你，正无门而入。今你来寻我，此其机也。”遂答道：“我女儿生下时，算命打卦，都说他日后必嫁贵人。

我还不信，据二位大叔说来，倒有八九分了。只是我庶民人家，怎能与宰相攀亲？”张得二人答道：“俗语说得好，听我们道来：会作亲来拣男女，不善作者爱银钱。这是他来寻你，非是你去攀他。你老人家速速进去，叫姑娘收拾要紧，我家公子不一刻即到！”鲍自安辞别二人，走进门来，将门关上。众男女先见张得来唤，恐有别的异事，今见转回，齐来相问，鲍自安将张得之言说了一遍。鲍金花忙问道：“爹爹怎样回他？”鲍自安道：“我说你生来算命打卦，都说该嫁贵人。只得应承他来，叫你收拾好，待他来看。”鲍自安说罢，鲍金花见丈夫濮天鹏在旁，不觉满面通红。说道：“这是什么话！爹爹真是糊涂了。好好的堂客，都叫人家验看起来了。”鲍自安道：“我儿，不是这样讲。我等千里而来，所为者何人？要杀奸谗，以作进见之功。不入虎穴，焉得虎子？我欲借此机会，好杀奸贼也。那张三聘今以点名为由，不允他，他也是要见你们的，我故应之。你们只管梳妆见他，我只管随口应承。临期之时……”向鲍金花耳边低低说道：“如此如此。”鲍金花方改笑容，同花碧莲、胡赛花各去打扮得齐齐整整。金花打扮得比他二人更风流三分。

不言三姑娘打扮。只听得外边又来叩门，鲍自安道：“想必张三聘来也，你等房内避避，待我出去答话。”遂将门开了，正是张得。张得道：“公子已在厅中坐等，叫三位姑儿速去点名！”鲍自安道：“还没有告诉大叔，小女自幼丧母，娇慵之性过人，在路上行了几日，受了些风霜。我刚才对他们讲，叫他们点名，他们因鞋弓足小，难以行走，请公子进来点名吧！”张得回至公子前，禀道：“小的才去唤他们应考女子点名，他说鞋弓足小，难以行走。请公子进内点名吧！”张三聘若是真来点名，唤不出来就要动怒；今不过借点名之由，看金花之容貌，闻他说“鞋弓足小”四个字，不但不动怒，反生怜爱之心。说道：“也罢！我进内点名。”张得引路来至天井中，就放了一张交椅，张三聘坐下，张得手拿册簿，叫：“包金花。”鲍金花轻移莲步，从张三聘面前走过，用眼角望了张三聘一望。正合着：

我是个多愁多病身，怎当得倾国倾城貌。

那张三聘一见了金花与武氏无异，早已中意；又见他眼角传情，骨软皮酥，神魂飘荡。张得又呼："化碧莲、胡赛花。"二人也自面前走过。张得才待呼过考的男女之名，张三聘将头一摇。张得道："过考人等免点。"张三聘笑嘻嘻起身走出，坐轿回府。

张天佐问道："验过了么？"张三聘只笑而不言。张天佐见儿子神情，就知中意，遂将张得唤过，吩咐道："你回公会，殷勤款待这起人，我随后差媒议亲。"张得领命，回至公会，请出鲍自安来，叫他打堂食米。鲍自安道："我等人多，恐大叔难以报账，我自办吧！"张得笑嘻嘻地答道："你姑娘已中了我家公子之意了，相爷后边就遣媒来议亲了，不日就是我家相爷的亲家翁了。哪在乎这点堂食的食用！只管着人来取，要多少就拿多少去用，也不必拘于数目了！"鲍自安暗暗地笑道："人不可一日无米粮。虽值钱有限，却有现成，省得着人去办。少刻着人来取。"不多少时候，两个人笑嘻嘻地走将回来。这一回有分教：

一朝好事成虚话，错把丧门当喜门。

毕竟不知来者何人，且听下回分解。

第五十八回

狄王府真诉苦情

却说张天佐见儿子中了意，着了两个堂候官儿作媒。张得又将鲍自安请出，两个官儿道了相爷之命，鲍自安一一都应承了。那两个官儿回来禀告张天佐，张天佐好生欢喜。今已初十日期，期于十三日下礼，十五日应考，十六日上好吉日，花烛喜期。张得又来通知，鲍自安道："十六日完姻罢了！只是礼可以不下，我系客中，毫无回复，奈何？"张得道："老丈何必拘这些礼数！相爷也无什么，说他图你家一个好姑娘。相爷来的礼，只管收受！"鲍自安道："相烦大叔说声：我带来的盘费甚少，连送礼、押礼的喜钱也是无有。这便怎了？"张得道："你老人家放心，搁在俺兄弟二人身上。不赏他，哪个敢要么？再不然，先禀相爷，赏加厚些就是了！"鲍自安道："拜托！拜托！"又问道："先进城时，那时城门上都有兵丁，却是为何？"张得道："近来天下惶惶不安，强盗甚多。江南镇江府前有报来，劫了吏部尚书公子，杀了十数人，活捉去建康道并妾贺氏。你老人家贵府建康，自然亦闻此事。山东济南府亦有报来，劫去诬良一案，杀死解差五六十人，并杀死解官恩县知县唐建宗。你家舅老丈贵处是济南，谅必知道。现今各处行文访拿未获，我家相爷恐考场人乱，强盗混入京都，故各门差人防护，许进不许出。在京人民都有腰牌，不禁他们出入。若应考者出城，必在这里说明，我把个腰牌与他，方能出城哩！”用手一指道：“那边不堆着好几堆么，老丈之人要出城容易，或我着人到城门上照应一声，或多拿几个牌子用去。”鲍自安道：“多承二位大叔照应，我丝毫无以相酬，只好对小女说，等过门之后，在公子面前举荐罢了！”这一句话儿正打在张得、张兴心窝，好不欢喜，更加十分殷勤，要一奉十，临晚多送几张床帐，并多送灯油蜡烛。一宿晚景不提。次日起，不待去打米粮，张得早已着人送米来，好不及时。正是：

贫居闹市无人问，富在深山有远亲。

众人吃过早饭之后，鲍自安道：“今是十一日，无甚事。我与任、骆二位大爷同余大叔、濮天鹏、濮天雕六人，皆私娃案内之人，再令一人将私娃桶拿着，到狄公寓所，将此案代我女儿素娘清白清白，就让狄公算作你我的一个引进，明日好候张家下礼。”众人齐道：“使得！使得！”任、骆、余、濮同鲍自安告别家人，外着一个人扛着竹桶，临出门对花振芳道：“倘若张公有人来说什么的，你只管一一应承。”花振芳领命，让众人出走，仍将门闩上。鲍自安走到门前，张得、张兴急忙起身问道：“老丈欲往何处去？”鲍自安道：“一则从来未到此地，欲观观盛景；一则吉期已近，虽无大妆奁，琐碎物件也须置办置办。”张得道：“老丈京中不熟，我着一人领路何如？”鲍自安道：“不消，不消！”同众人离了公会。走未多远，借问来往行人：“狄千岁所寓何处？”那人答道：“狄千岁乃封王之人，有他的王府，在东门大街。山东做军门，不过一时钦差耳。”众人闻言，直奔东门大街而来。

不一时，来到狄千岁府门，八字墙，挡军柱，甚是威严，门上悬了一匾，上有“钦王府”三字。但不知可是狄王府么，又借问行人，正是狄王之府。鲍自安向众人说道：“你等且在街旁站立，待我自己上前通说。如进内无事，自然有人传你们进去；倘有不测，不说你们同来，杀斩存留有我当之！”又想道：“余大叔乃奉差抓我之人，不可落后，倒要同我前去。”于是任、骆、濮并拿竹桶者五人，立在街前等候。余、鲍二人行至王府大门，问道：“哪位老爷在此？”王府乃封锁衙门，虽有看门者，却封在里面，听得外边有人相问，门里问道：“何方来者？”余谦答道：“我乃诬良案原告余谦，奉千岁差同旗牌董超，赶江南提拿鲍福，今日才到，望老爷通禀：鲍福现在府门伺候。”那人道：“诬良人犯被贼劫！董超已来两月，说你们后边即到，怎么此刻才来？在外等候，待俺禀报。”不一时，只听是“咯通”一声响亮，府门大开，旗牌董超走出，向余、鲍二人见礼。说道：“老爹今日才到，余大叔怎又用老爹送行？晚生自那日同余大叔到历城，与余大叔约定缴令箭相会。及至进了衙门，见堂官大爷说，千岁已经进京。又发一支令箭，吩咐我等到此，一同进京。晚生出来找寻余大叔不见，回家等候，总不见余大叔驾到。过得三五日后，闻得唐老爷于路被杀，内中独少骆大爷、贺世赖尸首，又平毁了四杰村一村人家。晚生不解是何人所杀？又候老爹十日之外，亦不见到。恐误限期，急速赶进京，见了千岁。千岁吩咐晚生在此等候，已经两月余。千岁无日不问，今来甚好，千岁已在大堂传见！”

鲍自安、余谦跟了董超进内，来至大堂，只见两边列了几十个内监。二人向王磕头。狄公问道：“余谦，你与董超同去，怎么不与他同来？你主被谁劫，杀死解官、解役，你必知情了！”余谦将茶馆等候董超，适遇唐老爷押解主人进京，小的来不及通知董超，随后暗护，四杰村遇仇人朱氏之劫，央求五台山和尚消计放火相救，越房而出；小的舍命救主，偶遇鲍福搭救，小的同主人受伤过重，至今方好，特同鲍福前来叩见千岁等说了一遍。狄公方知唐建宗被害之故，又深幸骆宏勋不死，无愧见伊兄骆宾王也。又向鲍福问道："本藩久闻你的恶名。你在江湖上共做了多少年的大盗？杀害了多少客商？从实说来！"鲍自安道："小人自二十岁上起手，今已六十二岁，在江湖上做了四十二年。前杀客商、过路官员也不少，哪里还记得数目！"狄公又问道："闻得有官兵官役前去捉你，你怎敢大胆前来？莫非轻本藩之刀不利乎！"鲍自安道："小的流落江湖，亦非乐意为盗。处于奸谗得志之时，不敢出头，无奈埋没耳！千岁干国之名，素著天下，非鲍福一人知之也！久欲谒见，吐小人不得已之愚衷！实无引而前。今蒙拘提，冒死前来见驾，乞赐诛杀，死得其所，又何惧焉？"狄公道："有道则仕，无道则隐，此系圣贤之高志也！你既不肯出，则由于无道之秋，亦当务田园、埋名姓，因何截劫江湖，杀之无厌而为强盗乎？"鲍自安道："小人虽截劫江湖，杀人无厌，亦非不分贤愚，而尽图其财杀之也！凡遇公平商贾、忠良仕宦，从未敢丝毫惊恐；而小人断杀者，皆张、栾、王、薛等门中之人耳！"狄公听他说出张、栾、王、薛等党中这些人的名姓，将惊堂一拍，"呀"了一声，便起身来，吩咐左右："将他们带进二堂，待本藩细加询问。"说罢，往后去了。鲍自安心中暗想道："此必是大堂不便于捉我，恐有处逃脱，待进二堂闭上宅门，方拿个稳当的哩！"两人闻得催促，正是：

法令已催难久立，欲从再诉苦中情。

话说狄千岁在后堂专候复问，鲍自安、余谦被催促进去，只得随进二堂，真个好不威风赫赫。正是：

提出卖法奸谗姓，打动干国忠良心。

毕竟鲍自安进了二堂，不知吉凶如何，且听下回分解。

第五十九回

忠臣为主礼隐士

话说狄公因何见他道出奸贼姓名，连忙退堂？看官不知，那则天娘娘极有才干，虽然淫乱宫闱，而心中虑事甚明，看见张、栾、王、薛等一班臣僚，擅持国柄，肆行无忌，恐日后社稷有倾国之患，这一班人皆与他有私惬之情，又不好谆谆禁止。自已年近六十，亦无精神料理朝事，意欲召庐陵王还朝禅位，这班人必不能容太子回国。细思臣子之中，唯狄仁杰忠心耿耿，故召他进京，以便殿私援手诏，命他至房州迎请太子回朝。不料又被这班奸贼看破，各门严加防护，不许狄公出京。况往房州必由潼关，镇守总兵又系武三思次侄武卯。无人保护，如何能过去？前余谦盛称花、鲍二人素怀忠义之心，不得已流落江湖，所以差董超前来，以官司为名，实欲收服此二人，以作保护之将，故在京等候。今闻已到，其心甚喜；又恐他野性未退，待坐大堂讯问，以探他们之心。哪知鲍自安直指张、栾、王、薛之名以对，恐外人听见，走漏风声，以败己谋，假作动怒之状，带进二堂，好吐衷肠。

且说鲍自安、余谦进了宅门内，即放进，外班不许一个走入，遂将宅门关闭。鲍自安道：“一毫不差！闭了宅门，拿老实的哩。”宅门以里，便是二堂，亦不见狄老爷坐于其间，又不知是何缘故。正在狐疑，内里走出一人，向余、鲍二人笑嘻嘻地说道：“千岁在书房中，请你二人讲话哩。”鲍自安思道：“书房非问事之所，又加一‘请’字，就知有吉无凶了！”放心随来人进书房。只见一个和尚同狄公在那里坐谈，见鲍自安来，俱立起来见礼，鲍自安连称：“不敢！”狄公道：“请坐！我有大事相商。”鲍自安谦让片时，只得坐下。余谦走至宾王前，请过安。宾王道：“适间狄公进来说，你大爷未伤性命，我方才放心。”余谦又将四杰村舍命救主，鲍老爹路过相救，前后说了一遍。骆宾王向鲍自安谢道：“舍弟每逢搭救，何以克报！”鲍自安道：“朋友之交，应当如此，何以称谢！”狄公将武后投书，并二张等防备森严之事，告诉一遍。又道：“我年老之人，但孑身无能，实不能胜此大任。隐士倘有妙策，迎请太子还朝，其功不小！”鲍自安遂将同众来京，杀奸斩谗，以作进见之功，正思无有引进之事，说了一遍。“今千岁出京之事，尽放在小人身上，潼关已先着金鞭胡琏抢夺。”又将张天佐作亲之事也说了一遍：“期于十六日完娶，亦期于那日杀贼；千岁大驾十四日先出城，小人差人护送。”狄公大喜道：“我在府中候你之信，第一要秘密，莫使奸谗看出破绽方好！”鲍自安道：“千岁放心，小人自有道理。”又将私娃之事，请问狄公。狄公将不夫见胎者骨软之验说了。鲍自安道：“私娃桶现在府外。”狄公道：“不必再验，恐惊人耳目，隐士自验罢了。”鲍自安深服其论，遂告辞。骆宾王向余谦道：“回寓对你大爷说，迎王之事大，我也不便会他了。”狄公又谆谆叮嘱鲍自安，鲍自安满口应承。狄公送至宅门。余、鲍来至街上，相会众人，将问答之话说了一遍，些须买点物件、好看送张得二人，恐怕犯疑。回至公会，见了自家一众人等，将狄公回答之话，细细说了一遍。又道：“他愿作引进，我已许他十四日着人送他出城，先赴潼关。”众人听见有了引进之人，无不欢喜。遂将私娃桶倒出一看，皆是些秽水，并无筋骨，方知素娘为真正节妇。狄公打发余、鲍二人去后，遂上表推病不朝。

且说次日，张家来了三四十人端大盒无数，两个大红礼单上写：彩缎百匹、明珠十串、人参百斤、聘仪千两，余者皆是珊瑚、玛瑙、金银首饰、纱缎绫罗、冬夏衣裳。鲍自安爽快之极，只用两个字："全收！"又不好空空盒子，回了些枝圆栗枣，喜钱丝毫未把，昨日已经说过了，早有张得、张兴二人支持去了。十三日，鲍自安令女儿金花："照人数每人预备干粮口袋一个，将自带人参，并昨日收得张家人参照人分开，临期各人带一口袋，预备路上充饥。长安至潼关，有二百一十里路程，我等动身，这一路连做生意的都没有。"金花遵父之命，照人数缝办口袋。及十四日，日落之时，鲍自安命余谦、濮天鹏二人至狄王府。"请他驾至东门以内等候，我后边就到。送你们出城之后，你二人就保他先赴潼关。外有一个小纸包，带与狄公，叫他照此行事。"余、濮二人接了纸包，赴狄王府去了。鲍自安又向众人道："预先将马匹运出才好。明日出城时，我等可以步行，而女眷不能行走，将跟来赶车的六个人先行吧！牲口运出十五匹，离城二十里有一大松林，在林内等候。狄公到时，与他一匹骑坐，余者等候女客。"分派已毕。

鲍自安又至门口，与张得、张兴二人道："小女有个奶公，亦随来看考，不料害起疮来，难保性命。今欲着人送他回去，特讨几个腰牌用用。"张得道："有，有，有！用多少，老丈自拿。"鲍自安拿了十个。共是十六个，连车夫在内，牵了十五骑牲口，俱奔东门而来。及至东门，狄公早卧在街旁一块大石上，哼声不绝，左右两鬓上贴着两张大膏药。鲍自安走至眼前，发怒道："不叫你来，你偏要来，弄得这个形象，又要着人送你哩！"狄公只是哼而不应。鲍自安道："令人焦躁！还不起来出城，等待何时？"狄公爬了半日，才爬起来。走至门兵跟前，将十个腰牌与他一看，门兵见有腰牌为证，也就不细细查问，放他出去。之后，到得城外，拉过一匹马来狄公骑坐，余、濮二人步行随后，慢慢赴潼关而行。鲍自安仍进城而来，回到公会。

看官，狄公前日好好之人，今日因何面上贴着膏药，哼声不绝？他乃三朝元勋，京中连三尺之童，无一个不认得是“狄千岁”。奸党既然防备好好的，如何能去？故鲍自安包一个纸包，叫余谦带去，就是这两张膏药，贴在脸上，须是害疮之形，又兼日落时候，令人看不清楚，易于混出城去。鲍自安回到公寓，天已夜暮，大家早些安睡，预备明日下教场。

却说次日五鼓三点，女主登殿。八月十五中秋大节，满朝文武朝驾已毕。武后道：“今日考选天下武士，超拔才勇双全。命兵部尚书罗洪文武主考。”罗洪领旨，辞主出朝。武后回宫，群臣各散。张天佐早领人持帖至兵部府拜托：今科状元务取江南建康包金花。罗洪应允。

且说鲍自安天明起身，忙备早饭，大家用过。备了三匹骏马，鲍、胡、花三位姑娘打扮得齐齐整整；任、骆、徐、花、鲍、濮二十人，皆扮作牵马之夫，单奔逍遥宫。及至武举场上，见宫门口五彩绸扎了一架牌楼，三个大金字：“武举场”。马路前边，尽是奇花异草，陪伴着绿牡丹，外有朱漆栏杆；当中一个演武厅，皆是五色绿绸，扎就飞禽走兽、人物山水，内摆了许多古玩玉器。正是：

要得真富贵，除是帝王家。

正在观望，听得开道之声，主考罗洪骑马而来。三个大炮，罗洪到了演武厅，居中坐下，两旁分坐许多陪考官员。人役献茶之后，罗洪吩咐考本京才子。那长安也有几个应考之人，听说“箭中天球”，连马都跑不全，不是跌下马来，就是半路歇马。及考到建康地方，鲍金花一马当先，左手持弓，右手取箭，三箭俱中天球。报喜连响不绝，满场无不喝彩。鲍金花正欲下马，到演武厅上报名，只听得又有女子声喊。正是：

素常演就文武艺，一朝货与帝王家。

不知喊叫是何女子，所喊何事，且听下回分解。

第六十回

奸臣代子娶煞星

话说鲍金花一看，只见花碧莲大叫道："姐姐且莫报名，待妹子一同报名。"上马也是一箭，连中三箭。胡赛花亦叫道："二位姐姐莫忙报名，等妹妹来也！"花、鲍二位姑娘勒马一边观看，胡赛花也是一马三箭，俱中天球。罗洪暗叹道："女子中尚有如此弓马，不知江湖上屈没了多少英雄！"吩咐将三名女子传上厅来。三人下马，任、骆、濮接过三人的马。三人上厅参见主考。罗洪道："免参。"外场三人，一般骑射，难辨优劣。演武厅旁，亦是五彩绸扎就一个官篷，摆设着文房四宝。当时命三人各作绿牡丹诗一首，以定次序。三人领命，遂入官篷，各做诗一首。不多一时，三人呈诗来至演武厅上缴卷。罗洪将三人之诗接过一看：章章锦绣，句句精神。可称为文武全才。三诗之中，胡赛花略次一分，而花、鲍难分上下。因有张天佐之托，不好更命，遂将取中之名，开列于后：

第一名包金花；第二名化碧莲；第三名胡赛花。

大人回朝奏主加封，科场已散。花、鲍等人领了三位姑娘，仍回公会。且说大人回朝启奏武后已毕，等龙虎日发榜。这且不言。

却说张天佐早已着人在教场打探，说今日主考所取者三位，皆是包老一起之人。张天佐大喜，打点次日娶亲，一夜何曾安眠！北方同西方与南方规矩不同，娶亲之日，女家多少男女送亲，男家俱要设席款待。张天佐弟兄欢喜，不必言矣。又拿帖拣选朝中契厚之人前来陪亲，你道所请之人是谁？开列于后：

吏部尚书王怀仁、刑部侍郎王怀义、西台御史栾守礼、礼部兵马司薛敖曹、国舅武三思、兵马大元帅武寅。

薛敖曹抱病辞回；武三思叔侄因自家女儿亡过，今日至张家，恐触目伤心，亦不肯来。

不言张府打算娶亲，且说鲍自安商议送女儿。鲍老等同众人用过饭，临晚吃酒时，男女设席于一房内。鲍自安道："送至京后慌忙，这几日未做一件正事，即今教场夺魁，皆冗事耳！事成则成，败则败，成败只在明日一天。明日张家来娶亲时，我们送亲男人一十二位，送亲女客共一十二位。小女做新人，胡赛花姑娘做陪嫁的丫鬟。胡姑娘怀中揣信炮一个，等张二聘入房来，小女得了手之时，胡姑娘点放信炮；我们听得信炮一响，一起动手。我料他必请王、栾、薛、武一班奸贼来，王、栾、薛俱不足为念，只是武家叔侄英名素著，须要防止他。可记着：动手时，多着人围着他二人，要紧！要紧！他来娶不是辰时，就是巳时，我等切不可早发新人，只推山东有此规矩：要开门钱。看他来时，即将大门关闭，向他要大大的开门钱；听凭多少，只叫他左添右添，三次四次，只管叫他添钱。到下午时候，我等再慢慢地发人。及到他家，正是日落之时，再叩天地，拜公婆，做这些事体及进房吃交杯酒等事，天就黑了，正该动手之时，我好脱逃！"向任、骆、徐三人道："你们虽会登高，也会履险，到底未曾经过大敌，恐临时失机，反为不美。我有一差，相烦三位。”三人齐道：“愿听号令。”鲍自安道：“我们决定出东门。京城之中，比别处州县不同，防护人甚多。我等动手，他城门不关闭便罢，若关闭了门，三位可拦阻他，我等好出城。”三人领命，深服其分派有法。算计已定，大家安睡。

次日起来，先将干粮口袋派散，另给众人人参之外，又派些牛肉脯子，吩咐务要小心收好：“若有变起，那时忍饿莫怪我！”众人答应。将到辰时，听是外边鼓乐喧天，炮声连连，谅必是娶亲的来也。鲍老道：“速关大门，我好做里边事。”花振芳真个将大门关上，拿了一张椅子，当门坐下。张家娶亲人来至门首，见门关闭，张得、张兴二人连忙赶至前来打门：“包老爹开门！”花振芳道：“打怎地！咱家山东有此规矩：凡新轿来时，将门关上，名为‘关财门’。大大与个喜钱，若少了还要加添，如此叫做‘添财’。今日行的山东礼。”张得二人道：“是舅老爹么？”花振芳道：“不是咱家，你当谁？”张得道：“容易，容易！先却不知，明日带来吧！”花振芳道：“明日再来抬人。”张得见如此说，速着人去取。一人跑到相府禀告如此。张天佐道：“少了拿不出来，需要四封二百两。”交与来人，来人跑到公会门首，交与张得。张得道：“舅老爹开门吧！”花振芳起身，将四封银子接了，仍又关上，说道：“还要大大加添！”张得无奈，又着人回相府，又取了二百两银子；花振芳又接过，又将门关上，又叫加添。如此四次，添了八百两银子。天色下午已过，花振芳将门开放，众人走进。张得向鲍老道：“包老爹！请新人速速妆束，莫误良时！”鲍自安道：“自老妻去世，小女随我成人，从未离我半步。今嫁相府，舍不得我，只是啼哭，至今未起，我请母舅劝他。”张得道：“既新贵人离不得老爹，过门之后，老爹也在相府过活，难道侍奉不起么？婚姻终身大事，莫要错了吉时。”鲍老道：“什么吉时，什么吉时！新人到就是吉时了。”张得道：“如此说，快快为妙。”鲍老道：“是，是，是！”

一催一促，日已西坠。金花内裹扎束停当，外边罩上喜衣。鲍老自家抱他上轿时，故作难舍之状。张得使人放炮起身，鼓乐喧天，好不热闹。轿子起身后，鲍老等连忙扎束，各自暗带兵器，二十四位男女送亲，先已预备二十乘轿子。女人乘坐，男人步行，一直奔张府而来。新轿到时，送亲亦到。张家请了二位搀亲的夫人，乃是两王之妻。新人下轿，搀扶至天井香案桌前，同张三聘叩拜天地。外有男女陪客迎接男女送亲等人，皆各分坐，女客进后。

且说新人参过天地，拜过公婆之后，搀进洞房，天已更余之时了。回房吃过交杯酒，坐床撒帐。张三聘自初十日在公会中看见过鲍金花，回来后恨不得一时搂在怀中，延挨这五六日，真是茶思饭想，今二人坐床撒帐，哪里能按得住欲火？一见垂下帐来，温温存存用右手向鲍金花背后一把搂。新人素亦知张三聘弓马纯熟，颇有英名，不稳当，也不敢下手。虽然坐帐，却暗暗观他，眼观帐外之人伸手从背后来摸，袖中顺刀早已顺出，直当他转身之时，照右胁下使尽生平力气一刺，张三聘“哎哟”一声，跌在床下。搀扶女客还在帐外伺候，一见张三聘跌下床来，就知是金花动手。胡姑娘怀中取出信炮，走出房来，用火点着，一声响，前边佳人各执兵器，一场大杀；金花将罗帐一揭，王家妯娌几个堂客，还在那里面，被金花一刀一个，杀出房来。大厅上陪客王、栾、张天佐弟兄，皆是文官，哪里还能支持？尽被杀死。虽有些家人，怎当得众英雄前后狠杀一阵！将张家并陪客之人，已杀了七八十。那张家家人忙报大元帅武寅。武寅道：“京中强盗杀人，有关自己之性命！”掌号齐人。鲍老正在杀人，忽听号声，说道：“速走！速走！武家齐人！”于是俱纵上房子，向外一看：街上早已站了无数兵马。正是：

才将奸佞斩杀尽，又有奸党下兵来。

不知后事如何，且听下回分解。

第六十一回

闹长安鲍福分兵敌追将

却说鲍自安等上得房来，见街上站了许多的兵丁，皆弓上弦，刀出鞘，又是火光如同白日，无处奔逃。鲍自安道："还不揭瓦打这些狗头，等待何时！"众人闻听，俱各揭瓦，打出一条大街，望东门而走。且说武寅一边齐人，一边差兵丁速关城门，莫要放走强盗，城门关闭，不必细说。

且说东门门兵，闻得相府传有大元帅军令拿贼，叫关城门。任、徐、骆三人骑马而立，门兵道："你等进城，速速进去，我要关门哩！"任正千道："方才起更，怎么就关城门？我还要等个朋友，一同进城。"门兵焦急道："相府有贼杀人，大元帅军令，叫关城门，莫要放走强人。你进又不进，出又不出，是何缘故？"任正千道："相府有喊无喊，关你什么事！若是贼从此出门，叫你关了门，他们从何处出去？"门兵道："难道是你一伙人么？"任正千道："你既明白，就不该关了！"门兵听得此言，"哎哟"一声，跑的跑，逃的逃。任、骆、徐三人各执兵器，倚门而待。只听得城中锣声齐鸣，人声吆喝，喊叫不绝。不一时，又听得瓦片响亮，知他们揭瓦打路前来。话犹未了，众人自房上跳下，任、骆、徐迎上前来，鲍自安问道："城门口曾关否？”三人应道：“开着哩！”鲍自安道：“快快出城要紧！”离城已出多远，只听得炮响、阵鼓连天，知是元帅武寅率领人马追来。鲍自安忙问道：“马在何处？”六人应道：“俱备现成！”鲍自安道：“我等分作两班对敌，男将前行。抵挡追兵，男一班，女一班，行得一二十里，再换女将。大家都有个喘息之空，且战且走，方能到得潼关！”于是，女将各人上马，抵挡追兵。鲍自安、花振芳率领众人依前法赶路。

行了一日两夜，到第二日早饭时候，正是男班对敌，女将趱行。离潼关五十里之遥，只见前边有六个人，三对厮杀，不知何事？走得相离不远，仔细一看，竟是余谦、濮天鹏同一个和尚与三个道士相敌。花碧莲大叫：“余谦莫要惊慌，俺来也！”鲍金花也随后叫道：“叔叔稍歇，待我擒贼。”不讲两员女将战住了两个小道士，且说那和尚斗了十数个回合，心中火起，禅杖一举，将老道士打死。余谦满心欢喜，同濮天鹏向前拜问：“和尚上下？”和尚道：“贫僧乃五台山红莲长老三徒弟消月便是。”余、濮二人拜谢相救之恩，又将之前会得消安、消计之事说了一遍。消月道：“贫僧游方于此，闻奸佞结党，捉拿狄公。贫僧知他素抱干国之忠，故前来相救。不料开了杀戒，罪过，罪过！”狄公上前拜谢，与消月席地而谈。余谦道：“这雷胜远至今尚在栾家，复招了兵马，此来有谋杀之心，他与我等有仇。此必栾家有人指引！”展目一望，路旁松林之内有人探望，见了人连忙转身。余谦说：“林内林外必有栾家之人。”提着板斧入了林中一看：栾家人等俱在其中。余谦大怒，提斧砍来，一个不留，尽皆杀死。心中想道：“华三千是他得意门客，难道不同他进京？便宜了这狗娘养的！”向林中一观：见向北半箭之路，有一人出大恭，才站起身来，向林中而来，正是华三千也。余谦道：“我已断定，非他不行！”余谦切齿，等华三千。华三千低着头嘀咕暗想：“余谦这厮，今日必遭毒害，谅他不能逃命了。他二人如何是他王家师徒三人的对手？”走到余谦面前，尚未看见。余谦叫道："我的儿，你来了么？"华三千看见余谦，真魂早从顶门飞出，见他倚树而立，手持双斧，似凶神一般，双膝跪下，道："余大叔饶命！"余谦道："我不杀你，你将今日因何来此拦我情由，说个明白！我再放你入林。快讲来！"三千道："晚生同栾大爷进京皆过此地，想必大叔同狄千岁亦必过，故欲相害。"余谦又问清自解围之后，三个道士何来？华三千道："解围之后，栾大爷因此就留他师徒在府保家。他师徒三人，一年是一千五百两银子的修金。今日进京，恐北方路上难行，故而随同前来保护。"余谦道："奸邪无暴着之期，讵知天网恢恢，疏而不漏，今既自投罗网，尚思求免乎？"提起双斧，将华三千的头割下，又将舌头割下，余谦说道："总因你多舌之故。"华三千二目仍然望着余谦。余谦道："你一双贼眼，善观气色，见人喜怒。"用斧尖将眼一剜，两股清水流出。余谦走上前来，将杀除奸臣之子栾镒万、华三千之事告诉一遍。说话之间，鲍自安领众亦到。花碧莲见骆宏勋等俱到，心中想道："自成亲之后，丈夫还未见我之武艺，何不趁此以逞我勇也！"眼看一个破绽，一刀斩之。鲍金花暗想："他既斩了一个，我何苦再战，必令人轻视了我！"亦抖抖精神，一刀诛之。前来会家人，问其所以。余谦将华三千所供之言说了一遍，众人无不畅快。又问："那长老是谁？"余谦道："即老爹所渴慕：消月师也！"鲍自安等连忙向前拜谢，并留同赴潼关。消月道："此乃无意相遇，贫僧已入佛门，不便又开杀戒。潼关防护虽严，有众位英雄，何愁不成！贫僧就此告别。"众人苦留不住，用禅杖挑起行囊回五台山去了。看官，余谦保狄公前行不两日，因何又叫众人赶上？奈狄公年近六旬之人，在往日，每日行五六十里就撑不住，歇店歇得早，起身起得迟。鲍自安等虽说分挡追兵，都是昼夜不停前行，故此赶上。

闲话休说。消月起身之后，鲍自安向余谦、濮天鹏道："你二人仍保狄千岁前行，到了潼关，对胡大爷说，叫他快速前来抵挡抵挡，我等着，撑持不住了。再对胡二爷说：务将潼关夺下，勿使我等到时，前有关隘阻路，后有兵将追来，进退两难将前功尽弃！”至狄公起身之后，又听号炮之声相近，花妈妈道：“你们前行，待我等抵挡一阵！”于是鲍自安领众前行，且战且走。日将落时，离关只有十五里之遥，又见前面来了一队人马，一共五六百人。鲍自安道：“不好了，此必潼关武卯带兵前来，如何是好？”骆宏勋年轻眼亮，早已看见，向自安道：“老爹莫要惊慌，前边来者，乃金鞭胡世兄也。”鲍自安道：“既是他来，哪有这许多人马跟随，难道带喽兵前来么？”话犹未了，行至街前，正是金鞭胡琏。胡琏跳下了马相见，鲍自安见所带喽兵俱各持长棍，遂说道：“他们都会棍法么？但不知阵法可知？”湖琏道：“老爹不知，自到潼关，拣了五百喽兵，离关十里有一空庙，地方甚阔，朝夕操演，排江涉水南去，哪怕数万人，而我何惧乎？诸公请赴潼关，俺对敌追兵去也！”胡琏领兵前去，鲍自安等奔关而来。正是：

英雄并力擒奸党，豪杰同心获佞臣。

不知众人可能进关否，且听下回分解。

第六十二回

夺潼关胡理受箭建大功

且说余谦、濮天鹏二人保护狄公，遇见胡琏，将鲍老所教之言说明。胡琏领兵去后，他二人跟随狄公到了潼关，胡理迎出，问众人动静。余谦道："今晚至此，不然夜间即到了。请二爷速奔潼关，莫使前后受敌，反为不美！"胡理道："容易，容易！"将狄公引进山窝。那胡理好不能，总共带了三千五六百人，哥哥带去五百，还有三千多人马，俱屯在山窝里，而做饭连烟头都无，故能使潼关镇守之人毫不知觉。狄公见他分派有条，甚是敬重。胡理延至更余天气，吩咐喽兵，并向余谦道："我今自去单夺潼关，你们在关外候信，闻我喊叫你们，你们就指号向前，护住王爷；若没听见声音，切不可喊叫，使他知觉，反难取关。"众人领命。胡理扎束停当，前后挂了两把朴刀，出了山窝，奔潼关而来。

且说守潼关之将武卯，闻报马连报，道有强人反出京城，奔关而来，哥哥武寅刻下追赶前来，就要点兵丁。副将王隐说道："就有几百强盗，还怕帅爷捉拿不住？且必须过此地，关险路阻，强人插翅难飞！"武卯道："此言有理！"整齐军马，上关防护，以观强人举动。于是，令两员副将、千百把总、守备，至关上观望。却说胡理来至关前，抬头一看，见关上灯球火把齐明，就知是武卯闻报，领了人马守关。潼关四围皆山，当中一个出门，乃南北通衢大道。设一关隘，必由关上过，别无出路。胡理又想："前曾看下一块地方，关左首有一棵大树。"行到水边上了树，至树上一纵，上了山峰。那山峰生得像些狼牙一般，若跌下真个碎尸万段。胡理就上了三五个山峰。潼关原是无垛口的，胡理上了山峰，遍身是汗。山上茅草甚深，恐人看见，将身躲在墓穴中歇息。暗想道："倒是上来了！他有许多人在关上防守，一见我是生人，必要盘诘，岂容我自去关上。"正在无法，只听得横墓那边一人问道："你也出恭么？"胡理知他月光之下看不分明，只当自家人，遂答道："出恭。"那人真当自家人，毫不猜疑。胡理从他面前经过，一刀杀死，将他衣服剥下，自己穿上，又将腰刀取下，挂在自己身上。打扮得是个兵丁模样，一步一步，投进帅府。到武卯背后，武卯同二副将只向关外张望，关内皆是自家人，却不提防。胡理将两口朴刀取出，一刀对准武卯头顶，一刀用力砍向副将，砍了个二头落地。另一个副将说声："有贼！"胡理分过刀来，亦砍倒在地。千百把总、守备见事不好，俱抢路下关去，胡理也随下来。关上有几百兵丁，竟无一个杀向前，不敌胡理，也不敢杀。众人直奔关门，那个守备叫过问道："关已开了，还不放箭，等待何时？"话犹未了，箭如飞蝗射来。胡理背后倚定关门，面向众人，用两口朴刀上下左右相遮，两旁箭堆一二尺深，竟不能射他一箭。射有顿饭时候，兵丁所带之箭都已射完，只听得守备吩咐："速开库房，搬箭来用！"胡理暗道："还不趁此无箭之时斩关，更待何时！"转身来将门锁斩断，左膀上已中了一箭，胡理疼痛难禁，不能打开关门，只得微开其空，大喊一声："关门已开，还不速进，等待何时！"鲍自安等已经到来，余谦将胡理吩咐之言相告，众人俱来关外等候。闻胡理之喊叫，奔至关下，一拥而进，将千百把总、守备、兵丁人等，十杀七八，余者逃去。回转关下，见胡理卧倒尘埃，哼声不绝。众人见他两膀中了三箭，无不叹息。鲍自安道："关既得了，有安身之地，速着几人前至总镇府搜寻，好将胡二爷抬进调养。"巴氏九人入总镇府，将武氏男男女女、大大小小，杀个干干净净。任正千驮着胡理到了总镇府，安放床上，将箭拔出，看箭已入肉二寸，胡理忽昏忽醒。狄公、余谦、濮天鹏等，带领众兵将骆太太等俱保入总镇府。狄公一见胡理如此形容，不觉泪下，赞道："勇力忠心，胡二将军！"将至半夜，胡琏同众女将先至。鲍自安见人口齐至，吩咐掩闭关门。胡琏夫妻同女儿赛花，一见胡理看看待死，好不凄惨！鲍自安命女儿金花速取刀伤药敷上，及至五更，呜呼哀哉！亡年二十七岁。后人有诗赞叹。诗曰：

壮士胡二将，英雄实堪扬。
不满八尺躯，胆气比众强。
只身斩关锁，迎王正唐纲。
身虽受箭死，名并日月长。

胡琏见兄弟身亡，哀痛不已，众人无不下泪。狄公道："速置棺木，将二将军高搁，待迎王还朝之后，再为封赠殡送。"胡琏感谢。遂备棺木成殓，安放庙中。

次日，鲍自安道："元帅武寅虽被合力打散，必仍要夺关。我等兵少将微，不可力敌，只宜谨守关口。歇息两日，好赴房州迎王。"众人遵命，不提。

却说元帅武寅，京中共有十万御林军，那夜虽未齐全，也带了有三万余人。赶出京时，先与鲍自安两班男女对敌，已折万余；后与胡琏对抗一阵，又折了万余人，只落了一万余人相随。欲带回京，重调人马，又恐皇上责备：你做了元帅，带了三四万的人马，折去一大半，连一个强盗也捉不住，自家难以回奏。只得重整残兵剩将，赶奔潼关，还望兄弟领兵来迎。及到潼关，闻兄弟已被杀死，关口已失，好不苦楚！潼关外扎下营盘，修本进京求救。

且说鲍自安安息了两日，商议道："今下房州，男将前去，女将在此等候。男将中也要留下一二人在此防护。我等中不知谁愿在此？"众人都千辛万苦，俱要迎王显功，都不答应。余谦道："我不去罢！"鲍自安道："余大叔有保狄千岁大功，岂有不去之理！"余谦道："我家大爷前去就是了。"狄公道："余谦不去也罢，我到房州，在驾前保奏，功犹在焉！"鲍自安道："既如此说，濮天鹏也不去罢！你两个人俱是保千岁出京之人，要不去，都不去。"濮天鹏遵命。鲍自安道："你二人在此，不可大意。武卯虽死，他家将尚有，倘暗地将关门开放，又是劳而无功。你二人分开班，一家一日巡关，凭武寅怎样叫战，总莫与他对敌。待等我们到日再作商量！"二人一一领命。各人收拾行李，次日同狄公赶房州去了。余谦、濮天鹏遵鲍自安之命，一家一日巡关。武寅关外扎了营，他也不来攻打。那晚，余谦巡关，忽听武寅营中炮响连天，余谦大惊，上关一看：见武营灯火明亮，又添了数万人马。正是：

折枪折箭拨残兵，添兵益将长威风。

不知武寅营中，又添何处人马，且听下回分解。

第六十三回

狄钦王率众迎幼主

却说余谦看见武寅营中添兵益将，自家同濮天鹏防备甚严。且说武寅本章进京，武后览表，也道当真是强盗作乱，不得不发兵剿除。遂发羽林军五万，差镇殿将军刘自成前去救援。一万人马，行营加添五万，共成六万大兵，自然壮观。次日，刘自成上马提枪，关前讨战。余、濮二人只是坚守不出。刘自成连讨了几日战，百般辱骂，并无敌将出关，只得回营，同武寅商议破关之策。武寅道：“彼坚守不出，别无近路可出，似此如何是好？”刘自成即说道：“除非元帅再行修表进京，请数架红衣大炮。此关左右有座高山，将炮架在山顶，以炮轰关。一炮不开，两炮；两炮不开，三炮，潼关虽固，谅数炮亦开！”武寅大喜，遂又修表进京请炮。数日之后，炮已请到，差人上山砌垒炮台。余、濮二人闻听此言，甚是惊慌，倘被人打破潼关，叫我二人如何拒之？正在愁闷，报马报道：“太子大驾同薛元帅率领十万大兵，离此有百里之遥，特报二位爷知道。”二人闻后，好不欢喜，谅他砌起炮台并架炮时，我们大兵亦到。真个炮台未了，庐陵王大驾已到，相离潼关有二十里之遥。二人率领众男女接出十里之外。只见花、鲍、任、骆，皆是全副披挂，盔甲光明，好不威武。迎至辇前，报名跪接。狄公马前启奏："此皆镇守潼关男女将。闻主上驾到，特来接驾！"庐陵王展龙目向下一观，见十数男女跪于道旁，皆有擒龙伏虎之气象。龙心大悦，问狄公道："此二人即卿所奏，保卿出京之余谦、濮天鹏么？"狄公道："正是此二人！"王道："暂赐行营总兵，待孤登宝之时，另行封赏。女卿尽随夫品，勿得另封。"狄公走到余谦、濮天鹏跟前道："旨下：余谦、濮天鹏二人，有保大臣迎驾之功，暂赐行营总兵之职，回朝再加封赐；赐封女将随夫品级，勿得另封。谢恩！"众男女齐呼："千岁，千岁，千千岁！"站起身来，让龙辇过去，各上骑行，随驾至关，放炮安营。余谦、濮天鹏亦到公馆，参见元帅薛刚。薛刚道："二位将军镇守潼关，武贼营中消息如何？"余、濮二人禀道："数日以前，伊营添了六万人马，屡屡讨战，末将只坚守不出。三日前，又请了数架红衣大炮，现今砌垒炮台尚未架炮。末将等正待通禀，元帅大兵已到，今特禀知。"薛刚大惊道："此炮共有二十四架，乃镇国之宝，从不擅动。内盛一担二斗药料，其力能打四十里之远。潼关虽固，岂能受得数炮？趁此未架，明日差将拒敌，要紧要紧！"于是各营埋锅造饭，一宿晚景休提。

次日清晨，用过早饭，薛刚奏道："昨闻余谦、濮天鹏二人说：'潼关外现有贼屯兵。须先捉此贼，再保驾进京。'"王道："卿自主之。"薛刚领旨，即升大帐，问道："哪个前去捉拿武贼？"一言未了，副先锋薛魁应道："孩儿愿往！"披挂整齐，上马提锤，三声大炮，开放城门，二膝一催，早到武营，勒马讨战。武营中刘自成出马拒敌，来自营前一看，是雷公嘴的薛魁，早已盔歪甲斜；既到阵上，有哪个不能战的？身躯抖抖胆怯，问道："闻小将军贤父子在房州保太子之驾，今何顺贼而拒皇上天兵？"薛魁道："奸党肆行无忌，坏乱朝纲！前杀贼者，乃我狄千岁收服江湖上好汉，特杀奸贼，以作进见之礼，保护狄千岁到房州迎王驾，已至关中。你如识天时，即解甲卸盔，进关见驾，少免助奸之罪。尚敢驾前耀武扬威么？"刘自成乃奉旨前来，并非有意助奸，今闻太子驾到关中；且又知薛魁素日之厉害，乃答道："下官乃奉旨前来，并非助奸为恶。既然王驾在此，下官怎敢抗违？"遂下马丢枪，奔关中见主请罪。薛魁乃提锤在营门骂阵，早有旗牌报与武寅，说刘自成投关去了。武寅好不惊慌，只得自己上马提枪，出营对敌。二马相交，武寅大骂道："不知死活的反贼，向日脱钩，是你父子之万幸！近在房州，皇上闲置不问，就该顶戴圣恩！今又助贼夺关，前来对敌，岂非自投罗网乎？"薛魁道："你既是皇亲，腰金勒玉，食禄万钟，就该替国家出力，报效圣恩为是，因何与那些奸佞羽党同卖国法？不要走，看我擒你！"一锤就打中前心，坠马而亡。薛魁一马当先进营，吆喝道："我诛者是奸贼，尔等兵丁无罪。太子现在关中，还不归顺，等待何时！"众军齐齐跪下，道："愿归麾下。"薛魁吩咐仍屯原营。令随营千总将各队兵册呈进关来。

次日合兵一处，大元帅薛刚分差各将去领各队，副先锋薛魁领本部人马，先到长安攻城；二队正先锋薛勇领本部人马接应，并捉拿奸贼的家眷；副元帅薛强领本部人马在前，庐陵王率领新收男女各将居中，自领大兵断后。次日，放炮起营。潼关乃系要地，不可一日无主，即将任正千实授潼关总兵为镇守。唯有鲍自安知任正千手中分文没有，将三官殿所劫那王伦的五六个包裹原包送出，与任正千使用，以应向日与花振芳赌胜复他家业之语。花振芳向日同巴氏弟兄所劫王伦十五个包裹，与了任正千十个，留下五个，速着人至定兴，将去把火星庙重修一座，以复当日在林中所许之愿。任正千勉强受封，而不得与众人日聚，不免有些难舍之意。骆宏勋慰道："世兄有大任，不能远离了，逢有机会来相会！"大家洒泪而别。

且说头队先锋薛魁催促人马快行。行至次日午时，部下兵丁脚步不停，薛魁还嫌走得迟慢。众头目齐禀道："你老爷所骑，一日能行千里，小的们如何随得上？"薛魁道："你们也说得是，不若我自前走，你们随后赶来，省得惯坏了我的坐骑。"说罢，催马就行。先赶到长安，有二更之时，到了长安东门，薛魁哪里还等得人马到时再攻城池？自骑马提枪叫门道："城上听着！庐陵王千岁驾已回朝，速速开放城门，免你之罪！"看官，京城不比别的州县，城楼上一夜不断人行。守更之人，闻得下边有人喊叫"庐陵王驾已回朝"。忙问道："你系何人？"薛魁道："我乃副先锋薛魁！"门兵听说是薛魁，打了一个寒噤，众道："这位爷爷，反唐时节，他在京城杀了一日一夜，无一人敢近他前。多亏众百姓哀告道，以生民为念，求少爷出城吧！他才去了。今日至此，若不速速开门，打进来，一一个，莫想得活！"又一人道："必须先禀皇亲，再请下令箭来，我们才敢开门。"众人道："此言有理。"遂派一人速赴皇亲府内通禀。

却说薛魁见城上暗然无声，也不开门，也不回答，焦躁道："该死的狗头，怎不言语了？若不开门，俺就用锤击门了。"众门兵道："少爷，钥匙在皇亲武爷那里，已有人去请了；就来，请少爷少停片刻！"薛魁听了门兵这一番话，心中暗暗自己想道："皇亲是武三思这个贼，我想这个狗养的，他若是听得我来叫门，他不但不开城门，还行暗算与我。虽然不能把我怎样，到底枉自费了我的气力，耽误些工夫。我今不要管他开与不开，待俺将此双锤击门而进便了。"算计已定，跳下征骑，双锤举起，照着城门只一下，只听得"扑通"一声响亮，城门两扇分开左右。薛魁复上征骑，将锤一举，冲进了城门。未知后事如何，且听下回分解。

第六十四回

圣天子登位封功臣

却说薛魁用锤击开城门，那些守门兵丁番儿，一声道："不好了，打进城来了，快走，性命要紧！"一哄而散。再言薛魁正往前进，正遇武三思来也。薛魁迎了前来，亦不答话，举锤就打。

且说薛魁部下人马四散，赶来已误了时。也到东门，城虽开着，但不知主将何往，只得扎下营盘。不多一时，二队正先锋的人马也到了，问薛魁部的人道："你主将在哪里？"众人禀道："我主将因我们行慢，先奔前来。小人等到时，城门已开，想是先进城去了。"薛勇大惊道："今乃奉诏进京，不过诛奸戮佞，忠良之辈不可伤害。素知薛魁有粗，恐他那里不分青红皂白。禁城之中，倘惊圣驾，其罪不小。况武三思英名素著，天下第一人，恐受其困。"连忙催动人马进城，及至大街之上，只见薛魁提锤找人厮杀。薛勇连忙吆喝道："禁城不可乱动！"薛魁见薛勇来至，亦勒马而待。薛勇问其所以，薛魁道："武三思这老儿，已被兄弟一锤打死。"薛勇道："武三思既除，不可妄杀一人，速速领人马去围住了奸贼府第，擒捉人口。"于是将王、栾、薛、武人口尽皆拿下。京城内不敢屯外镇之兵，恐惊圣驾，于是将众人家口俱押出城外，下行营以待大兵。

天明时，大兵已到，满京臣庶俱知太子驾临，皆朝服而迎。庐陵王道：“孤今进城朝母，众卿在营等候。钦王狄仁杰、大元帅薛刚二卿，随孤进朝。”众人领旨。王乘龙辇，行到午门，黄门启奏武后，武后召见。王到金殿，山呼已毕，哭道：“儿臣久离膝下，今日得见皇娘，真万幸也！”武后道：“早因儿幼，为娘代你理国。今已成立，我又年老，故诏皇儿回朝禅位。”庐陵王谢恩。武后又宣狄仁杰至殿。武后道：“迎王还国，皆卿之力也。命卿酌议立我儿日期。”狄公遵旨。是日乃九月二十八日，太史议定十月初二日上吉，复奏武后，武后准奏：十月初二日禅位。令翰林院编修召太子进宫宿庵，母子酌议朝事，诸卿退朝。

于是，朝期后至十月初二日，合朝文武早朝，侍候王登大宝。众臣朝贺，山呼已毕，改元大唐嗣圣元年，为中宗皇帝，大赦天下。大元帅薛刚奏道：“张、栾、王、薛、武众家口，请皆发落！”天子道：“尽皆听卿。”正在议论，只见内宫一个太监慌慌张张驾前奏道：“太后娘娘自缢驾崩！”天子大哭，京中群臣挂孝。次日，先颁喜诏，后颁哀诏。太后丧事已毕，安乐宫摆宴，大宴群臣。天子因有太后之丧，不便赴宴，敕大梁王狄仁杰主席。众臣正欢饮之间，只见一个内监手捧皇诏前来，众人跪接。那内官居中站立，开读圣旨道：“旨下，跪听宣读。

旨曰：

奉天承运皇帝诏曰：臣无君，如衣无领；君无臣，如体乏手。我先皇帝驾崩，朕躬尚幼，先太后代执朝事。而我先太后优娴贞静，里闻有余，外事岂所深知耶！不意被奸佞蒙蔽，逐朕外镇，不容还朝，几乎有失先帝之业。今除奸戮佞，速朕回朝，复得基业者，皆卿等之力也。不正典刑，无以警戒奸谗；不行赏封，何以鼓舞忠义！张天佐、王怀仁、王怀义，先已被杀，家口正典，余党姑置不究。尔等诸臣，论功封赏：

狄仁杰，原封钦王，无以加封，恩袭公爵，加禄万钟。薛刚，进封平西王，兼兵马大元帅。薛强，进封平国公，兼兵马副元帅。薛勇，进封无量大将军，兼正先锋。薛魁，进封无敌大将军，兼副先锋。鲍福，封安国公。花萼，封定国公。胡琏、巴龙、巴虎、巴彪、巴豹、巴仁、巴义、巴礼、巴智、巴信、徐苓、骆宾侯、濮行云，俱封总兵。濮里云，封总兵，有保迎朕大臣大功，加封卫武将军。余谦，封总兵，有保迎朕大臣大功，加封卫将军。

众女卿各随夫品。鲍金花，虽系闺女，有迎朕大功，恩赐一品夫人。花碧莲，虽系副位，有迎朕大功，恩赐一品夫人。胡赛花，有迎朕大功，用武探花之职，恩赐二品夫人。修素娘，宁死不失节烈，又有随迎朕大功，恩赐节义夫人，其子成立，另行封赏。胡理，只身夺关，以死报国，敕赐忠武侯，以礼安葬。在京诸臣，各安原职；既封之后，各安本职。钦哉谢恩。”

宣读已毕，众人谢恩。

宴罢，各归寓所。次日早朝，狄仁杰奏道："五台山上消安、消计、消月，并徒黄胖四个和尚，皆有忠义之心，潼关解臣之危，原许陛下回朝之后，奏明加封。今陛下已登大宝，乞赐封赠，以彰圣恩！”天子准奏，差官至五台山宣诏消安等四众，四众接旨谢恩毕，款待天使，少不得备酒，留住一宵。次日天明，消安四众随了天使，一同进京，非止一日。

那日早到，差官来至午门缴旨，黄门官启奏，皇上传旨宣消安等上殿。消安听宣，师徒四众来至金阶，山呼万岁已毕。主开金口问道："闻尔等师徒，素有禅规，更兼英勇。向日狄卿迎朕遇奸，若非圣僧解危，朕不知何日还朝。”消安等奏道："贫僧向日路遇秋千岁遇奸，托万岁洪福齐天，天意除奸，非僧人之能为也！今蒙圣恩过奖，实僧人之罪也。”皇上道："尔等不必谦逊，听朕封来：

消安，封文英武勇护国大禅师，赐紫金盂一，赐锡杖一，大红袈裟一。消计，封神威义勇国副禅师，赐锡杖一、袈裟一。消月，封与佛静坛禅师，赐袈裟一、僧鞋袜一。黄胖，封牛痴长老，兼僧纲掌教之职。”

皇上封过四僧，四僧口称："臣俗等谢恩，愿吾王万寿无疆，圣寿无疆！"山呼已毕，皇上回宫，众臣朝散。再讲消安等少不得至狄千岁王府拜谢，王府留斋。师徒入朝谢恩，辞驾回山，天子准奏。师徒又谢过狄千岁，狄千岁少不得有礼物相送，送至郊外而别。不讲消安等回山。再言大唐君明臣良，纲纪复，朝政整。正是：

金殿当头紫阁重，仙人掌上玉芙蓉。
太平天子朝元日，五色云中驾六龙。

且不讲大唐天子国泰民安，风调雨顺，再言骆宏勋荣任狼山总兵，差人到宁波府，将桂太太请来侍奉，家内有桂小姐、花姑娘朝欢暮乐。后来花、桂二位夫人皆生贵子。桂氏生二子，取名文龙、文虎；花氏所生三子，取名文凤、文鸾、文鳌。骆宏勋将文虎继与桂府为嗣，又将文鸾继与花氏为嗣，又将文鳌继与巴府为嗣，因向日误伤巴结之命。而三氏皆有后人。后来五子俱系皇家栋梁，至今昌盛。

再讲任正千久镇潼关，后来在任娶妻方氏，所生一子一女，子名应龙，女唤素英，后与骆宏勋为媳，文龙为妻。至此，骆、任世代相好，至今如始。余谦后来官到兵马大元帅，娶妻秦氏，系世袭国公秦氏爷之女，所生四子二女。长女嫁与骆宏勋次子文凤为妻，次女嫁与任公之子应龙为妻。四子长成，俱是文武，在朝伴君。后来之人，看到了余谦之事忠直，有诗为证，诗曰：

自幼心中直，平生胆气豪。
切齿恨王贺，救主不辞劳。
四杰威名重，义志贯九霄。
天佑忠义士，高官位列朝。

这几句诗，单表余谦忠义可嘉。

再者，花振芳夫妇有骆宏勋常常侍奉。鲍自安有婿送终，寿至耄耄之外。后人看到鲍自安与花振芳之事，有诗为证，诗曰：

艰难江湖客，忠肝直胆心。
忘身唯救友，立志保圣门。
杀奸兼救难，除佞恤孤怜。
今朝留竹帛，千古显芳名。

后来花、鲍二老一笑而终。巴氏弟兄各各荣任总兵之职。其节妇修素娘之子，长大成立，读书上进，圣恩御赐，荣显门庭，娶妻生子，传派为梅氏宗支。真所谓善有善报，恶有恶报。至此，已完成反唐后传一本故事。

诗云：

江湖有义终非盗，衣冠无良岂是人？
王贺好淫终有报，佞贼擅权枉费心。
世赖乐贼今何在？梅滔奸婢也丧身。
余谦舍命存忠义，至今千古美名存。